FOLIO POLICIER

Mark Henshaw
John Clanchy

Si Dieu dort

Une enquête du lieutenant Solomon Glass

Traduit de l'anglais (*Australie*)
par Brice Matthieussent

Gallimard

Titre original :

IF GOD SLEEPS

Si Dieu dort, premier volet des enquêtes de Solomon Glass, est également le premier roman écrit conjointement par les Australiens John Clanchy et Mark Henshaw. Ce dernier, né en 1951, a vécu en France, en Yougoslavie et en Allemagne. Il a publié, après des études de médecine et de musicologie, *Hors de la ligne de feu*, considéré comme un classique de la littérature post-moderne australienne. Mark Henshaw est actuellement conservateur à la National Gallery of Australia et vit à Canberra. De son côté, John Clanchy, né à Melbourne, auteur de plus de sept livres, est tout particulièrement reconnu pour la qualité de ses nouvelles.

« Qui veut faire l'ange fait la bête. »

FRANÇOIS-MARIE AROUET

PREMIÈRE PARTIE

« L'amour des faibles implique toujours une certaine intention meurtrière. »

KÔBÔ ABE

1

… critiques du projet gouvernemental controversé de remise en liberté temporaire des condamnés…

« Sarah, je veux que tu manges ces céréales et je veux que tu les manges maintenant.

— Je dois vraiment ?

— Oui, il le faut. »

Jacobs approchait du terme d'une condamnation à trois ans de prison pour violences sexuelles aggravées.

« Mais pourquoi ?

— Parce que je te dis de le faire… et parce que, si tu ne les manges pas, tu vas me mettre en retard pour mon travail et, toi-même, tu seras en retard à l'école. Et puis tu auras des problèmes avec Mrs Pritchard. Alors, papa et moi, nous serons très fâchés contre toi. » Tuesday Reed, toujours en slip et soutien-gorge, le visage à moitié maquillé, jeta un coup d'œil assassin à son mari, Peter, assis à l'autre bout de la cuisine. Peter qui avait tout le temps devant lui. Tout le temps, du moins, d'écouter la radio. De se plonger dans le *Tribune*. « Pas vrai, papa ? » dit-elle avec une violence glacée ; ses sourcils naturellement noirs paraissaient encore plus noirs — et plus inflexibles — que jamais.

« Mange tes céréales, Sarah », ordonna lentement Peter. Derrière le mur de son journal. « Fais ce que dit ta mère.

— Oui, papa, acquiesça Sarah, en souriant à sa mère.

— O-oh, cette enfant !

— Tuesday, ma chérie, calme-toi. J'essaie d'écouter les nouvelles. »

Jacobs a été abattu sur le parking d'un magasin Safeway d'East Pallam...

« Jacobs ? » L'espace d'un instant, le mur de papier descendit pour s'incurver très proprement sur les cuisses de Peter Reed. Si les sourcils de Tuesday Reed étaient noirs, ceux de son mari n'auraient guère pu être plus différents. Sa blondeur, une blondeur presque enfantine, resplendissait dans la lumière du début de matinée qui rebondissait sur les surfaces de verre, de formica et d'acier de leur austère cuisine moderne. Le visage de Peter, elle en eut conscience dans cette lumière crue, était déjà trop charnu et il s'effondrerait sans doute avec l'âge. Mais pour l'instant, le pli interrogateur de ses sourcils soulignait sa jeunesse, cette candeur juvénile à laquelle une Tuesday Reed plus jeune — la Tuesday Reed d'une brève époque révolue, une époque plus exaltante — avait tout simplement été incapable de résister. Aurait mieux fait de résister.

« Tu ne t'es pas occupée de Jacobs ? demanda Peter.

— Non.

— Terminé !

— Voilà une gentille fille à son papa.

— Eh bien, puisque c'est comme ça, la gentille fille à son papa peut rejoindre toute seule la salle de bains pour se coiffer et se laver les dents. Correctement. Et si elle n'a pas fini sa toilette dans dix minutes, alors ce sera papa qui aura le plaisir d'emmener sa petite fille chérie à l'école. »

La police n'a pour l'instant aucune piste quant à l'identité du ou des assassins, mais elle interroge un certain nombre d'anciens complices de Jacobs…

« Mais…

— À la salle de bains ! »

La police a lancé un appel à témoins pour trouver des gens qui étaient sur le parking à l'heure du crime…

« Sarah, mon cœur, fais ce que maman te dit.

— Franchement, Peter.

— Allez, chérie. Ne passe pas tes nerfs sur elle. Détends-toi un peu, d'accord ? »

*

Elle essaya, en respirant profondément pendant quelques secondes avant de s'asseoir devant sa coiffeuse pour finir de se maquiller. Et elle n'avait pas grand-chose à faire. L'essentiel — les sourcils et les cheveux —, elle y avait renoncé des années plus tôt. En acceptant le caractère étrange de son visage. Des sourcils noirs et des cheveux blonds — qui aurait jamais pu imaginer pareille alliance ? Durant des années, même après la faculté de Droit, quand elle se prenait pour une étudiante radicale, quel que soit le sens de ce mot aujourd'hui, elle avait lutté avec toutes les armes chimiques connues, gel et teinture inclus, pour remettre de l'ordre dans cette stupide erreur génétique : les cheveux noirs étaient plus convaincants que les sourcils blonds, mais après la naissance de Sarah elle baissa les bras. Et si Sarah, en grandissant, manifestait la même anomalie, ce même parfait héritage blond-noir ou noir-blond, elle s'en lavait les mains par avance. Elles affronteraient le monde ensemble, telles deux créatures exotiques, multicolores. Ça m'excite, continuerait de dire Peter. Fétichiste ou menteur.

Enfant, elle avait souvent regardé sa mère se maquiller, se tendre la peau du visage d'un côté ou de l'autre, à la recherche du bon angle, de l'effet saisissant, poussant sa langue d'abord dans une joue, puis dans l'autre, allongeant le cou, le palpant à la recherche d'éventuelles rides. En réaction, Tuesday s'était entraînée à s'asseoir devant un miroir — et à ne rien montrer. À rester de marbre, absolument inexpressive, si bien que ce qui émergeait du miroir c'était un masque parfait. Un personnage qu'elle pouvait ensuite exhiber aux yeux du monde. Et à sa mère. Que ce masque mettait en rage. Ainsi qu'à d'autres au fil des ans — des hommes — qui eux aussi devenaient fous de rage devant ce masque. Conçu pour lui éviter tout ennui, il lui en causait d'inextricables.

À quoi peux-tu bien t'attendre, lui avaient jadis demandé un autre étudiant ou une amie intime, si, quoi que tu fasses à ton visage, tu as toujours cet air-là ?

« Quel air ? avait-elle rétorqué en se préparant au pire.

— L'air d'Hélène de Troie, putain ! »

*

« Glass. » Peter se tenait derrière elle, au-dessus d'elle en fait, et il tirait sur ses manches de chemise pour y ajuster ses boutons de manchette. Très satisfait d'avoir mis dans le mille. Mais aussi troublé, rôdant à l'orée d'un masque auquel on venait d'apporter les dernière touches sous ses propres yeux.

« Ai-je raison ? » Convaincu d'avoir raison. Si confiant, en réalité, qu'il se pencha et posa ses lèvres une seule fois et très brièvement au creux du cou de Tuesday.

« Peter, s'il te plaît. Il faut que j'aille travailler.

— Alors, j'ai raison ou pas ? » insista-t-il. En dissimulant une légère humiliation.

Elle tendit la main vers son corsage posé sur le dossier d'une chaise, près du miroir. Alors même qu'elle l'enfilait, l'empreinte des lèvres de Peter — une légère rougeur encore visible sur la peau mate de son épaule — disparut.

« Raison sur quoi ? »

Mais la voix de Tuesday avouait qu'elle savait.

« Sur le fait que tu as rendez-vous avec Glass. Tu as toujours cet air-là...

— Quel air, pour l'amour du ciel ? » Debout, elle écarta l'idée agaçante en ôtant les dernières minuscules peluches blanches sur sa jupe uniformément noire.

« Un peu nerveuse. Glass te rend nerveuse.

— Glass est un crétin. » Satisfaite du reflet qu'elle contemplait maintenant dans le miroir, elle prit son sac. Passa devant Peter. Sans le toucher. « Tu feras à dîner à Sarah ce soir, d'accord ?

— Moi ?

— Je rentrerai tard.

— Quoi ? lança-t-il au dos de Tuesday. Encore ? »

2

Solomon Glass était beaucoup de choses. Laconique, oui. Dur, sans doute. Insolent, bien sûr. Mais idiot, certainement pas.

La première fois qu'ils s'étaient rencontrés, ç'avait été au tribunal. Glass était à la barre. Elle ne pouvait jamais se rappeler cet épisode sans rougir. Il l'avait contredite sur un point de procédure très précis.

« Oh, et où donc avez-vous fait votre formation juridique, lieutenant ? lui demanda-t-elle alors.

— Dans la rue, Mrs Reed », répondit-il, le caractère formel du *Mrs Reed* servant seulement à souligner et non pas à atténuer l'intention insolente. « Surtout du côté des docks. Oh, et puis un petit peu au tribunal, bien sûr. »

Il s'était tourné vers le juge pour citer certaines affaires, quelques précédents. Tout de mémoire — sans notes ni préparation, ni le moindre effort d'ailleurs. Le pire, c'était qu'il avait raison.

Comme de juste, elle avait été ulcérée, mais aussi impressionnée.

Ensuite, quand ils se croisaient par hasard dans un couloir, il n'y avait entre eux aucune animosité, pas la moindre rancune, seulement une attention froide qu'elle associait depuis lors au nom de Glass. Un certain détachement. Comme s'il n'y avait eu là rien de personnel, comme s'il avait simplement fait son boulot. Cela aussi avait impressionné Tuesday Reed.

Et puis, oui, elle devait se l'avouer, il y avait une chose chez Glass qui surtout la désarçonnait — le fait que, malgré toutes les études qu'elle avait faites, toutes les distinctions et tous les prix qu'elle avait remportés à l'université, Solomon Glass, lieutenant de seconde classe, dénué de toute formation juridique, un pur produit des rues au mieux doté d'une éducation bas de gamme dans une vulgaire académie de police, était souvent là, à renifler au cœur d'une affaire, alors qu'elle-même en était encore à des kilomètres, s'agitant, vérifiant, éliminant, analysant. Sans fin. Moyennant quoi elle avait rarement tort, mais elle était souvent en retard. Sa logique et sa formation la conduisaient certes jusqu'à la bonne réponse, mais une fois sur deux elle arrivait seulement sur les lieux pour découvrir que, grâce à sa connaissance de la rue, Glass y était déjà depuis belle lurette.

*

« Gordon Jacobs... » La voix de Glass se répercuta sur les colonnes du vestibule en marbre de l'hôtel de ville, tandis qu'ils gravissaient les marches vers le bureau de Tuesday Reed. Le policier était aussi amer, aussi irascible et remonté qu'elle ne l'avait jamais vu. « Une ordure intégrale, un cœur en téflon.

— J'ai entendu quelque chose sur lui à la radio...

— Descendu sur un parking de Safeway. Belle épitaphe, non ? »

En haut de l'escalier, ils tournèrent pour s'engager dans le couloir.

« Ils n'ont rien dit sur d'éventuelles pistes. Ni sur le moindre suspect.

— Cette ordure s'était déjà fait serrer pour violences aggravées — contre une gonzesse avec qui il était à la colle…

— L'ancienne compagne de Mr Jacobs, si je vous comprends bien. »

Au lieu de s'arrêter à sa porte, où *Procureur* s'étalait en lettres dorées sur le verre à bulles, elle passa devant et poursuivit jusqu'à la pièce voisine, réservée aux entretiens. Elle glissa la clef dans la serrure, ouvrit la porte et s'effaça pour y laisser Glass la précéder.

« Alors, il y a deux ans, il viole une mineure. » Il interrompit soudain le fil de ses pensées. « Ça vous ennuie si… ? » fit-il en prenant une cigarette dans son paquet dès qu'ils furent entrés, sans vraiment demander ni attendre la permission de le faire.

Tout le Bureau du procureur était zone strictement non fumeurs. Glass le savait comme n'importe qui. C'était un habitué des lieux. Alors pourquoi le faisait-il ? S'agissait-il d'une provocation ? Et pourquoi, pensa-t-elle, le laissait-elle faire ? Était-ce lié à l'étrange agitation qu'il manifestait, à son énergie débordante ? Qui l'emportait, elle aussi. Il ne s'était pas excusé — une partie d'elle-même était encore assez calme pour le remarquer — de son retard à leur rendez-vous. Une allumette fut grattée contre la corbeille en papier de Tuesday Reed.

« Une collégienne de quinze ans, poursuivit-il. Et cette…

— Ordure.

— Il a fait de la taule », énumérant l'évidence avec ses doigts épais et puissants. « On l'a averti, il a fait son premier séjour à l'ombre, et voilà qu'il saute sur cette putain de gamine…

— Vous avez dit qu'elle avait quinze ans, il s'agissait presque d'une femme.

— C'est marrant. J'ai cru que le mot… » Du pouce, il montra la porte du bureau de Tuesday Reed. « J'ai cru que c'était écrit *Procureur*.

— Je me contente de faire une remarque. Il ne s'agissait pas d'une gamine.

— Quoi, vous prenez la défense de ce trou du cul ?

— Je ne défends personne. Je dis simplement…

— C'est une gamine. Vous en avez une, de gamine, pas vrai ? »

Elle préféra ne pas répondre.

« Elle porte l'uniforme de son école, nom de Dieu. Elle rentre chez elle. Il la kidnappe, en plein jour, à un arrêt de bus. »

Il s'interrompit pour aspirer goulûment sur sa cigarette.

« Elle est terrifiée.

— Je sais.

— Vous n'étiez même pas là-bas.

— Je veux dire que je sais à quel point c'est mo…

— Il la garde toute la nuit à la lisière de la ville dans un putain de mobile home pourri…

— Un putain de mobile home pourri ? » Elle ressentait le besoin de le ralentir, d'endiguer cette marée de colère.

« Oh, très drôle, très amusant.

— Écoutez, je comprends que vous venez de passer toute la nuit sur cette…

— Il la viole, dans le vagin, dans l'anus. Quoi d'autre ? Ah oui, il va chercher ce…

— Épargnez-moi les détails.

— Et il en prend pour cinq ans après ce petit plaisir. Cinq — libéré sur parole au bout de deux pour…

— Bonne conduite.

— Exact. Et nous savons quelle petite ordure hypocrite c'est, n'est-ce pas ? Nous avons vu tout ça. L'assistante sociale nous en a parlé.

— Ce n'est pas de leur faute. Ils sont obligés de…

— Nous avons lu les rapports psychiatriques. Nous avons lu toute cette paperasse. Et la fille entend tout ça, pour la énième fois. La mère et le père sont là aussi au tribunal, pour entendre tout ça. Ils sont présents pour assister à tout le sacré défilé. Sans rater un seul roulement de tambour. Ni le moindre détail croustillant… Et ils apprennent — vous savez ce qu'ils apprennent ? — ils apprennent comment cette infecte ordure de trente-trois ans qui a violé leur fille, qui lui a refilé un herpès à vie — oh, non, ça ne figure jamais dans les rapports de justice, c'est toujours après, c'est toujours la victime qui le découvre ensuite, juste pour qu'elle s'en souvienne bien, des fois qu'elle serait jamais en danger d'oublier, de mettre tout ça derrière elle pour s'intéresser à quelque chose qui pourrait vaguement ressembler à sa vie — ils apprennent que l'ordure en question n'est au fond qu'un gamin déboussolé. Qu'il fait toujours pipi au lit. Qu'il n'a pas reçu assez d'amour. Qu'il désire désespérément entrer en contact… Je veux dire, ne me faites pas rire.

— Ne venait-il pas tout juste d'être remis en liberté temporaire ? Je crois me rappeler…

— Ouais, et maintenant il est en liberté permanente. »

Glass s'accroupit pour éteindre sa cigarette contre le flanc de la corbeille à papier.

« Nous le sommes tous, dit-il. Une autre ordure nous a fait ce plaisir. »

Tandis qu'il se redressait, elle rejoignit la fenêtre et regarda la ville. Puis elle se retourna et s'assit à demi sur le rebord de la fenêtre.

« Il faut néanmoins qu'il y ait une enquête. »

Maintenant que l'orage était passé, il l'observait. C'était de nouveau le Solomon Glass qu'elle connaissait. Ces yeux grands ouverts, énervants, qui vous happaient, vous jaugeaient, ne vous laissaient jamais le moindre répit, de peur de ce que vous risqueriez alors d'avouer. Ces yeux doivent terrifier les suspects, se surprenait-elle parfois à penser. Cette interrogation silencieuse, non verbale. Sa profondeur, sa patience. Et qui pourtant vous parlait. Ces yeux, en ce moment même, disaient : *Eh bien, merci beaucoup, Mrs Reed. Merci infiniment de m'expliquer en quoi consiste mon boulot. Comment nous autres, pauvres crétins à moitié demeurés, pourrions-nous jamais rester sur le droit chemin, sans des gens avisés et intelligents comme vous ?*

Au lieu de quoi il dit :

« Oui, madame. Le commissaire Keeves me l'a déjà rappelé. » Lui rappelant, du même coup, pour qui il travaillait en réalité. La police et le Bureau du procureur bossaient ensemble, mais sans hiérarchie officielle. Elle n'était donc pas la patronne de Glass. En fait, il la considérait comme son égale — une collègue lointaine, avec qui il ne partageait aucune intimité. « À moins, bien sûr, qu'une affaire plus importante ne se présente...

— Par exemple un chat coincé dans un arbre ? Ou un vol de vélo ?

— Nous avons rarement des vélos volés coincés dans les arbres.

— Mais vous avez bien trouvé quelque chose ? Une piste, des indices ?

— Une ordure, qui fuyait par cinq trous d'un diamètre exactement identique, cinq douilles de pistolet Ruger standard...

— Et personne n'a rien vu ?

— J'espère que le jeune Gordon n'en a pas perdu une miette.

— Personne sur le parking ? C'est difficile à croire.

— Il marche, il se penche par la fenêtre du conducteur, il bavarde avec un copain, il passe le bras par la fenêtre ouverte — il fait chaud. Le salopard a besoin d'un peu de ventilation — cinq petits messages discrets et ronds, *pft*, *pft*, *pft*, *pft*, *pft*, et miracle il a maintenant toute la ventilation qu'il voulait. L'autre continue de marcher, il monte dans sa voiture garée deux rangées plus loin et il démarre. Avec cinq balles de moins au retour qu'à l'aller.

— Et combien de temps on a mis ? Pour le découvrir, je veux dire ?

— Une heure, peut-être un peu plus. Un employé du parking veut lui donner un ticket. En bon Samaritain, il essaie de le prévenir, de le réveiller.

— Mais il n'y arrive pas.

— C'est pas Jésus, ce gars-là. Il distribue des tickets, pas des miracles.

— Mais vous devez bien avoir une idée des *mobiles*.

— C'est pour ça qu'on me paie. »

Elle fit la sourde oreille. « Pourquoi Jacobs a été tué.

— J'imagine que l'esprit civique s'est emparé d'un de nos concitoyens.

— Je ne blague pas.

— Écoutez, il y a plein de raisons possibles — et vous le savez aussi bien que moi. Un de ses connards de potes, un type qu'il a vexé, ou dévalisé. Il se drogue, il vend de la came dans la rue, il en trimballe, il fait de l'import-export — avec la camelote d'autrui… Ça pourrait être n'importe lequel de plusieurs centaines de gars qui meurent d'envie de lui rendre la monnaie de sa pièce.

— Mais il venait d'être remis en liberté temporaire. Peu de gens savaient…

— Ouais, d'accord, c'est donc quelqu'un de l'intérieur, quelqu'un du système — de leur coté, du nôtre — qui répand la nouvelle. Voilà : Jacobs va se promener tout seul comme un grand. Il peut pas aller très loin, faut qu'il se présente au rapport, il est de retour en taule pour le week-end, alors disons qu'il doit pas être trop difficile à localiser. Gordon est parti faire des courses, qu'on raconte. Et puis quelqu'un apprend qu'il aime bien le traiteur du Safeway…

— C'est peut-être une histoire de vengeance, dit-elle.

— C'est peut-être *quoi* ? » Il la dévisage. D'habitude, elle est plus fine que ça.

« Non, je veux dire…

— Ah, les Gentils — c'est ça que vous voulez dire ? Le papa et la maman, c'est à eux que vous pensez ? Le papa, il est prêcheur laïc — vous saviez ça ? Dans l'Église baptiste. Et puis le papa — écoutez bien ça, d'accord ? Le papa, notre nouveau suspect, le jour où Jacobs quitte la prison, il lui écrit une putain de lettre où il promet de prier pour lui, pour ses remords, pour sa repentance, pour son salut. Vous vous rendez compte ? Vous savez ce qu'il lui écrit ? *Personne* — je sais ce qu'il lui écrit parce qu'il m'a montré cette lettre, il m'a demandé, il m'a supplié de la transmettre à Jacobs à travers la filière classique — *Personne*, il écrit, *ne peut échapper à l'amour du Seigneur, personne ne doit désespérer*.

— Et vous l'avez fait ?

— Et alors le lendemain matin, au lieu d'aller à l'église, le papa sort discrètement, s'offre un Ruger, apprend, grâce à ses innombrables contacts dans le monde interlope des criminels, où Jacobs a des chances d'aller ce jour-là… »

Pourquoi diable avait-elle cru que Glass était un homme laconique ?

« Il se rend donc à son supermarché habituel avec la liste de courses de sa femme — en vue d'un grabuge aux pruneaux — et à l'aide de cinq délicieux petits Notre Père il expédie le gus *ad patres*.

— Est-ce que vous l'avez transmise ? » C'était le seul détail auquel elle s'accrochait pendant que cette vague d'invectives déferlait vers elle.

« Je bosse à la Criminelle, Mrs Reed », dit-il froidement, et elle comprit alors combien elle redouterait d'avoir cet homme pour ennemi. « Je suis détective, pas facteur, bordel. »

Puis, plus doucement, comme s'il venait soudain de découvrir son propre reflet dans les yeux de Tuesday Reed : « Écoutez, Jacobs est mort. Peut-être qu'on apprendra quelque chose, mais peut-être que non. Ça dépend si quelqu'un entretient un grief privé qu'il désire nous faire partager.

— Vous avez sans doute raison. »

Et le simple acte physique consistant à tendre la main pour prendre un dossier posé sur le bureau qui les séparait, puis à l'ouvrir, fut un soulagement. Elle ne s'était pas rendue compte de la tension qui l'avait envahie.

« Nous devrions continuer, reprit-elle.

— Nous devrions, en effet. Après tout, ce n'est pas à cause de cette ordure de Gordon Jacobs que vous m'avez fait venir ici ce matin, n'est-ce pas ?

— Non, dit-elle.

— C'est cette autre ordure que vous allez épingler la semaine prochaine. Cette ordure de Mallick.

— Il n'est pas encore condamné.

— Non. Mais puisque c'est vous qui allez le balader sur le ring, il le sera, Mrs Reed. Il le sera.

— Hum, merci, lieutenant. Merci. »

C'était bien le problème avec les masques. Conçus pour la défense, ils pouvaient être sans défaut, impénétrables. Mais il suffisait parfois d'un changement minime, imprévisible, d'un mot aimable et inattendu, pour qu'ils s'écroulent soudain et ne protègent absolument plus de rien.

« Je suis heureuse d'avoir votre confiance », dit-elle, mais sans la moindre ironie pour une fois.

Et comme s'il partageait cette soudaine sympathie tacite, Glass baissa le masque à son tour, pour un bref instant. Et elle vit la fatigue dans les yeux du policier, elle l'entendit dans sa voix :

« Eh bien, malgré nos différences, Mrs Reed, dit-il, nous sommes au moins dans le même camp, nous luttons pour les mêmes choses. Mais je commence parfois à me demander pourquoi nous nous donnons tout ce mal »

3

« C’est une fille… »

Isaac Glass tente de faire rire son frère aîné, Solly. Assis chez Mario, leur bar préféré du centre-ville, ils reprennent un jeu auquel ils jouent depuis l’enfance. Tout petit, Isaac était mignon. Il est rondouillard, il est frisé, il a du rouge aux joues, il rit, il est l’enfant chéri de ses parents. Il tape sur les nerfs de Solly, son frère aîné. Les blagues familiales, les devinettes impayables, il les connaît toutes. Depuis l’âge de *cinq ans* — incroyable mais vrai. Solly riposte de la seule façon qu’il connaisse : il ne rit pas. Izzy raconte ses blagues, ses anecdotes de l’école, les histoires délirantes qu’il concocte dans le bus, qu’il garde pour sa maman chérie à l’heure des petits gâteaux, des bagels, des blintz, quand ils sont de retour à la maison. Maman éclate de rire, c’est plus fort qu’elle. Elle se tord de rire à en avoir mal au ventre — Solly le sait sans même la regarder — à cause de cet adorable petit mouflet rondouillard. Qu’elle pourrait attraper entre ses bras et manger tout cru. Contrairement à face-de-pierre, son grand frère, sur lequel on risque seulement de se casser les dents.

« Tu pourrais rire, dit-elle à Solly de l’autre côté

de la table. Qu'est-ce qui t'inquiète donc? Tu as peur de perdre des pièces ? Tu la trouves pas désopilante, la blague de ton frère ?

— Elle est pas drôle », dit-il. En se retenant de toutes ses forces pour ne pas pleurer. Non pas tant à cause de la blague, que de la douleur qui émane du mince pli de peau derrière son genou droit, qu'il doit pincer, où il doit enfoncer ses ongles pour ne pas reconnaître qu'il s'agit en effet d'une blague formidable. Car sinon il serait détruit, il serait définitivement livré aux petites mains potelées de cette idole frisée. Izzy le sait aussi, bien sûr. Il observe le visage de son frère aîné. Il sait où dénicher les signes, comment examiner les lèvres de son frère, le coin de ses yeux, quand déceler les taches blanches révélatrices autour de ses narines, quand marquer une pause dans le récit, attendre le premier frisson, les prémisses d'une moue, le plus infime tremblement. Car tous ces détails minuscules livreraient alors — et à jamais — le dernier bastion de résistance familiale à cet empire du charme en lequel il a déjà décidé de transformer sa vie.

Mais Solly a du cran. Dès l'instant où Isaac est capable de parler, Solly commence à bâtir et à peaufiner sa stratégie. Il a peut-être l'arrière des genoux couvert de bleus, il a peut-être la peau des jambes mouchetée de pinçons, mais son visage reste inexpressif, un bloc de marbre livide. Izzy essaie sans arrêt de le dérider. Même aujourd'hui — ils sont pourtant adultes — en prenant un café, à la table du dîner, en famille, sans la famille, au concert, à un enterrement, lors de la plus sérieuse des réunions, Izzy se tourne brusquement vers son frère et, sans le moindre lien avec le contexte du moment, à brûle-pourpoint, il commence : *C'est une femme...* ou *C'est un homme...* ou bien *C'est un chien...* ou encore *C'est un rabbin...* Il se bat toujours pour soumettre la volonté de fer qui lui fait face, pour la subordonner à ce charme auquel le restant de la population connue de la planète a déjà cédé et, dans le cas des femmes, succombé, il y a des années. La résistance de son frère Solomon demeure la seule paille mélancolique dans les yeux bruns, autrement irrésistibles, d'Izzy Glass, le seul tribut pour lequel il envisagerait sérieusement un sacrifice, ou un jeûne. Un pèlerinage. Et jusqu'à la fidélité conjugale. Si seulement Dieu acceptait de livrer entre ses mains potelées cette carrière de pierre — toute frémissante de rire.

« C'est une fille... dit-il.

— Ouais ? »

Solly, il le voit bien, se prépare. Ses mains bougent. Il s'agit d'une chose, Izzy le sait, qu'il fait à sa jambe. Si seulement Solly avait fait le Vietnam. Si seulement il était revenu amputé...

« Quelle fille ? » La voix de Solly est ferme comme le roc.

« On s'en fout de quelle fille.

— Tu ferais jamais un flic.

— C'est une fille que rencontre Joël. Il lui rend visite lors d'une tournée de charité de la synagogue. Un taudis, elle est sans ressources, sans charme, sans tu sais quoi...

— Des ambitions criminelles ?

— La mère est alcoolique, le père touche une pension...

— Les pensions, c'est dur à obtenir. » Solly tripote les genoux de son costume. Fait semblant d'y retirer des brins de poussière.

« Je peux continuer ? »

Solly hausse les épaules.

« Cette fille commence à s'imaginer des choses.

— Avec une famille pareille ?

— Elle se prend pour une poule, elle se prend pour une poule géante. Elle court dans toute la maison en caquetant, en battant des ailes. Pendant un moment, les autres membres de la famille supportent toutes ses simagrées.

— Ils croient sans doute qu'elle fait du théâtre.

— Et ça empire de jour en jour. Bientôt, Joël dit qu'elle est une poule chaque fois qu'il lui rend visite. Il est inquiet, les autres sont inquiets. Ils savent qu'ils devraient l'emmener voir quelqu'un, un professionnel... »

Izzy attend.

Solomon Glass soupire et demande enfin : « O.K., alors pourquoi ne l'emmènent-ils pas voir quelqu'un, un professionnel ?

— Parce que... » C'est l'instant où l'examen — le coin des yeux, les lèvres, le frémissement des mains — est le plus intense. « Parce que la famille a besoin des œufs. »

La fumée sort en un long jet continu. À partir d'une montagne de pierre. Qui finit par dire :

« Ce n'est pas drôle.

— Tu t'es pétrifié en chemin, Solly. »

Le vainqueur hausse les épaules, sans broncher. L'échec est toujours aussi cruel.

« Même maman le dit. Solly est de plus en plus dur, qu'elle dit...

— Comment va maman ? » réussit à demander Solomon Glass. Avec les deux mains posées sur la table.

« Elle se fait du souci pour toi, Solly. Elle voit ta vie partir… »

Cela, Solly le sait, va durer. Sans trop de déplaisir.

« Toujours pas d'enfant, constate-t-elle. Tu gâches ta semence à poursuivre les assassins.

— C'est pas assez biblique pour elle ?

— Elle ne connaît pas… » C'est au tour du cadet de se servir de ses mains. Chaque mot est accompagné d'une claque sèche assenée sur le bois de la table. « … les femmes de ta vie.

— Comment sait-elle s'il y a des femmes dans ma vie ?

— Solly, Solly. Après Miriam ? C'est un souci de mère. C'est naturel.

— Ah bon ?

— Tu pensais à une femme quand je suis entré ici, je le sais. J'ai un radar spécial pour les pensées libidineuses.

— Une antenne, tout au plus.

— Je suis resté à l'entrée pour t'observer. J'ai passé plusieurs minutes à t'observer. Tu n'étais pas avec nous. Il n'est pas avec nous, que j'ai dit à Mario. Il est avec les poules.

— Le pluriel, maintenant ?

— C'est une femme, me suis-je dit…

— Tâche d'être drôle, cette fois.

— C'est une femme qui le tient, c'est une femme qui est quelque chose dans la vie de mon frère.

— En fait, tu as raison. Je pensais bel et bien à une femme.

— Et voilà !

— Mais c'est pas ce que tu crois. Pas avec cette femme. C'est strictement professionnel — Dieu merci. Car c'est la dame de glace.

— La glace, ça fond.
— Ce serait peut-être encore plus effrayant.
— Sol, est-ce vraiment toi qui es assis là ?
— Je la regarde baiser ce type…
— Sol, tu es malade. Tu sais quoi ? Tu es malade dans ta tête.
— Je la regarde.
— Mais as-tu son numéro de bigophone ?
— Je la regarde disséquer ce mec, Mallick. Ce type est une ordure. Une vraie raclure de caniveau. Elle prépare son dossier, elle est procureur, d'accord ?
— Il a fait quoi ?
— Je préfère me taire.
— Bon, pourquoi tu pensais si fort à elle ? Quand je suis arrivé ?
— Je ne la comprends pas.
— Avec ta formation ? Après toutes tes années d'études ? Papa nous laisse une affaire qui tourne, mais non, faut que tu te casses en te payant notre tête.
— Ce que je ne comprends pas…
— Sans doute que t'es le docteur Freud.
— … c'est pourquoi elle prend tout ça aussi personnellement.
— Elle connaît ce type ? Ce Mallick ?
— Elle ne l'a jamais rencontré. Elle a les dossiers de l'instruction — bien sûr —, tous les rapports d'autopsie et des psychiatres, la transcription des interrogatoires, mais elle refuse de le rencontrer avant de découvrir sa tronche au tribunal.
— Et alors ?
— Je ne sais pas. Elle est cool…
— C'est de la glace.

— Elle passe tout au peigne fin, toutes les possibilités. Elle fait l'accusation, elle fait la défense. Elle retourne tout le machin dans tous les sens. Elle cherche la moindre faille, la moindre fissure, par où il pourrait se défiler. Mais pourquoi ? Elle se donne un mal de chien. Condamnations antérieures, témoignages, empreintes, elle connaît tout sur le bout des doigts. Nous l'avons servi sur un plateau.

— Garni ?

— Au bout de trois jours de cellule, il va sûrement craquer, changer de stratégie, essayer de marchander. Elle le sait. Et pourtant elle le harcèle sans la moindre pitié. Elle prépare, elle répète chaque question. Elle dessine, tu sais, je l'ai vue faire. Elle dessine…

— Vous devriez arrêter de fumer. Tous les deux.

— … elle dessine tout sur le papier. Elle fait de la géométrie. Les trois ou quatre réponses possibles si elle dirige l'interrogatoire ou procède à un contre-interrogatoire. Elle trace chaque direction possible, elle dessine une arborescence logique de toutes les bifurcations envisageables. Elle pose les questions — je veux dire là-bas, à voix haute, dans la salle d'entretiens, tout en examinant le dossier avec moi… Elle pose les questions des témoins, de la défense, et elle y répond. Elle fait la logique, elle fait les voix. Mais ce n'est pas pour rire, ce n'est pas du théâtre, elle ne fait pas de chichis. C'est froid, impersonnel.

— C'est une professionnelle.

— Il y a beaucoup de professionnels. Marcel Marceau pourrait coincer ce type. C'est plus que ça. Elle veut pas simplement le coincer, elle veut le crucifier.

— Par le Christ !

— Et puis elle veut coincer le juge avec le prévenu. Mallick devrait en prendre pour cinq ans, tous les collègues de cette femme se contenteraient de cinq ans. Quatre ans, c'est le minimum, et il va écoper d'une année supplémentaire pour blessures aggravées. Mais non, elle en veut sept. Elle veut la préméditation, elle veut les coups et blessures avec intention criminelle, elle veut la terreur psychologique de la victime. C'est à la discrétion du juge.

— Et si le juge manque de discrétion ?

— Alors il ferait bien de faire gaffe à ses couilles. »

D'un geste de la main, Isaac balaya ce sujet.

« Assez. C'est déprimant. Et Nathan ? Dans cinq mois, moins maintenant, il fêtera sa bar mitzvah. Un truc aussi important, ça se planifie à l'avance.

— C'est à la fois personnel et impersonnel. Tu comprends ça, toi ?

— Maman tient à ce que tu y assistes.

— Si tu lui poses la question, elle nie tout en bloc. Et pourtant, tu le sens bien.

— Solly, Nathan veut que…

— Tu crois peut-être que je vais rater la bar mitzvah de mon propre neveu ?

— Il dresse des listes.

— Il n'obtiendra rien de moi tant qu'il ne m'aura pas acheté un chapeau neuf.

— Encore ça ? Il avait quoi… trois ans ? Il avait trois ans à l'époque ?

— Quatre. Il a pissé dans mon chapeau.

— Il avait quatre ans à ce moment-là.

— Il a vraiment fait exprès. C'était pas de l'incontinence, ni un problème de vessie. Il avait une corbeille à papiers. Il est monté sur le placard et il y a pris mon chapeau. Puis il a fourré dans la corbeille à papiers le chapeau de son oncle Solomon.

— Tu ne devrais pas porter de chapeau. Comme dit maman — avec une yarmulke ça ne serait jamais arrivé.

— Et il a pissé dedans.

— Bon Dieu, c'est vraiment l'heure ? Mario, hé Mario, mets ça sur mon ardoise, tu veux. Faut que j'y aille, Solly.

— J'y serai, mais il n'aura rien.

— Tu n'as que ce neveu.

— Et alors ? Ta femme te déteste. Et alors ? Ma belle-sœur t'en fera voir de toutes les couleurs. Et alors ?

— C'est un marchand de tapis…

— Quel marchand de tapis ? » Trop tard. Solomon Glass, assis en face de son frère dans un bar en ce vendredi matin, tripote la couture de son pantalon derrière son genou droit. Puis il laisse sa main pendre là.

« C'est une histoire de flics, d'ac ? C'est important.

— Tu sais, Izzy, un de ces jours va falloir qu'on règle ça.

— Qu'on règle quoi ?

— Ce jeu… Cette habitude idiote qu'on a ensemble.

— Sol ! »

Glass soupira. « C'est un marchand de tapis ?

— Ouais, bon, tu sais comment c'est dans le quartier des tapis. Soudain, y a un incendie… Comment cet incendie a-t-il débuté, monsieur Krongold ? Je ne sais pas, monsieur le policier. Sans doute que c'est la foudre. Mais le ciel était parfaitement dégagé, monsieur Krongold. Il faisait très beau, pas un nuage en vue…

— Ça va, Izzy.

— C'est deux marchands de tapis, ils se rencontrent dans la rue.

— Quel est le nom de la rue ?

— T'as été bombardé lieutenant et soudain te voilà déjà chef de la police ? On s'en fout, du nom de la rue. Donc, ils se rencontrent dans la rue et l'un d'eux, Saul, dit à son ami Reuben : Reuben, je suis désolé pour ton usine. Un incendie par-dessus le marché… Tu as appris la nouvelle ? dit Reuben. Je l'ai apprise hier soir, dit Saul, tout le monde l'a apprise. D'abord la récession, et ensuite ça, ton usine. J'ai appris que tout était parti en fumée. Tout ton stock, les chemises, les fourrures, tout… Non, non, non. Chut ! Chut ! dit Reuben. Pas hier soir, Saul, dit-il en regardant autour de lui. Pas hier soir. *Demain soir !* »

Solly reste de marbre.

« T'es vraiment dur comme le roc, Solly. Maman a raison. » Il se lève. « Quelque part en chemin, tu t'es pétrifié. »

4

« Alors, j'avais raison ? voulut savoir Peter.

— À quel sujet ? » Mais Tuesday savait.

Sarah était déjà couchée, c'était samedi, le mégot de la semaine, la bouteille posée entre eux sur la table malgré leur épuisement. C'était devenu un rituel, un stéréotype bourgeois de la vie professionnelle en couple, dont Tuesday Reed reconnaissait le caractère inévitable, mais qu'elle détestait néanmoins. Toute la semaine on était pressé comme un citron, on travaillait six jours d'affilée, on rapportait des dossiers le soir, on remarquait rarement ce qu'on mangeait. Ou même qu'on mangeait. Ou avec qui on mangeait. On tombait au lit après minuit, souvent plus tard, les yeux toujours imprégnés de paperasse, les synapses encore excitées à cause des heures passées à regarder un écran d'ordinateur — et la dernière chose à laquelle on pensait, pour laquelle on était prête, c'était le sexe.

Vous vous rappelez, blaguait un jour une collègue aux toilettes à l'occasion d'une pause lors d'un dîner officiel, l'époque où une petite gâterie du samedi soir signifiait une attaque à main armée ?

Mais il y avait d'autres fois — comme ce soir,

comme maintenant — où votre corps se révoltait. Où il ne supportait plus la moindre tension, où vous désiriez mettre de côté pour un moment tout ce que vous saviez. Couper le contact avec tout ça.

« J'avais raison pour Glass ? » Peter jouait avec le pied de son verre et il la taquinait, sa cravate de travers, ses cheveux — plus blonds que jamais — tout ébouriffés et réfléchissant l'éclat doré des bougies. « J'avais raison hier de dire que tu étais tellement tendue à cause de ton rendez-vous avec Glass ?

— Peut-être. » Les lèvres de Tuesday Reed encore humides de sa dernière gorgée de vin.

« Pourquoi ? C'est juste un flic comme les autres.

— Ne parlons pas de Glass.

— Je ne vois pas pourquoi il te fait cet effet.

— Il est simplement… imprévisible. Voilà tout. » Puis elle se lança sans réfléchir. « Il ne suit pas les procédures habituelles, ni aucune méthode avérée…

— Il est bordélique. Ses rapports sont bordéliques ?

— On ne sait jamais ce qu'il regarde vraiment. Tu crois regarder quelque chose avec lui, du même point de vue…

— C'est juste son héritage qui remonte à la surface.

— Son héritage ?

— Le fait de regarder les choses différemment.

— Que veux-tu dire, par héritage ?

— Oh, allez, chérie. Solomon ? Solomon Glass ?

— Ne sois pas aussi stupide. » Elle était choquée. Mais elle ne savait pas si ce choc était dû à un brusque changement de perspective — à une intuition soudaine, vraisemblable — ou à l'usage grossier d'un stéréotype par Peter.

« Alors, il l'est ? »

Peter n'avait jamais rencontré Solomon Glass — il n'y avait aucune raison pour cela. Les rues du droit commercial et du système juridique criminel se croisaient seulement de manière fortuite et il y avait extrêmement peu de chances pour que ces deux hommes se retrouvent au même carrefour au même instant. Peter avait néanmoins, selon elle, étiqueté Glass une fois pour toutes : Glass lui déplaisait. Elle sentait quelque chose comme du mépris.

« Eh bien, je ne sais pas. Je n'y ai jamais réfléchi. Nous ne parlons jamais de choses personnelles.

— Rien ne le trahit ? Peut-être son accent ? Certaines tournures ?

— Franchement, je n'y ai jamais réfléchi.

— Mais il a du nez pour le crime ? » Son doigt dessina un crochet exagéré au-dessus de son propre nez. « Ce Solomon Glass ?

— Oh, Peter. Ne sois pas si...

— Alors, il en a ou il n'en a pas, du pif ? Tu sais ce qu'on raconte sur la taille du nez des Sémites ?

— Quoi ?

— Viens au lit et je te le dirai. » Ses lèvres maintenant contre l'oreille de Tuesday Reed. Elle pencha la tête vers lui, mais quelque chose — un sens résiduel de la justice, le désir de défendre Glass — la retint momentanément. Il y avait autre chose, aussi, qui la faisait hésiter — une réticence relative à Peter, à son assurance, à son charme facile. Sans faire le moindre effort, il avait toujours eu ce charme nonchalant — alors pourquoi commençait-il à agacer Tuesday Reed ?

« D'accord, dit-elle, mais mettons d'abord un peu d'ordre dans ce fouillis.

— Mmm. Ensuite, nous mettrons le lieutenant Solomon Glass au trou, là où est sa véritable place.

— Ça va, Peter... » Tandis que la main de l'homme descendait vers les seins de la femme. « J'ai dit *Ça va.* »

Mais, envoyé au trou ou pas, le nez — une seule fois évoqué — demeura gravé dans l'esprit de Tuesday Reed. Et il planait au-dessus d'elle alors même qu'elle cédait enfin.

5

Le nez, en fin de compte, eut à la fois raison et tort. Raison pour Mallick, la défense de cette crapule s'effondrant durant le contre-interrogatoire. Tort, car il avait cru que trois jours seraient nécessaires à cet effondrement. Onze heures exactement après le début du procès, Mrs Tuesday Reed, iceberg célèbre et distinguée magistrat du Bureau du procureur dans l'une des juridictions les plus dures de tout le pays, se trouva convoquée au bureau du juge Halloran et sommée de répondre à la demande de la défense désireuse de changer sa plaidoirie.

« Mon client… », expliqua l'avocat de la défense, jeune, tiré à quatre épingles, costume neuf, cravate mal assortie, « Mon client… n'a plus à cœur de défendre cette stratégie.

— Vous voulez dire qu'il en a un ?

— Je vous demande pardon ?

— Mrs Reed… » Le juge Halloran affectait une expression perpétuellement fatiguée, blasée. Chacune de ses paroles, chacun de ses gestes le disaient clairement : il était revenu de tout. « La présentation du point de vue de l'accusation a manifesté, du moins jusqu'à cet instant, un professionnalisme admirable…

— Je vous prie de m'excuser, Votre Honneur. Je retire cette remarque.

— Merci, Mrs Reed. C'est très aimable à vous, vraiment très aimable. Bon, je suis certain que si nous réussissons tous deux à écouter ce que notre distingué jeune ami ici présent désire nous communiquer… »

Faisant l'impossible pour ne pas rougir, pour jouer l'enfant repentante confrontée à son père le juge, Tuesday Reed réprima aussi un élan de sympathie envers le jeune avocat de la défense. Elle connaissait par cœur ce genre de bleu. Pas la moindre substance, rien que des effets de manche. Mais il apprendrait. En toute autre circonstance, loin du combat de la salle d'audiences, elle aurait pu lui donner un coup de main. Ici, selon les tours et les détours du procès, elle lui tendrait peut-être une perche. Mais au bout de cette perche, il lui faudrait accrocher une bouée de sauvetage.

« … Alors nous découvrirons sans doute, poursuivait laborieusement le juge Halloran, que nous pourrons rentrer chez nous de bonne heure et libérer ces braves gens du jury pour que chacun d'eux puisse retrouver son travail et sa famille.

— Et la victime ? Le jeune homme qui est désormais tétraplégique ? Va-t-il, lui aussi, retrouver son travail et sa famille ?

— Mrs Reed, j'apprécie le talent et la passion que vous mettez dans votre rôle de procureur, et j'apprécie également — je tiens à ce que vous le sachiez —, j'apprécie à leur juste mesure la douleur et les souffrances que doivent ressentir la victime et la famille dont vous représentez ici les intérêts, mais il existe néanmoins une certaine nuance entre la passion et, dirons-nous… la crispation ?

— Votre Honneur, je désire avoir la certitude de pouvoir plaider l'intention de donner la mort, la préméditation. C'est tout.

— Votre Honneur ! » Costume-Neuf leva une main exaspérée en brandissant ses notes. Tuesday Reed reconnut aussitôt ce geste. C'était l'une des premières mimiques qu'on apprenait à la faculté de Droit. Et qu'on devait ensuite oublier très vite. Le bleu ne l'avait pas encore fait. « L'intention ne saurait être retenue, si l'on considère les faits présentés jusqu'ici.

— Alors je poursuivrai jusqu'à obtenir gain de cause.

— Sacredieu… » Soumise à la provocation réitérée, même l'affectation blasée craque parfois. Comme un coup de fouet, dans le cas présent. « Vous deux, alors… Dans trois minutes.

— Bon Dieu, regardez un peu ce que vous avez fait », siffla le jeune homme tandis qu'ils quittaient le bureau du juge. « Ce saligaud désire maintenant plaider coupable, pour l'amour du ciel. »

Non que ledit saligaud ait vraiment eu le choix. En sa qualité de procureur, Tuesday Reed disposait de tout ce qu'elle voulait — le lieutenant Solomon Glass y avait veillé : des témoins (deux, de sexe féminin, dont l'une âgée de plus de soixante-dix ans, en chapeau décoré de cerises et voilette noire, qui se donnait un mal de chien non seulement pour entrer dans le box des témoins, mais pour s'y incruster définitivement), des empreintes, une pathologie, même l'ADN. Face à une telle accumulation de preuves, seul un imbécile aurait fait de la résistance. N'importe qui doté d'un Q.I. même médiocre se serait rué depuis longtemps sur le juge pour plaider la folie temporaire, des circonstances atténuantes dues à l'absorption de substances psychotropes, et pour changer son fusil d'épaule. Mais pas Mallick, pas ce sinistre crétin de Mallick.

« Les faits élémentaires, à ce qu'il me semble... Je pense que les faits élémentaires », le juge Halloran, sans robe, en privé, n'était pas moins pompeux et distant, « sont définitivement établis ? »

Les faits étaient simples, impitoyablement simples, si simples en réalité qu'ils levaient le cœur. Un jeune homme, au tout début de sa vie, un garçon de dix-sept ans, sur le point de quitter le lycée, prend un petit boulot dans une pizzeria pour l'été. Il travaille le soir et d'habitude il ferme la boutique avec le patron, aux alentours de minuit. Il accompagne le patron jusqu'à un coffre bancaire, sur la place toute proche, où ils déposent les gains de la journée, puis il retourne à la pizzeria, il ôte l'antivol de son vélo et il rentre chez lui dans la nuit estivale. Le même scénario se répète durant un mois, puis un autre mois. Encore trois semaines et il partira étudier à l'université dans une autre ville. Le patron, les clients, les autres employés seront tristes de le voir partir. Car il est poli, courtois, joyeux. Il a un boulot assuré pour tous les étés à venir. Il a presque économisé assez d'argent pour s'offrir sa première voiture. Il est assez jeune, mais toujours suffisamment attaché à sa famille et à son foyer, pour imaginer qu'il aura besoin de cette voiture afin de revenir à la maison chaque week-end. Un soir, le patron, dont la fille fête son anniversaire, laisse le garçon finir le service et fermer tout seul la pizzeria. D'abord le patron hésite, il envisage même de fermer plus tôt que d'habitude. Mais le garçon insiste, il lui assure qu'il s'en tirera très bien, il le vire presque comme si c'était lui le patron et que ce dernier n'était qu'un petit employé temporaire.

« Il a tourné ça à la blague... », témoigna le patron, toujours bouleversé. « J'ai toujours désiré monter ma propre affaire, qu'il disait. Voilà comment il était... »

Par des comptes rendus que Glass lui avait donnés, Tuesday Reed savait que cet homme s'en voulait toujours, qu'il se jugeait responsable du drame. Son malheur crevait les yeux. Elle l'avait laissé continuer sur sa lancée, sans demander le moindre ajournement, préférant observer son effet sur les jurés. Et sur la salle bondée. Elle regarda le père du garçon, sa mère et sa sœur, assis au premier rang. Les deux femmes étaient en larmes. Mais ce fut le père qui l'intéressa. Il ne regardait même pas le patron. Son regard intense était fixé sur le visage de Mallick, le prévenu.

« Je ne sais pas pourquoi il a fait ça, déclara le patron durant le contre-interrogatoire. Je lui ai dit et redit que, si jamais il arrivait quoi que ce soit, un truc comme ça, si jamais on le menaçait, on lui réclamait de l'argent — avec une arme ou non — il devait le donner aussitôt, ce qui était dans la caisse en tout cas, sans discuter. Il ne devait pas résister. Seigneur, c'est rien que de l'argent. Je ne comprends pas pourquoi... »

Elle avait attaqué — elle le devait — le fait que le garçon avait résisté. Car cela n'avait pas été établi.

« Votre Honneur, protesta-t-elle, il n'y a aucune raison de croire qu'il ait pu résister.

— Le temps, réagit aussitôt l'avocat de la défense, tout le temps que ça a pris. Mon client, prétend-on, est entré dans la pizzeria aux alentours de onze heures trente…

— Objection…

— Acceptée. »

« Prétend-on » ? Tuesday Reed réussit à prouver — ce fut une partie de plaisir, vraiment — qu'un homme, ensuite identifié comme étant le prévenu, était entré dans la pizzeria à onze heures trente précises ce soir-là (il s'agit du témoignage de la vieille dame au chapeau à voilette qui, insomniaque et curieuse, était restée à la vitrine du café d'en face). En entrant, il avait retourné la pancarte accrochée à la porte pour que, de la rue, on lise FERMÉ. Elle avait alors vraiment regardé, parce que cet homme était…

Quoi donc ?

Quelque chose dans son allure. Les cheveux décolorés, coupés très court. Le blouson de bûcheron à carreaux noirs et rouges, au col relevé par une nuit pareille. La fin de l'été. Quand tout le monde portait du coton, était en manches courtes. Par ailleurs, elle connaissait un peu le patron, le garçon de vue, et elle ne comprenait pas pourquoi ce n'était pas l'un de ces deux hommes, plutôt que cet inconnu à mine patibulaire, qui fermait la boutique. De l'endroit où elle était assise, ça paraissait bizarre. Elle était donc restée assise.

« Et alors ?

— Il n'est pas ressorti avant onze heures quarante-cinq. »

Voilà pourquoi le patron croyait que le garçon avait lutté, discuté, refusé de donner l'argent. Et donc, peut-être, provoqué sans le vouloir une agression qui ne se serait peut-être pas produite autrement.

« Onze heures quarante-cinq ?

— Oui, et quand il est ressorti il mangeait.
— Il mangeait ?
— Oui, il mangeait une part de pizza. Il la mastiquait quand il est ressorti. Je me souviens qu'il l'a regardée, comme s'il se disait : oh, mais c'est vraiment une très bonne pizza.
— Objection. » Maintenant, c'était le jeune avocat de la défense qui était debout.
« Acceptée.
— Mrs Sinkowitz, vous devez vous limiter à décrire ce que vous avez vu.
— Excusez-moi, Votre Honneur. Mais je ne comprends pas. Comment quelqu'un pourrait faire ce qu'il a fait et ensuite…
— Objection. »
Mais c'était trop tard, le mal était fait.
Le lieutenant Glass avait été le premier sur les lieux. Non, il n'y avait eu aucune trace de combat, pas d'égratignures, pas de bleus sur le garçon, pas de fragments de peau sous les ongles. Même le mince filet de sang sur le comptoir était celui de Mallick, car il s'était entaillé l'intérieur du bras en sortant de la manche de son blouson le tournevis aiguisé. La seule blessure du garçon, presque invisible car elle s'était très vite refermée, était un petit trou rond sur le côté du cou, là où le tournevis, effilé comme un poignard, avait pénétré sans rencontrer de résistance, plongeant dans la chair tendre, à peine virile, avant de rencontrer par hasard quelque chose de plus dur. Et de le sectionner. Et d'être retiré tout aussi prestement, chirurgicalement, laissant le garçon inoffensif, incapable de parler, seulement capable — sur le dos — de remuer les yeux, certaines parties de son cerveau encore intactes, et, avec ses lèvres, capable d'as-

pirer — mais rien de plus — et ce pour le restant de ses jours.

Ainsi, puisqu'il n'y avait pas eu de lutte, puisque le garçon avait été préparé, sommé de donner aussitôt l'argent, sans poser de question, s'il était menacé par une arme, pourquoi l'homme armé n'avait-il pas simplement pris cet argent avant de s'enfuir ? Qu'a-t-il fait, qu'a fait Mallick durant tout ce temps ? Telle fut la dernière question qu'elle posa à Glass dans le box des témoins.

« Il a simplement pris son plaisir. Il a joui du pouvoir et de la terreur qu'il...

— Objection.

— Acceptée. Mrs Reed, lieutenant Glass. Je dois dire que je suis surpris. Je trouve que, tous les deux, vous poussez le bouchon un peu loin. »

Mais là encore, le mal était fait. Elle le vit sur le visage des jurés. À leur expression scandalisée, peinée. Ce qu'elle vit sur le visage du père, ce fut aussi de la peine — une douleur encore plus nue, à vif — mais accompagnée dans son cas par autre chose, une chose qu'elle reconnut comme étant de la haine. Il avait toujours les yeux fixés sur le visage de Mallick.

Au cours de la préparation du dossier, elle-même et Glass — le flic chargé de l'affaire — avaient rendu visite au garçon, Nick Stevens, au centre de réadaptation qui l'accueillait, ainsi que trois autres jeunes hommes tétraplégiques. Des hommes ? Bon Dieu, ce n'étaient que des garçons, victimes de la malchance ou d'un instant de bêtise, en conduisant, en plongeant, en chassant. Et puis pourquoi parlait-elle de jeunesse ? Certes, le visage de Nick Stevens était jeune, il n'y avait encore qu'un léger duvet sur ses joues, mais son regard était terne — à cause des médicaments ou de ce qu'il savait ? En tout cas, leur regard avait terriblement vieilli. Sauf à un moment d'extrême tension quand, sous les yeux de Tuesday Reed, Glass lui montra une photo de police de Mallick. La terreur qui envahit alors les yeux de Nick Stevens était aussi juvénile, aussi paralysante que la première expérience de la terreur par n'importe quel enfant. Son hochement de tête en réponse à la question de Glass fut à peine perceptible. Mais ses canaux lacrymaux fonctionnaient toujours — à peine croyable, n'est-ce pas ? Néanmoins, quelques hochements de tête et des larmes ne constituaient pas des preuves. Glass, qui le savait, s'était déjà éloigné du lit en acier. Trop endurci pour s'attarder ? Glass, elle s'en aperçut, était beaucoup plus difficile à comprendre que le garçon lui-même. En partant, elle se pencha et embrassa Nick Stevens près de l'œil droit. Obéissant malgré elles à l'instinct, ses lèvres ramassèrent une larme qui venait de couler sur la joue du garçon. Certaines choses continuaient de vivre. Tièdes, salées, vivantes.

Je l'aurai pour toi, se surprit-elle à murmurer, sans même s'être préparée à prononcer ces mots — mais dès qu'elle les eut dits, ce fut comme une promesse.

Puis, se relevant, elle se retourna et découvrit Glass beaucoup plus près d'elle qu'elle ne se l'était imaginé, le filet têtu du regard du policier se saisissant d'elle, tout comme quelques instants plus tôt elle avait ramassé entre ses lèvres la larme sur la joue de l'adolescent. L'avait-il entendue ? Et si tel était le cas ? La jugerait-il écervelée ? Sentimentale ? Promettant davantage qu'elle ne pourrait accomplir ?

Eh bien — en partie grâce à Glass — elle avait tenu sa promesse. Elle avait eu Mallick. Mais l'avoir pour de bon, voilà ce qu'elle désirait vraiment. Dès le début, elle s'était efforcée d'obtenir le maximum, la tentative de meurtre — et bien sûr Glass l'avait soutenue à cent pour cent — mais d'abord le commissaire Keeves, le patron de Glass, puis le Procureur en chef, les avaient lâchés. C'était trop risqué, les jurés risquaient d'en prendre ombrage. Un accident, l'alcoolisme, le désespoir d'une querelle, un moment de panique dû à l'abus de drogue... Il y avait trop de risques, trop de choses susceptibles de déraper avec l'homicide volontaire. Violences aggravées, blessures physiques infligées au cours d'un hold-up, voilà un terrain beaucoup plus sûr. Et puis après tout, la différence des condamnations serait de combien ? Deux ans ? Trois, tout au plus. Mieux valait lâcher du lest, lui « conseilla »-t-on, et se contenter d'un réquisitoire plus modeste, cinq années incompressibles et, à la lumière des témoignages qu'elle pourrait trouver, essayer la peine discrétionnaire d'un an ou deux pour préméditation. C'était un système de tractations, de compromis et de demi-vérités qu'elle méprisait.

Tout comme elle méprisait les hommes qui l'administraient.

« L'intention, la préméditation, Mrs Reed », le juge Halloran semblait tout aussi désireux de lui souffler, « ce sont là des enjeux diaboliques, à manier avec des pincettes.

— Nous sommes précisément confrontés à une affaire diabolique.

— Le jeune homme ? Oui, oui, bien sûr. »

À quel jeune homme, se demanda-t-elle, faisait-il allusion ?

« Je me limitais néanmoins plus au domaine légal qu'au domaine religieux. Pour nos péchés, nous devons l'admettre, seul l'aspect juridique des choses compte à nos yeux.

— J'ai un témoin qui…

— Ah, oui. Vous en avez déjà parlé dans votre présentation des faits. Le… collègue de Mallick. Est-il crédible ?

— Bien sûr que non, Votre Honneur. » Le jeune avocat de la défense était maintenant indigné. « C'est un ancien compagnon de cellule de Mallick. Ils se sont querellés, brouillés, il est bourré de préjugés, peu digne de foi. On ne peut vraiment pas le croire.

— Quelle erreur je viens de commettre, se lamenta Tuesday Reed comme si elle se parlait à elle-même. Moi qui m'imaginais que c'était aux membres du jury d'en décider…

— Bien sûr, bien sûr. Le droit inaliénable des jurés… » Mais Halloran se tourna alors vers elle pour la regarder droit dans les yeux, afin qu'elle saisisse bien toute l'importance de ce qu'il allait ajouter : « Sous notre direction, cela va sans dire.

— Dirigé mais inaliénable ? Cela signifie-t-il *aliénable* ?

— Mrs Reed, Mrs Reed. La sémantique va-t-elle nous aider à avancer dans cette épineuse affaire ?

— Le témoin va témoigner — je ne rentrerai pas dans les détails, mais il déclarera que Mallick s'était déjà rendu deux fois dans la pizzeria, qu'il y avait mangé, qu'il avait évoqué le contenu coquet du tiroir-caisse, l'absence de tout dispositif de sécurité, qu'il connaissait le garçon, qu'il savait qui était Nick Stevens, qu'il avait appris que le patron était déjà parti ce soir-là, qu'il s'était ensuite vanté en riant, vanté du fait que le garçon s'était mis à genoux pour le supplier. C'est à ce moment-là, voyez-vous, à ce moment précis que c'était arrivé… »

Sa voix, elle le savait, enflait. Les hommes, elle le savait aussi, n'aimaient guère cela. En temps normal, elle s'efforçait de garder une voix calme, un ton neutre. Pareille maîtrise apaisait les hommes, elle les flattait en leur donnant l'impression d'entendre une supplique. Mais maintenant sa voix montait, et elle n'y pouvait rien.

« C'est alors… que le pic s'est enfoncé tout droit.

— Tout cela est très bien — et même, si je puis dire, inutilement désolant. »

De fait, la voix du juge Halloran exprimait, sinon la désolation, du moins un évident dégoût. Mais Tuesday Reed ne réussit pas à savoir si l'origine de ce dégoût était la vision, qu'elle venait d'évoquer, de la terreur et de la blessure du garçon, ou bien la soudaine emphase de sa propre voix, la perspective imminente d'une scène très peu professionnelle, très peu judiciaire.

« Néanmoins, je manquerais à tous mes devoirs si je ne vous rétorquais pas que toutes vos allégations vont dans le sens d'une accusation de préméditation. Elles vont dans ce sens, certes, mais sans rien prouver.

— Il a affûté son arme le soir même.

— C'est quelque chose. Si…

— J'ai un témoin.

— Pas le même ?

— Il n'est tout simplement *pas crédible*, Votre Honneur. Nous l'avons établi.

— Voyez-vous, Mrs Reed, ce dont à mon avis vous devez tous nous convaincre…

— Vous parlez des jurés ?

— Des jurés, bien sûr. Nous convaincre tous qu'il ne s'agissait pas simplement d'une vague intention de provoquer de l'inquiétude…

— De la terreur.

— De la terreur, si vous voulez. Pas simplement cela, pas le simple fait de brandir une arme — c'est sans aucun doute ce que… l'agent d'un hold-up — vous appelez bien cela un *agent* ? — fait à chaque fois ? Non, ce qu'il vous faut établir, c'est qu'il y avait l'intention précise, pas simplement de posséder l'arme afin de créer de l'inquiétude — d'accord, de la terreur — mais l'intention précise, consciente et volontaire de l'utiliser. N'oublions surtout pas ce que notre distingué jeune ami représentant la défense pourrait alors répondre. »

Notre distingué jeune ami, remarqua-t-elle, prenait déjà des notes. Même son stylo semblait obséquieux.

« Afin de l'utiliser pour provoquer des blessures graves et volontaires. Il ne s'agit pas simplement de se défendre au cas où, par exemple, le jeune homme devait résister, l'attaquer à son tour.

— Mais vous avez entendu le patron de la pizzeria. Vous savez que les jeunes qui occupent des emplois dans les magasins ou les stations-service ont pour consigne de donner l'argent liquide sans résistance ni retard.

— Vous et moi le savons peut-être, Mrs Reed, bon nombre des jurés le savent peut-être. Mais le prévenu le sait-il — vu son état d'esprit au moment du délit ? »

Le stylo, constata-t-elle avec répugnance, s'agitait fébrilement.

« Sait-il cela ? Et pouvez-vous établir…

— Le témoin déclarera que…

— Ah oui, le témoin.

— Affirmez-vous qu'il n'est pas crédible ?

— Mrs Reed, Mrs Reed, je n'affirme rien de tel…

— Vous me conseillez d'alléger l'accusation ?

— Je ne vous conseille rien de tel. Vous auriez tout à fait tort d'en inférer pareille conclusion — tout comme j'aurais tout à fait tort de vous donner ce genre de conseil. Cette décision vous incombe entièrement.

— Mais vous allez orienter le jury vers… ?

— Je ne crois pas que vous devriez spéculer ainsi sur les orientations que je pourrais suggérer au jury. Ainsi que je l'ai déjà dit, il serait tout à fait incorrect pour vous de faire ce genre de supposition, ou pour moi, à ce stade du procès, de lancer la moindre prévision sur l'issue. »

Quel enfoiré pompeux et méprisant tu es, Halloran, pensa-t-elle.

« Ensuite se pose bien évidemment le problème de la réhabilitation.

— De qui, Votre Honneur ?

— Du prévenu, Mrs Reed. La réhabilitation du prévenu.

— Et Nick Stevens ?

— Mrs Reed. Ce qui est fait est fait. C'est un cas malheureux, voire regrettable. Mais le prévenu sera bel et bien puni. Nous sommes ici pour veiller à ce qu'il le soit. Néanmoins, nous ne devons pas oublier que Mr Mallick est lui aussi un être humain, tout comme vous, tout comme moi, qui mérite une chance de réhabilitation. Les évaluations préliminaires, comme vous en prendrez bientôt connaissance, sont prometteuses…

— Oh, pour l'amour du Ciel…

— Mrs Reed, vous soumettez ma patience à rude épreuve. Que cela vous plaise ou pas, ce sont des choses dont notre système judiciaire s'occupe. Nous avons un certain nombre de responsabilités à assumer — la punition et la réhabilitation constituent seulement deux de ces devoirs. Mais notre système judiciaire n'inclut pas la vengeance, Mrs Reed, et peu importe ce que l'un ou l'autre d'entre nous peut en penser. »

Oui, c'étaient des enfoirés. Secs, formalistes, procéduriers, planqués. Complètement déconnectés de la réalité, donc dangereux. Quels murs ils construisaient autour d'eux, quelles profondes forêts de mots défensifs. Elle sentit décroître la ruée d'adrénaline de la salle d'audiences, puis une vague de lassitude la submergea. Elle pensa brièvement à Glass. Son témoignage avait été lapidaire, persuasif, direct. Tout le temps il avait regardé les jurés, il les avait tenus en joue avec son regard — les examinant, *eux*. Elle en avait vu deux ou trois se recroqueviller sous ce calme inflexible, remuer sur leur chaise, tourner la tête pour essayer d'échapper au filet impitoyable de ces yeux. Mais il les avait tenus, et il n'allait pas les lâcher avant qu'eux aussi ressentent, affrontent — à travers l'implacable énumération des faits — toute l'horreur qu'avait ressentie le jeune homme. Que dirait Glass face à cet échec ? *Parfois on gagne, parfois on perd* ? Une sentence lapidaire, générale. *À quoi bon se casser le cul pour faire bouger le système ?* Mais derrière le haussement d'épaules désinvolte — elle eut soudain cette vision évidente — la colère du policier couvait. Ils partageaient au moins cela. Mais, pour l'immédiat, elle se contenta de dire :

« Il faut que je cherche conseil.

— Bien sûr, bien sûr. Et je ne doute pas que le Procureur général sera ravi d'envisager toutes les possibilités offertes par ce changement de plaidoirie. »

Aucun doute là-dessus. Il s'agissait d'une vision commune. Et confirmée lors des déjeuners entre confrères, lors des dîners du Syndicat de la Magistrature, dans les clubs privés et sur les terrains de golf. Voilà comment le gratin de l'institution judiciaire accordait ses vues pour aboutir aux mêmes prises de positions.

« Nous ne devons jamais oublier, après tout, que… »

Elle s'assit, sans écouter davantage. Le juge Halloran, ou plutôt le ton de sa voix fit comprendre à Tuesday Reed qu'on avait déjà réglé cette affaire, trouvé des arguments pour l'inévitable conclusion.

« … et que les tribunaux sont surchargés… La semaine dernière seulement, le gouverneur en personne répétait ce dicton tellement approprié : justice retardée, justice déniée. S'il existe une manière quelconque — tout en respectant, bien sur, la lettre de la loi, il est exclu de procéder autrement — mais si nous avons l'occasion d'accélérer l'avancement des procès dans les tribunaux et si nous pouvons apporter notre modeste contribution à ce processus… »

Elle se demandait ce que pensait le jeune homme assis près d'elle. Il avait arrêté de prendre des notes. Son entrain avait disparu. Croyait-il déjà s'acheminer vers quelque première victoire partielle ?

« Et si par hasard vous pouviez revenir vers nous cet après-midi, Mrs Reed, à la lumière des instructions que le Procureur général aurait pu vous donner…

— Ce devrait être possible.

— Alors nous pourrions boucler cette affaire aujourd'hui même. Je serais en mesure d'entendre le réquisitoire…

— Il y aura un rapport psychiatrique, Votre Honneur. Concernant l'état mental de mon client. Les services sociaux désireront soumettre…

— Mais oui, mais oui, indéniablement, acquiesça le juge Halloran. Mais si nous pouvons les garder… sur la brèche, alors je pourrais aborder le verdict vendredi en début de journée. Histoire de boucler la semaine, pour ainsi dire. »

Il se leva, leur adressa un sourire à tous deux, puis de la main montra la porte.

« Je ne vous retarde pas davantage, Mrs Reed. Je sais combien vous avez hâte de consulter votre Procureur général. Si cela vous convient, nous vous verrons à mon tribunal cet après-midi. À quatorze heures précises ?

— Merci, votre Honneur. »

Elle entendit plutôt qu'elle ne vit l'avocat de la défense sortir derrière elle, elle sentit le tapotement paternel sur son épaule en passant devant le juge. Son pas sur le parquet, tandis qu'il la suivait dans le couloir qui menait à la salle d'audiences, était ferme, assuré. Victorieux.

De retour dans la salle d'audiences, elle entreprit de réunir ses documents pendant que le juge expliquait aux jurés, dans les termes les plus vagues possible, les raisons de cette interruption de séance. Des questions venaient de se poser quant à la stratégie de la défense, l'ensemble des chefs d'accusation. Toutes les parties devaient maintenant consulter. L'audience reprendrait à quatorze heures.

Sur le parking qui jouxtait le bâtiment, elle posa ses documents sur le capot de la voiture tout en fouillant dans son sac pour y trouver ses clefs. Quand elle leva les yeux, son regard s'arrêta sur le visage d'un homme debout trois voitures plus loin, indécis, les doigts immobiles sur la poignée de la portière de sa propre voiture. Il la regardait, et pourtant il ne la regardait pas. C'était Mr Stevens, le père de la victime. Lorsqu'il parla, il ne fut même pas évident qu'il s'adressait à elle. Peut-être était-ce le cas, mais il aurait pu aussi bien parler tout seul.

« Que faites-vous ? » Il ouvrit les mains, les leva. « Euh… que faites-vous ? »

La haine qu'elle avait constatée quand Stevens avait regardé le visage de Mallick dans la salle d'audiences, avait maintenant disparu. Ici, dans la lumière vive de midi en ce jour de semaine ordinaire de la fin du printemps — l'air annonçait déjà un été exactement semblable à celui de l'année précédente, quand son fils avait été en pleine forme, débordant d'idées et de promesses — il ne restait que l'hébétude. Sans réfléchir, poussée par un sentiment élémentaire d'humanité, elle contourna sa voiture et se dirigea vers lui.

« Mr Stevens, je ne saurais vous dire à quel point je suis désolée pour votre fils.

— C'est juste que…

— Je sais, je sais. »

En pareille occasion, ce sont les petits bruits gutturaux, à peine des mots, qui importent surtout.

« Je rentre chez moi… Je rentre chez moi et…

— Je sais, je sais. »

Chacun savait précisément ce que l'autre disait. Ou ne disait pas.

« Écoutez, Mr Stevens, je ne sais pas ce qui va se passer cet après-midi. Mais si, quand tout sera terminé, vous sentez que vous avez envie de parler… Si vous avez besoin de parler à quelqu'un. En prenant un café, par exemple…

— Je ne désire pas parler. Je désire retrouver mon fils.

— Mais si tel était le cas…

— C'est tout ce que je désire.

— Alors vous saurez où me trouver. Vous pourrez me téléphoner. »

Il était impossible de savoir s'il avait répondu ou si le son qu'elle entendit alors qu'il se retournait était simplement un juron étouffé, car le vacarme de la circulation à l'heure de pointe du déjeuner grondait maintenant dans le dos de Tuesday Reed.

6

Crépuscule. La voiture de patrouille banalisée de Solomon Glass roule doucement sur l'artère périphérique de leur circonscription, à travers l'obscurité qui fraîchit, elle roule en direction de l'ouest et des docks où Glass acquit sa réputation précoce et vers lesquels il retourne machinalement dès qu'il est soucieux.

« O.K., je donne ma langue au chat », dit Malone, son jeune adjoint, « pourquoi ne l'emmènent-ils pas voir quelqu'un ?

— Parce que... » Rien ne gâche autant une blague que l'incapacité de celui qui la raconte à en prononcer la dernière phrase. Glass, bien qu'inflexible, laconique, le visage de marbre, est à cet instant semblable — loin du regard d'Izzy — à un enfant pris d'une violente crise de fou rire. « Parce que la famille...

— Alors, allez-y, lieutenant, crachez le morceau. La famille quoi ?

— Elle a besoin...

— Seigneur.

— La famille... » Et soudain, les mots se précipitent en un flot désespéré. « La famille a besoin des œufs. »

Aucun des deux hommes — pliés de rire sur la banquette en s'assenant de grandes claques sur les cuisses — ne voit le feu rouge. Un semi-remorque transportant un container en acier long de vingt mètres traverse laborieusement le carrefour, le klaxon déchaîné. Solly donne un grand coup de volant, met la voiture en travers de la chaussée, écrase la pédale des freins. Il s'en faut d'un rien. Le chauffeur du camion baisse les yeux vers leur voiture. Il tend le majeur vers leurs deux visages hilares, il les prend pour des poivrots ou des cinglés. Solomon Glass, le visage ruisselant de larmes, lui fait au revoir de la main.

« Parce que la famille... »

Ils finissent la phrase ensemble.

« ... a besoin des œufs.

— Mais où trouvez-vous toutes ces blagues, lieutenant ? demande Malone quand ils sont un peu remis.

— On les entend un peu partout.

— Le fait d'être juif, ça doit aider.

— Vous avez rencontré beaucoup de juifs dans le commerce de la volaille ?

— Je ne voulais rien dire par là. Et vous le savez. »

Ils travaillaient ensemble depuis deux mois seulement. Ils tentaient toujours de trouver un *modus vivendi*.

« Je sais, Malone. Je sais. »

Mais que voulait vraiment dire Glass, se demanda alors Malone. Qu'il comprenait vraiment ou bien qu'il savait que Malone n'oserait pas blaguer aux dépens de son supérieur ? Glass était dangereux. Malone l'avait déjà compris. Glass savait des choses, parfois il était prévisible, parfois il virait brusquement sur l'aile. Parfois il était la patience même, un entraîneur prêt à instruire, à surveiller, à protéger, à blaguer avec vous. Mais à d'autres moments il vous laissait tomber sans prévenir et sans feux de signalisation dans une vaste plaine, une toundra gelée où à tout instant une bête immonde risquait de jaillir de la forêt pour vous déchiqueter.

Quant à Malone, Glass le trouvait okay. Bien sûr, il était brut de décoffrage, naïf au point d'être incapable, à certains moments, de trouver son propre cul avec ses mains, mais ce n'était pas un crétin et pour Glass la présence de Malone n'était pas synonyme d'un boulet à traîner. Voilà ce qui comptait, et peu importe ce que les gens pensent des flics. C'était surtout crucial quand on s'occupait des trucs les plus violents dans la rue — les homicides, les agressions avec coups et blessures, les viols, les délits entraînant des blessures graves — ainsi que Glass avait choisi de le faire. Choisi pour un certain nombre de raisons — la moindre n'étant pas qu'on vous accordait alors davantage de liberté de mouvements. Keeves, son patron, lui laissait les coudées franches, il lui donnait carte blanche pour ses propres affaires, moyennant quoi Glass s'organisait comme bon lui semblait, tant qu'il gardait un score correct. Et remplissait un minimum de paperasse. Après deux ou trois prises de bec initiales, ils avaient décidé d'un commun accord que c'était là, pour l'un comme pour l'autre, le meilleur mode de cohabitation possible. Le Département de la Police obtenait des taux de nettoyage susceptibles de satisfaire la voracité des médias, et Glass jouissait de tout l'espace et de la liberté nécessaires dont il avait besoin pour évoluer à sa guise, agir comme il l'entendait. Et puis il y avait son passé, mais personne n'avait la moindre envie d'ouvrir cette vieille boite de sardines rances.

Oui, le jeune Malone était okay. À aucun pied il ne mettait une épine douloureuse. Puisque vous deviez avoir un partenaire — et il le fallait, non pas pour aucune des raisons officielles de soutien ou d'assistance, mais tout simplement parce qu'il est plus difficile de fourrer quatre mains plutôt que deux dans un tiroir-caisse — alors Malone faisait l'affaire. Brut de décoffrage, ça ne faisait pas problème, tant que le cœur y était.

« Mallick en a pris pour cinq ans, à ce que j'ai entendu ?

— Cinq ans, c'est le minimum.

— Mais rien en prime, pour violences aggravées ou pour préméditation ?

— Paraît que c'est difficile à prouver.

— Tuesday Reed. » Malone secoua la tête, regarda par la fenêtre.

« Oui. » Mais c'était peut-être : « Oui ? »

« Elle est vraiment incroyable.

— Ah bon ? »

La voiture semblait rouler toute seule le long des quais. Glass conduisait d'un doigt posé sur la couronne du volant. De la neige fondue arrivait maintenant de la baie et les essuie-glaces au ralenti s'accordaient bien à la lenteur du véhicule, au chuintement des pneus sur l'asphalte mouillé. Que voyait donc Glass, où trouvait-il sa consolation quand il regardait ce décor désolé — les grues et les portiques, jaunes et immobiles, les cargos rouillés qui oscillaient doucement contre les quais déserts ?

« Mais vous-même, vous en espériez six. Sept avec de la chance. »

Glass haussa les épaules. « Parfois on gagne, parfois on perd. »

Et c'est reparti, pensa Malone. Cette attitude. Imprévisible. Que devait-on croire avec Glass ? Ça le tracassait — parce qu'ils étaient partenaires. À certains moments on se sentait très proche de ce type, on le comprenait, on voyait comment il traitait les gens, sa passion pour la justice, pour l'équité. On aurait juré que Glass aurait volontiers sacrifié son bras droit pour que Mallick écope du maximum, qu'il reste à l'ombre le plus longtemps possible. Et maintenant, cette indifférence nonchalante.

« À quoi bon bousculer le système ? » disait-il.

Tout ça n'avait pas de sens. Mais Malone était décidé à en trouver un, de sens. Il admirait Glass, il se posait des questions sur lui, parfois il le redoutait. Mais quand on voulait être le meilleur, il fallait travailler avec le meilleur. Et accepter la merde avec. Glass était sans conteste le meilleur. Tout le monde au Département l'admettait. Alors, on le prenait avec ses particularismes, ses humeurs, le trou noir de son passé où l'on ne s'aventurait jamais — ceux qui le connaissaient prétendaient que, dans les parages de ce trou noir, on risquait l'écrasement pur et simple, que la gravité se mesurait en milliards de tonnes par centimètre carré. On entendait des choses et d'autres, on entendait parler d'une femme, d'une ex, mais on ne posait pas de questions. Un jour viendrait, espérait-on, où lui-même vous en parlerait. Et en attendant ce jour, on faisait porter le chapeau à son tempérament. Et on parlait boulot.

« Eh bien, je la trouve vraiment bonne.

— Ah bon ? »

Il remarqua que Glass n'avait pas demandé : « Qui donc ? »

« Ouais, je trouve qu'elle a fait un boulot formidable. Et puis elle est magnifique. Seigneur, elle est splendide.

— Un peu âgée pour vous, à mon avis.

— Peut-être. »

Glass le regarda. Les essuie-glaces crissaient contre le verre du pare-brise.

« Elle a été furieuse, Malone.

— Que voulez-vous dire ? Qu'aurait-elle pu faire de plus ?

— Découvrir si Halloran avait réservé une partie de golf sur le terrain de St Lawrence après déjeuner.

— Je ne pige pas. »

Glass soupira, regarda sa montre, fit tourner le volant. Ils quittèrent les quais et retournèrent vers le cœur de leur territoire. Quelque chose avait donc été appris, décidé ? Quand Glass prit enfin la parole, le ton de sa voix disait clairement que le sujet précédent était clos.

« Vous n'avez rien déniché sur le meurtre de Jacobs ?

— Rien de rien. » Malone en était ulcéré, et honteux. Quand Glass lui avait non seulement laissé la main, mais donné la haute main sur cette affaire, il s'était senti submergé de joie. Son premier homicide, les coudées franches — à première vue cette affaire était du gâteau, un meurtre crapuleux, un retour de bâton, un truc personnel, même pas organisé. Il suffisait de retourner quelques pierres, de secouer un peu les araignées qui avaient récemment été en contact avec la victime, et l'une d'elles se mettrait sûrement à rougir comme une tomate. Était-ce la raison pour laquelle Glass lui avait confié cette affaire, pour inscrire un gros UN sur sa première enquête solo, s'agissait-il d'un cadeau — ou alors Glass, pour une raison quelconque, se désintéressait-il tout bonnement de ce dossier ? C'était même la première fois que son supérieur l'interrogeait sur l'avancement de l'enquête.

« Je ne comprends pas. » L'étonnement de Malone crevait les yeux. « Nous avons secoué tous les clampins possibles et imaginables. Nos contacts internes, externes. Et partout on a fait chou blanc. Y a tout bonnement personne pour nous refiler le moindre tuyau.

— Peut-être qu'ils ont tous décidé de faire une exception sur ce coup-là. Après tout, Jacobs n'était pas le chouchou de tout le monde.

— Je ne crois pas que ce soit ça, lieutenant. Ou alors tous les criminels de cette ville se sont inscrits à des cours d'art dramatique. Même pour une somme rondelette, impossible de leur tirer le moindre ver du nez.

— Et la balistique ? C'est du boulot de professionnel ?

— Ruger calibre .32 standard. Vous aviez raison pour le silencieux — mais rien de vraiment bizarre. Quelques égratignures sur les balles. Mais rien de spécial sur l'arme elle-même. Un modèle banal, tout ce qu'il y a de plus classique. On peut acheter un joujou comme ça dans n'importe quel magasin à la con.

— Alors pourquoi est-il là-bas, d'abord ?

— Sur le parking ?

— Qu'attend-il ? Qui attend-il ?

— Eh bien, si nous le savions…

— Vous avez enquêté auprès de la compagnie du téléphone ?

— La compagnie du téléphone — pourquoi donc ?

— Qu'avez-vous donc fait, Malone ? Vous n'avez pas arrêté d'agiter les cocotiers, pas vrai ?

— Oui. » Il ne pige toujours pas.

« Posez-vous la question. Il est là. Pourquoi ? Pourquoi une ordure qui a passé quatre ans à l'ombre et qui retrouve la lumière du jour, consacre sa journée de liberté à rester assis sur un putain de parking de supermarché ?

— Et comment pourrait-on le savoir ?

— Il est assis dans sa bagnole, d'accord ?

— Oui.

— Lit-il un journal ?

— Il n'y avait pas de journal dans la voiture.

— La radio est allumée ?

— Non.

— Il est donc assis là ?

— Ouais. »

Glass aurait dû être dentiste.

« Donc, il attend quelqu'un. Donc, s'il attend quelqu'un, c'est qu'ils sont convenus de se retrouver là. Et s'ils sont convenus de se retrouver…

— Il a eu un message.

— S'il a eu un message…

— On lui a peut-être téléphoné.

— Allez voir la compagnie. Qui sait, vous obtiendrez peut-être une remise sur votre abonnement.

— Excusez-moi, lieutenant. »

Glass, malgré sa dureté parfois impitoyable, ne remuait jamais le couteau dans la plaie. Quand on se sentait idiot, en dessous de tout, il vous laissait mariner dans votre jus. Et quand il devinait que vous aviez bien mariné, il changeait de registre sans prévenir.

« C'est un marchand de tapis, dit-il.

— Quel marchand de tapis ? »

7

Quand le téléphone sonna, il était dix heures passées. Tuesday Reed relisait encore ses notes en vue de la plaidoirie du lendemain.

« Mr Stevens. Non, non, ça va très bien. Je suis contente que vous appeliez. »

Et elle l'était vraiment. Même si ça risquait de lui coûter son mariage. Qu'elle essayait de sauver sans grande conviction. Pour qui ? Pour elle-même ? Pour Sarah ?

« Bon Dieu, Tuesday, c'est ridicule. Ça dépasse l'entendement. » Peter, son mari, était furieux lorsqu'elle raccrocha. « Quand ce ne sont pas les réunions, c'est la paperasse. Quand c'est pas la paperasse, c'est du travail social. Et il ne s'agit même pas d'assistance aux victimes.

— Peter. Je lui ai dit qu'il pouvait m'appeler.

— Il s'agit d'assistance *aux parents* des victimes.

— C'est de ma faute. Je lui ai demandé de m'appeler.

— À dix heures du soir ?

— Les gens ne sombrent pas dans le désespoir à dix heures du matin, ils craquent le soir.

— Eh bien, voyez-vous ça ! »

Un quart d'heure plus tard, elle enfilait son manteau.

« Écoute, Peter, j'en ai pour une heure. Pas plus, je te le promets. Je vais seulement prendre un café avec lui. »

Quelques instants plus tard, Peter entendit leur voiture démarrer dans le garage inférieur, il entendit la marche arrière. La lueur des phares qui traversa les rideaux le surprit alors qu'il se levait déjà. L'ombre sur le mur de leur salon leva les mains en l'air. Le bruit de la voiture s'éloigna. Peter retomba sur le canapé, tendit le bras vers le combiné, composa un numéro, porta l'écouteur à son oreille.

« Salut, c'est moi », dit-il.

*

Le café suggéré par Stevens se trouvait à moins d'une rue de la pizzeria où son fils avait été attaqué et réduit à l'état d'infirme. En descendant de voiture, elle se surprit à frissonner à cette seule pensée. Stevens revenait-il ici ? Hantait-il cet endroit ? Marchait-il la nuit dans cette rue ? Peut-être en essayant de remonter le temps, de remonter jusqu'à l'instant décisif, pour le rejouer, remontant encore un peu plus loin vers le passé — afin de prévoir le drame ? De le rejouer ? De s'offrir lui-même à la place de son fils ? Pour jaillir d'une cachette derrière le comptoir et affronter lui-même ce sadique ricanant ? Pour rencontrer Mallick, mais correctement armé ?

Stevens, elle s'en aperçut dès qu'elle entra dans le café, traversait une sale passe. Une semaine seulement s'était écoulée depuis leur dernière entrevue, mais maintenant il semblait malade. Buvait-il ? Souffrait-il d'insomnies ? Lorsqu'elle l'avait rencontré pour la première fois, six mois plus tôt, il était en état de choc, mais c'était un bel homme mince de quarante-cinq ans. Maintenant il était assis, écroulé sur sa chaise, le teint terne et gris, mais les pommettes rouges. C'était comme s'il avait absorbé lui-même dans son corps le coup porté à son fils.

« Certains jours, je déborde simplement de colère, dit-il après que la serveuse eut pris leur commande. D'autres jours, je les passe à pleurer.

— C'est tout à fait normal, Mr Stevens. Il est normal que vous souffriez d'une confusion des sentiments.

— Mais ça ne s'arrête pas là. Chaque fois que je lui rends visite, que je le vois allongé là… je regrette qu'il ne soit pas mort. Lui aussi préférerait être mort.

— Vous ne pouvez pas le savoir.

— Mrs Reed, c'est mon fils. »

Que pouvait-elle répondre ?

« Je lis ce qu'il y a dans ses yeux… »

N'avait-elle pas lu, elle aussi, dans l'âme du garçon ?

« Je sais qu'il me supplie de mourir. Qu'on lui permette de mourir…

— Il est possible… » Comme il est facile de disséquer sagement la souffrance d'autrui. « … que vous confondiez… sa souffrance avec la vôtre.

— Avec la mienne ?

— Pour mettre un terme à la douleur… » Avait-elle le droit de dire cela ? « Pour votre propre bien plutôt que pour le sien. »

Il la considéra d'un air choqué. Puis il s'écarta, pour réfléchir. Cet homme avait de la profondeur. Elle avait raison de l'avoir dit.

« D'accord, j'accepte vos paroles. » Un index se tendit brusquement vers elle, comme une flèche, ou une lance. S'il y avait de la profondeur en lui, il y avait aussi de l'acier. « Mais ce que je n'accepterai jamais, c'est ce qui s'est passé au tribunal.

— J'ai fait ce que j'ai cru être…

— Pas vous, pas vous. Vous avez fait ce que vous avez pu. Mais pourquoi donc, à la fin…

— J'ai reçu des ordres. Je ne peux pas rédiger mes chefs d'accusation en n'en faisant qu'à ma tête. C'est le Bureau du procureur général qui décide comment la justice est la mieux… rendue.

— La justice ? Vous appelez ça la justice ? Avec ce… ce crétin de juge ?

— Il a des pouvoirs limités, répondit-elle machinalement.

— Tout le monde est limité. Vous êtes limitée, les témoins sont limités, et maintenant ce putain de juge a des pouvoirs limités. Ne venez pas me raconter ça. »

Que pouvait-elle répondre ? Lui dire ? Que, lorsqu'une société a peur, soit elle devient totalitaire, répressive, soit elle cède aux autres individus brutaux, aux autres voyous — et avec elle l'appareil d'État, les politiciens, les juges, les opérateurs sociaux et les autres acteurs périphériques qui les ont implicitement soutenus.

« Alors que celui qui, concrètement, est limité, c'est… Nick. »

C'était la première fois qu'elle l'entendait réellement prononcer le prénom du garçon, lui accorder une identité indépendante de la sienne. Jusqu'à maintenant — bouleversé de douleur — il avait seulement utilisé le possessif, ç'avait simplement été *mon fils*.

« Nick… Nick est allongé là, il restera allongé là, jusqu'à ce qu'il attrape une infection, une pneumonie ou une autre maladie, et qu'il en meure, peut-être de manière horrible, là, sous nos yeux. Et cet… cet animal de Mallick écope de quoi, cinq ans ? Cinq ans contre une vie ? Vous appelez ça la justice ? »

Elle resta un moment silencieuse.

« Le maximum que nous pouvions espérer, même si nous étions restés inflexibles jusqu'au bout, c'était six ans — peut-être sept.

— Ils ne les font jamais. Dans trois ans, quatre ans et demi tout au plus, il sera dehors.

— Les prisons sont bondées, surpeuplées.

— Toutes ces… conneries. Sur le manque affectif, l'enfance — cet animal n'a jamais été un enfant. Ces *conneries* sur la réhabilitation. Dans trois ou quatre ans, cet animal sera libre comme l'air.

— Il aura fait quatre ans de prison. »

Stevens n'écoutait pas. Ne la voyait pas. Ses yeux étaient fixés sur Mallick. L'image de Mallick y avait été gravée pendant les heures du procès, pendant le verdict. Stevens était capable de le convoquer à sa guise. De l'attirer dans sa ligne de mire.

« Oui, mais laissez-moi vous dire une bonne chose : quand il en sortira, je serai là.

— Mr Stevens, Mr Stevens, vous ne devez pas penser ainsi. La colère va vous dévorer si vous continuez sur cette voie. La haine. Vous devez lâcher du lest, trouver un moyen de résoudre ce problème.

— Je connais un seul moyen de lâcher du lest : c'est d'exprimer ma haine.

— Oui, mais pas de cette façon.

— Comment, alors ? »

Elle ne répondit pas. À la place, elle regarda un homme et ses deux filles toutes jeunes — des jumelles, c'était désormais évident pour elle — jouer au morpion à une table voisine, en se demandant ce qu'ils faisaient là à une heure aussi tardive.

« Vous croyez que je plaisante, n'est-ce pas ? Mais laissez-moi vous dire que, lorsque Mallick franchira cette porte, je l'attendrai. Il a démoli ma vie, celle de mon fils, sans parler de ma famille. Et je ne connais qu'une seule manière d'arranger ça. Mais au moins ce sera fait proprement, il ne restera pas grabataire pendant des années.

— Mr Stevens…

— Vous êtes une femme bien, Mrs Reed. Mais vous ne comprenez pas.

— Je rencontre beaucoup de…

— Au tribunal. Tout est contrôlé. Ce ne sont que des mots. Qui sait, quand j'aurai Mallick, vous serez peut-être témoin. Il vous faudra peut-être témoigner. »

Il eut un rire dur.

« Mr Stevens… Vous avez besoin d'aide.

— Sur l'intention, sur la préméditation. Mais peut-être que j'aurai de la chance, comme Mallick. Votre témoignage sera peut-être irrecevable…

— Ce n'était pas tellement ça.

— Vous ne serez peut-être pas crédible.

— Vous ne parlez pas sérieusement ?

— Et comment que si. Merde alors, œil pour œil : n'est-ce pas ce qu'on dit toujours ? »

Elle tourna la tête pour regarder par la fenêtre les lumières des voitures qui roulaient.

« Mr Stevens, dit-elle en le regardant de nouveau,

ça ne vous intéressera peut-être pas, mais il existe un groupe qui se réunit…

— Un groupe ? Vous plaisantez ?

— Ce sont des gens comme vous, qui ont été blessés. Et ils se réunissent…

— Des victimes de crimes, c'est ça ?

— Pour ainsi dire.

— Des séances de parlote. La thérapie. Tous ces gens s'assoient ensemble pour dire à quel point ils se sentent mal et ils pleurent ensemble. Puis ils rentrent chez eux et se sentent beaucoup mieux.

— Pas tout à fait. C'est un peu plus que ça. Et ils s'aperçoivent que ça les aide.

— Mais voyez-vous, Mrs Reed, je n'ai pas envie de me sentir mieux comme ça. Je n'ai pas envie de lâcher du lest. Je veux m'accrocher à cette colère qui est la mienne. Je veux l'exprimer de la seule manière que je connaisse.

— Ils se réunissent à la fin de chaque mois. Je peux vous donner une adresse.

— Je ne veux pas de thérapie. »

Une semaine plus tôt, il n'avait pas voulu non plus partager un café. Et pourtant, il était là.

« Je vais vous la noter. Ils se réunissent à sept heures le dernier vendredi de chaque mois.

— Je n'irai pas.

— C'est à vous d'en décider. Je vous dis simplement qu'à mon avis ils pourraient vous aider. Qui plus est, je crois que vous pourriez les aider.

— Moi, les aider ?

— La souffrance est une carnivore universelle, Mr Stevens. Elle nous dévore tous. »

Mais il y eut aussi une soudaine excitation, une joie allègre. Bizarrement, ce fut ce qu'elle ressentit en rentrant chez elle en voiture à travers les rues scintillantes, non pas la torpeur ni la fatigue auxquelles elle aurait pu s'attendre. La vraie source de cette excitation restait mystérieuse, même à ses yeux. Mais elle y était habituée, car elle vivait souvent dans différents compartiments de son moi. Avec un peu de chances, calcula-t-elle, Peter ne remarquera jamais la différence.

8

Glass aimait conduire. Surtout la nuit. L'autre moitié de la ville revenait alors à la vie, commençait à bouger dès la tombée de la nuit. Des créatures, qui passaient la journée sous terre ou cachées sous des rochers afin de se protéger contre la chaleur et la lumière du soleil, se mettaient à remuer, à s'étirer, à jeter un coup d'œil dans une obscurité grandissante qui leur paraissait plus naturelle — et davantage à leur goût. Quant à Solomon Glass, naturaliste légal et prédateur occasionnel, il se mettait alors à bouger en une parfaite symbiose judiciaire avec ces créatures. Chaque partie déchiffrait parfaitement les signes émis par l'autre. Un frémissement, la moindre agitation dans un coin de la toile d'araignée produisaient une réaction correspondante dans un autre angle. Les pulsations allaient et venaient librement à travers toute la toile, les créatures qui les produisaient se tendaient l'une vers l'autre, tantôt traquant de près, tantôt battant en retraite afin d'encourager l'autre à se montrer davantage. Et puis, de temps à autre, toute la structure était ébranlée par une frénésie tellement violente, si électrique, que dans la mêlée obscure on ne pouvait distinguer un prédateur d'un autre, et que les fils radiaux qui ancraient la toile proprement dite au reste du monde naturel menaçaient de se rompre.

La nuit, Solomon Glass suivait les grandes artères, les fils majeurs de la toile, accordant une oreille distraite au babil régulier de la radio, sans écouter vraiment, mais sentant dans ce badinage ininterrompu la ville bouger, respirer, aimer, souffrir et hurler autour de lui, sentant les tristes blessures familières endurées par la peau de la métropole à cause d'une rixe dans un bar d'Oakland, d'une effraction accompagnée de coups et blessures à Concord, de violences conjugales à Consolation. C'était sa ville, c'était son district. Le sang, mêlé, polyglotte, sale et meurtri, de cette ville coulait dans ses veines à lui, comme il y avait coulé depuis sa naissance et, il le savait, il y coulerait jusqu'à l'heure de sa mort. Et ce soir-là, tandis que la pluie ruisselait sur le pare-brise, que les lampadaires brillaient rouges et jaunes sur le macadam noir, que les pneus sifflotaient un doux accompagnement pour les voix diffusées par la radio, et que la ville grouillait de possibilités autour de lui, Solomon Glass se trouvait plus près du repos salvateur, plus près de la décontraction parfaite, qu'il ne le serait sans doute jamais.

*

Vers onze heures et demie, la pluie s'était calmée, il faisait bon à l'intérieur de la voiture et la ville — même les banales devantures des magasins, les enseignes au néon criardes, les panneaux publicitaires qu'il croisait — semblait nimbée d'une beauté mélancolique, désespérée, lessivée. Certains individus conduisent parce qu'ils ont besoin de réfléchir. Solomon Glass conduisait souvent parce qu'il avait besoin d'arrêter de réfléchir. Les nuits comme celle-ci, il était simplement heureux de tenir les rênes de sa vie, passée et présente, légèrement dans sa main. Les images pouvaient arriver et repartir, dériver comme des chats dans le faisceau de ses phares, mais il ne les cherchait pas ou bien, quand elle arrivaient, il ne les poursuivait pas, il n'essayait pas de les traquer. Elle filaient dans le rayon de son regard, elles étaient retenues un moment, examinées — se retournant parfois sur elles-mêmes pour l'observer, lui, de leurs yeux jaunes — et puis elles s'en allaient, elles disparaissaient dans une allée de la mémoire ou du rêve. Et, pour le moment, c'était ainsi qu'il préférait voyager. Sans encombre.

Enfin, presque.

« Lieutenant Glass… » La radio grésilla. Il y avait une tempête au large. « Central à six douze. »

Il se pencha pour monter le volume.

« Lieutenant ?

— Je ne suis pas en service, Malone.

— Je suis content de vous trouver.

— Vous ne m'avez pas trouvé.

— Je vous ai appelé chez vous.

— Vous m'y avez trouvé ?

— Lieutenant, écoutez… » La réception radio était mauvaise, mais Glass entendait néanmoins le souffle haletant de Malone qui avait une nouvelle à lui apprendre. « Lieutenant, nous avons un homicide.

— C'est une grande ville. » Mais maintenant il écoutait. Si le rire de Malone était contagieux, sa jeunesse aussi, son excitation l'étaient. Néanmoins, pour rien au monde Glass ne l'aurait montré.

« Il y a des blessés ? demanda-t-il.

— Lieutenant, je ne blague pas. C'est plutôt moche.

— Du point du vue du cadavre, je ne doute pas que ce soit moche.

— Allez, lieutenant. Je vole en solo ici. »

Après avoir appris le jugement dans l'affaire Stevens, Glass, écœuré par le laxisme du verdict de Mallick, la mollesse du système — comment des gens comme Reed pouvaient-ils tenir le coup ? — Glass avait pris deux ou trois jours de congé, le temps de réfléchir, de se rendre malade à force de réfléchir et de se demander si tout ça valait vraiment le coup. Pendant ce temps-là, avait-il cru, Malone s'était retrouvé avec les affaires courantes — les chats coincés en haut des arbres, la paperasse — à cause d'une rixe de bar dans laquelle il s'était laissé entraîner la semaine précédente. Mais maintenant, que diable faisait-il, sans partenaire, à s'occuper d'homicides ?

« Où êtes-vous, Malone ? Que faites-vous tout seul, bon sang ?

— Trois gars de l'équipe de nuit se sont fait porter pâles. »

Bon Dieu, comme d'habitude. Brigades criminelles, groupes d'intervention rapide, équipes spécialisées — mais au moindre signe de pluie, ils foncent tous sur leur imperméable et le bloc-notes des arrêts maladie.

« Nous avons reçu un appel de Wellsmore. » La voix de Malone s'était calmée.

« Nord ou sud ?

— Sud. Un appartement... » La radio avait enfin cessé de grésiller. Il entendait Malone feuilleter son calepin. « Riviera Street. Vous connaissez ? Un immeuble d'appartements en haut de la colline.

— Et ?

— Lieutenant, on en a un gros sur les bras. » S'interrompant exprès pour souligner son effet. « Un *corpus callosum*.

— Un *corpus callosum* ?

— Le nom de Benedict Salsone vous dit quelque chose ? »

Des milliers de choses. Mais il n'allait pas manifester sa stupéfaction alors que Malone écoutait.

« Un *corpus callosum*, préféra-t-il dire, ça ne veut pas dire un gros cadavre, Malone. »

C'était le problème avec les Irlandais : leur latin était exécrable.

« Ah bon ? » Malone était en état de choc. À cause de quoi, c'était difficile à dire à l'autre bout de la radio. « Vous êtes sûr ?

— Le *corpus callosum* est une partie du cerveau, Malone. C'est la membrane centrale, le paquet de fibres qui assure la cohésion des deux hémisphères cérébraux.

— Vraiment ?

— C'est une partie du cerveau humain, Malone. Ça n'a rien à voir avec... » Il renonça. Il y eut un silence. Des deux côtés.

« Eh bien, ce type était vraiment arrogant, paraitil, lieutenant. »

Sans voir le visage des gens, il était parfois très difficile de savoir où ils voulaient en venir.

« Arrogant ? répéta enfin Glass.

— Ouais, apparemment il avait la réputation d'être une vraie grosse tête. »

Encore un autre problème avec Malone. Puisqu'il fallait bosser avec un partenaire, on en voulait un qui ait de l'humour. Mais il ne fallait surtout pas lui laisser croire une seconde qu'il était un vrai comique.

« Où êtes-vous, Malone ? » D'un ton glacial.

« Je suis toujours à l'appartement, lieutenant. » Malone savait qu'il venait de marquer un point.

« Okay, restez là, j'arrive. Donnez-moi quinze minutes, vingt tout au plus. »

Tout en parlant, il quitta la voie express vers le centre-ville. D'habitude, l'autoroute était plus rapide. Mais ce soir — avec la pluie et tous les braves citoyens, sans oublier les collègues malades, bien au chaud chez eux devant la télé et au coin du feu, les doigts de pied en éventail —, traverser la ville serait tout aussi rapide. Et puis, il allait passer par ces rues qu'il connaissait par cœur et qu'il aimait. « Personne est resté dans le coin, j'imagine ? » Tu parles d'une chance si c'était vraiment Salsone qui venait de se faire descendre. « Y avait personne au carrefour avec les mains en l'air quand vous êtes arrivé ?

— Hélas non, lieutenant. »

S'il s'agissait de Salsone, c'était forcément un boulot de professionnel. Quant à savoir si c'était un meurtre unique, une vendetta privée, ou le début d'autre chose… Voilà tout ce dont ils avaient besoin, d'une nouvelle guerre entre organisations rivales. Les médias, les journalistes, les politiciens. Merde.

« Ça ressemble à du boulot de pro ?

— Eh bien, un petit peu, lieutenant.

— Comment ça, un petit peu ?

— Eh bien, il est mort, il est plein de trous. J'imagine que c'est professionnel. Mais tout le reste l'est aussi — criblé de trous, je veux dire. Ça paraît un peu amateur, vous voyez ? La panique.

— Salsone ferait paniquer n'importe qui. Comment ça se fait qu'il se balade dans la nature ?

— Il est sorti il y a cinq semaines. Il a eu droit à une remise de peine.

— Comme Jacobs.

— J'ai jamais fait le rapprochement. »

La voix de Malone se voilait de gravité dès qu'on parlait de Jacobs. Glass avait laissé la bride sur le cou à son jeune partenaire parce qu'il pensait que l'affaire se résoudrait d'elle-même et qu'il ferait un petit cadeau au gamin par la même occasion, mais maintenant, bon Dieu, qu'est-ce qu'il découvrait ? Une affaire inextricable, et voilà en plus Malone qui se balade en caleçons à travers la ville en parlant de macchabées, de *corpus callosa*, comme s'il racolait pour un établissement de pompes funèbres. Tout ça revenait simplement à dire que c'était désormais Glass qui avait un problème sur les bras. Allait-il s'en mêler — et décrocher un vote de défiance pour le petit nouveau auprès de toutes les forces de police ? Il mettrait peut-être la moitié de sa carrière à s'en remettre. D'un autre côté, s'il le laissait encore courir, il se retrouverait bientôt avec Keeves en train de fureter sur son propre bureau et de réclamer un libre accès à son agenda. Non, pour le bien de Malone comme pour le sien, il devait talonner son partenaire. Un peu.

« Trouvé quelque chose à la compagnie du téléphone ?

— Peut-être, lieutenant.

— Peut-être ? » Que trafiquait Malone ? De la rétention d'informations ? « Vous voulez dire qu'en définitive vous n'avez pas eu droit à une ristourne ?

— Pardon, lieutenant. » Mais il désirait toujours

savourer à plein son heure de gloire. « J'ai parlé à la compagnie du téléphone comme vous me l'avez suggéré.

— Excellent, excellent. » Et alors, Léonard de Vinci aussi avait ses apprentis. « Bien joué, Malone.

— Et le directeur des opérations là-bas m'a rencardé sur tous les appels qui sont arrivés à l'endroit où Jacobs créchait le jour de sa libération.

— Et alors ? Et alors ? »

Bon Dieu, que foutait donc Malone le soir alors qu'il aurait dû courir la gueuse ? Il eut un éclair de sympathie pour les interrogateurs, les procureurs, les Tuesday Reed de ce monde. Et dans ce brusque élan de sympathie, il se retrouva soudain projeté en arrière — vers une soirée de la semaine précédente où il conduisait sa voiture dans cette même rue, le long de ce même bloc, à peu près à cette même heure tardive et où, stupéfié, il la vit — Tuesday Reed — debout sur le trottoir, à l'angle de Main et de St Martin. Il venait de s'arrêter à ce même feu et il l'avait observée à travers la crasse incrustée dans le pare-brise. Un hasard incroyable — à un autre moment, dans une autre rue, à un endroit différent du carrefour, il ne l'aurait jamais aperçue de la sorte : et pas seule, comprit-il en la voyant tendre la main pour la poser doucement sur le bras du type debout près d'elle. Un type que Glass connaissait aussi, s'il ne se trompait pas. Quelque part dans les salles d'audiences ? Les cellules ? Non, au tribunal. C'était Stevens, le père du gamin estropié dans l'affaire Mallick. Bon Dieu, se demanda alors Glass, elle passait donc ses nuits comme ça — à réconforter les victimes ? Peut-être qu'il n'avait rien compris à cette femme. Il l'avait épinglée comme une carriériste yuppie. Bien roulée, certainement. Aucun doute là-dessus. Mais dure, vraiment dure. Une femme si convaincue de ses propres talents naturels qu'elle n'envisageait même pas de coucher pour devenir juge. Et pourtant elle était là. En train de réconforter Stevens, de lui tapoter le bras. Alors même qu'il la regardait faire, Glass avait senti son opinion sur elle basculer.

Et en ce moment même, apparemment, les choses changeaient aussi autour de lui. Par exemple, la couleur du feu et une voiture klaxonna derrière lui. Mais c'était surtout la voix de Malone qui le ramena vers le présent, vers cet autre monde sordide, tandis qu'il accélérait en franchissant les rails du tramway avant de gravir St Martins Hill.

« Il y a eu sept appels chez Jacobs pendant les deux jours avant le meurtre. Trois venaient de chez nous.

— De chez nous ?

— Deux du Bureau des remises en liberté conditionnelle, un du Bureau du procureur.

— Et les autres ?

— C'est là que ça devient intéressant.

— Tu veux dire qu'on tient quelque chose ?

— Deux venaient d'un bookmaker — sans doute anodins, la brigade des jeux vérifie — mais les deux autres viennent de numéros qui figurent sur notre propre ordinateur.

— Des vieux amis ?

— L'un des deux, apparemment. Même quartier, ils ont fait l'école ensemble…

— Ils étudiaient quoi, la médecine ?

— Mais le dernier… » Maintenant il se léchait les babines et il ne faisait rien pour le cacher. « Le dernier venait d'un gars qui a été dans la même prison que lui, libéré un mois plus tôt. Et tenez-vous bien, lieutenant — j'ai vérifié avec le directeur de la prison et ce type...

— Suspect numéro un.

— Lui et l'ami Jacobs se sont fâchés. Il y a eu des problèmes entre eux, le directeur ne savait pas lesquels — peut-être une bagarre, peut-être une embrouille de drogue. Et alors deux jours après la libération de Jacobs, ce type, Karlson...

— Suspect numéro un. » Il ne devait pas se montrer trop dur, mais il fallait ralentir Malone. Son partenaire aurait épinglé ce Karlson et il l'aurait flanqué au trou avant même d'accomplir les formalités judiciaires d'usage, si Glass ne le retenait pas.

« C'est forcément lui, lieutenant. Il appelle Jacobs — pourquoi ?

— Peut-être qu'il voulait s'excuser ? Organiser une partie de squash ?

— Allez, lieutenant. Ce type, Karlson... »

Glass ne dit rien. Il était trop facile de devenir prévisible. Et puis, Malone avait raison. C'était une bonne piste.

« Karlson a un casier long comme le bras. Vol à main armée, violences aggravées, tout le tintouin.

— Okay, ça suffit pour l'épingler. » Et de fait, ça suffisait largement. Il fallait certes brider ce gamin, mais aussi lui accorder ce qu'il méritait. « Demandez-lui où il était quand Jacobs s'est fait buter. Flanquez-lui un peu la trouille. Après un mois seulement de liberté, il va sûrement baliser.

— Maintenant, lieutenant ?

— Pas maintenant. Pour l'instant, restez là où vous êtes. J'arrive dans dix minutes, moins. » L'assassinat de Salsone était beaucoup plus important que celui d'une petite ordure qui récoltait ce qu'elle avait semé en prison. Si l'Etna entrait en éruption, tout le monde allait griller sous les cendres.

Tout en y réfléchissant, il gravit St Martins Hill, puis fila vers le cœur noir et mort de South Wellsmore. C'était peut-être l'excitation du crime, la vitesse soudaine de la voiture ou quelque chose de plus viscéral, il l'ignorait, mais toujours est-il qu'il se sentit soudain ravi. À sa place, pensa-t-il en souriant, Malone se serait penché vers le tableau de bord pour mettre la sirène.

9

« Qu'est-ce qui vous donne à vous autres le droit de me juger ? » Ed Stevens avait enfin identifié la source de sa colère. « Qu'est-ce que vous imaginez qui vous accorde ce droit ?

— Ed, écoutez, s'il vous plaît… » Tara tendit la main. Elle avait des doigts fins et menus. « Personne ici ne vous juge. Comment le pourrions-nous — après les épreuves que vous avez traversées ?

— Alors pourquoi est-ce que je me sens jugé ?

— Ed, il faut que vous me croyiez… »

Il le désirait. Il désirait désespérément croire cette femme. D'ailleurs, il suffisait de regarder son visage pour avoir confiance en elle. Ses yeux comme ses cheveux étaient foncés, mais leur chaleur avait aussitôt attiré Ed. Depuis combien de temps n'avait-il rien ressenti — vraiment rien ? En dehors de la colère, peut-être. En dehors de la colère.

« Personne… », disait Tara avec une douceur rassurante. « Personne ici…

— C'est moi la vraie victime ici pour l'amour du ciel ! » Personne n'avait donc entendu ce qu'il disait ? « Moi, Ed Stevens. C'est moi. Pas vous… » Il fit un geste vers les deux autres silhouettes assises dans l'ombre et qui l'observaient sans dire grand-chose, mais en le jugeant — il s'en aperçut soudain — depuis son arrivée. « Pas Alex, pas Luis. »

Qui étaient restés assis. Qui avaient écouté avec attention toutes ses paroles. Et non seulement écouté. Il avait senti leurs yeux, non pas hostiles, mais scrutateurs, l'examiner des pieds à la tête, son corps, son visage, tous ses gestes, comme s'ils vérifiaient la vérité de tout ce qu'il disait, de toutes ses affirmations. Comme s'ils jugeaient. Car il était bel et bien jugé par ces gens, malgré leurs dénégations. Et pour quelle raison ?

« Je n'ai jamais rien fait de mal », se retrouva-t-il à dire. Comme si c'était lui — Ed Stevens — dont on faisait le procès. « Au-delà des choses normales que tout le monde fait. Que n'importe lequel d'entre vous ferait.

— Personne ne prétend le contraire. » Quel âge pouvait-elle bien avoir ? Trente ans ? Trente et un ? Moins ? Il n'aurait su le dire. Son corps, comme sa voix, était lisse, félin. « Tout ce que nous essayons de faire, c'est de vous soulager d'un peu de cette haine empoisonnée. De vous montrer que, si vous vous y accrochez, cette haine finira par vous dévorer. Ed, nous sommes simplement soucieux que vous…

— J'aimerais pouvoir y croire. » Il était déchiré. Pourquoi était-il venu ici ? Pour raconter l'histoire de Nick, raconter l'histoire de son fils encore et encore, mais cela n'avait fait que raviver toute la douleur accumulée de l'année passée. Et pourtant, s'il n'était pas venu, il n'aurait jamais rencontré cette femme. Cette Tara. « Mais je ne vous crois pas.

— Je sais que vous ne nous croyez pas. Et c'est à

cause de toute cette souffrance, de toute cette colère à laquelle vous vous accrochez.

— Eh bien, bon Dieu...

— Ed, tout ce que je vous demande c'est de m'écouter. Non...» Elle leva de nouveau la main. «Je veux dire, vraiment m'écouter. Et quand nous en aurons fini, vous déciderez vous-même si, oui ou non, vous avez été jugé. Ou jugé de la manière que vous croyez.»

Que voulait-elle dire ? Il avait été jaugé, pesé, jugé entre leurs mains et il le savait pertinemment. Même maintenant, sous ce regard noir et chaleureux, il se savait toujours jaugé et il était convaincu qu'il continuerait à l'être, quelles que soient ses réactions à ce qu'on lui dirait. Et ce qu'il voulait savoir, c'était *pourquoi*.

«Alex», dit-elle, mais sans regarder Alex le moins du monde. En gardant les yeux rivés sur son visage à lui. Pour le scruter, le fouiller. S'il ne s'agissait pas d'une sorte de tribunal, alors qu'était-ce ? «Tu voudras peut-être commencer.

— Ce tisonnier...» C'était Alex. C'était son histoire. Directe, sèche, sans détour, comme l'instrument qu'il montrait. «Vous voyez ce tisonnier, là ?» Il montra un objet parmi les ombres, à peine éclairé par la lumière de la lampe. «Là, dans la cheminée.»

La maison appartenait à Alex, il l'avait décidé très tôt, même s'il n'y avait aucun signe de l'existence d'une autre personne, aucune preuve de la moindre présence féminine. En fait, hormis les fauteuils dans lesquels ils étaient assis, un canapé, une télé dans un angle, pas de livres, quelques revues — datant de plusieurs années, comme dans une salle d'attente de dentiste —, cette pièce présentait un aspect spartiate, comme si personne n'y vivait réellement. Alex habitait seul — il le sut sans réfléchir. Il y avait quelque chose dans le ton de la voix d'Alex, quelque chose de formel et de distant, à croire qu'il était plus habitué à donner des ordres et à prononcer des discours qu'à participer à des conversations quotidiennes. Ce qui ne voulait pas dire que ses paroles manquaient de conviction.

« Il y avait encore des taches de son sang quand ils me l'ont rendu après le procès, expliqua Alex.

— Du sang ? » Seigneur, pensa-t-il, où avait-il mis les pieds en venant ici ? Il fit semblant de s'intéresser au tisonnier, à l'acier noir martelé, car il préférait ne pas regarder le visage d'Alex. « Le sang de qui ?

— Celui de ma femme. Elle a été assassinée ici, dans cette pièce… C'était, voyons… » Calculant, avec précision. Quel métier Alex avait-il dit exercer — ingénieur ou quelque chose comme ça ? « Cela a fait neuf ans vendredi dernier. »

Il regarda autour de lui. Mais où poser son regard ? Sur la moquette ? Sur les murs, en pensant aux taches ? Il en vit partout. Un trucage lumineux dans cette maison de fous dépourvue de miroirs. Seul le regard de Tara — appuyé mais chaleureux — procurait un quelconque soulagement. Mais la voix poursuivait en venant d'ailleurs, d'un lieu plongé parmi les ombres environnantes. « Elle avait commandé quelque chose par téléphone à la pharmacie. Elle était malade à la maison, on lui avait proposé de livrer le médicament à domicile. Quand la sonnette a retenti, elle s'est dit que c'était son médicament — tout le monde aurait pensé la même chose, n'est-ce pas ? Mais ce n'était pas la pharmacie. Ce n'était pas son médicament… »

Tara avait-elle déjà entendu ce récit ? Et Luis ? Il chercha des signes, des signaux susceptibles de lui indiquer comment il devait interpréter la situation, comment il devait réagir. Mais il n'en trouva pas. La voix continuait simplement, terre à terre. Mais il comprit peu à peu qu'il s'agissait là d'un récit que tous connaissaient. Que tous avaient souvent entendu. Puis une autre découverte le fit vaciller, une découverte encore plus effrayante : quand il avait raconté sa propre histoire et qu'ils l'avaient écouté très attentivement, quand ils l'avaient interrogé, poussé à continuer, réconforté, consolé — ils la connaissaient déjà, ils connaissaient aussi bien que lui-même tous les détails relatifs au drame vécu par son fils, et ils savaient exactement où sonder, quelles questions poser. Mais ce n'étaient pas les faits, ce n'étaient pas les détails qui les intéressaient. Ils cherchaient autre chose.

« Il s'agissait de quelqu'un qu'elle n'avait jamais vu. Un certain Tyler. Qui n'a rien dit. Qui, au moment où elle a ouvert la porte, l'a simplement frappée au visage. Et quand elle est tombée, il l'a traînée par les cheveux tout le long de l'entrée, ici... » En montrant encore. Par souci d'exactitude. C'était de sa propre femme qu'il parlait. Ed Stevens ressentit un étrange désir de rire. Tout en écoutant.

« ... et dans cette pièce. Puis il l'a violée. Quand il en a eu fini avec elle et qu'elle a suffisamment retrouvé ses esprits pour crier, il a pris ce tisonnier près de la cheminée, là-bas, et il lui en a frappé le visage, pas le côté de la tête, mais la nuque, mais en la regardant droit dans les yeux il lui a démoli le visage. Ç'a été sa fille — ma fille... »

« Bon dieu, ça suffit ! » Seul le visage de Tara —

son calme inébranlable — empêcha Stevens de bondir sur ses pieds.

« Notre fille l'a découverte…

— Ça suffit, pour l'amour du Ciel !

— Elle a aussitôt su de qui il s'agissait. Vous savez pourquoi ? Elle a reconnu la robe.

— Tyler, intervint enfin Tara, a été condamné à vie. Enfermé dans une institution pour les criminels mentalement anormaux. À ne jamais remettre en liberté. Un diagnostic psychiatrique accablant. Une espèce de cinglé…

— Oui, il venait d'absorber un cocktail de drogues. » C'était le premier éclat de colère d'Alex.

« Que voulez-vous dire — il n'était pas cinglé en définitive ?

— Qui sait ? » Alex haussa les épaules. « Tout ce que nous savons avec certitude, c'est que dès qu'a a été en prison, dès que son organisme a éliminé les drogues, les hallucinations ont disparu, les voix, les épisodes psychotiques. Six années ont passé depuis lors, et il n'a aucun souvenir de tout ça, aucun signe. Et maintenant il va être remis en liberté.

— Remis en liberté ? » Ed Stevens ne savait plus que croire.

« Dans une maison sécurisée, d'ici environ un mois. Six années et demie en tout et pour tout. Contre la vie de ma femme. Et le mieux, c'est qu'il ne ressent aucune culpabilité, n'est-ce pas ? Puisqu'il ne se souvient de rien, d'aucun détail. En tout cas c'est ce qu'il prétend. Le souvenir, c'est pour nous. Pour moi, pour ma fille. Il nous reste le souvenir.

— Je suis désolé », se retrouva-t-il en train de dire. Et ces mots lui semblèrent plats, aussi stupides, absurdes et vides de sens que tous les autres *Je suis désolé* que lui-même avait entendus dans la bouche des amis de son fils, des amis de Nick, des voisins, et même des membres de sa famille, depuis dix mois. Je suis désolé — eh oui, il l'était, tout le monde était désolé, le monde entier était désolé. C'était un monde désolé. Mais toute cette désolation ne ramenait personne à la vie.

*

« Et vous pouvez rester assis là... » Ed Stevens finit par retrouver sa voix. Après une phase d'épuisement, de dépression — oui, de désespoir — après avoir écouté chacun de leurs récits, les morts tout aussi absurdes de l'enfant de Tara, du fils de Luis, sa colère refaisait surface. Aussi fraîche et tranchante que jamais. Pas seulement à cause de son propre malheur, mais à cause du leur aussi bien. Si c'était ce qu'ils désiraient en guise de justice...

« Vous ne comprenez pas ? » Il s'adressait à Tara, qui avait fait l'impossible pour le consoler. Et il reconnaissait son propre échec. « Je ne peux pas vivre avec ça — même si vous le pouvez. Vous avez tous...

— Nous avons quoi ?

— Vous avez tous plongé, vous avez renoncé. Vous avez acquiescé. » C'était le mot qu'il cherchait depuis le jour où le procès de Mallick avait commencé, quand il avait écouté les recommandations préliminaires du juge, la constitution du jury, le début des plaidoiries. La lassitude dans la voix du juge Halloran — tout ça ne l'intéressait donc pas ? Il ne se sentait même pas vaguement ému par le sort de Nick ? Pourquoi ne brûlait-il pas de remettre les pendules à l'heure ? — le convainquit d'emblée que la justice ne serait pas rendue dans ce cadre officiel. Que le système était mort en route, quelque part. « Vous avez acquiescé.

— Et qui juge qui maintenant ? » voulut savoir Tara. Oh oui, un argument très intelligent, il le reconnut aussitôt. Mais ça ne faisait aucune différence. C'était comme les autres batailles juridiques intelligentes auxquelles les professionnels du Barreau s'étaient livrés durant le procès de Mallick. Il confirmait simplement ce qu'il pensait déjà. Sur la loi, sur la justice, sur le système social, même lorsque tout ça était prétendument de votre côté. Comme l'était Tara, de toute évidence.

« Je suis désolée, ajouta-t-elle. Je n'aurais pas dû dire ça. C'était un bon mot facile. »

D'accord, il opina du chef, sans répondre. Tous semblaient bouleversés.

« Aucun d'entre nous... », Tara, de nouveau, combla le vide. « Aucun d'entre nous n'a renoncé, Ed. C'est pour cela que nous sommes ici.

— Mais si vous vous contentez de parler...

— Nous cherchons une sorte de réponse.

— Vous ne la trouverez pas en parlant.

— Que suggérez-vous ? » Luis reprenait la parole pour la première fois depuis son récit. Plus jeune qu'Alex, plus âgé que Tara, Luis n'avait pas le calme étudié, le contrôle physique de ses deux acolytes. « Que nous agissions comme des animaux ? Que nous frappions aveuglément pour nous venger ? Pour devenir comme Tyler ? Nous désirons la justice, Ed, exactement comme vous.

— Vous ne l'accomplirez pas en parlant, je veux dire, que faisons-nous ici ? C'est une sorte de... de groupe de prière ? » Il se rappela l'étrange impression attentive qu'ils lui avaient faite quand il était entré. Ils étaient tellement décontractés, putain. En regard de ce qu'ils avaient subi. Tellement satisfaits. Prenaient-ils la pilule du bonheur ? Pratiquaient-ils la sublimation ? « Ou bien constituez-vous une sorte de lobby ? Des réformes légales, c'est à ça que vous travaillez ici ? Eh bien, laissez-moi vous dire une bonne chose. Il n'y a personne dehors. Personne que ça intéresse. Personne n'écoute.

— Nous sommes maintenant nombreux, Ed, intervint Tara pour le rassurer. Dans tout le pays, des gens désirent riposter, trouver une manière d'arrêter… tout ça.

Eh bien, vous n'y arriverez jamais comme ça — jamais. La seule façon de changer quoi que ce soit, c'est en faisant quelque chose, en faisant vraiment quelque chose.

— Ed, rappelez-vous… » Et au ton de la voix de Tara, au silence qui suivit aussitôt, il comprit qu'ils approchaient du cœur de la raison de sa présence en ce lieu. « Quand vous avez parlé après le procès, quand vous avez été interviewé à la télévision, vous avez déclaré que vous vous sentiez assez furieux pour prendre vous-même cette affaire en main, que vous pourriez tuer Mallick vous-même.

— Oui.

— Et vous ressentez toujours la même chose ?

— Oui.

— Vous pourriez tuer quelqu'un, un autre être humain ? Prendre sa vie, sans être vous-même détruit par cet acte ?

— Oui, si cet individu était coupable.

— Pourquoi ?

— Parce que ce serait *juste*. »

Ce dernier mot sortit de sa bouche en sifflant avec violence — comment aurait-il pu mieux les convaincre ? Tara le regarda encore un moment, puis elle détourna les yeux.

« Je crois que nous devrions nous arrêter là. » Ces mots étonnants venaient d'Alex — non pas lointains, mais clairs, proches, soudain convaincus. Oui, c'était sa maison. Alex tendit la main pour toucher l'épaule de Tara.

« Tara ? »

Stevens se demanda s'il y avait quelque chose entre eux.

« Oui, oui. »

Il perçut la fatigue dans la voix de la jeune femme. Il n'avait pas remarqué combien un interrogatoire pouvait être épuisant. Surtout quand il s'achevait sur un échec. Il essaya de trouver un moyen d'atténuer le coup.

« Tu as raison, il est tard, dit-elle. Nous ne devons pas retenir Ed plus longtemps. »

Il se voyait congédié. Sans explication. Raccompagné jusqu'à la porte par ses interrogateurs. Sur le seuil, Tara lui serra la main. Et là, au moment de se séparer, elle lui accorda un étonnant sursis.

« Ed, nous aimerions tous que vous reveniez. »

Tous ? Quand en avaient-ils décidé ? Il n'avait rien remarqué, aucun regard échangé entre eux trois. Sur le chemin de la porte, il avait préparé quelques dernières paroles très banales : *Bonsoir, Tara. Au revoir, et bonne chance pour la thérapie.*

« Nous désirons que vous fassiez partie de notre groupe.

— Partie de votre groupe.

— Nous désirons que vous reveniez. Pour vous joindre à nous. »

Et au lieu de dire *Non, allez vous faire voir* — était-elle vraiment folle ? N'avait-elle pas écouté ce qu'il disait depuis maintenant, oui, bon Dieu, quatre heures ? — il se retrouva de nouveau à tergiverser, désirant tout en ne désirant pas, et en définitive seulement capable de répondre :

« Oui, merci, Tara. Merci. Je le ferai certainement. »

L'un d'eux — au moins — était forcément cinglé.

10

Quand le lieutenant Solomon Glass s'arrêta devant la luxueuse planque de Benedict Salsone à South Wellsmore, il trouva la porte d'entrée bizarrement couchée sur le faux marbre du perron. Elle n'avait pas été dynamitée par quelque artificier mafieux amateur de chaos — on l'avait simplement posée là, avec un soin destiné à ne rien déranger d'autre, après qu'elle eut été chirurgicalement démontée, vis après vis, gond après gond, par l'équipe médico-légale dont les nombreux membres grouillaient maintenant partout. Il avait fallu quatre hommes pour transporter cette porte sur cinq ou six mètres, jusqu'à son emplacement actuel.

« Voulez-vous jeter un coup d'œil à cette porte, lieutenant ? » Malone avait le penchant d'un jeunot pour le spectaculaire, pour la brutalité contemporaine. Toujours bouche bée, il admirait la splendeur allongée — huit centimètres d'un monstrueux pin de l'Oregon, avec une plaque d'acier glissée au milieu — quand Glass arriva sur les lieux.

« Ravissant », aboya Glass, agacé de devoir se frayer un chemin à partir du trottoir, au-delà des micros et des caméras arrivés là bien avant lui, sans oublier les journalistes qui désiraient une analyse instantanée des faits. Il gravit les marches quatre à quatre, Malone sur ses talons, pour rejoindre l'espace rectangulaire et très éclairé, où le monstre s'était jadis dressé, coincé dans la gueule de la maison.

« Elle doit bien peser une tonne, lieutenant. »

Glass en avait par-dessus la tête de ce babillage. « Alors c'est un putain de miracle qu'il ait réussi à ouvrir ce putain d'engin, pas vrai ?

— Lieutenant ? » Il n'y avait pas que la maison qui restait bouche bée.

De la marche supérieure, Glass comprit pourquoi ils avaient eu besoin de démonter cette porte. Salsone gisait toujours — mais *gisait* n'est pas le mot exact — il était appuyé, vautré, les bras écartés, le corps tout de guingois, contre l'un des murs du couloir étroit et sombre qui menait aux pièces proprement dites de la maison. Il reposait là où il était tombé — où on l'avait fait tomber comme on abat un arbre géant — tandis que les gars de l'équipe médico-légale, en chaussons plastiques, sous d'aveuglantes ombrelles de lumière, enjambaient en sautillant le corps colossal, mesurant, prenant des photos sous tous les angles, pulvérisant de la poussière et de la peinture sur l'encadrement des portes, sur les planches du mur extérieur, près de la sonnette. Il n'y avait pas beaucoup de place pour travailler. Et le peu de place qu'il y avait, Benedict Salsone — Big Benny Salsone, encaisseur de loyers et rectificateur, gros bras de la mafia pour les bars et les strip-teases, les salles de jeux et les bordels dans tout le sud de la ville — l'occupait. Un *corpus colossum* certes, mais guère celui pour lequel Malone l'avait mandé.

« On voit bien les endroits où ils ont arrosé un peu

partout. » Malone, par-dessus son épaule, désireux de faire amende honorable, montrait çà et là des trous, des entailles dans le plâtre.

« Ils au pluriel ?

— Non, il au singulier, plutôt. On dirait une seule arme. Et puis, y a pas la place pour plus d'un tireur à la fois dans un couloir étroit comme celui-ci. Sans ça, ils se seraient dégommés les uns les autres.

— C'est à peu près ça.

— Mais en tout cas, c'était un mauvais tireur, ou alors un tireur paniqué.

— Ou bien il se débattait.

— Y a pas la moindre trace de lutte, lieutenant. C'est rien que des balles perdues. Regardez, là y en a une qui a touché le plancher. Voyez la déchirure, la fente dans le parquet.

— Il est gros, peut-être qu'ils ont essayé de le toucher au talon. Comme Achille.

— Achille ? »

Le grec de Malone n'était pas meilleur que son latin. Si jamais Glass avait un jour un fils, s'était-il juré depuis longtemps, il l'enverrait dans une école publique. Quand on veut connaître le monde, mieux vaut savoir à quoi ressemblent vos ennemis.

« Je ne me souviens pas de l'affaire Achille, lieutenant. » Malone se creusait toujours les méninges.

« C'était avant votre entrée dans la police. Combien de pruneaux a-t-il pris ?

— Trois, tous dans le dos.

— Le dos ?

— Peut-être qu'il courait. Regardez comme il s'est vautré. Les autres balles sont dans le plâtre, les boiseries — c'est ce que je voulais dire, lieutenant, c'est ce que je vous disais à la radio, ça ressemble pas à la mafia, ça paraît pas organisé. On dirait des amateurs.

— Tu parles d'amateurs, qui lancent ce genre de défi à l'Organisation…

— Je sais que ça paraît idiot. À moins que…

— À moins que quoi ?

— À moins que ce soit la mafia qui essaie de faire croire que ce n'est pas elle ?

— Allons, Malone. Et ça servirait à quoi ? À quoi bon se donner le mal de dézinguer un type, si tu n'envoies pas un message clair ?

— Oui, c'est vrai.

— Écoutez — revenons à la case départ. Il a ouvert la porte, ça vous dit quoi ?

— Quelqu'un a sonné. »

Glass le dévisagea. Pendant un long moment. « Vous vous payez ma tronche, Malone ?

— Non, lieutenant.

— Il a une porte épaisse de dix centimètres…

— Avec une plaque d'acier au milieu. » Malone en restait toujours pantois. Glass le voyait déjà prendre mentalement des mesures pour son propre appartement.

« Il a un judas, il a un interphone, il a une caméra de surveillance au-dessus de la porte qui couvre tout le perron, son jardinet, l'allée de la maison… Et qu'est-ce qu'il fait ? Oui, okay, okay, d'abord on sonne, mais qu'est-ce qu'il fait, *lui* ?

— Il ouvre.

— Et alors ?

— Il sait qui est là.

— Il sait qui est là ; celui ou ceux qui sont là, il les connaît. Il leur fait confiance. Il les attend, peut-être. Il les a vus sur l'écran de contrôle, il leur a peut-être parlé à l'interphone. Il les fait entrer, il referme peut-être la porte derrière eux — derrière lui — mais peut-être qu'il le fait pas, peut-être qu'il laisse le tueur refermer la porte lui-même, à moins qu'il ne lui dise de la refermer. Tout ça prouve qu'il le connaît bien, qu'il lui fait confiance. Et ensuite que fait-il ? Il tourne les talons, il offre son dos, il s'engage dans le couloir pour rejoindre les pièces principales de la maison. Et c'est là qu'il encaisse les pruneaux.

— Alors peut-être que c'est pas la guerre finalement. Le commissaire Keeves m'a déjà contacté sur le beeper. Il croit dur comme fer qu'on va avoir droit à un bordel du feu de Dieu. Il veut que vous l'appeliez.

— Je ne suis pas en service.

— Il a essayé de vous localiser.

— Ma radio est coupée.

— Chez vous.

— Est-ce que j'y suis, chez moi ? Non, je suis ici.

— Il veut que vous rendiez une petite visite à Caselli. Pour éteindre les feux de détresse. Il ne faut pas que la guerre commence. Nous devons avertir Caselli. Nous prenons l'affaire en main, voilà ce que dit Keeves : Faut que vous lui répétiez ça, faut que vous arriviez à le voir. Ils veulent surtout pas la guerre.

— J'imagine. Quand m'avez-vous dit que Salsone est sorti de taule ?

— Y a un mois, cinq semaines. On est en train de vérifier. Ils l'ont fait sortir discrètement. Ils voulaient pas que tout ça refasse des vagues.

Tout ça, c'était la mort d'un enfant. Salsone et un comparse venaient d'évoquer des arriérés de loyer avec un propriétaire de bar sur le Strip. Lors de la discussion, un bras fut malencontreusement cassé, un peu de verre brisé, des liquides répandus par mégarde — dont du sang humain — bref la décoration du bar fut légèrement modifiée. Une alarme se déclencha alors, une sirène retentit, Salsone prit la poudre d'escampette et en démarrant à tombeau ouvert sur le Strip, il renversa un gamin de cinq ans qui poursuivait son chien sur la chaussée. Ce chien, qui s'appelait Speed et qui était plus rapide que le gamin, en réchappa sans une égratignure. Le drame fut évoqué par toutes les infos de la ville pendant des jours et des jours. Salsone, qu'on ne pouvait épingler pour homicide d'enfant, écopa d'un an pour conduite dangereuse. Rien pour les os cassés, les tabourets qui s'envolaient tout seuls, la nouvelle déco du bar — le proprio ne réussit pas à identifier Benny, deux mètres de haut et cent kilos de hideur mafieuse, parmi une rangée de nains. Mais le décès de cet enfant déclencha un véritable tollé médiatique. La mère du gamin souffrait de sclérose multiple, elle n'en aurait jamais d'autre. Tout le monde y alla de sa jérémiade, de son désespoir — dont beaucoup de chagrin d'origine italienne. La moitié des jardins floraux du South Side furent dégarnis pour l'enterrement. L'année que Big Benny allait passer à l'ombre fut un cadeau du ciel pour tout le monde. L'enterrement, quelques jours de reportages bien saignants, et puis la mère ainsi que le colosse pouvaient bien disparaître dans leurs clapiers respectifs. L'indignation médiatique disparut avec eux. Tout naturellement. Car dès le lendemain de l'enterrement, on surprit une concurrente d'un concours de beauté organisé à l'autre bout du pays en train d'avoir des rapports sexuels avec deux des juges masculins et les trois juges féminines dudit concours.

L'équipe médico-légale boudait ses valises. Les ramasseurs de cadavres se préparaient à emballer Salsone. La semaine avait été providentielle pour les fabricants de matières plastiques.

« Je veux que vous preniez deux ou trois gars en uniforme », dit Glass à Malone tandis que la dépouille déjà raide de la grosse pizza passait devant eux sur un solide brancard, « et que vous ratissiez la rue. Les voisins, les visites récentes, les événements marquants.

— Mais, lieutenant… » Malone, de toute évidence déçu, contemplait ses pointures 48.

« Mais lieutenant quoi ?

— Quelqu'un d'autre pourrait pas le faire ? Et puis, on a utilisé un silencieux. Il est improbable que quiconque ait entendu quelque chose.

— Vous voyez ça ? » L'index de Glass enfonça le bouton de l'interphone situé sur le mur, près de la porte d'entrée. « Moi je vais vous dire ce qui est probable. Il est probable que celui qui a fourré les olives dans la grosse pizza lui a d'abord parlé. Et s'il a parlé, — à cette heure de la soirée les voix portent loin, d'accord ? — alors avec ces maisons toutes proches les unes des autres, il est probable que quelqu'un l'ait entendu parler. Alors nous aimerions bien entendre ce qu'ils ont entendu. Et puis trouvez la bande.

— La bande ?

— La bande vidéo du système de surveillance. Le visiteur du soir doit y être, à moins que ce ne soit l'homme invisible. »

Malone acquiesça, à contrecœur. Qu'est-ce qu'il lui arrivait ? D'habitude, le boulot ne lui faisait pas peur.

« C'est juste que…, commença Malone.

— Crachez le morceau.

— L'assassinat de Jacobs. La piste que j'ai eue par la compagnie du téléphone…

— Elle va pas s'envoler.

— Elle risque de refroidir.

— Vous regardez trop la télé, Malone. Votre piste sera toujours là, chaude sinon brûlante, dans un ou deux jours — mais croyez-moi, si on va pas de l'avant sur l'assassinat de Salsone, la moitié de la ville risque de vouloir notre mort avant la fin du week-end.

— Vous ne croyez pas qu'il puisse y avoir un lien ?

— Un lien ?

— Entre Jacobs et ça ?

— Comment pourrait-il y en avoir un ? Quel est le lien entre Jacobs et les Italiens ?

— Vous l'avez dit vous-même. À la radio vous avez dit que…

— Je relevais seulement une coïncidence. Tous les deux avaient été remis en liberté à une date récente, voilà tout ce que je voulais dire. Mais il n'y a pas vraiment de lien, rien de substantiel. Ils ont néanmoins un point en commun : tous les deux sont criblés de trous — mais une passoire aussi, et nous n'allons pas commencer à interpeller tous les fabricants d'ustensiles de cuisine de l'État, n'est-ce pas ? » Silence. « D'accord ?

— Oui, lieutenant Glass.

— Parfait. Alors faites-vous prêter deux uniformes de flic au commissariat du coin, et mettez-les au boulot dans la rue. » Il se montrait dur avec Malone, mais c'était exactement la pression qui, il le devinait, allait très bientôt peser sur lui. « Je jette un coup d'œil rapide dans le secteur, et puis je file à Whiteoak.

— Whiteoak ? » De grandes propriétés arborées, discrètes, charmantes. « Pourquoi Whiteoak ?

— Parce que Keeves m'a dit d'y aller. C'est vous-même qui m'avez transmis le message, vous vous rappelez ?

— Ah, Caselli ! »

Il existait d'autres banlieues où il aurait préféré se rendre. Même Malone, jeune, audacieux, difficile à bluffer, exprima de l'inquiétude. « Mais, lieutenant, il est presque une heure du matin. Vous n'allez pas réveiller Gian-Paolo Caselli à une heure pareille, tout de même ? »

Ils étaient maintenant sur le trottoir, tout près de la voiture de Glass.

« Vous, vous n'imaginez pas une seconde qu'il sera déjà réveillé ? »

Malone le regarda, opina du chef. Il apprenait.

*

Gian-Paolo Caselli, parrain, grand-père, patron, paysan — saint — était indéniablement le grand chef mafieux de la ville. Il était apolitique — son porte-feuille s'ouvrait à tous ceux qui tenaient les rênes du pouvoir — il était public, il se mêlait volontiers à la foule, on le voyait aux conventions, aux vernissages, il était civique, il donnait. On le croisait lors des cérémonies officielles, narquois, souriant, un visage de paysan du Sud — on s'attendait à le voir examiner les plates-bandes fleuries, la qualité de la terre dans les plantes en pot — mais la cravate venait de chez Cardin, le costume de chez Armani, et l'inévitable œillet rouge avait été cueilli le matin même. Et bien qu'il fût souvent encadré par deux de ses petits-enfants, une menotte potelée serrée autour d'un petit doigt dur et calleux, un peu plus loin dans les coulisses, les anges guettaient toujours, également en costume, mais plus banals, pas de chez Armani. Dans leur cas le tissu était tendu et les têtes posées sur les épaules massives n'exprimaient pas le doux courage limpide d'un Gabriel, mais la brutalité sèche et décérébrée d'un Big Benny Salsone.

Qui néanmoins pouvait toujours susciter l'amour — du moins en apparence.

« On perd un fils… », expliqua Caselli quand Glass fut enfin introduit auprès de lui. « On ne dort pas. »

Glass avait au moins eu raison sur ce point. Il était deux heures du matin, mais à Whiteoak toute la maison était réveillée — éclairée d'un bout à l'autre, tel un paquebot — quand il y arriva. Ou plutôt, les hommes étaient réveillés, ceux du portail, ceux de la porte, celui qui regarda si Glass avait un flingue. Maintenant qu'il était à l'intérieur, il constata qu'une aile entière de la maison était encore plongée dans l'obscurité. Il n'y avait aucun signe de la moindre présence féminine. Le silence résonnait dans les couloirs dallés de marbre noir et blanc. Les anges voletaient d'une pièce à l'autre, sans parler, dans l'urgence. Une demi-heure, rien à boire, puis on l'avait enfin accompagné jusque dans les appartements privés de Caselli. À la porte on l'avait encore fouillé — professionnellement, et donc de manière indécente. Il avait regimbé, mais le mafieux avait aussitôt placé les mains sur sa poitrine :

« Allez, lieutenant, fit-il en souriant avec une douceur menaçante, c'est ce que vous nous faites toujours quand nous venons chez vous. »

La chambre de Caselli était simple, pas de tentures, pas d'ornements, pas de fauteuils moelleux — c'était un choc après le luxe étudié du restant de la maison. Le sol était recouvert d'une sorte de natte tressée couleur algue; le bureau et la chaise où Caselli était assis étaient en bois brut, grossièrement taillé et mal fini quand on les regardait de près, comme Caselli lui-même. Glass devina d'instinct que le vieillard les avait fabriqués de ses propres mains. Le seul objet posé sur le bureau était un vieux téléphone — d'une simplicité primitive, maintenant que Glass l'examinait avec davantage d'attention. Pas de chiffres, pas de boutons, aucun dispositif apparent pour composer un numéro. Servait-il seulement à recevoir les appels? C'était absurde. Son instinct disait à Glass qu'il se trouvait dans le saint des saints de l'Empire, dans la chapelle privée de l'assassinat. C'était sans doute d'ici, à partir de cette cellule blanchie à la chaux et d'une simplicité primitive, qu'émanaient tous les ordres et les directives ultimes adressés à la nation dans la nation — et l'idée de n'avoir aucun instrument direct pour les promulguer était absurde. Moyennant quoi il y avait quelqu'un d'autre dans cette maison, à qui Gian-Paolo Caselli accordait une confiance aveugle, quelqu'un qui savait tout, qui filtrait tous les récits et toutes les paraboles en provenance de l'extérieur, qui — chaque fois que Caselli soulevait le combiné dans sa chapelle et murmurait un nom — composait numéro après numéro, écumait la cathédrale qu'était la cité, jusqu'à trouver l'heureux élu, puis le mettre en contact. Et ensuite? Des écoutes? Une surveillance? Des enregistrements? Cette idée fascinait Glass, elle l'excitait. Il essaya de chasser de son expression la connaissance de ce *modus operandi*. Ce fut difficile. Jamais on n'avait eu vent d'une proximité aussi intime avec

Caselli. Il s'obligea à réfléchir à Salsone. De quel terme Caselli venait-il de le qualifier ? De « fils » ?

« Big Benny était vraiment si proche ? » demanda-t-il.

Glass avait entendu d'autres rumeurs. Voilà pourquoi Salsone n'habitait pas à Whiteoak avec les autres anges, pourquoi il se retrouva à South Wellsmore, dans le cercle extérieur des déchus. Voilà pourquoi il était resté sur la touche depuis sa remise en liberté. La mort de cet enfant avait blessé Caselli. Pas forcément sur le mode personnel, même si avec des petits-enfants à lui personne ne pouvait le savoir avec certitude. En revanche, ce décès accidentel l'avait blessé publiquement. Les promenades dans les jardins, les apparitions officielles avec ses petits-enfants, qui jusque-là avaient charmé la ville, commencèrent soudain à sembler louches, voire glaçantes, renvoyant davantage au marquis de Sade qu'à saint François d'Assise. On l'avait hué, il avait vécu des situations publiques gênantes, harcelé sous son propre toit, contraint par la pression des médias à disparaître momentanément. Et tout ça à cause de ce putain de taureau fou furieux, de ce connard irrécupérable, de ce Big Benny Salsone.

Maintenant les choses avaient néanmoins changé. Punir l'un de ses propres caporaux, le châtier, le garder sur la touche pendant un certain temps — toutes décisions prises par lui-même, le Chef — c'était une chose. Mais cela, une exécution organisée par d'autres, sur son propre territoire. On ne pouvait concevoir un défi plus calculé. Ni une insulte plus cinglante.

« Proche comme ça, Mr Glass. » Caselli fit un cercle avec son pouce et son annulaire. Un épais anneau d'or brilla à la lueur de la lampe.

Glass le crut. Le poids compact de la colère qu'il sentait peser dans chaque recoin de la pièce le convainquit. En chemin, il s'était demandé si Caselli n'avait pas enfin rendu à Salsone la monnaie de sa pièce pour la gêne publique que le truand avait occasionnée à son chef. Mais les signaux animaux de haine et d'angoisse émis par le moindre mouvement du corps du vieillard, sinon par ses traits, lui assuraient le contraire. Et puis, si ç'avait été la mafia, il y aurait eu une carte de visite, pour que tout le monde reçoive bien le message cinq sur cinq, et il n'y aurait pas eu tout ce gâchis, des balles expédiées dans tous les coins. Et si Caselli avait voulu effacer Salsone, il l'aurait fait aussitôt, un an plus tôt. Qui sait — s'il l'avait fait à ce moment-là — à l'apogée de l'opprobre public consécutif au décès de l'enfant — il aurait peut-être même gagné davantage qu'il n'avait perdu. Peut-être qu'en ce moment même il se disait exactement cela. Peut-être que sa colère s'adressait pour parts égales à cette occasion perdue. Où il s'était retenu, mais sans résultat valable. Et maintenant il se retrouvait de nouveau blessé, de nouveau gêné. Et cette fois — parce qu'il avait désormais appris la vanité de la retenue —, il risquait fort de mettre toute la ville à feu et à sang. Tel était le souci de Glass, le message qu'on l'avait envoyé livrer.

« Le commissaire Keeves, commença-t-il.

— Ce con superflu, qui reconnaît même pas sa couille gauche de la droite. »

Décidément, ça n'allait pas ressembler à une réception mondaine.

« Il pense que vous devriez nous laisser nous en occuper.

— Le laisser, lui ? » Y avait-il des serpents, des

vipères, en Sicile ? Comment aurait-on pu apprendre autrement cette torve promptitude à frapper ? Ce talent pour amasser un venin noir et luisant ? Quelque chose siffla encore dans la pénombre tandis que la lumière baissait encore. « Ou te laisser toi, petit Juif ? »

Glass laissa passer l'insulte.

« Keeves ne veut pas la guerre. Il ne veut pas se retrouver mêlé à la moindre guerre.

— S'il reste à l'écart de la rue, s'il nous met pas des bâtons dans les roues, alors il n'aura pas la guerre.

— Pas avec lui. Il ne voulait pas dire avec lui. Il voulait dire avec... d'autres.

— Et c'est qui, *d'autres* ? »

Voilà, Glass le comprit brusquement, la raison de toute cette haine, de toute cette panique. Caselli se moquait de Salsone. Big Benny était un mauvais souvenir, une catastrophe ambulante dès qu'il montrait son nez en public. En tout cas, quoi qu'il arrive, Caselli devrait prendre ses distances avec Salsone. Non, ce n'était pas ça. Quiconque avait effacé Big Benny lui avait rendu service. Mais — et c'était là que le bât blessait — ce n'était pas un service que Caselli avait demandé.

« Ainsi, Mr Caselli, vous ne connaissez personne qui aurait pu souhaiter la mort de Benedict Salsone ? »

En roulant vers Whiteoak, en répétant à l'avance ses questions, Glass avait considéré celle-ci comme stupide. Mais maintenant, à voir le visage de Caselli, il sut qu'elle avait un impact précis. Non — il le lisait sur le moindre trait de ce sombre visage crispé de paysan —, Caselli n'avait pas la moindre idée de qui aurait bien pu désirer éliminer Benny Salsone ; ou plutôt, de qui aurait pu le désirer suffisamment fort pour en assumer les inévitables conséquences.

Et sur cette constatation, l'entretien fut terminé. « Sortez, lieutenant. Ne me faites pas perdre mon temps. Et restez à l'écart, vous m'entendez ? Ne vous mêlez pas de ces putains de lignes de tramway. Allez répéter ça à votre Mr Keeves. »

11

Six jours après le meurtre de Salsone, il n'avait rien. Il avait moins que rien. Il souffrait d'une migraine professionnelle, d'une perte de confiance en son propre jugement. Malone avait téléphoné.

« Vous aviez raison, lieutenant.

— Raison sur quoi ?

— Jacobs et Salsone — il y a un lien. »

Malone faisait-il le malin, se payait-il sa tête ? N'avait-il pas passé une bonne demi-heure chez Salsone à prouver à cette naïve demi-portion celte qu'il ne pouvait absolument pas y avoir le moindre lien ?

« Ah bon ? » Il fallait garder un ton neutre jusqu'à ce que Malone ait craché sa blague. « Ne me dites rien. Tous les deux portaient des caleçons taille 46.

— Plus que ça.

— Vous voulez dire qu'ils portaient vraiment des caleçons taille 46 ?

— Ce que je veux dire… » Il savait que Malone marquait une pause pour le faire bisquer. « C'est qu'ils ont tous les deux été tués par le même flingue. »

À la tension et à l'excitation qui transparaissaient dans la voix de Malone, Glass sut aussitôt qu'il disait la vérité. Sa migraine avait commencé à cet instant précis, et elle ne l'avait pas lâché depuis lors. Il comprit très exactement ce qu'avaient ressenti les partisans de la terre plate au retour de Christophe Colomb.

« Les analyses balistiques... » Malone était maintenant excité comme une puce. Ou comme un gamin devant une pomme d'amour. « Elles montrent les mêmes marques bizarres sur toutes les balles — dans les deux assassinats, Jacobs et Salsone.

— Ils en sont certains ?

— Ouais, à cause du silencieux plutôt que de l'arme elle-même — une minuscule excroissance, due à une irrégularité au moment de la fonte. Elle laisse une trace spiralée caractéristique.

— On peut retrouver l'origine de ce silencieux ? Le fabricant ?

— Peut-être. Ces traces sont infimes. Elles sont là, mais on les voit seulement sous le microscope à fort grossissement. Personne d'autre — la manufacture, les autres propriétaires d'un silencieux provenant de la même fonte —, personne n'a jamais pu s'en apercevoir. C'est peut-être pas ça qui va nous rapprocher de l'arme. Mais ce que ça nous dit...

— Absolument.

— Vous aviez donc raison, lieutenant. » Malone était vraiment un petit futé. Bon, c'était quand même mieux que de se traîner un crétin dans son équipe. Néanmoins, il suffisait qu'on lâche la bride sur le cou de ces Celtes pour qu'ils vous étranglent avec.

« Bon, alors vous ferez bien d'enfourcher votre monture, dit Glass.

— Ma monture ? »

Voilà qui était mieux. Malone, il le sentit, analysait à toute vitesse son disque dur pour tenter désespérément d'isoler ce qu'il avait oublié lors de cette dernière averse de manne céleste. « C'est pas vous qui vouliez vous défoncer le cul pour empêcher une piste de refroidir ?

— Bon Dieu, oui, le numéro de téléphone. »

On pouvait toujours tout pardonner à Malone. Sa jeunesse était sa défense. Elle vous poussait à proposer quelque chose en retour — au moins pour dissimuler la vulnérabilité d'un partenaire.

« Et pendant ce temps-là, je ferais bien de retourner là-bas » — sa migraine allait donc empirer — « pour parler encore à Caselli.

— Bonne chance, lieutenant. » Malone était sincère. Les deux hommes feraient donc équipe. Mais Malone n'avait pas proposé, il le remarqua, de l'accompagner.

*

La seconde fois où il retourna à Whiteoak, il n'y avait pas davantage de femmes en vue. Et il n'y avait plus d'ombres. Il y alla à midi, sous un soleil éclatant, et il trouva Caselli en train de bricoler et de bavarder en chapeau de paille avec un *compagno*, un jardinier aussi âgé, aussi noueux et aussi tordu que lui-même, dans un potager — qui devait occuper un bon demi-arpent — derrière la maison. Dès qu'il eut quitté le comité d'accueil réuni au rez-de-chaussée, il entendit leurs voix — bucoliques, melliflues —, un régulier et chaleureux bourdonnement d'abeilles, qui montait des tournesols et des plants de tomates géants.

« Mr Glass, lieutenant », Caselli se redressa et lui fit signe d'approcher de la manière la plus amicale du monde. Il avait le visage bronzé, limpide, plein d'âge et de raison et de bonne volonté. Il n'y avait plus trace du moindre serpent sur ce terrain amène, profondément cultivé. « Quel plaisir de vous revoir. Venez donc faire la connaissance de mon cousin, Gian-Marco. »

Le cousin était une réplique. Leurs mains se rencontrèrent au-dessus de la clôture en fil de fer. La main du cousin était du fil de fer. Il sourit, puis retourna aussitôt à ses plantations. Il ne dit rien de plus. Son visage annonçait qu'il ne parlait pas anglais et qu'il s'intéressait seulement à ce qui poussait, aux fleurs et aux fruits qui allaient croître ici.

Glass savait pourquoi Caselli était si rayonnant. Pendant les trois jours qui suivirent l'assassinat de Salsone, tous les commissariats de la ville retinrent leur souffle. Les forces de police de la ville s'étaient contentées de regarder — Keeves leur avait dit de ne pas bouger, sauf ordre de sa part — pendant que tout le South Side était systématiquement passé au peigne fin. Les truands, les voleurs, les dealers, les messagers, tous furent arrachés à la rue pour plusieurs heures — certains la retrouvèrent avec quelques contusions, certains bras furent brisés — mais ils y retournèrent tous, et au bout de deux ou trois jours la rumeur fut unanime : il n'y avait rien dans le secteur, personne ne se manifestait sur le terrain, personne de nouveau en ville, et pas la moindre revendication de vengeance.

En fait, les seules nouvelles du quartier concernaient une voix de femme dans la rue. Mais Glass était déjà au parfum à cause de la bande vidéo et grâce aux questions de Malone posées aux voisins la nuit de l'assassinat. Et si Caselli aussi était au parfum — et pourquoi donc ne l'aurait-il pas été ? il n'y avait pas eu que Malone pour poser des questions —, alors il pensait sans doute ce que Glass pensait. Il s'agissait d'un assassinat « privé », une maîtresse, peut-être une putain, une relation intime de Salsone, quelqu'un qu'il avait acheté et blessé, avant. Et maintenant que la pression était retombée, que Caselli avait rappelé ses singes, qu'il manifestait toute la générosité d'un rescapé après le cyclone, qu'il caressait la ville dans le sens du poil, qu'il s'excusait pour le moindre excès, proposait même le remboursement des frais médicaux, envoyait des fleurs, des caisses de vins, à quoi bon mettre la ville sens dessus dessous ?

« Mr Caselli…

— Gian-Paolo, s'il vous plaît. Ne sommes-nous pas amis ?

— C'est moi, Mr Caselli. Le petit Juif, vous vous rappelez ?

— Un terme affectueux, lieutenant.

— Connaissez-vous un certain Jacobs ? Un certain Gordon Jacobs ? »

Instantanément, le jardin, baigné de soleil la seconde précédente, fut couvert d'épais nuages. « Vous ne m'apportez pas de mauvaises nouvelles, n'est-ce pas, lieutenant ? »

Caselli ne pouvait pas savoir à propos de l'arme, il en était certain. Le rapport avait été étouffé, Tom Hall, à la Balistique, averti de la boucler. Seul Malone, Glass et Hall connaissaient la vérité. Même Keeves n'était pas encore dans le secret. Jusqu'où Glass pouvait-il aller sans mettre de nouveau Caselli dans tous ses états et faire sonner toutes les cloches de la ville ?

« Ouais, une ordure nommée Jacobs.

— Je ne connais pas de Jacobs. Que me racontez-vous donc, lieutenant ?

— Je ne vous raconte rien. Je vous demande simplement…

— Vous me dites que ce Jacobs serait lié à la mort de Benny ? Ce Jacobs était la gâchette ?

— Jacobs a été tué une semaine ou dix jours avant que Mr Salsone soit abattu.

— Alors ?

— Alors, je voulais juste vous demander ceci : connaissez-vous ce Jacobs ? »

Glass ne pouvait pas aller plus loin. Sous le vieux chapeau de paille, l'esprit de Caselli devait battre la campagne. Son dos se pencha lentement au-dessus des plantes vert vif. Ses mains se promenaient parmi les feuilles, mais il ne quittait pas Glass des yeux.

« Ce comment s'appelle-t-il… Ce Jacobs.

— Il a fait un long séjour à la ferme pénitentiaire dans le nord de l'État et il était en liberté conditionnelle. »

Tout avait été vérifié. Aucun lien, aucun contact avec Salsone. Aucun croisement possible sur les listes des prisonniers, dans les rapports criminels — aucun indice susceptible de les relier.

« Pourquoi était-il en prison ? Ce Jacobs.

— Viol. Sur mineure.

— Et vous dites qu'il est de la Famille ? » En se relevant, en proie à une authentique colère, un éclair rouge dans la main.

« Je n'ai pas dit qu'il était de la Famille.

— Tenez, lieutenant, vous voyez ça ? » L'objet qu'il tenait était innocent, parfaitement formé. Caselli était célèbre pour ses goûts paysans. Certains gros bonnets, quand ils montaient en grade, oubliaient leurs racines. S'inscrivaient à des clubs, dînaient en ville, l'estomac farci d'ulcères vers la cinquantaine.

Mais pas Caselli. Pain noir et coulis de tomates, d'après ce qu'on racontait — soixante-cinq ans plus tôt dans la campagne sicilienne, une pauvreté inimaginable, et aujourd'hui c'était Whiteoak et une richesse tout aussi inimaginable. Caselli avait évolué, en l'espace d'une seule vie, entre l'assiette vide et l'assiette surabondante de ces deux mondes, tout comme ses mains se déplaçaient comme des assiettes, écrasaient maintenant telle une presse. « Vous voyez ? » dit-il en tendant ses paumes ouvertes de l'autre côté de la clôture. « Voyez comme c'est facile, comme ça s'étale bien. » Et de fait, ses paumes largement ouvertes dégoulinaient d'écarlate, le sang, la peau, la pulpe et les graines du fruit.

« Jadis, oui… oui, vous avez raison, lieutenant », poursuivit Caselli, en se frottant les mains sur le velours noir et raide de son pantalon. Le sang du fruit y fut absorbé sans laisser la moindre trace. Seules quelques graines éparses, toujours vivantes, y demeurèrent. « Jadis il y a eu un viol dans la famille. » Glass respirait toujours l'odeur de la tomate, à la fois douce et âpre. C'était un parfum sauvage, une chose qu'il n'avait jamais sentie auparavant. « Mais c'était il y a longtemps, et nous n'avons plus jamais entendu parler de lui. »

Glass haussa les épaules. Caselli en savait aussi peu — voire moins — que lui-même. À quoi bon taquiner le serpent qui dort ?

« Dites, lieutenant », lança Caselli tandis que Glass traversait la pelouse vers l'allée et sa voiture. « Votre mère… »

Caselli était capable de ça. Avec tout le monde. D'un mot, il vous arrêtait net. Un mot qui glaçait le sang dans les veines. Venant du potager de fruits et légumes, un serpent siffla sous le soleil :

« Je lui enverrai volontiers quelques tomates… »

Glass ne répondit pas. Il plissa les yeux en regardant l'allée, l'estomac soudain broyé par un spasme douloureux.

« Si vous me donnez son adresse. »

Ce qui le terrifia surtout fut que le rire, qui s'éleva alors avant de culminer en une stridence follement aigre, ne vint pas de Caselli mais du cousin, muet durant toute la conversation précédente, mais qui ululait maintenant entre des plants noirs et dorés.

*

« Tu as l'air fatigué, Solly. »

Pour qu'Izzy manifeste un tel souci, il fallait vraiment qu'il le soit, fatigué.

« Tous ces journalistes, ces rédacteurs en chef… ajouta Izzy. Ça userait n'importe qui.

— Des journalistes ? Quels journalistes ? » Il avait l'esprit ailleurs, il n'écoutait pas. Son café était froid, il fit signe à Mario de lui en servir un autre. Il ne pouvait pas s'offrir cette pause, mais il en avait besoin. C'était la seule occasion de souffler qu'il avait depuis une semaine. Même sa migraine s'estompait.

« Il paraît que tu pêches en eaux troubles, Solly. Des menteurs, des maquereaux — il paraît même que tu fraies avec Caselli.

— C'est vrai.

— Solly, Solly, que fais-tu donc ?

— Nous avons parlé, c'est tout. Nous avons parlé deux fois. C'est Benny Salsone qui s'est fait buter, tu te souviens ?

— Maman dit que Caselli n'est pas vraiment méchant. » Izzy était un authentique caméléon conversationnel. Parfois, il ne prenait même pas la peine de s'empailler avec son frère, Solly. « Elle a vu les photos.

— Je parie qu'elle n'a pas vu les photos que moi j'ai vues.

— Les Italiens, qu'elle dit, ils sont pas vraiment mauvais. Les Italiens et les Juifs. Ça remonte à loin. Ils étaient ici avant les Noirs.

— Maman a un sens de l'histoire très approximatif

— Et puis certaines jeunes Italiennes… » Izzy s'embrassa le bout des doigts. « Solly, certaines jeunes femmes italiennes… »

La voix d'Izzy se perdit au loin. Dieu qu'il était fatigué. Il avait besoin de lever le pied, ça faisait des jours qu'il n'avait pas dormi. Peut-être que maintenant il pouvait s'offrir quelques heures de repos — si les singes de la mafia avaient vraiment regagné leurs arbres. Et il avait vraiment besoin d'une femme, bon Dieu, de la consolation d'une peau féminine. Mais il avait beau reconnaître toutes ces évidences, il n'arrivait pas à se détacher de la connexion Jacobs. Parce qu'elle n'avait tout bonnement aucun sens et qu'elle défiait toute analyse logique. Les vérifications de Malone auprès de la compagnie du téléphone n'avaient levé aucun lièvre. Les deux appels du bookmaker s'étaient révélés anodins — pour l'affaire qui le concernait, en tout cas. Le troisième émanait d'une vieille connaissance, un ami d'enfance — même les salauds étaient en contact avec d'autres salauds — et le quatrième, le Suspect Numéro Un, la piste brûlante de Malone, était interrogé, devinez où, au commissariat de Wellsmore, pour un vol avec effraction au moment précis de l'assassinat de Jacobs.

« Il reste que trois mois et demi, disait Izzy, et maman tient à ce que tu viennes. »

Solly lui adressa un regard vide.

« La bar mitzvah.

— Nathan n'aura rien », dit rapidement Glass, désireux malgré tout de montrer qu'il était toujours là, d'effacer la ride soucieuse au front d'Izzy. « S'il veut un cadeau, il remplace le chapeau de son oncle.

— Il avait quatre ans.

— Il a eu le temps de faire des économies.

— Maman dit qu'il faut que tu viennes avec quelqu'un.

— Quelqu'un ? Ou n'importe qui ?

— Elle désire te voir installé dans la vie. De la part d'une mère, tu trouves ça exagéré ?

— Je ne sors avec personne en ce moment...

— Si tu ne trouves pas pour cette semaine-là, Je peux t'aider.

— ... personne que maman aurait plaisir à rencontrer. »

Izzy endossa son masque fripon. « Et la dame de glace ? »

Solly botta en touche. « Oui, et alors ? » Mais pas assez loin. Il ne répondit pas : « Quelle dame de glace ? »

« Je l'ai vue à la télé depuis que tu en as parlé la dernière fois. Solly, Solly, cette femme... mon Dieu !

— Mariée, un enfant.

— Et alors ?

— Comment ça, et alors ?

— Est-elle heureuse ?

— Seigneur, Izzy, comment veux-tu que je le

sache ? Je la vois cinq minutes, peut-être dix, par semaine. Pas de conversation intime. C'est pas comme ça. » Il voulait paraître imperturbable, mais il sut qu'il avait l'air déprimé.

« Tu as raison, Solly. Je l'ai vue. » Izzy n'arborait plus la moindre ride au front. « D'accord, c'est de la glace. Mais bon Dieu… Qu'y a-t-il, elle te fait peur ? Cette femme te fait peur ? Solly, c'est sérieux.

— Pas plus que Caselli », rétorqua-t-il. Puis il se tut un moment et pensa : à peu près autant.

« Solly, tu es malade. Tu commences à mélanger tout le monde. Si tu te mets à confondre Gian-Paolo Caselli avec cette beauté, on va t'enfermer. Tu as besoin d'un peu de tranquillité.

— Alors lâche-moi.

— Comment s'appelle-t-elle ?

— Qui ? » Mais comme il savait qu'Izzy ne laisserait pas tomber, il soupira et dit : « Reed. Elle est procureur — l'une des procureurs du Bureau — et c'est *Mrs* Reed.

— En tout cas elle n'en a pas une seule.

— De quoi ?

— De ride.

— Très drôle.

— Et son prénom ?

— Tuesday[1].

— Mon dieu, Solly. Et que fait-elle le reste de la semaine ? À propos de femme…

— Tu sais de quoi tu souffres, Izzy ? De logorrhée chronique.

— C'est une femme…

— Quelle femme ? » Une main toujours sur la

1. *Tuesday* : mardi. *(N.d.T.)*

table. Le café, ou l'évocation de Tuesday Reed, avait ramené Glass à la vie.

« Elle s'appelle Myra… Solly, écoute-moi. Arrête de regarder cette gamine pendant une minute et écoute mon histoire.

— Elle s'appelle comment ? » lança Solly à Mario. En parlant de la gamine. Six ans, magnifique, le regard noir, ce jour-là à la maison, et non à l'école. Elle sert un sablé pour accompagner le *latte* de son père.

« Francesca, dit Mario en lui ébouriffant fièrement les cheveux.

— Tu devrais te remarier, Solly. C'est maman qui le dit. Tu devrais avoir des enfants. »

Mais Glass se contenta d'acquiescer. Pour Mario ? Pour lui-même ? « Francesca, bien sûr.

— Qu'est-ce que tu racontes ? Tu savais qu'elle s'appelait Francesca ? » Izzy se tourna vers Mario. « Il devrait avoir des enfants. Cet homme… »

Glass soupira. « Et alors, Izzy, cette Myra… Il lui arrive quoi, à ta Myra ?

— Elle découvre que son mari a une liaison. Elle le lui reproche, il avoue. Hymie, elle dit — elle veut récupérer son crétin de mari…

— Espérons que l'autre femme a contracté une bonne assurance.

— Qu'est-ce qui va pas, demande Myra, qu'est-ce qu'elle fait que je ne fais pas ? Tu ne gémis pas, dit-il. Je fais pas quoi ? Au lit, dit-il, tu ne gémis pas. Tu veux que je gémisse ? demande Myra. Il dit que oui. Hymie, dit-elle, essayons encore. Okay, dit-il, une dernière tentative. »

Deux doigts se crispèrent, en pince, sous la table.

« Ce soir-là, au lit, ils s'y mettent. Tu veux que je

gémisse maintenant ? demande Myra. Pas encore, il dit, on a à peine commencé. Ils continuent un peu. Maintenant ? elle demande. Pas encore, il répond. Quelques minutes plus tard, il lui souffle à l'oreille : Maintenant, Myra, vas-y, tu peux gémiiiir. Okay, elle fait. Lundi la machine à laver est tombée en panne. Mardi le frigidaire. Mercredi les enfants sont tombés malades… »

Les deux frères s'observent de part et d'autre de la table.

« Solly, dit Izzy avec une réelle affection, l'ombre d'une larme voilant son regard. Solly, tu vois que ça va déjà mieux. »

12

Les cinq minutes que Glass passa en compagnie de Tuesday Reed furent surprenantes, mais nullement au sens imaginé par Izzy.

Leurs chemins se croisèrent par hasard, comme c'était souvent le cas sous la galerie ou dans les couloirs du palais de justice. D'habitude, chacun reconnaissait la présence de l'autre, mais ils se croisaient sans échanger la moindre parole, ni même un signe de tête. Elle était normalement entourée d'une nuée de stagiaires qui buvaient ses paroles comme du petit lait. Si, comme ce matin-là, elle était parfois seule, alors elle semblait invariablement absorbée dans un problème ou un monde à soi. Glass ne s'était jamais imaginé qu'elle pût avoir une conversation banale — ou, si tel était le cas, qu'elle pût la partager avec lui. Moyennant quoi son léger pas de côté ainsi que le crissement électrique des bas qui amenèrent l'avocate droit vers lui furent autant une surprise que les mots qu'elle prononça alors :

« Bonjour, lieutenant. » D'une voix égale, sans le moindre sourire.

« Mrs Reed. » Il aurait volontiers continué. Mais un bras se tendit — du moins dans son souvenir —

pour le retenir. Il l'avait mal jugée ; il devait maintenant proposer quelque chose.

« Une ânerie, le verdict de Mallick, dit-il. Halloran est un con. »

Elle haussa à peine les épaules, joua les dures à cuire.

« Parfois on gagne… », dit-elle avec dédain.

Eh bien, qu'elle aille se faire voir ailleurs. Qui donc croyait-elle tromper ?

« Je pensais que ça vous toucherait davantage ? Perdre une affaire…

— Perdre ? »

Bon Dieu, de quelle couleur sont ses yeux ? Jaune citron ? Soufre ? Quelques secondes plus tôt, il aurait dit miel clair.

« Qui a perdu ? demanda-t-elle. Il a en pris pour cinq ans.

La peine incompressible. Il les aurait eus sans même que vous interveniez.

— Il n'aurait jamais changé de stratégie si je n'avais pas…

— Avec ce que la police vous a donné sur un plateau ? Allons, Mrs Reed… »

Il essayait de garder un ton enjoué, mais elle méritait qu'on lui rabatte un peu le caquet.

« Même le gamin qu'ils lui ont collé comme avocat chiait dans son froc à l'idée de plaider. Et puis, vous avez réclamé sept ans, vous me l'avez dit vous-même. Intention, préméditation. Vous alliez l'écraser comme une mouche. Vous alliez…

— Okay, okay. »

C'était sa première concession, la première fois qu'il entendait dans la voix de Tuesday Reed un accent qui sortait de l'habituel registre glacé — et cette découverte le mit dans tous ses états.

« Je vous ai trouvée formidable », dit-il, et il vit de nouveau les belles joues s'empourprer. Elle surprenait en permanence. On aurait pu la croire habituée aux compliments, aux louanges. Il s'était toujours imaginé qu'elle avait construit cette muraille de glace pour cette raison même. Afin de tenir le monde à distance. Dans l'univers de la corruption juridique, il y avait sans doute des centaines d'individus qui, comme Izzy, étaient prêts à tout pour inscrire le nom de Tuesday Reed à leur tableau de chasse. Et la voilà en train de rougir comme une écolière à cause d'un bref compliment. Comment se débrouillait-elle, avec d'aussi faibles défenses ? Ce fut alors, sentant sa vulnérabilité, que le cerveau du policier tomba soudain en panne et qu'il aborda le seul sujet qu'il aurait mieux fait d'oublier.

« Mais ce sont les familles, les vraies perdantes. Les gens comme Ed Stevens... » Il n'osa pas s'aventurer plus loin. « Ce sont eux qui ont besoin d'aide. »

Voilà la perche qu'il lui tendait. C'était maintenant à elle de la saisir. Quant à lui, il ne pouvait pas aller plus loin sans se montrer vraiment indiscret, reconnaître son intrusion. Une sorte de voyeurisme, d'espionnage.

« Peut-être », éluda-t-elle. Le rouge avait quitté ses joues, sa chair était mate, de nouveau un masque sans faille. « Mais ça regarde avant tout la famille. Ce n'est pas à nous de nous en mêler.

— Vous me surprenez, Mrs Reed. » En colère, de nouveau. Contre elle. Contre lui, parce qu'il la laissait le mener par le bout du nez. Si elle avait envie de jouer les Mères Térésa en secret, si elle avait les idées tellement confuses qu'elle ne faisait plus la distinction entre l'humilité et la fierté spirituelle, alors qu'elle aille se faire voir. « Dans les affaires comme celle-ci, fit-il remarquer, ce sont justement les familles qui n'ont plus rien à offrir. »

Elle le rendait pompeux, mais l'argument fit mouche — pour une raison ou une autre. Il avait renoncé à essayer de la déchiffrer.

« Oui », fut tout ce qu'elle dit. Mais elle restait là.

Un ange passa.

« Et vous, lieutenant », dit-elle enfin. Il remarqua l'effort qu'elle dut faire pour retrouver sa concentration, pour quitter quelque monde privé qui obsédait son regard. « Vous êtes occupé ?

— J'ai deux ou trois affaires qui courent. » Comme pour s'enfouir dans le sol. Dans un terrier de lapin aussi gros que la ville.

« Ah oui. » Soudain plus présente, intéressée. « J'ai croisé le commissaire Keeves… »

Tiens donc.

« Il a dit que vous êtes tombé sur un os. »

Lui rendait-elle la monnaie de sa pièce, échec professionnel pour échec professionnel ? Et puis, qu'est-ce qui lui prenait, à Keeves, de laisser filtrer des infos de l'autre côté des lignes ? La police et le Bureau du procureur général travaillaient ensemble, oui, à leur guise et quand ils en avaient besoin, mais leurs intérêts étaient différents. Et puis, comme deux bons associés attelés au même joug, mais rivaux dans leur recherche des louanges publiques et puisant dans le même réservoir de ressources, ils ne se faisaient pas entièrement confiance. Alors, pourquoi diable Keeves lâchait-il des informations sur les affaires en cours ? Magouillait-il lui aussi en coulisses ?

« Keeves constitue l'extrémité d'une longue ligne, dit-il négligemment. Ses connaissances sont toujours rétrospectives.

— Ce qui veut dire ?

— Il y a toujours certaines choses que Keeves ignore.

— Des choses ?

— Vous savez ce que c'est, Mrs Reed. Vous ne dites pas au procureur général tout ce qu'il a besoin de savoir, n'est-ce pas ? »

Elle haussa un sourcil noir. Mais il n'avait plus rien à ajouter — il en avait déjà trop dit. Si elle répétait à Keeves qu'il ne lui disait pas tout… Même si en fin de compte lui-même porterait le chapeau pour tout.

« Eh bien, je crois que je vais devoir prendre patience, refréner ma curiosité… » S'attendait-elle encore à ce qu'il cède ? « Jusqu'à ce que le commissaire Keeves choisisse de m'informer. Ou que les dossiers de l'instruction arrivent sur mon bureau. Ils finiront bien par y arriver. Vous le savez, n'est-ce pas, lieutenant ? »

Oui, mais elle n'avait pas besoin de retenir ainsi son souffle. À moins que Malone et lui n'aient soudain hérité une ferme de furets.

« Et je suis sûre que cela ne tardera pas, lieutenant. » Puis, sur un ton qu'il ne réussit absolument pas à décrypter, elle ajouta : « Avec vous chargé de l'enquête. »

DEUXIÈME PARTIE

« Les marais s'étendaient, noirs, plats et rouges, grouillant de crimes à leurs lisières. »

ZELDA FITZGERALD

13

« Nora », se souvint de demander Glass avant que cette pensée ne lui échappe comme par enchantement, « accepterais-tu de me rendre un service ?

— Solly chéri, dit-elle, tu sais bien que je ferais n'importe quoi pour toi.

— Nora, je ne blague pas. » Glass se pencha pour l'embrasser légèrement sur la joue. « J'ai besoin d'un petit service.

— Oh, ici ? » De la main, elle montra la salle de restaurant bondée. Il avait choisi un italien. Bruyant, plein d'accents différents. Il savait qu'elle l'aimerait. Ici on pouvait dire tout ce qu'on voulait, en espérant que personne ne réagirait. « En public ?

— Pas ce genre de service. »

Mais son cœur avait cessé de battre pendant une seconde. De nouveau. À cette seule pensée. Deux ou trois ans plus tôt, il avait failli commettre une erreur avec cette femme. Cette… bon Dieu, quel âge avait-elle donc à l'époque ? Cette fille de vingt-trois ans. Et durant toutes les semaines et les mois suivants, il avait cent fois interrompu sa routine pour se demander s'il n'en avait pas commis une, de bêtise.

« Solly, il n'y a pas de service que je préférerais davantage te rendre… »

Seigneur.

« … que de te donner de l'ail… »

*

Nora Bloom — Bloom N., officier de seconde classe, Section des Archives, Bureau Central des Crimes & Délits, pour être plus exact — était la descendante de troisième génération d'une famille de policiers irlandais. Elle était sortie de l'académie de St Helen première de sa promotion et à cause d'un talent particulier qu'elle y avait manifesté pour les logiciels d'ordinateur, la création et la manipulation de bases de données, elle se retrouva, après son diplôme de fin d'études, non pas dans les patrouilles de rue où son grand-père et son père avaient servi avant elle et où elle avait décidé de les suivre, mais à la section des Archives du Bureau Central, au cœur de la ville. Cela paraissait ennuyeux, mais ce n'était pas le cas. Pas pour Nora.

Avant d'occuper son poste définitif, elle avait fait les six mois habituels de stage de familiarisation, passant successivement quatre semaines dans chacun des principaux départements du Bureau. À la criminelle, elle s'était vue attachée à un lugubre Juif aux yeux de cimetière, nommé Solomon Glass. Affligé d'un caractère de cochon ainsi que d'une biographie dont personne ne parlait.

Et qui attira aussitôt Nora.

« Comment les gens vous appellent-ils, lieutenant Glass ? avait-elle demandé d'une voix enjouée, le premier matin de son stage.

— Lieutenant Glass », répondit-il.

Où donc cette vieille pierre taillée avait-elle bien pu acquérir toutes ses cicatrices ? s'interrogea-t-elle alors.

« Non, je voulais dire quand ils vous connaissent mieux. Quand ils travaillent avec vous et que vous devenez amis. Comment vous appellent-ils à ce moment-là ?

— Lieutenant.

— Oh. »

Mais elle rebondit aussitôt. « Eh bien, lieutenant, qu'aimeriez-vous me voir faire — en dehors de ne pas vous mettre des bâtons dans les roues ?

— Vous pourriez surtout vous concentrer là-dessus, du moins pour l'instant. Je ne vois rien d'autre. »

Elle se montra formidable. Elle réorganisa les dossiers de Glass, elle mit de l'ordre sur son bureau entièrement recouvert par une montagne de paperasse en retard, elle changea l'année de son calendrier mural. En échange de quoi il baissa la garde, l'emmena en voiture pour sillonner la ville. Voir du spectacle. L'East River. D'où des hommes, vêtus de caoutchouc noir, repêchaient des choses.

« Oh », fit-elle encore. Mais cette fois en vomissant.

« C'est les anguilles, expliqua Glass en lui tendant un mouchoir en papier. Elles bouffent toujours les yeux en premier. »

Honteux, en fin de compte, Glass l'emmena récupérer chez Mario.

« J'ai toujours cru que c'était une blague, un truc pour la télé, dit-elle en sirotant son café. Les pieds dans le béton. » Son visage retrouvait un peu de couleur. « Les gens qu'on étranglait avant de les jeter dans le fleuve.

— Si on les lâche correctement, ils peuvent rester debout au fond pendant des jours et des jours.

— Vraiment ? »

Mais ce fut une erreur de l'emmener chez Mario.

« Solly ! Que fais-tu donc ici... ? » Izzy hantait le restaurant. « À l'heure du boulot ? Et qui est cette charmante personne ? » En dévorant déjà Nora des yeux.

« C'est Nora, dit Glass. Elle vient de vomir.

— Oh », fit Izzy. Qui, très prosaïque, s'éloigna vers le comptoir.

Sautant sur l'occasion, Glass se leva, puis aida Nora à se remettre sur pieds.

« Tirons-nous d'ici.

— Mais vous n'avez pas payé.

— Une âme charitable s'occupera de l'addition.

— Cet homme, dit-elle en l'arrêtant sur le trottoir. Il vous a appelé Solly. Il y a donc des gens qui vous appellent Solly ?

— Seulement les gens que je ne connais pas. »

Alors, par perversité, elle se mit à l'appeler Solly. « Puisque moi non plus je ne vous connais pas. »

Le cinquième jour de stage de Nora, quand l'heure du déjeuner arriva puis s'en alla, et que la jeune femme n'était toujours pas dans le bureau de Glass à cause d'une putain de formation quelconque, il s'aperçut qu'il devenait nerveux, irritable — il ne retrouvait plus rien parmi ses affaires — et il faillit sortir en trombe dans le couloir pour demander où diable était passée cette fille. Il reconnut les signes avant-coureurs. Même si lui-même s'en dispensa, d'autres ne se gênèrent pas pour les lui coller sous le nez :

« Je ne sais pas comment vous faites, Glass. » Le commissaire Keeves venait de franchir sa porte lors de la deuxième semaine du stage de Nora et les deux hommes s'étaient retrouvés à suivre des yeux la silhouette de la jeune fille alors qu'elle quittait le bureau de Glass pour aller consulter le tableau des présences.

« Comment je fais quoi ? » Glass avait appris très tôt qu'il ne fallait rien trahir devant Keeves.

« Cinquante jeunes diplômés répartis dans tout le Département, soi-disant au hasard, dont deux tiers de garçons », d'un geste du menton Keeves désigna la direction prise par Nora, avec une admiration feinte, « et c'est vous qui décrochez le gros lot. »

Regardant encore, il comprit ce que Keeves voulait dire. Et il se vit lui-même, un homme mûr, au passé trouble, un mariage gâché qui ne datait pas d'hier — et sur son visage, les traces d'une chose encore pire. Des rumeurs, des armes, la violence, la mort. Et puis Nora — jeune, impressionnable, fraîche, curieuse. C'était une combinaison dangereuse.

« Irlandaise, par-dessus le marché. Catholique… » Keeves agitait lentement les mains devant son visage comme pour en chasser la chaleur. « Vous savez ce qu'on dit sur les femmes catholiques ?

— Non. »

Il se demanda, ainsi pris entre deux feux, s'il ne devait pas le découvrir à tout prix. Mais il resta muet.

*

« Alors, ce service », intima-t-elle. Après les pâtes. « C'est personnel ou professionnel ?

— Professionnel. » Il servit le restant du vin.

Elle posa son visage sur ses mains.

« Ce n'est pas la seule raison pour laquelle tu m'as invitée ici, n'est-ce pas, Solly ?

— Non, répondit-il en souriant. Avec toi, tu sais que c'est toujours personnel. »

Elle l'observait toujours.

« C'est légal, n'est-ce pas, Solly ? Ça ne va pas me coûter mon poste ?

— Non, fit-il en riant. On va juste écorner un peu le règlement.

— Okay, à une condition.

— Laquelle ?

— Que tu me rendes un service. »

Il la dévisagea d'un air surpris. « Personnel ou professionnel ?

— Personnel. » Elle rougissait.

« Dis-moi. » Il était intrigué. Il ne se rappelait pas la moindre chose qu'elle eût demandée depuis le premier jour où il l'avait vue.

« Tu dois me promettre de le faire d'abord.

— Avant que je sache ?

— Mm mm. »

Il scruta le visage de Nora, ses yeux.

« Bon, d'accord. Pourquoi pas. Marché conclu. Crache le morceau.

— Toi d'abord, dit-elle d'une voix assourdie par une main.

— Il y a deux choses…, commença-t-il.

— Deux services ?

— En fait, ce sont les deux parties d'une seule et même chose. Il y a une affaire dont je m'occupe — deux affaires. » Ces simples mots suffirent presque à faire renaître sa migraine. « Liées et pas liées. Des homicides.

— Jacobs et Salsone. »

Il leva très lentement son verre.

« Nom de Dieu, comment diable le sais-tu ? »

Elle détourna les yeux, cherchant quelque objet inexistant sur le mur du fond.

« Oh non, non, non, non, fit Solly. Pas Malone ? Pas lui, bordel.

— Solly !

— Nom de Dieu de nom de Dieu.

— Il a dit que tu l'avais envoyé au charbon. »

Certes.

« Okay, ai-je vraiment envie d'entendre tout ça ? Qu'a donc fait Malone ?

— Eh bien, euh… Il a… », elle but une gorgée de vin. Maintenant, même sa gorge rougissait. « Il a passé les six derniers jours à traînasser dans notre bureau, à déplacer tous les dossiers sur lesquels il a pu mettre ses grosses pattes de policier. Il a complètement démoli deux machines. Il a…

— Je vais le tuer.

— Je ne suis pas certaine que ça l'empêchera de sévir.

— Bon Dieu, Nora. Je suis désolé. Je lui ai demandé de vérifier tout ce qu'il pourrait trouver sur ces deux affaires. » Solly écarta ses mains ouvertes en manière d'excuse. « Je cherche un lien. S'il est là…

— Alors, que veux-tu que je fasse, moi ?

— La première partie est simple. Je te demande d'entrer un rapport, un dossier de la Balistique que je te donnerai — et de regarder où il va.

— Solly, si c'est un dossier de la Balistique et qu'il

n'a pas encore été enregistré, que fais-tu donc avec ce dossier ?

— Je… je l'ai retenu.

— Tu as gardé sous le coude un rapport balistique sur un homicide et il est toujours chez vous ?

— Juste pour un petit moment.

— Solly, tu connais les procédures ? Les rapports balistiques doivent nous parvenir immédiatement.

— C'est un cas spécial. Une affaire en cours. Un truc opérationnel. Le rapport balistique sur l'assassinat de Salsone.

— Est-il approuvé ? Le retard, je veux dire. Keeves ou quelqu'un d'autre l'approuve-t-il ?

— Pas encore.

— Solly, tu es vraiment un très vilain garçon.

— Je comptais le garder encore un peu, mais j'ai changé d'avis. »

Si Keeves refilait vraiment des tuyaux à Mrs Reed — et à combien d'autres, aussi peu dignes de confiance qu'elle ? — alors il voulait le savoir. Le sang coulait bel et bien dans la rue. Mais les informations aussi fuyaient. Et d'une certaine manière, Glass le savait même s'il n'arrivait pas à préciser la connexion, ces deux flux étaient liés. Quelqu'un savait que Jacobs avait été remis en liberté temporaire et ce quelqu'un savait aussi exactement où le trouver. Quelqu'un savait que Salsone avait bénéficié d'une remise de peine, et il savait aussi où le trouver. Ce pouvait être le tueur lui-même, ce pouvait être une chaîne dont le tueur constituait seulement le dernier maillon. Et si les recherches de Malone sur le côté sombre tournaient réellement en eau de boudin, alors peut-être qu'il fallait faire comme dans la chanson et commencer à regarder du côté ensoleillé.

« Mais pourquoi n'injectes-tu pas toi-même ce rapport ? voulut savoir Nora.

— Parce que je ne veux pas que mon nom et mes codes y soient associés. Je préfère pour l'instant que les gens ne sachent pas trop ce que je sais. Tout ce que je te demande de faire, c'est de l'injecter dans l'ordinateur sous ta propre identité, comme si tu le traitais normalement, comme s'il arrivait directement de la Balistique. Il y aura une disquette et une copie.

— Mais, Solly, la date ne sera pas la bonne.

— Et il faudra modifier de quelques jours les dates sur la disquette et sur la base de données.

— Sol-ly !

— Ce sera une simple rectification. Tu remarqueras une date différente sur la copie — je l'ai déjà rectifiée moi-même — tu penseras simplement qu'il s'agit d'une erreur et tu rectifieras pour harmoniser l'ensemble.

— Je croyais t'avoir entendu dire que c'était légal ?

— Pour toi, ça le sera. Il y aura une lettre dans le dossier, t'ordonnant de faire exactement ce que je viens de te dire, sans en informer quiconque. Elle sera contresignée par Keeves.

— Solly. » Cette fois, il le sentit, elle s'inquiétait pour lui. « Cette petite entourloupe risque de te causer beaucoup d'ennuis.

— Tu peux le faire ?

— Bien sûr que je peux le faire. Je peux me balader dans tout le système sans y laisser la moindre empreinte. En bout de course, il faut bien faire confiance à quelqu'un, n'est-ce pas ?

— Bien. Et ce ne sera pas un problème de voir où il va ?

— Non. Toute personne désirant avoir accès à un

fichier doit d'abord s'identifier. On ne peut pas consulter le moindre fichier — surtout relatif à un homicide — sans fournir un code d'accès et un mot de passe. Et tout est enregistré. Quiconque désire consulter un fichier laisse ses empreintes un peu partout.

— Et si cette personne le charge sur son propre ordinateur ?

— Seuls les quatrième et cinquième étages peuvent le faire. Et puis c'est sans importance. Car tout les accès sont mémorisés. Il y a ce programme invisible, appelé Sentinelle. Grâce à lui, on peut savoir où va un fichier, qui l'a demandé, pendant combien de temps on l'a gardé, quelles modifications on lui a apportées. Et comme je l'ai dit, tous les autres gens doivent passer aux Archives, personnellement — que ce soit pour un accès machine ou une copie papier. Ils sont surveillés, contrôlés, pendant qu'ils consultent... on ne peut pas photocopier sans autorisation écrite. La sécurité est devenue stricte, très stricte.

— Bon, dit-il en s'adossant à sa chaise. Donc toute personne qui consulte les dossiers balistiques pour Salsone — ou Jacobs — ou les deux, tu la connaîtras ?

— Bien sûr, sans problème. Je les identifierai. Je peux également les identifier afin que personne d'autre ne sache qu'ils ont été identifiés, si tu le désires.

— Comment ?

— Solly, je suis l'officier principal chargé du traitement des informations. Il me suffit d'avoir une petite discussion en privé avec Sentinelle, et... »

Solly se rappela quelques anecdotes qu'il avait apprises sur Nora à l'académie de police.

« Et tu me tiendras informé ?

— Tu es sûr de bien savoir ce que tu fais, Solly ? » demanda-t-elle doucement. Et il interpréta cette question comme un acquiescement.

« Bon, maintenant, quel est ton service à toi ? » Il était intrigué de le connaître.

« Non, je veux d'abord entendre ta mauvaise nouvelle, dit-elle. C'est quoi, la deuxième partie ?

— Il y a un second fichier…

— Mon Dieu, Solly. À quoi peut bien te servir notre base de données puisque tu en as déjà une ?

— Bon, pas un second fichier.

— Ah, décide-toi.

— C'est une partie du premier fichier.

— Seigneur, dit-elle. Tout ça va de mal en pis.

— C'est une partie, quelques paragraphes, pas plus, qui ont été séparés du premier fichier — mais plus tard je suis certain qu'ils vont retrouver leurs places respectives.

— Et il y quoi dans cette fameuse partie qui s'est malencontreusement détachée du fichier ?

— C'est un commentaire du chef de l'équipe balistique — qui associe l'arme de l'affaire Salsone à l'arme utilisée dans une autre affaire.

— Une autre arme ou la même ? »

Il était décidément inutile d'essayer de lui cacher la moindre chose.

« Je crois… ils croient que c'est la même.

— Que l'arme de l'affaire Jacobs ?

— Oui.

— Jacobs et Salsone ? Mais je croyais que Salsone faisait partie de la Famille ?

— Précisément.

— Alors qu'ont-ils donc en commun ?

— C'est ce que j'aimerais savoir.

— Alors ?

— Le silencieux laisse des traces particulières sur les balles. Tu trouveras tout ça dans le rapport.

— Et, laisse-moi deviner, tu désires que je procède à des comparaisons ? Avec d'autres homicides... ?

— Commence avec les homicides. Jusqu'à quand remontent les fichiers ?

— Sur la base de données ? Seulement cinq ans. Les Néandertaliens de l'étage chipotent toujours sur les investissements, ils se demandent si ça vaut vraiment la peine d'injecter des données plus anciennes.

— Cinq ans, ça devrait suffire. Si nous ne trouvons rien...

— Ça va prendre du temps.

— Oui, combien ?

— Eh bien, ce n'est pas comme s'il me suffisait de rentrer *Arme*, type et caractéristiques. Il va falloir que je fasse un peu de profiling.

— Une semaine, deux semaines ? Que faut-il envisager ?

— Et il me faudra travailler en dehors de mes heures normales.

— Et les gens vont se méfier ou se fâcher. Est-ce... ?

— Non, non, ce n'est pas le problème. Nous avons nos propres habitudes de vie privée. Nous nous couvrons mutuellement. C'est le temps que ça va prendre, c'est l'ampleur du travail. Ce n'est pas aussi simple que tu le penses peut-être. On peut avoir de la chance — c'est-à-dire à condition déjà qu'il y ait quelque chose à chercher — mais, en tout cas, ça peut prendre des semaines. Une semaine au bas mot — dix jours.

— Je vois, dit-il d'une voix pleine de considération. J'ai conscience de tout ce que je te demande.

— Solly, tu sais que je vais le faire. Simplement, comme je l'ai dit, ça prendra un peu de temps, voilà tout. »

Il paraissait toujours soucieux.

« Ne t'inquiète pas. S'il y a quelque chose, je le trouverai. »

Il acquiesça. « Okay, merci Nora. Je t'en suis reconnaissant. Bon », il marqua un temps, « n'y avait-il pas un petit service que toi-même tu désirais me demander ?

— Mm mmm. »

Elle déplaça sa chaise autour de la petite table afin de s'asseoir plus près de lui, puis elle resta un moment à tripoter sa serviette.

« Bon, vas-y, fit-il, ça ne peut pas être aussi moche que ça. »

L'espace d'un instant, à voir le rouge lui revenir aux joues, à voir les yeux de Nora qui fuyaient les siens, il eut la pire des prémonitions.

« Ce Malone..., dit-elle enfin.

— Malone ? Ne t'inquiète pas pour Malone. Il ne viendra plus te déranger, pas après aujourd'hui.

— Non, tu sais... je le veux.

— Tu veux quoi ?

— Qu'il vienne me déranger.

— Malone ? »

Elle acquiesça, maintenant toute rouge.

« Cet Irlandais... » Mais Glass se retrouva égaré dans une espèce de cul-de-sac mental où a essayait de trouver le terme adéquat pour décrire Malone. Aucun ne lui venait à l'esprit. Jusqu'à ce que Nora prenne le problème par les cornes :

« Oui, fit-elle, je le trouve… mignon.

— *Mignon !* »

Deux hommes à une table voisine se retournèrent pour les regarder. Dieu, comment avait-il pu perdre à ce point contact avec la réalité pour ne pas se douter qu'une jeune femme comme Nora puisse trouver quelqu'un comme Malone mignon ?

« Timide, mais…

— Mignon.

— Mmm. »

Bah, qui était-il pour pinailler ?

« Bon, qu'attends-tu de moi ?

— Arrange-toi pour qu'il me propose une sortie.

— Pourquoi ne te débrouilles-tu pas toi-même ?

— Eh bien, dit-elle en se tortillant sur sa chaise, une jeune fille ne doit pas se montrer trop entreprenante.

— Seigneur…

— Alors ?

— Oui, d'accord, bien sûr. Je vais voir ce que je peux faire. Mais je ne garantis rien. »

Il la regarda encore — en s'interrogeant sur l'état du monde.

« Mignon », répéta-t-il en secouant la tête.

14

« J'ai vu l'annonce », commença Ed Stevens dès qu'ils furent tous les quatre réunis dans la pièce. « Pour la réunion spéciale. » Il regarda autour de lui comme s'il s'attendait à découvrir un changement quelconque, une réorganisation de certains signes susceptibles de lui souffler le sens de leur présence ici.

« En temps normal, expliqua calmement Alex, mais sans vraiment éclaircir quoi que ce fût, nous nous réunissons seulement une fois par mois.

— À moins, ajouta Tara, qu'un événement ne se produise. »

Ce disant, elle tendit à Alex la boîte blanche rectangulaire qu'elle avait apportée. Avec grand soin, comme si son contenu était fragile, risquait de se briser pour un rien.

« Tout y est », dit-elle à Alex.

Et en regardant la main de Tara posée sur cette boîte, Ed Stevens comprit pourquoi il était revenu. Pourquoi il venait de retourner dans cet espace de folie. Après s'être juré de ne plus jamais y remettre les pieds.

« Nous n'étions pas certains que vous viendriez, dit-elle.

— Moi non plus. »

Putains de cinglés, avait été sa première réaction en voyant la petite annonce dans la rubrique Rencontres du journal du matin. *Rencontre spéciale de la Société de Gabriel,* lut-il. *Ce soir. Lieu habituel.*

La Société de Gabriel — avait-il ricané en jetant le journal au loin. Une bande de cinglés, un club de dingues. Mais le journal restait là, tout froissé sur le canapé, à côté de lui. Et sans cesse elle attirait son œil — cette très brève annonce de deux lignes — chaque fois que son regard s'égarait dans cette direction. Comment se faisait-il que votre œil tombait immanquablement sur cette minuscule chose perdue dans la page imprimée ? Et ce fut alors — en réfléchissant à cette question banale — qu'il dut admettre que la rubrique des Rencontres était la première chose qu'il lisait chaque matin dans le journal. Il comprit à cet instant précis qu'il se rendrait au rendez-vous.

« Cette histoire de Gabriel », dit-il en les regardant l'un après l'autre. Tara était peut-être un ange, il y croyait volontiers. Mais certainement pas une protectrice. Certainement pas l'archange. Quant à Alex… eh bien, Alex était brillant, attentif, concentré — mais aussi desséché, mort d'une certaine façon. Il aurait déjà bien assez de mal à se protéger lui-même. Et Luis, de son côté, Luis le responsable des relations extérieures, c'était le moins stable, le plus nerveux, le moins réfléchi des trois. Il semblait encore se débattre avec ce qu'il avait perdu. Peut-être une épouse, ainsi qu'un fils ? Son col était mal repassé, une patte non boutonnée. En arrivant, Stevens avait repéré sur Luis une odeur de bourbon, et puis quelque chose cliquetait, tintinnabulait sans cesse dans sa poche. Un chapelet ? Un gri-gri quelconque ? Du verre ? Du métal ?

« Ce Gabriel… répéta-t-il. Est-ce que ça veut dire quelque chose ? Vous n'êtes pas une sorte de groupe religieux ?

— Non, répondit Alex avec brusquerie en écartant définitivement cette hypothèse.

— Autrefois j'étais croyante, dit doucement Tara. Mais plus maintenant. Alex et Luis — ils ne l'ont jamais été. Ils ont un esprit plus… » Elle chercha le mot.

« Séculier, proposa Alex. Oui, c'est ce que nous sommes en fait — une sorte d'entreprise de charité séculière. »

Luis rit sans joie.

« Alex et Luis, reprit Tara, agissent pour des raisons qui sont plus personnelles, plus sociales. »

Agissent ? s'étonna Stevens. Avec toute cette logorrhée ?

« À la place des gens qui ne peuvent pas agir par eux-mêmes.

— Vous avez entendu parler de *Aide aux Prisonniers* ? » demanda Luis en posant l'une de ses questions à brûle-pourpoint qui lui tenaient lieu de conversation.

« Oui, bien sûr.

— Eh bien, ça n'a rien à voir avec *Aide aux Prisonniers* », dit-il.

Stevens attendit la suite. Puis, dans le silence qui s'installa à la place de l'explication de Luis, il finit par demander :

« Et Mrs Reed ? Lui arrive-t-il de venir ici ?

— Mrs Reed ? » fit Tara, stupéfaite. « Pourquoi Mrs Reed viendrait-elle ici ?

— Eh bien c'est elle qui m'a mis en contact avec vous, elle qui m'a parlé de ce machin de Gabriel.

— Ce n'est rien, ça ne veut rien dire. Nous avons bien dû trouver un nom. Pour commencer.

— Elle ne m'a absolument pas parlé d'entreprise de charité. » Ed Stevens repensait à la soirée dans le café, quand il avait vraiment touché le fond. « Elle m'a simplement donné un nom, une adresse. » Celle de cette maison lugubre et glaçante, nichée dans une petite rue sinueuse et banale de la banlieue. Les deux fois où il y était arrivé, il n'y avait pas d'autre voiture que la sienne. Comment, s'était-il alors demandé, Tara et Luis venaient-ils jusque-là ? En taxi ? Ensemble ?

Tara l'observait. « Aucun de nous, dit-il, ne voit jamais un autre membre du groupe en dehors de cette maison. » Elle s'interrompit pour rectifier aussitôt : « En dehors de cette pièce. Nous ne nous fréquentons pas dans nos autres vies. » Elle tenait apparemment à ce que ce point fût très clair pour lui. « Seulement ici. »

Il ne sut que penser. Une partie de son être était heureuse. Il se rappela la main d'Alex sur l'épaule de Tara lors de leur dernière réunion. Mais une autre partie de lui-même était déçue. Il aurait aimé parler en privé à Tara. Lui dire à quelles conclusions il avait abouti depuis leur dernière réunion. Pourquoi il ne pouvait pas pardonner et oublier comme eux. Les raisons pour lesquelles sa situation était entièrement différente de la leur. Mais il allait le faire, décida-t-il. Il allait leur expliquer.

« La dernière fois... », commença Tara, en lui fournissant l'ouverture qu'il souhaitait. Mais c'était également, remarqua-t-il, le moment que les autres attendaient eux aussi. Même Luis cessa tout à coup de s'agiter sur son siège, il devint concentré.

« Vous débordiez de colère, de tension. » Elle l'invita à la regarder droit dans les yeux. À s'intéresser à elle. Les autres, une fois encore, devinrent des spectateurs, des ombres à la périphérie du champ visuel d'Ed Stevens. Que faisait donc Tara — en dehors de cette pièce ? Était-elle une sorte de thérapeute ? « Maintenant, vous paraissez plus calme, plus décidé. Avez-vous changé d'avis ? Vous êtes-vous résigné ?

— Non. » Elle venait de lui fournir l'ouverture. Et il allait en profiter, sans se préoccuper de ce qu'ils pouvaient bien penser de lui. « Je suis plus déterminé que jamais. Vous savez, j'ai réfléchi. Je sais maintenant pourquoi je suis différent de vous.

— Différent ?

— Pourquoi je ne peux pas laisser tomber. Accepter ce qui s'est passé.

— Vous désirez toujours vous venger ?

— Je désire *la justice.* » Pourquoi ne réussissaient-ils pas à comprendre ? « Alors que pour vous, c'est quasiment fini, vous le savez. »

À condition, bien sûr, que tout ça soit réel. Une partie de son cerveau n'acceptait toujours pas ce qu'il avait entendu la dernière fois. Mais on ne pouvait douter de la passion de Tara :

« Fini ? Vous croyez que c'est fini pour Alex ? Fini pour moi ?

D'accord, d'accord, je sais, je sais. » La douleur, concéda-t-il, durait sans doute. Mais sur un mode invisible. C'était là le point crucial. « Vous avez enterré vos morts. Vous ne voyez donc pas que c'est la différence fondamentale qui existe entre nous. Vous avez enterré votre fille, Alex a enterré son épouse, Luis son fils — chacun de vous a enterré ses morts, pour vous il y a eu un point d'arrêt. Un signal de repos.

— Et vous ne l'avez pas fait ? C'est bien ça ?

— Tous les jours je dois aller dans cet endroit et regarder mon fils dans les yeux. Je dois répondre à la question que j'y trouve.

— Quelle question ?

— Pourquoi m'as-tu menti ? Pourquoi m'as-tu élevé en me disant que la bonté suffisait ?

— Et que le mal serait puni ?

— Oui. Je m'aperçois que je ne peux pas vivre avec ça. Avec cette question.

— Pourquoi les gens ne réagissent-ils pas ? Pourquoi laissent-ils les choses arriver ? Encore et encore. »

Enfin elle comprenait. Était avec lui. Il le sentait.

« Oui.

— Et selon vous, la seule manière de répondre à cette question, c'est de riposter ? De chercher la vengeance par vous-même ?

— Oui, oui. » Maintenant il débordait. « Vous avez été croyante, jadis. Œil pour œil. Vous devez au moins comprendre cela ?

— Oui. » C'était au tour de Tara de le dire. « Bien sûr que oui. »

Mais pourquoi donc, à l'instant même où elle semblait le comprendre tellement bien, parut-elle soudain se détacher de lui ? Elle chercha des yeux les deux autres. Ed Stevens avait encore les yeux embués de larmes, mais il vit Alex et Luis acquiescer brièvement à l'intention de Tara. Comme s'ils savaient depuis le début que lui-même était un cas désespéré et qu'il ne comprendrait jamais rien. Voilà ce qu'ils signifiaient à Tara.

Eh bien, qu'ils aillent se faire foutre.

Quand sa vision redevint parfaitement claire, il découvrit qu'autour de lui le monde avait changé du tout au tout. Alex et Luis étaient désormais parfaitement visibles et ils se rapprochaient de lui. Il régnait une étrange espèce de soulagement. Une sorte d'allégresse.

« Un événement est arrivé. » Alex, avec toute son excitation, son engagement, sa vivacité. « Tara a été mêlée à cet événement.

— C'est pour ça que nous sommes ici », expliqua Luis, penché en avant comme Alex, en se frottant les mains avec nervosité. « C'est pour ça que cette réunion spéciale a lieu. Pour entendre. Voilà ce que nous attendons.

— Un événement ? » demanda Stevens. Éberlué par ce brusque changement d'humeur.

« Une mort. Tara a été mêlée à une mort. »

Entendant ce mot, Ed Stevens — qui s'était momentanément envolé sur les ailes de leur enthousiasme — redescendit brusquement sur terre. Bon Dieu, se demanda-t-il, ils ne faisaient donc que ça ? Rassembler des récits de mort — les partager ? Ranimer les fantômes ? Toutes ces divagations sur la mort, sur la souffrance, proférées dans des pièces obscures. Après ce qu'il avait compris quelques minutes plus tôt — ou ce qu'il croyait avoir compris — tout ça lui semblait brusquement ranci, voire malsain.

« Mon employeur... », commença Tara.

L'espace d'un instant, Stevens se demanda s'il ne s'agissait pas d'une mise en scène. De quelque étrange thérapie nouvelle destinée à atténuer le chagrin dû au décès d'un proche. Où l'on inventait la mort d'autres gens, où l'on rejouait les circonstances de ces décès, pour les revivre ?

« Un certain Benedict Salsone..., disait-elle.

— Abattu », intervint Luis en levant la main avant d'agiter l'index de haut en bas. Ses yeux brillaient. « Pft, pft, pft.

— La police », dit Tara en riant — mais son rire frisa alors la folie. « La police croit que c'est la mafia ! »

15

Le fait que Tuesday Reed réussissait à compartimenter les différentes parties de son univers — parvenant ainsi à mener de front plusieurs vies parallèles — n'était pas seulement agréable ou pratique du point de vue professionnel. Cette division était cruciale pour la survie de la jeune femme.

À une certaine époque de son existence, seul ce talent l'avait sauvée, lui permettant d'endiguer toute sa douleur, ses souffrances et son désespoir derrière une seule cloison impénétrable. Aujourd'hui encore, un simple coup d'œil à cette douleur suffisait à la faire reculer d'horreur. Et à la jeter dans de frénétiques activités publiques.

Ce qui n'était pas, bien sûr, sans avoir certaines conséquences domestiques.

« Tuesday, ma chérie, ça ne peut plus durer.

— De quoi parles-tu ?

— Pourquoi fais-tu tout ça ? » Il leva les bras au ciel. « Pourquoi te mènes-tu aussi durement ?

— Tu sais très bien pourquoi », dit-elle.

Ce à quoi, Peter Reed le savait, il n'y avait pas de réponse. La boucle était bouclée et — de cette partie de la vie de son épouse du moins — il était exclu.

« Okay, très bien, très bien. Continue comme ça. Bousille ta vie. Fous en l'air tout ce que tu as. »

Mais qu'avait-elle au juste ? C'était là une autre chambre secrète qu'elle avait fermée à clef pour le moment, en se promettant de l'examiner. Bientôt. Pas tout de suite. Mais bientôt.

*

« Regardez ! » venait de s'écrier Sophie, la plus brillante des jeunes avocates stagiaires de son bureau. « Regardez, c'est Peter. Vous voyez ? »

Elle avait raison. Il était là. Assis à la terrasse d'un café à la lisière du quartier juridique qu'ils traversaient. Alors qu'elles se ruaient d'une réunion de procureur vers une autre réunion de procureur. Sans même prendre le temps de s'asseoir pour déjeuner, elles avaient acheté un sandwich en vitesse à une échoppe située sur le trottoir, devant le palais de justice. Sophie se servait du sien pour montrer l'homme en question :

« Vous le voyez ? Là-bas. »

En d'autres circonstances, l'excitation qui vibrait dans sa voix d'avocate stagiaire l'aurait sans doute fait sourire. Peter et Tuesday Reed. Elle savait qu'on parlait d'eux. Elle savait qu'on les admirait, qu'on les enviait, qu'ils étaient une sorte de modèle pour tous les jeunes brillants et ambitieux. La réussite, l'indépendance, un couple uni malgré des professions différentes. Ils avaient tout. Une famille, la beauté, l'argent. La réputation. Le respect. Vu les circonstances, néanmoins, elle se garda bien d'exhiber toutes ces qualités et dit simplement :

« Non, ce n'est pas lui.

— Mais si, c'est lui ! » Elle tordit le buste et désigna un café derrière elle, par la vitre arrière. « Là-bas. Vous ne le voyez donc pas ? Là-bas ! »

Sophie était-elle devenue idiote ? Malgré tous ses diplômes, tous les rapports élogieux sur elle ? Pensait-elle vraiment que Tuesday ne reconnaîtrait pas son propre mari ? Que — même s'ils ne s'étaient jamais rencontrés, même s'ils n'étaient pas mariés, pas amants, ni parents, ni un couple de bûcheurs invétérés — l'œil de Tuesday ne serait pas attiré par l'homme blond assis à la terrasse de ce café, avec sa nonchalance, son charme évident, son sourire ensorcelant ? Lequel sourire il adressait à la jeune femme assise en face de lui. Dont il tenait les mains. Et dont la mince cheville se frottait doucement contre celle de l'homme sous le pan de la nappe, tandis que les deux femmes passaient en voiture devant eux. Sophie ne comprenait donc rien à tout ça ?

« Oh... », disait maintenant Sophie, son intelligence reprenant soudain le dessus. « Non, non, peut-être que ce n'est pas lui. » Puis elle regarda par sa fenêtre. D'abord les immeubles qui filaient le long de la voiture. Puis, lorsqu'elle sentit qu'elle le pouvait, Tuesday Reed. Qui dit :

« Ce n'est pas possible. Aujourd'hui, Peter n'est pas en ville. » Son visage, un masque parfait.

Et en l'absence de tout autre indice, Sophie Corner ne sut que faire de ce masque impénétrable.

« Vous savez, je pensais à une chose », dit Tuesday comme si elles menaient une conversation entièrement différente. « Ça vous va bien.

— Quoi ?

— Noir sur noir. »

Tuesday tourna brièvement la tête pour regarder

d'abord les cheveux de Sophie, puis sa veste et sa jupe neuves. « Ça vous va vraiment bien. Vous êtes adorable dans cet ensemble. »

Comment arrivait-elle à faire une chose pareille, se demanda Sophie Corner. À changer de sujet en un clin d'œil ? Et de qui se moquait-elle ? Seigneur, elle aurait donné dix ans, elle aurait donné quinze ans de sa vie, rien que pour être aussi chic que la femme assise à côté d'elle.

*

À dix-sept ans, lorsque sa vie avait bel et bien basculé, le masque que Tuesday Reed avait appris à exhiber depuis l'âge de cinq ans, se révéla à la fois une aubaine et une malédiction. Tu ne ressens donc rien, lui demandaient ses amies, ses parents. Rien du tout ? Ou bien tes sentiments sont-ils là, parfaitement verrouillés — s'angoissait surtout sa mère — et tu ne peux tout simplement pas les exprimer ? Elle n'avait pas répondu, décuplant ainsi l'inquiétude de sa mère. Convaincue que son attitude pouvait être utile. Vis-à-vis de sa mère, s'entend.

Mais récemment, des fissures étaient apparues dans ce masque. La stabilité du monde avait commencé à se lézarder. Et la raison de ce changement — elle le savait désormais — elle ne pouvait plus se voiler la face — était Glass. Le lieutenant Solomon Glass. Peter avait raison, après tout. Elle avait tenté d'étiqueter Glass en un être unidimensionnel, un flic à grande gueule issu d'un monde hideux qui croisait seulement le sien de temps à autre. Mais il refusait de se plier à cette image. Il y avait trop de pièces du puzzle qui décidément ne collaient pas. D'abord, il y avait Glass, le policier endurci par la rue, mais qui connaissait aussi son droit sur le bout des doigts. Et puis il y avait le célèbre flic laconique, qui ne cessait pourtant de lui tenir de grands discours. Des discours sur la justice, sur les causes des dysfonctionnement, sur le système judiciaire en général. Glass l'insolent, Glass l'amateur de raccourcis, l'ennemi de la paperasse, dont les témoignages au tribunal — l'affaire Mallick ne faisait pas exception à la règle — étaient si clairs, si concis, si complets et maîtrisés qu'à la fin tous les individus présents lui accordaient une confiance aveugle. Et enfin, il y avait un dernier Glass, le plus agaçant de tous, car lorsqu'il la regardait, il semblait passer derrière le masque, il semblait capable de fureter partout dans l'âme de Tuesday Reed, à sa guise et selon son bon vouloir. Glass, qui était sans cesse sur la brèche, qui ne parlait jamais pour ne rien dire, qui méprisait les ragots.

Qui était malin et dangereux, et qui, sur un mode qu'elle ne parvenait pas à définir clairement, la touchait.

16

« Alors que ce n'était pas du tout la mafia, dit Tara, mais seulement moi.

— Vous ? » s'entendit aboyer Stevens. Il regarda autour de lui, en espérant voir les autres rire avec lui.

« Oui, fit-elle d'une voix momentanément apaisée. C'est moi qui ai tué Benedict Salsone.

— Bon, ne commencez pas à avoir pitié de Salsone, fit Alex. Salsone était coupable, vous vous rappelez ? Nous en avons décidé ainsi. »

Maintenant Stevens eut peur pour de bon — car il comprenait ce qui se passait. Il assistait en fait à une expérience saisissante de folie collective, d'illusion de groupe. Ces malheureux venaient de vivre une épreuve insupportable. Ils avaient souffert, comme lui, mais n'ayant aucun dérivatif, ils avaient créé ce fantasme de vengeance. Ils jugeaient des gens et les condamnaient. Ils les exécutaient. Puis ils se retrouvaient comme en ce moment, dans la pièce obscurcie d'une banlieue perdue de la ville pour revivre tout ce manège et le fêter.

Et la chose encore plus folle — celle qui, pour le coup, lui occasionna une peur bleue — c'était qu'il les comprenait. La fascination exercée par de tels fantasmes. Ils étaient aussi en lui. Combien de fois avait-il traqué Mallick en pensée, avant de se retrouver face à face avec lui, un couteau ou un pistolet à la main, et de remarquer l'expression de surprise sur les traits du voyou ?

Mais c'était malgré tout de la folie, une succession de vœux pieux et complaisants. Ces gens étaient cinglés. Non, ils n'étaient pas cinglés, ils étaient pathétiques. Il eut envie de tendre le bras pour appuyer sur un interrupteur, d'inonder de lumière cette pièce obscure :

« Oui, je sais que nous en avons décidé ainsi, dit Tara, mais ça ne rend pas les choses plus faciles quand on se retrouve au pied du mur. Luis comme toi, vous le savez tous les deux. »

Bon Dieu, pensa Stevens en regardant les deux hommes acquiescer d'un signe de tête, tandis que son esprit commençait à vaciller. À quel jeu étrange jouent donc ces gens ?

« Mais à ce moment-là, dit Tara, je pense à Marcia Soames. »

Où donc Stevens avait-il entendu ce nom ?

« Je pense à cette jeune femme se réveillant un matin et apprenant que Salsone est mort, que l'homme qui a tué son fils est mort. »

Alors il se souvint. Les journaux avaient parlé de cette femme. C'était la mère, la mère du garçon qui s'était fait écraser. La femme à la sclérose multiple. Elle avait l'âge de Tara, son fils avait eu le même âge que la fille de Tara quand on l'avait tuée.

« Je vois l'expression de son visage quand elle comprend que le mal n'est pas toujours récompensé. Qu'après tout il existe une justice en ce monde. Et qu'une vie exige une autre vie. »

Un conte de fées.

Oui. Quelque chose réagit enfin chez Stevens. Les contes de fées étaient-ils vraiment répréhensibles ? S'ils supprimaient la douleur ? Peut-être était-ce inoffensif, après tout, commença-t-il à croire. Et lorsque Luis interrompit Tara pour dire : « Retourne en arrière, retourne au début », il découvrit qu'il ne cherchait plus un prétexte pour partir. Déjà, l'étrange attraction du fantasme le touchait. Marcia Soames avait perdu un fils, un garçon innocent. Comme lui.

« J'ai paniqué », dit Tara en baissant les yeux et en rougissant soudain comme s'il s'agissait là d'une chose qu'elle n'avait pas prévu d'avouer. « J'étais là, sur le seuil. » Elle leva les mains jusqu'à ce qu'elles soient devant son visage. Toujours jointes, mais maintenant tendues devant elle. « J'ai levé le pistolet...

— Non, non. » Cette fois c'était Stevens qui intervenait. Les autres le regardèrent avec stupéfaction, comme s'ils avaient oublié sa présence. « Revenez en arrière. Retournez jusqu'au début. »

Elle regarda Alex, puis Luis. Une fois de plus, Stevens eut conscience de cette pause, de cette consultation silencieuse. L'un après l'autre, les deux hommes acquiescèrent, et les mains de Tara rejoignirent ses genoux. Elle était toujours penchée en avant, ses yeux brillaient toujours d'excitation, mais sa voix prit un ton plus égal.

« C'était vendredi soir, comme vous le savez. J'ai choisi un vendredi parce que c'était l'un des jours où j'étais normalement là le matin, pour faire le ménage. Je savais qu'il veillerait tard ce soir-là. C'était un homme — un homme ? —, un animal aux habitudes réglées. Le vendredi il sortait tard pour dîner, il se saoulait, il rentrait chez lui et il buvait encore. Souvent il y avait encore beaucoup de désordre quand j'arrivais le lundi. Le vendredi, il commandait toujours une fille. Souvent je trouvais... des choses. Ce matin-là je l'ai entendu téléphoner "Et cette fois je désire quelque chose de différent", disait-il. Il marchait de long en large, le combiné collé à l'oreille. "Mais différent, ça veut dire quoi ? Différent, nom de Dieu. Non, je ne veux pas de black, putain, pas de gouine non plus. Je veux une Blanche. Blanche, tu piges ce que je dis..." Il était à jeun, mais il n'arrêtait pas de parler. Il était souvent ainsi. On aurait dit qu'il lisait un prompteur dans son cerveau, qu'il n'arrivait pas à suivre le rythme et qu'il devait sans arrêt recommencer depuis le début. "Je veux une blonde..." Il se fichait complètement que j'entende ou pas. Je faisais la poussière dans l'entrée pendant qu'il vitupérait. En fait, tout le temps qu'il pérorait, il me regardait. Mais ses yeux étaient vides, il ne regardait pas ce qu'il voyait. J'étais une bonne. J'étais un chiffon, une machine. Je n'étais pas là... "Je veux une blonde..." Et je me suis dit que c'était peut-être ma sœur qu'il décrivait ainsi, qu'il... commandait. Alors j'ai décidé de le faire le soir même... "Une fille au cul bien serré, pas une grosse pute qui va s'écrouler comme un gros sac dès que..." Il se grattait déjà l'entrejambe tout en me regardant. "À onze heures, dit-il en raccrochant. Onze heures pile."

— Donc tu connaissais aussi l'heure », dit Luis.

Tara acquiesça.

« Je me suis présentée chez lui à onze heures précises. »

Dingue, pensa Stevens, ça ne rime à rien. Salsone attendait une pute.

Tout se passa comme si elle avait lu dans ses pensées. « Mais plutôt comme ça », dit-elle en sortant une perruque de son sac. Elle la mit, se leva, déboutonna sa veste, remonta sa jupe.

« Seigneur », lâcha Ed Stevens.

Alors, tandis qu'elle parlait, il vit apparaître cette autre Tara, en train de se métamorphoser sous ses yeux. En quelque chose de... foncièrement différent. Vingt-quatre ans, peut-être moins, blonde, maquillée, talons aiguilles, jupe portefeuille sombre, les mains au fond des poches, serrant contre son corps les revers d'un manteau qui sinon ne cachait... rien. Il la vit monter les marches du perron de l'appartement de Salsone, s'arrêter devant la porte, sonner, reculer, tapoter du pied au rythme d'une musique intérieure, et tout le temps prenant garde de présenter son seul profil à la caméra.

Et dès qu'elle parla de la caméra, il commença de se souvenir. Les photos publiées dans les journaux. Cette porte. Une caméra de sécurité. Comment, se demandaient les journalistes, l'assassin avait-il réussi à franchir tous ces obstacles ?

« Et la fille, alors ? demanda Luis.

— Annulée.

— Bon Dieu, Tara, dit Luis, tu prends des risques.

— Mais Salsone ? » Stevens mourait d'envie de laisser de côté ces détails triviaux. Et de ramener Tara au moment où elle s'était retrouvée devant la caméra. Avec ce manteau. « Qu'a-t-il dit ? Quand il vous a vue ?

— Je savais qu'il serait ivre, je devais absolument éviter que ses yeux regardent mon visage, je ne pensais pas que ce serait très difficile, à cause de ma tenue. J'ai sonné une deuxième fois. L'interphone restait muet, mais je savais qu'il voudrait d'abord regarder. Le salaud, il était prêt à me renvoyer si ce qu'il voyait ne lui plaisait pas. Je restais donc de profil, tournée vers la rue. Jusqu'à ce qu'il parle.

« "T'es déjà venue ici ?"

« J'ai failli paniquer. Quelque chose le tracassait. Mais il était déjà ivre, il parlait d'une voix pâteuse. Je devais compter là-dessus. Je me suis tournée face à la caméra. Et j'ai ouvert mon manteau. Comme ça. "Une livraison spéciale, ai-je lancé, pour Mr Salsone".

« "Attends."

« Alors j'ai entendu quelque chose — une chaise ? — tomber avec fracas. Il était sûrement près du bar, à côté de la cuisine, à l'arrière de la maison. En train de picoler. Mentalement, je l'ai suivi d'une pièce à l'autre, puis dans le couloir. Jusqu'à ce qu'il soit là. Le souffle rauque. Un taureau, un cochon. À quelques pas de moi. J'ai senti son odeur. Les verrous ont claqué, puis la chaîne. Il ne m'a pas regardée, il a scruté la rue derrière moi. Puis il a ôté la chaîne. Et il m'a tourné le dos, en gros porc qu'il était.

« "Referme-la", dit-il. Il s'éloignait il retournait vers la cuisine. Pour aller chercher quoi ? Encore de l'alcool ? Ou pire encore ?

« "Referme-la, j'ai dit." Puis il s'arrêta. "Non, attends."

« Oh, mon Dieu, pensai-je, qu'y a-t-il ? Il me tournait toujours le dos, mais très haut sur le mur, près de son épaule, il y avait un miroir. Au cadre doré. Ses yeux étaient rouges dans le miroir. "Retourne-toi", dit-il. À mon reflet.

« "Quoi ?" fis-je d'une voix terrifiée. En essayant de comprendre ce qui m'avait trahie.

« "Merde, retourne-toi. Vers cette putain de porte."

« Trois mètres nous séparaient. C'est-à-dire, trois pas. S'il bougeait — il y avait du parquet au sol — je savais que je l'entendrais. Mais, bon Dieu, aurais-je alors le temps ? J'avais toujours les mains sur la porte. Je me suis lentement retournée en tâchant de deviner ce qu'il avait vu. Un détail de mes jambes ou de mes pieds pendant que je nettoyais chez lui ? Une chose qu'il savait ?

« "Lève-le. Lève ce putain de manteau.

« J'ai plongé les mains au fond des poches, puis j'ai relevé le manteau ainsi. Tous les deux, nous nous tournions le dos, dans ce couloir.

« "Plus haut. Merde, lève-le plus haut."

« J'ai imaginé ce qu'il voyait. Des muscles crispés. Des mollets. Des cuisses.

« Il s'est contenté de grogner. Le porc. Puis il s'est remis à marcher.

« "Okay, maintenant referme cette putain de porte, comme je t'ai dit."

« J'ai compris que je devais le faire, mais ensuite je n'ai pas pu. Je n'ai pas réussi à la fermer. Pas avec ce porc dans le même couloir que moi. Je savais que, s'il mettait la main sur moi, même dans son état semi-comateux… je savais qu'il me déchirerait la gorge. Avec ses dents s'il le pouvait.

« "Qu'est-ce que je viens de te dire ?" reprit-il. Avant de s'arrêter. Alors il a compris que quelque chose clochait. Mais il ne pouvait pas regarder sans se retourner, car à ce moment-là il avait dépassé le miroir. Je voulais qu'il se retourne, qu'il soit face à moi. Je voulais qu'il sache.

« "C'est rien, Mr Salsone, dis-je. C'est rien du tout (maintenant j'étais face au couloir et je m'adossais à la porte en prévision du recul) comparé à ça."

« Mais il refusait de se retourner. À quoi pensait-il ? Croyait-il vraiment que, s'il ne se retournait pas, il n'arriverait rien ? Alors, tout à coup, j'ai compris, c'était comme si j'arrivais à lire ses pensées — et puis j'ai paniqué. J'ai perdu le contrôle de la situation. Cette saleté de silencieux s'était coincé dans la doublure de ma poche. Impossible de le dégager. Si Salsone s'était retourné à ce moment-là... Je ne pouvais pas baisser les yeux vers ma poche pour dégager l'arme. Je surveillais le porc. À ce moment précis j'étais en lui, j'étais devenue lui. J'étais Salsone. Je sentais dans mon dos le courant d'air de la porte toujours ouverte. Cette putain de merde, pensais-je. Elle a toujours pas fermé la lourde... Et puis j'ai pensé : Oh, non, oh, non, bordel de merde, non. Et je me retournais, je tournais la tête pour la regarder quand j'ai vu ce trou apparaître dans un petit nuage de plâtre juste à côté de ma tête et j'ai alors entendu le *pft* du silencieux et j'ai pensé avant le prochain *pft* je suis mort — je suis bordel de merde — mort ohhh...

« Je tirais déjà quand le pistolet s'est dégagé. Les balles allaient un peu partout, dans le mur, le plafond. Mais quand il s'est retourné, j'ai entendu la voix d'Alex...

— Ma voix ?

— *Amène les deux mains devant tes yeux*, j'ai entendu ta voix, je t'ai entendu nous parler, nous apprendre, nous entraîner. *Sers-toi de tes deux yeux. Les bras immobiles, appuie, sans à-coup, appuie, vise encore, appuie.*

— Et ensuite ? fit Stevens. Ensuite ?

— J'ai tiré, tiré et encore tiré — il tombait et j'ai encore tiré. Mais j'avais perdu le contrôle. J'ai paniqué. Je ne comptais pas. Alex, excuse-moi.

— Trois balles, ont dit les journaux.

— Une, j'en suis sûre — au moins une — a touché le mur. Et il bougeait toujours, un bras remuait encore le long du mur, il montait et descendait, montait et descendait… Et puis ce bras s'est arrêté. »

Tara aussi s'arrêta. Elle semblait épuisée et pendant quelque temps ils restèrent tous les quatre silencieux. Stevens était trop fatigué, mais sa fatigue s'accompagnait d'une joie et d'un sentiment de paix qu'il n'espérait plus connaître. Il avait vécu toutes les étapes du traquenard en même temps qu'elle, il s'en rendait compte, marchant avec elle dans la rue, gravissant les marches du perron, franchissant la porte d'entrée, pénétrant dans l'étroit couloir. Ses mains avaient plongé au fond de ses poches, avec celles de Tara. Tire ! avait-il eu envie de lui dire, de lui crier : Tire maintenant, tire maintenant. Et il avait ressenti la même nausée extatique quand le silencieux s'était coincé dans la doublure de sa poche, puis l'exquise décharge d'adrénaline lorsqu'il avait réussi à libérer l'arme, et enfin le comble de l'extase lorsqu'il avait tiré et tiré et tiré encore.

Mais quand Alex tendit le bras et prit la boîte sur l'étagère située derrière lui, et qu'il en sorti une arme, son cœur se glaça.

Il regarda, la bouche sèche, Alex éjecter calmement le chargeur, puis dévisser le silencieux, l'examiner et le remettre en place. Il examina ensuite le pistolet sous toutes les coutures et le tint sous la lampe, où l'arme brilla d'un éclat mat.

« Il m'a l'air bien, dit-il à Tara pour la rassurer. En parfait état.

— Quand même… » La nuance d'irritation, presque

de honte, était toujours là. « Quand même, j'aurais dû compter. »

*

« Et voilà, Ed. Maintenant vous savez », dit Tara dès qu'elle fut un peu remise de ses émotions.

« Vous avez réellement fait ça ? dit Stevens. Je n'arrive pas à le croire.

— Une seconde, Ed, intervint Luis. Il y a deux semaines, c'était vous qui traîniez dans la boue tout le système judiciaire, ajoutant que c'était une véritable saleté et que vous attendriez Mallick à sa sortie de prison. C'était vous qui nous reprochiez notre mollesse.

— Mais comment se fait-il… », poursuivit Stevens comme si Luis n'avait rien dit, comme si tout venait de basculer dans sa tête, « comment se fait-il que ce soit justement vous que Salsone ait choisie comme femme de ménage ?

— Oh, rien de plus simple, dit Tara. Quand nous avons appris sa remise en liberté…

— Comment l'avez-vous apprise ?

— Quand nous avons su où il allait habiter…

— Comment pouviez-vous le savoir ?

— En cas de remise en liberté anticipée, il faut remplir certaines conditions. Satisfaire à des *desiderata*. »

Des *desiderata* ? Où donc avait-elle été chercher ce mot ? Dans quelle bouche l'avait-elle entendu ?

« Jusqu'où ces gens ont-ils le droit de voyager ? Selon quel rythme ils doivent se présenter aux autorités compétentes, l'endroit où ils doivent vivre.

— Qui vous a dit tout ça ?

— Quand nous avons appris... » Cette fois, elle refusait de se laisser interrompre. « La matin du jour de sa remise en liberté, je me suis présentée à l'appartement qu'on avait loué pour lui. La semaine précédente, j'avais parlé au téléphone avec l'agent immobilier en faisant semblant de vouloir cet appartement pour moi. J'ai appris que Mr Allison vient de quitter le 47, lui dis-je. L'appartement est-il disponible ? Non, non, nous n'avons jamais eu d'Allison, me répondit-elle avec entrain. C'est un certain Mr Markham qui habitait le 47, ajouta-t-elle. Mais l'appartement est-il disponible ? demandai-je. Non, je crains que ce ne soit trop tard. Quelqu'un l'a loué. Bon, moi je savais déjà qui était ce quelqu'un. Ainsi, le matin même de la remise en liberté de Salsone, je me suis présentée à son appartement. Il y avait partout des hommes en manches de chemise ou en costume sombre. Ils remplaçaient une porte. Debout sur une *échelle, un* homme en salopette fixait une caméra au-dessus de la porte.

« "Qu'est-ce tu veux ?" me demanda l'un des hommes en costume. Tous parlaient ainsi, comme des cochons.

« "Pas *quoi*, jeune homme. Qui", dis-je. Je m'étais déguisée : beaucoup plus âgée, mal peignée, des rides autour des yeux. Un manteau — en gabardine noire, pas un manteau de fourrure cette fois-là. Et j'avais les cheveux gris, je n'étais pas blonde. Un sac, des chaussures plates, des lunettes, un chapeau. Le théâtre m'a appris toute l'importance des détails. Le chapeau, c'est la cerise sur le gâteau — les hommes comme Salsone ne regardent jamais une femme en chapeau. Quand je faisais la bonne, je portais toujours un foulard noir. Il me recouvrait le front et le cou — le cou risque toujours de te trahir. Mais avec du noir sur du gris, il ne m'a jamais regardée. Je viens pour Mr Markham, dis-je. Je suis ici pour faire le ménage.

« "Y a pas de Markham ici, dit-il en me tournant le dos.

« — Je viens faire le ménage, insistai-je. Pour Mr Markham.

« — Qui est ce Markham ? » Un homme était debout dans le couloir. Encore plus massif que les autres. Une créature hideuse, diabolique. Les autres se sont écartés en entendant sa voix et je l'ai mieux vu. Et vous savez quoi, j'ai vu sa mort à la seconde où je l'ai rencontré. Du sang sur le mur, sur le parquet, son cadavre vautré par terre.

« "Mr Markham, lançai-je dans la maison obscure. Je fais le ménage pour Mr Markham.

« — Markham n'habite plus ici", commença-t-il avant de tourner les talons. J'ai vu son dos, monstrueux, remplir le couloir. Alors, comme s'il venait d'avoir une idée géniale : "Une seconde, dit-il. Attends." Avant même qu'il n'ait eu le temps de tourner la tête. Il s'est frayé un chemin entre les autres. "Maintenant que j'y pense, je vais avoir besoin d'une femme de ménage." Déjà, il avait la main dans le pantalon — pas dans une poche. Il m'embauchait simplement pour se pavaner devant les autres, je l'ai tout de suite compris. Pour leur montrer comment il dirigeait son monde, combien il était organisé, que c'était une vraie tête. "Tas donc travaillé pour ce Markim ?

« — Mark-ham. Mr David Markham…

« — Ouais, ouais. Alors tu connais la maison. Tu sais ce qu'il faut y faire ?

« — Je viens deux matinées par semaine pour

Mr Markham — le lundi et le vendredi. Mais si le vendredi ne lui convient pas ou qu'il y ait un jour férié…

«— Ouais, ouais, ouais." Il a agité la main. Les autres ricanaient maintenant. "Alors viens vendredi."

« Voilà comment j'ai été embauchée.

— Et s'il avait vérifié ?

— Les types comme lui ne le font jamais.

— Et la police ? demanda Stevens. Après l'assassinat de Salsone, les flics ne sont jamais venus vous interroger ?

— Ils n'ont pas eu besoin de le faire. C'est moi qui suis allée les trouver. Après la… mort de Salsone — c'était le vendredi, vous vous rappelez — je suis allée travailler le lundi comme si de rien n'était. J'avais quitté la ville pour le week-end afin de rendre visite à une sœur malade, je n'étais au courant de rien. Les flics étaient encore là, je n'ai pas pu faire le ménage, la porte d'entrée était posée contre un mur. Il y avait un ruban en travers de l'encadrement. Je n'ai même pas pu entrer.

— Mais ils ne vous ont pas posé…

— Oh si, plusieurs questions. Si Mr Salsone avait une amie régulière. Une blonde. Ils avaient récupéré la vidéo de la caméra de surveillance, mais elle était floue, de mauvaise qualité, la fille était presque tout le temps de profil, méconnaissable. Sauf au moment où… » Pour la première fois Tara rougit.

« Et qu'avez-vous dit ?

— Je demandais sans arrêt quand je serai payée, qui allait me payer. Et ça les a inquiétés plus que tout ce qu'ils voulaient me demander. Vous savez, ils ne s'intéressaient pas vraiment à moi. Ce jeune flic. Aux yeux verts. Il s'était mis en tête que la mafia ou quelqu'un — cette fille — avait éliminé Salsone. Il était bien plus fasciné par la vidéo, par les photos qu'il tenait à la main — qu'il avait pendant qu'il me regardait — que par une misérable femme de ménage. Alors j'ai compris que je ne risquais rien.

— Mais vous saviez que Salsone appartenait à la mafia ?

— Oh, oui. Bien sûr. Mais il avait tué ce petit garçon, voyez-vous. Et il tuerait encore, c'était clair comme de l'eau de roche. Voilà pourquoi le tribunal l'a condamné à mort.

— Mais le tribunal n'a pas fait une chose pareille.

— Oh, pas ce tribunal.

— Vous voulez dire… ? » Il regarda autour de lui. Les autres avaient volontiers laissé Tara parler. « Vous voulez dire que *ceci est un tribunal* ? »

Tara le regarda comme si elle était surprise, comme s'il venait d'énoncer une évidence.

« Oui, bien sûr, excusez-moi, dit-elle en écartant les paumes de ses mains. Tout ça est tellement difficile à expliquer en une seule fois.

— Il ne s'agit pas d'un de leurs tribunaux, intervint Luis. Avec toutes leurs procédures. Toutes leurs précautions concernant les témoignages. Non, il s'agit davantage d'un tribunal de la conscience.

— Et vous énoncez des… verdicts ?

— Que nous exécutons. » Luis parlait très naturellement. « Pour les victimes. Pour les autres membres de notre groupe. Pour ceux qui ne peuvent pas le faire. Les tribunaux n'étaient-ils pas censés avoir cette fonction, à l'origine ? Énoncer des jugements ?

— Oui, dit-il.

— Protéger ?

— Oui.

— Punir ?
— Oui, oui.
— Et s'ils ne le font pas ?
— Si Dieu dort... » s'écria Tara.

*

« Vous devez vous attendre... » Ed Stevens tremblait. Il entrecroisa les doigts de ses mains pour retrouver son calme. « En fin de compte, vous devez vous attendre à être pris. »

Dès qu'il eut prononcé ces mots, une partie profonde de son être sut qu'il avait accepté, qu'il venait d'entrer dans leur folie. Sauf que désormais cela ne ressemblait plus à de la folie.

« Oui, répondit Tara. C'est bien là l'idée, ne comprenez-vous donc pas ? C'est pour nous le stade suivant. Mais pour l'instant, personne n'est responsable. Les gens se blessent les uns les autres, ils se mutilent — et aucun de nous ne veut en entendre parler. La souffrance est personnelle, après tout, la souffrance est individuelle. Tant que c'est seulement l'individu qui est touché — quelques êtres aimés —, la société s'en contrefiche. Tout comme le gouvernement, tout comme les tribunaux. Tant que ça ne leur coûte pas...

— Et les Églises ne valent pas mieux, intervint Alex. Que conseillent-elles ? De réconforter les victimes...

— Bien sûr, il faut par tous les moyens réconforter les victimes. » Tara était maintenant lancée. « C'est ce que je croyais autrefois. Mais le coupable, l'assassin ? Et ce psychopathe, ce monstre rendu fou par la drogue, qui a tué l'épouse d'Alex ici même — pas dehors dans les rues, pas en prison, pas dans une ruelle sordide ni une arrière-cour — mais ici, dans cette pièce, dans sa propre maison, avec ce tisonnier — et pour quelle raison ? Un épisode sexuel délirant dont il ne se souvient même pas ?

— Qu'il dit…

— Et ce pauvre détraqué ? s'écrie-t-on. Mais nous ne marchons pas, Ed, nous ne croyons pas à ce mensonge. Eh oui, si ça implique de se faire prendre un jour — qu'il en soit ainsi. Nous le savions avant de commencer. Nous avons toujours été prêts à aller au tribunal…

— Un vrai tribunal, précisa Alex. Un tribunal composé de nos vrais pairs.

— Nous n'avons pas peur de cette éventualité.

— Tout au fond d'eux-mêmes, la coupa encore Alex, nous sommes sûrs que la plupart des gens sont d'accord avec nous, et pas avec le système actuel. Bien sûr, ils ne peuvent pas faire ce que nous faisons — même s'il y en a davantage qu'on ne l'imagine. Si seulement ils en avaient l'occasion… Mais dans un tribunal… Réfléchis un peu, Ed. *Le Peuple contre Tara* — en tant que juré, condamnerais-tu ? Après ce que tu as entendu ici ce soir, condamnerais-tu ? »

Ce fut alors — en écoutant la bizarrerie de cette formule, *Le Peuple contre Tara* — qu'Ed Stevens connut son dernier instant de doute. Pas *Le Peuple contre Smith* ou *Jones* ou *Brown.* Simplement Tara. Il s'aperçut à ce moment précis qu'il ne connaissait aucun de leurs noms propres. Simplement Tara, et Alex, et Luis. Comment même être certain que c'étaient leurs vrais prénoms ? Qu'ils ne les avaient pas inventés de toutes pièces ? Comment s'assurer de la vérité de tout ce qu'il venait d'entendre ? Pourquoi croire que la femme d'Alex avait bel et bien été assassinée dans cette pièce ?

Regardant autour de lui, il comprit ce qui l'avait si fortement frappé la première fois qu'il était venu ici. Le silence absolu du restant de la maison, le froid, l'atmosphère lugubre. Une horloge tictaquait dans l'entrée, mais ça ne voulait rien dire. Alex, l'ingénieur, pouvait tout bonnement la mettre en marche chaque fois qu'ils se réunissaient ici. Rien d'autre ne bougeait, rien ne tictaquait dans le restant de la maison. Elle était silencieuse, désolée. Et la conviction le submergea soudain que personne n'y vivait. Que ces trois personnes y venaient, tout comme lui, seulement pour ces réunions — Tara elle-même n'avait-elle pas déclaré qu'en dehors de ces rencontres ils ne se voyaient jamais ? C'était une maison morte, un mausolée, une chapelle. Et dès qu'ils en sortaient, ils redevenaient anonymes, chacun retournant à son existence réelle.

« Alors, demanda Alex, le ferais-tu ? »

Mais n'était-ce pas exactement ce à quoi il fallait s'attendre ? Pourquoi auraient-ils pris un tel risque ? Avec lui. Un inconnu. Jusqu'à ce qu'il se soit engagé, qu'il ait fait ses preuves ? Et comment faire ses preuves ? N'était-ce pas exactement ce que lui-même aurait exigé, à leur place ? Une sorte de preuve.

« Ed, je te le demande. La condamnerais-tu ?

— Non, dit-il.

— Ou bien nous accompagnerais-tu dans nos félicitations ? S'il s'agissait d'un film, d'un roman au lieu du monde réel, resterais-tu assis, à te morfondre pour l'enfance de Salsone, pour son manque d'éducation, ou alors serais-tu avec nous, avec le peuple, debout sur ta chaise, en train de crier : Fais-le ! Tire ! Descends-le tout de suite ? »

N'était-ce pas exactement ce qui venait de se passer ? Exactement ce qu'il avait fait en écoutant Tara ?

« Vous voulez dire que vous m'aideriez ? se surprenait-il maintenant à demander lentement. Si jamais l'occasion se présentait de supprimer Mallick, vous m'aideriez à le faire ?

— Non ! s'écria Tara. Pas toi. Parce que tu le ferais pour les mauvaises raisons, Ed, tu ne comprends donc pas ? Plein de poison.

— Et puis, ajouta Luis, c'est la meilleure façon de te faire prendre. Tu serais le suspect numéro un. Et nous n'avons pas la moindre envie de nous faire prendre.

— Alors quoi ?

— Nous ne t'aiderions pas à le tuer, lui répéta Tara. Mais je pourrais le tuer pour toi. »

Son crâne explosait.

« Ou Luis. Ou Alex. » Elle marqua une pause. « De même qu'en retour tu pourrais aider Alex.

— Aider Alex ? » C'était, il le sentit, un autre moment décisif « Comment ? »

Elle tendit le bras et désigna de la main une chemise cartonnée posée devant elle sur la table basse.

« Nous y reviendrons, dit-elle. En temps voulu.

— Mais Mallick ?

— Oui. Si le tribunal décide qu'il doit payer de sa vie.

— Le tribunal, rétorqua Stevens avec amertume. Le tribunal l'a condamné à cinq ans de prison.

— *Ce* tribunal. Nous, lui rappela-t-elle. Si *nous* en décidons ainsi. »

Seigneur.

Alors, à travers le rugissement de la douleur, il entendit Tara lui demander doucement :
« Rejoins-nous, Ed. Rejoins-nous. »

*

Deux heures plus tard, il ressortit dans la nuit. L'air était frais. La rosée tombait. Un croissant de lune semblait accroché parmi les branches dénudées d'un orme. L'astre brillait sur les branches noires, sur l'herbe humide à ses pieds et sur la boîte blanche rectangulaire qu'Ed Stevens portait avec soin devant lui.

17

« Alors, Malone, vous avez trouvé quoi ?

— Une bonne migraine, lieutenant.

— Allons bon, vous aussi ? »

Mais en réalité, après le dîner avec Nora Bloom, suivi d'un week-end de congé, sa propre migraine s'était dissipée. Même un lundi, au bureau, avec la paperasse à faire, semblait envisageable. La remarque de Nora, néanmoins, au moment où ils se quittèrent, le tracassait sans relâche :

« Eh bien, je ne la connais pas, Solly, mais elle t'a salement mis le grappin dessus.

— Que veux-tu dire ?

— Allez, Solly. C'est moi, tu te souviens ? Nora. C'est pas un cadavre. C'est Nora Bloom qui est assise ici.

— Sans blague ?

— Solly, je la sens sur chaque centimètre carré de ta peau. »

Il chassa cette pensée et regarda Malone qui, assis en face de lui, feuilletait distraitement les rapports de patrouille. De son côté, Glass travaillait sur le rapport qu'il devrait présenter au coroner le lendemain. Il s'agissait seulement d'une audition préliminaire, mais malgré tout on l'avait programmée sans plus attendre. L'influence, quelques coups de fil judicieux… Glass n'avait pas le moindre doute en la matière : Caselli désirait voir Salsone enterré à cent pieds sous terre le plus vite possible et ne plus jamais en entendre parler.

Si la paperasse ennuyait Malone, elle embarrassait Glass. Il n'y avait absolument rien à montrer. Que pouvait-il bien déclarer lors de l'audition du coroner — une Grosse Pizza avec trois olives de trop, et pas le moindre signe du petit livreur ? Keeves aussi serait là, pour jeter un coup d'œil au-dessus de l'épaule de Glass, le prendre à part après la réunion, compatir à cause de l'absence de toute piste, le manque de progrès évidents de l'enquête, avec une tape sur l'épaule pour finir. Oh, et puis un petit mot gentil sur les statistiques d'affaires classées. Sur l'absolue nécessité qu'il y avait de continuer à plafonner. Sur les statistiques. Les médias. Le gouverneur. Et ainsi de suite…

Oui, et un rapport balistique épineux pour couronner le tout. D'accord, c'était une audition préliminaire, pas une enquête digne de ce nom. Il n'était pas tenu de transmettre tous les détails opérationnels qui associaient cet assassinat à d'autres affaires en cours, du moins pas à ce stade. Et si certaines informations qui devaient faire surface ensuite n'étaient pas encore disponibles ou n'avaient pas attiré l'attention, eh bien c'était à cause de la précipitation du coroner, la faute de Caselli, et non celle d'un Glass surmené, ni celle du Département.

Mais tout ça allait un peu trop vite à son goût. Il y avait vraiment de quoi déprimer. Le jeu en valait-il réellement la chandelle ? Ne risquait-il pas de se faire une fois encore pincer ? Qui se souciait de Jacobs ou de Salsone ? Pas lui, en tout cas. À ce moment de ses réflexions, Malone, toujours à l'affût de la moindre distraction, croisa son regard :

« Vous savez, lieutenant, j'ai bien réfléchi… »

Vraiment malin, disait le visage de Glass. Mais sa bouche articula : « Et alors ?

— Ce flingue.

— Eh bien ?

— Supposons que la Balistique ait raison, que ce soit le même flingue…

— C'est le même flingue, Malone. Je leur ai demandé de vérifier toutes leurs analyses. Il y a une chance sur des millions pour que deux flingues laissent les mêmes traces.

— Supposons donc qu'ils aient raison. Mais le même flingue, ça ne veut pas dire la même gâchette, n'est-ce pas ?

— Qu'est-ce que vous me racontez là ? Qu'ils se le passent ? Qu'ils mettent une petite annonce dans le journal ? À louer vendredi, à rendre samedi ?

— Nous ne sommes même pas absolument certains que c'est le même flingue.

— Okay, le même silencieux. Alors maintenant, ils font de la location de silencieux ?

— D'accord, d'accord, ça n'a pas de sens, concéda-t-il. Mais disons qu'ils l'ont fourgué à un mont-de-piété. Disons qu'après l'assassinat de Jacobs, ils l'ont bazardé.

— Et une semaine plus tard, quelqu'un d'autre se pointe comme une fleur, choisit ce flingue précisément sur l'étagère, sort de la boutique et bute Salsone avec, c'est bien ça ?

— C'est possible, lieutenant. »

De fait, ça l'était. À contrecœur, Glass envisagea cette hypothèse. Enfin :

« Mais vous y croyez, vous ?

— Non, répondit Malone avec lassitude.

— Moi non plus. »

L'air abattu, ils retournèrent à leurs paperasses respectives. Mais aucun des deux hommes ne réussissait à se concentrer. Malone fut le premier à craquer. Renonçant à faire semblant de travailler, il prit l'exemplaire du *Tribune* qui appartenait à Glass.

« Nom de Dieu, jura-t-il d'un air dégoûté tandis qu'un article en première page attirait son regard.

— Rebelote ? fit Glass. Naissance ou résurrection ?

— Vous avez vu le dernier jugement de Halloran ?

— Je ne lis jamais de bande dessinée.

— Non, sans blague, lieutenant. Écoutez un peu ça. Voici le jugement de Halloran pour une crapule qui a violé une femme devant ses gosses. » Malone plia le journal en deux, puis lut avec une incrédulité croissante : "*La cour est à la fois requise, et juge prudent et juste…*" Il marqua une brève pause. « Ce Halloran ne se contente jamais d'un seul mot quand il peut en sortir trois d'affilée. Où en étais-je ? Ah, oui… *prudent et juste de considérer avec compassion les contextes personnels de tous les individus mêlés à cette affaire. Le prévenu, ainsi que l'ont parfaitement prouvé les rapports des services sociaux, est issu d'un milieu qui n'est pas sans avoir connu maintes souffrances…* » Malone leva de nouveau la tête. « Pas mal, ça, non ? dit-il à Glass avec colère. "*Qui n'est pas sans avoir connu maintes souffrances…*"

— Je crois que c'est ce qu'on appelle un cliché, Malone.

— Vraiment ? Et vous savez ce qu'il a fait, ce crétin de Halloran ? Il a donné dix-huit mois à la crapule, remise en liberté conditionnelle au bout de douze mois.

— Vous entendez quelqu'un hurler à l'injustice, Malone ? En dehors des victimes ? »

Mais Malone voyait bien qu'il avait touché Glass, même si son supérieur feignait l'indifférence. C'était maintenant à Glass de faire semblant de travailler, de tripoter ses rapports en vain. Tout en gambergeant. Et ça n'a pas tardé :

« Vous n'avez pas de nouvelles d'en bas ? Rien en provenance des Archives ?

— Zéro, lieutenant. » Si la paperasse constituait la seule alternative, alors Malone était ravi de parler. Même de parler d'échec. « Un gros zéro pointé, dit-il en jetant son stylo sur la table. Voilà six jours que je bosse en bas.

— Il faut savoir utiliser ces fichiers, ces bases de données. Savoir les interroger.

— Eh bien, aucune de mes questions n'a semblé les exciter plus que ça. »

Glass continuait de le regarder. « Est-ce que par hasard, poursuivit-il sur un ton désinvolte, vous auriez rencontré en bas une certaine Nora Bloom, hmm ? »

Malone détourna les yeux. « C'est possible.

— Difficile de la rater, ajouta Glass sans broncher.

— Ouais, je vois qui c'est. C'est elle qui est au centre de la station de commande avec les gros... »

Glass attendit.

« ... écrans », acheva Malone.

Puis Glass attendit que le visage de Malone revienne à une couleur proche de la tomate, avant de poursuivre :

« Qu'avez-vous pensé d'elle ?
— Tranquille, répondit Malone. Pas mon genre.
— Quand même, insista calmement Glass, il paraît qu'elle fait des merveilles avec les fichiers. Il serait sans doute judicieux de la mettre de notre côté. Un jour, vous aurez peut-être besoin de lui demander un service.
— Elle ne m'en a rendu aucun.
— Vous lui avez demandé ?
— Elle a même pas accepté de bouger sa chaise pour me faire une petite place... »

Glass ne le quittait pas des yeux.

« Écoutez, lieutenant, y a rien là. J'ai vérifié et revérifié tous les fichiers et les rapports possibles et imaginables pour Jacobs et Salsone. Les bios, les notes de tribunal, les registres des prisons, les contacts connus, tout le tintouin. Lieutenant, ils appartenaient à des univers différents, à des parties étanches de l'univers. L'un est italien, d'accord ? Il fait partie d'une organisation, il fait partie de la Famille, il est protégé. L'autre est l'espèce classique de fils de pute qui vit dans le caniveau et y prospère...
— Je croyais que la mère de Jacobs était irlandaise ? »

Malone fit la sourde oreille.

« Une ordure, voilà tout. Vous l'avez dit vous-même. Okay, il écume les rues, il trafique un peu de camelote, il fait du discount radical hors magasin. Mais c'est pas la mafia, lieutenant. Y a pas un seul endroit », puis il marqua une pause théâtrale pour souligner son argument, « et quand je dis pas un seul, c'est pas un seul, où leurs chemins respectifs se croisent.
— Mais nous ne cherchons pas un endroit où

leurs chemins pourraient se croiser. Nous cherchons un individu qui aurait pu croiser leurs deux chemins.

— Ouais, je sais bien. Je sais ça. » Malone, il le voyait, était profondément frustré. « C'est juste une autre manière de dire la même chose. Pour avoir un ennemi commun, faut avoir un contact en commun. Mais j'ai cherché les contacts, j'ai tout passé au peigne fin. J'ai tracé suffisamment de sociogrammes pour décrocher un putain de diplôme en sciences humaines. Les cercles ne se recoupent jamais. Lieutenant, croyez-moi, y a rien pour nous sur ce terrain. »

La frustration, Glass le constata, engendre aisément le désespoir. Il regarda Malone reprendre son stylo et ne rien faire avec, sinon en retirer le capuchon pour le remettre aussitôt.

« C'est la Dépression…, commença Glass.

— Ouais, je sais, je la ressens aussi.

— Non, non, pas ce genre de dépression. C'est *la* Dépression — dans la blague que je vais vous raconter. »

Malone jeta de nouveau son stylo et posa ses pieds monstrueux sur la table.

« Elle n'est pas aussi longue que ça », dit Glass à la plus grosse paire de Sperry's qu'il avait jamais vue. Il réfléchit un moment aux pieds des policiers. Se dit que les Irlandais avaient des pieds parfaits pour le boulot de flic. Puis il alla de l'avant. « La Dépression bat son plein et c'est un vieux couple qui décide que la seule manière de boucler les fins de mois, c'est d'envoyer Ruth sur le trottoir. Abe, son mari, n'aime pas beaucoup ça, mais que peut-il faire ? Le lendemain matin, il compte les bénéfices. Pas mal. Ça fait cinquante-cinq dollars cinquante. Abe embrasse sa femme sans trop savoir que penser. « Mais quel pingre répugnant t'a donc donné cinquante *cents* ? » demande-t-il. « Ils m'ont tous donné cinquante *cents* », répond Ruth.

Malone le dévisagea sans réagir pendant un moment. Puis les commissures de ses lèvres remontèrent en forme de sourire.

Les larmes ruisselaient toujours sur leurs visages quand le téléphone sonna près du coude de Glass. Et sonna encore.

« Gl-ass, réussit-il enfin à articuler.

— Solly, ça va ? » C'était Nora.

« Oui, dit-il en regardant Malone et en s'essuyant les yeux.

— Quel est ce bruit étrange ? s'enquit-elle.

— Il y a des toilettes juste à côté.

— Je ferais peut-être mieux de rappeler plus tard ?

— Non, ça va, ça va », en faisant signe à Malone de la boucler. « Tu as fait ce que je t'ai demandé ? dit-il dans le combiné.

— Solly, tu bénéficies sans doute de la chance des Irlandais.

— Ma mère serait très vexée d'entendre ça. »

Malone, reniflant toujours, faisait mine de brasser des papiers.

« J'ai injecté le fichier comme tu me l'as demandé, et moins d'une heure après, peut-être quarante minutes après, on l'a consulté. Urgence. Accès prioritaire.

— Qui ?

— Cinquième étage.

— Oui. Mais qui ?

— Commissaire Keeves. »

En soi, ça ne voulait rien dire. Il était normal que Keeves désire prendre connaissance du rapport de la Balistique — en tant que patron de Glass, il avait la haute main sur les homicides. Et puis, avec l'audition préliminaire du lendemain…

« Et l'autre ? A-t-il demandé à consulter l'autre ?

— Le fichier Jacobs est resté en sommeil. »

Et voilà une autre théorie qui partait en fumée.

« Mais quand j'ai vu qu'on retirait le fichier Salsone », reprit-elle, et il perçut alors une urgence nouvelle dans la voix de Nora, « j'ai jeté un rapide coup d'œil pour voir quels autres fichiers il demandait…

— Et ?

— Il a réclamé un autre fichier. Pas de la Criminelle, pas de notre division, mais dans le registre Personnel.

— Personnel ? » fit-il en sursautant et en se maudissant aussitôt, car Malone venait de lever les yeux. « Et c'est le fichier de qui ? demanda-t-il avec davantage de circonspection.

— Le tien, Solly, dit-elle d'un air inquiet, avant de raccrocher.

— Mon bookmaker, fit Glass avant que Malone ne pût l'interroger.

— Oh, dit Malone. Il bosse ici ? »

Glass ne prit même pas la peine de répondre. Trop de soucis le tarabustaient déjà. Tellement, en fait, que son crâne explosait presque :

« Peut-être qu'on devrait arrêter de courser les ambulances, dit-il sans même se rendre compte qu'il pensait à voix haute. Peut-être qu'on devrait utiliser nos putains de méninges pour une fois.

— Que voulez-vous dire par là, lieutenant ? » Le

moindre changement suffisait à égayer soudain l'univers de Malone.

« Je veux dire que quelqu'un savait que Jacobs était en liberté et savait aussi où le trouver.

— Et alors ?

— La même personne connaissait la date de remise en liberté de Salsone et savait où le trouver.

— Et alors ?

— Alors ? Comment cette même personne pouvait-elle savoir tout ça ?

— Mais, lieutenant, nous avons évoqué cette hypothèse au tout début. Vous l'avez dit vous-même : Ça pouvait être n'importe qui. Des douzaines d'individus de leur bord pouvaient être au parfum. Avant de zigouiller l'un d'eux. Et des douzaines de notre bord.

— Pour l'un ou l'autre. Mais pas pour les deux. » Il s'interrompit pendant que Malone réfléchissait. « Et vous avez vérifié dans leur camp, vous vous rappelez ? *Il n'y a rien pour nous, lieutenant,* d'accord ? *Ils appartiennent à des univers différents, à des parties étanches de l'univers*, vous vous rappelez ?

— Et alors, à quoi pensez-vous ?

— Je ne suis pas sûr de ce que je pense.

— Mais vous pensez qu'il pourrait y avoir un détournement d'infos ? Une fuite de notre côté ? Peut-être que quelqu'un arrondit ses fins de mois en exportant des données ?

— Il ne s'agit peut-être même pas de fric, rétorqua Glass. Les gens bavardent, marchandent. Ce ne serait pas la première fois. Mais si tel est bien le cas, comment trouver l'origine de la fuite ?

— On pourrait commencer avec les rapports, les fichiers. On pourrait passer en revue les fichiers…

— Mais vous venez de le faire.

— Je ne parle pas de chercher les méchants, lieutenant. » Malone avait tout à coup traversé la pièce. Les bras écartés, il s'appuyait sur le bureau de Glass. L'excitation brillait dans ses yeux. À la grande surprise de Glass, ils étaient vert vif. « On oublie les méchants dans les fichiers et on retrace les mouvements de fichiers proprement dits. Qui a eu accès au fichier de Jacobs au cours de ces derniers mois ? Qui a eu celui de Salsone dans son ordinateur, depuis son procès ? Depuis sa remise en liberté ? Qui a eu accès *aux deux*... ?

— Alors si quelqu'un est à l'origine de ces fuites..., dit lentement Glass.

— Exactement. Vous comprenez, ce maillon faible pourrait nous mener tout droit jusqu'à l'assassin.

— Okay, okay, je vous suis, Malone. Mais vous allez avoir besoin d'un coup de main. Vous n'avez pas l'autorisation de farfouiller dans les archives des accès fichiers. Moi non plus d'ailleurs. Pour la sécurité, vous pouvez ouvrir les fichiers, mais vous ne pouvez pas voir qui d'autre les a ouverts avant vous. Je ne connais personne qui.... dit-il en regardant par la fenêtre.

— Nora Bloom, proposa aussitôt Malone.

— Bloom ? Est-ce que ce n'est pas... ?

— Elle contrôle tout le traitement des informations, lieutenant. » Malone était intarissable. « Toute la surveillance. Et elle a tout ça au bout de ses doigts.

— Okay, mais pensez-vous pouvoir l'approcher ? »

Malone déglutit aussi bruyamment qu'un cheval avalant une pomme. « L'approcher de près ? demanda-t-il.

— Eh bien, c'est à vous de voir. Mais comme vous

venez de le dire, nous allons vraiment avoir besoin d'elle. Que diriez-vous de la sortir un peu ?

— Moi, lieutenant ?

— Oui, vous. Je suis assez vieux pour être son père.

— Mais, lieutenant…

— Sortez-la, Malone, dit Glass sur un ton sans réplique. Et c'est un ordre. »

18

« Tu n’as pas l’air en meilleure forme, se plaignait Izzy. Après un week-end passé au nid, tu devrais resplendir.

— Ah bon ? » L’absence de femme dans la vie présente de Glass rendait seulement Izzy encore plus déterminé à en inventer une. C’était un fantasme, Glass le comprit, qu’Izzy cajolait pour son propre compte, et certes pas pour son frère. « Et qu’est-ce qui te fait croire que j’ai passé le week-end au nid ?

— Je te téléphone, poursuivit Izzy. Samedi, dimanche. Maman te téléphone. Même que ton combiné doit aujourd’hui avoir toute sa sonnerie détraquée. »

En fait, démoralisé, épuisé, Glass avait simplement quitté la ville pour le week-end. Trop fatigué pour réfléchir, il avait même oublié de brancher son répondeur. Il monta dans sa voiture et vagabonda vers le nord le long de la côte pendant deux jours. Déconnecté. Il mangea son premier repas digne de ce nom depuis deux semaines. Et dormit. Se pelotonna. Seul. Pourquoi pas ? Merde alors, ça ne regardait pas Izzy. Et pas davantage maman.

« Peut-être que j’ai bossé, dit-il à Izzy.

— Oui, et les poules deviendraient des coqs si elles avaient les couilles de le faire. J'ai appelé ton Bureau. J'ai parlé à ce gros balourd d'abruti qui te tient lieu de partenaire. Qu'est-ce qui cloche dans la police de cette ville ? Qu'est-ce que vous bidouillez là-bas — un service d'immigration ? Un programme expérimental de réinsertion pour l'IRA ?

— Et ?

— Il m'a dit que tu étais parti vendredi après le déjeuner. Il m'a dit que tu avais pris deux jours de repos. Il m'a dit… »

Il m'a dit, il m'a dit, il m'a dit. Que faisait Malone, putain — il dirigeait une *hotline* nationale sur la vie privée de Glass, ou quoi ?

« Ouais, bon… » Glass ne vit aucune raison de mentir. « J'ai flâné. Me suis baladé en voiture. Dormi. J'ai dormi pendant deux jours.

— Okay, *après et avant*, dit Izzy, sondant toujours. Et qu'est-ce qui arrive alors… ? C'est mercredi matin, il est tôt, il est six heures, je ne suis pas réveillé, mais le téléphone sonne encore. C'est maman, elle peut pas dormir, elle a le journal entre les mains. Mais qu'est-ce que trafique son Solly ? aimerait-elle savoir. Solly ? je fais. J'ai pas vu Solly. Tu vas le voir maintenant, elle me dit. Il est à Little Venice… »

Glass soupira. « Ce n'était pas Little Venice. Où donc a-t-elle été dégoter cette connerie de Little Venice ? C'était une audition publique au tribunal du coroner. Il se trouve simplement que Caselli était là. »

Pour enterrer son mort.

« Mais pourtant ça en a l'air. Maintenant, Solly fera jamais commissaire, dit maman. Après ces photos. Ou bien s'il y arrive, tout le monde risque d'avoir des crampes dans les doigts à force de se pincer le nez.

— Nous nous sommes croisés devant la salle, un point c'est tout. Nous avons peut-être échangé une demi-douzaine de mots.

— Mais Solly, ça en a tout l'air. Il faut bien que tu reconnaisses que ça en a vraiment l'air. »

De fait, on aurait pu s'y tromper. En première page du journal, Caselli et lui devant le tribunal du coroner. Le bras de Caselli tendu, sa main posée sur le bras de Glass. Caselli, une marche au-dessus de lui, en train de lui parler, tout près de l'oreille. Un air de confidence, de familiarité. Tout était faux, ça ne s'était pas passé ainsi. Mais Izzy avait raison : Ça en avait tout l'air. Et puis la légende de la photo enfonçait le clou : *Deux vieux ennemis réconciliés ? Le lieutenant Glass et Don Caselli faisant ami-ami au-dessus du cercueil de Big Benny.*

Les choses ne s'étaient absolument pas passées ainsi. Quand Glass arriva à l'audition, Caselli était déjà sur les marches, le traditionnel œillet rouge à sa boutonnière. Il y avait quatre ou cinq journalistes et cameramen agglutinés autour. L'information avait circulé. Gian-Paolo quittait son deuil, Gian-Paolo se promenait de nouveau dans les rues. Ce n'était pas Gian-Paolo qui parlait, néanmoins. Ce rôle était dévolu à un jeune bavard, élégant et compétent, membre de la Famille et arborant lui aussi un œillet. Le jardin de Caselli, semblait-il, avait beaucoup profité de cette année sabbatique forcée.

« Mr Caselli, entendit Glass en montant les marches, a bien sûr été très affecté par la disparition tragique de… »

Son principal exécuteur des basses œuvres.

« … ce fils d'un vieil ami de la famille. »

Voilà une décision qui allait flanquer des ulcères

aux rédacteurs en chef des journaux, pensa Glass : fallait-il écrire *famille* ou bien *Famille* ? Il pencha le buste pour éviter une caméra de la télévision, puis refit surface près de Caselli, qui se trouvait un peu à l'écart de l'action principale. Le visage du mafieux, maquillé pour les caméras, arborait une expression de piété déchue.

« Malgré tout, poursuivait le bavard, les événements tout aussi tragiques qui survinrent il y a un an, lorsqu'un autre garçon, un autre fils, perdit la vie, suggéreront peut-être une certaine... expiation dans la disparition soudaine de Mr Salsone. »

Expiation, tu parles... Glass faillit ricaner ouvertement. Pourquoi les autres truands ne demandaient-ils pas à Gian-Paolo de leur épeler ce mot nouveau ?

Il n'aurait pas dû s'amuser autant, il le comprit plus tard, de cette brusque expansion thermonucléaire du vocabulaire mafieux. Car cette distraction inopinée lui fit oublier où il mettait les pieds. Près de qui il s'approchait.

« Lieutenant. » La main posée sur son bras était taillée dans le granite. Comment pouvait-elle cultiver d'aussi tendres corolles ? « Avez-vous appris d'autres choses sur l'assassinat de ce Jacobs ? »

Et voilà toutes ses paroles. Tandis que d'autres corolles — de lumière, celles-ci — explosaient autour d'eux en les aveuglant. Mais la stupéfaction et l'éclat — avide, sombre, saturé de menaces — dans l'œil du serpent, suffirent à donner le vertige à Glass. Pourquoi cet intérêt soudain de Caselli pour Jacobs, alors que jusque-là il n'en avait pas manifesté le moindre ? Pire encore. Alors que jusque-là il n'avait même pas voulu savoir, même pas voulu en entendre parler. Glass trébucha alors sur une marche. Mais dans son dos il entendit le rire moqueur du Sicilien. Que voulait donc lui signifier Caselli ?

Il rongeait encore cet os particulièrement coriace quand la cour du tribunal lui lança en pâture une sorte de « surprise du chef » sur laquelle se casser définitivement les dents. À côté d'une colonne toute proche de la salle du coroner, deux personnes étaient plongées dans une discussion intime. Mrs Reed — que faisait-elle donc là ? — et le chef Keeves. Le commissaire portait, comme à son habitude, un austère costume noir uni. Pas de fleur à la boutonnière. Mrs Reed, comme pour marquer la différence, était vêtue d'une jupe noire et d'un haut blanc sans manches, fort peu austères. Car malgré leur discrétion, ces vêtements montraient beaucoup de choses. La mode, la distinction, l'argent, le goût — approche, recule —, bref, le grand style. C'était Keeves, remarqua Glass, qui parlait sans arrêt. Des ragots ? Tandis que Mrs Reed — réceptive, déférente, apparemment sous le charme — lui souriait tout en plaçant un mot par-ci par-là. Ou bien une question ? Lorsqu'il approcha, ils se tournèrent et — fut-ce vraiment le cas, ou bien son imagination désormais enfiévrée créa-t-elle de toutes pièces cette impression ? — ils parurent tressaillir en le découvrant là, aussi près d'eux. Arrête d'être paranoïaque, se tança-t-il en les saluant d'un signe de tête avant d'entrer dans le bâtiment.

Et alors, pourquoi ne parleraient-ils pas de lui ? Même si elle picorait dans le cerveau de Keeves, Tuesday Reed aurait de la chance d'obtenir davantage qu'un déjeuner léger. Plus étonnante était tout simplement sa présence ici. Caselli, oui, il pouvait le comprendre. Caselli faisait de la figuration ici pour assurer sa réhabilitation, pour redorer le blason de la

Famille. Mais que venait faire Mrs Reed chez le coroner ?

Il ruminait toujours cette énigme quand son tour vint de témoigner, et il donna sans doute l'impression d'une grande distraction. Le coroner était impatient, pressant. Glass s'obligea à se concentrer. Il jeta un coup d'œil parmi les gens présents. Mrs Reed, toujours à côté de Keeves, l'observait maintenant, les sourcils froncés. Caselli se trouvait à l'autre bout de la salle — minuscule, ratatiné, un veau rabougri coincé entre deux quartiers de bœuf costumés. Mais Caselli, il s'en aperçut à un certain moment, ne le regardait absolument pas. Certes, le mafieux était concentré. Mais pas sur lui, pas sur Glass ni sur le rapport qu'il faisait, mais sur un autre objet, situé de l'autre côté de la salle. Glass suivit le faisceau noir et fixe de ce regard. Il le suivit tout du long jusqu'à aboutir à sa destination — le visage de la procureur, Mrs Tuesday Reed. Tiens donc, pensa Glass, et pourquoi pas ? Où donc regarder ailleurs dans cette salle ? Il devina que la moitié de l'énergie visuelle de tous les hommes présents, le coroner et lui-même inclus, était à tout moment attirée par ce visage remarquable, par cette coloration impossible, et par la silhouette qui allait avec. Mais l'expression qu'il discernait sur le visage de Caselli ne tenait ni du rêve, ni de ce désir d'être remarqué en retour, qu'il voyait sur les autres visages masculins présents dans la salle — ce n'était pas le regard flottant, qui passait sur l'objet du désir, l'absorbait, puis s'éloignait, avant d'obéir à l'obligation de recommencer. Non, ce regard était fixe et sauvage. Et quelque chose de si noir, de si venimeux, l'irriguait que Glass eut envie de s'interposer pour en briser le charme.

À une seule occasion durant toute l'audition, Glass sentit les yeux de Caselli quitter le visage de la procureur, pour se tourner vers le sien. Ce changement ne se produisit pas durant le témoignage de Glass, mais au cours du rapport du pathologiste légal sur les causes de la mort. La première des trois balles qui touchèrent la victime, dit le pathologiste, pénétra en plein cœur. Elle transperça les deux artères coronariennes et Salsone décéda, selon lui, avant même que son corps ne s'écroule. De toute évidence, ajouta-t-il comme en passant, tandis que son regard quittait ses notes, le tueur ou du moins l'un des tueurs si plusieurs avaient participé à cet assassinat, était un excellent tireur ou bien il avait une connaissance approfondie de l'anatomie humaine, à moins qu'il n'ait eu ces deux qualités. Avec un homme de la corpulence de Mr Salsone et compte tenu du fait qu'on lui tirait dans le dos, réussir ce niveau de précision. — Ah oui ? pensait Glass tout en écoutant, alors si cet assassin était un tireur hors pair, pourquoi le couloir de Salsone ressemblait-il désormais à une termitière ? Et ce fut à cet instant précis que Glass sentit se poser sur lui le regard de Caselli. L'expression qu'il y décela contenait la même moquerie qu'il avait perçue un peu plus tôt dans le rire de Caselli. Mais il y avait aussi une demande, une invitation à collaborer. Et vous, lieutenant ? disait ce regard. Partagez-vous ce point de vue ? Pensez-vous vraiment la même chose ?

L'audition s'acheva — comme prévu — avant le déjeuner. Un homicide, auteur ou auteurs inconnus, enquête en cours. Les détails balistiques avaient été maigres, techniques, directs, aucune question ardue n'avait été posée. Aucun rapport avec d'autres homicides. Son imagination lui avait-elle encore joué un tour, ou bien Mrs Reed s'était-elle alors montrée particulièrement concentrée, attentive à cette partie de son rapport ? Vers la fin, l'ombre d'un sourire avait effleuré les lèvres de la procureur. Un sourire qu'elle lui destinait ? Il n'en sut rien, même lorsque leurs regards se croisèrent brièvement quand il eut fini sa déposition. Et ensuite, après le résumé du coroner, elle s'était aussitôt levée pour quitter la salle. Caselli la suivit alors des yeux, son regard inflexible, menaçant, concentré entre les omoplates de la jeune femme. Comment la peau de Mrs Reed ne se glaça-t-elle pas au contact de cet acier noir ? Une fois encore, quelque chose en Glass eut soudain peur pour elle, quelque chose voulut s'élancer derrière elle, pour l'avertir du danger. Et peut-être l'aurait-il fait, sans le commissaire Keeves qui resta assis et lui fit signe de le rejoindre. Désireux de lui parler. À contrecœur, Glass obtempéra, en prenant bonne note de vérifier un peu plus tard, pour voir si Tuesday Reed n'avait pas une affaire en cours contre la mafia. Si elle était menacée d'une quelconque manière, alors il tenait à ce qu'elle le sût. Pour qu'elle pût se protéger — c'était le droit de tout citoyen, n'est-ce pas ?

« Une fille délicieuse », dit Keeves en suivant le regard du lieutenant. Il saisit le bras de Glass et ils quittèrent la salle ensemble. « Absolument charmante. » Ce qui, selon le code de sa génération, devina Glass, signifiait complètement, irrésistiblement baisable. Keeves sifflotait, avec une feinte bonhomie, tandis que les deux hommes franchissaient la porte de la salle. « Ab-so-lu-ment charmante. » Oui, c'était bien ça, baisable. Il existait maints synonymes.

Dehors, dans la cour qui se vidait, Keeves chercha rapidement des yeux autour de lui, mais, ne trouvant rien de Délicieux ni de Charmant, il se secoua et se concentra sur Glass. Le problème à résoudre. Caselli avait filé sans accorder un autre regard à quiconque, son petit corps dense, rond et noir d'araignée presque porté par les jambes et les bras géants qui le flanquaient de si près qu'on les aurait dits solidaires de sa propre anatomie.

« Vous n'avez pas lâché grand-chose durant votre déposition, lieutenant. »

Keeves allait-il à la pêche ou bien s'agissait-il de paroles en l'air ? Glass descendit les marches avec lui vers la voiture qui attendait son chef. Un policier en uniforme se tenait au garde-à-vous près de la portière arrière. Il y avait quatre cents mètres jusqu'à l'hôtel de ville, mais Keeves y retournait en voiture, le fanion volant au vent, pour recevoir le salut du policier en faction à l'entrée du parking souterrain. Il trônerait seul, impérieux, sur la banquette arrière. Glass resterait sur le trottoir, retournant à pied au Département de la police. Mais en attendant, Keeves lui aurait balancé son petit message. Petite bavette. Petite balade. C'était donc Glass qui devait se décarcasser pour trouver une réponse idoine, pour trouver quelques paroles en l'air. Pendant que son supérieur attendait.

« Non, monsieur, répondit-il lentement, mais je n'ai jamais beaucoup apprécié les ragots de la profession. »

Keeves lui lança un regard acéré, mais, ne trouvant rien sur ce visage juif, balafré, insolent, vaguement louche, il se rabattit sur des encouragements. Le rôle du Chef.

« Écoutez, lieutenant. Je sais qu'en ce moment

nous ne prenons pas beaucoup de têtes de pont ennemies.

— Monsieur ?

— Et des crapules comme Salsone... » Il regarda brièvement autour de lui, mais la limousine de Caselli avait disparu depuis longtemps. « ... Jacobs et compagnie. Je ne suis pas certain que nous devrions sortir nos mouchoirs et pleurer comme des madeleines s'ils désiraient se noyer les uns les autres dans le caniveau.

— Tout à fait ce que je pense, monsieur.

— Tant que... » Il regarda de nouveau l'endroit où la voiture de Caselli avait stationné. C'était presque comme s'il voyait encore son ombre noire toujours posée sur la chaussée. « Tant que la situation reste maîtrisable et que nos amis italiens ne recommencent pas leur guerre privée.

— Caselli est convaincu qu'il s'agit d'un acte isolé, monsieur. D'une rancune personnelle. » Mais s'il en est tellement convaincu, se torturait Glass en prononçant ces mots, pourquoi diable se met-il tout d'un coup à poser des questions sur Jacobs ? Et pourquoi s'intéresse-t-il à Tuesday Reed ? « Plus vite Salsone sera oublié, mieux ce sera, pour Caselli.

— Eh bien, cela me va aussi. Mais l'équilibre, lieutenant Glass... » Ils étaient maintenant à côté de la voiture. La portière s'ouvrit. Le chauffeur resta là, une main sur la poignée, saluant de l'autre, le regard rivé à un horizon invisible. Absolument attentif, il ne verrait rien. Officiellement. Il n'entendrait rien, officiellement, du message qui ne tarda pas à arriver. « L'équilibre est tout. Un assassinat, un mafieux qui se fait descendre, okay. La ville peut le supporter.

Mais si le nombre commence à augmenter, si le taux de nettoyage commence à baisser…

— Nous faisons de notre mieux, monsieur.

— La situation pourrait apparaître comme étant déséquilibrée. » Il se penchait pour entrer dans la voiture, mais il se redressa soudain devant Glass, comme frappé par une idée brillante. « Bordélique, si vous voyez ce que je veux dire.

— Monsieur. » Glass voyait très bien.

« Même si ce n'est pas le cas. Et ensuite ce sera un sacré pataquès. Les médias, le maire, le gouverneur… Mon Dieu, Glass, blagua-t-il, vous croyez avoir des problèmes avec *Caselli* !

— Tous les systèmes d'égouts se ressemblent, monsieur. » Il tenta de nuancer ses paroles d'une touche compatissante.

« Les égouts ? » rétorqua, perplexe, une voix à l'intérieur de la voiture tandis que la portière se refermait presque sans bruit.

« Les étrons remontent sans cesse à la surface », expliqua Solly par la vitre ouverte, qui remontait.

Quelques mots furent encore prononcés derrière le verre épais de la vitre. Peut-être, *continuez à aller de l'avant.* Ou bien, *l'équilibre, souvenez-vous, l'équilibre est tout.* Ou encore, *si vous vous foutez encore une fois de ma gueule, Glass, je vous coupe les couilles.*

C'était difficile à dire.

*

Izzy et Glass ne déjeunaient jamais ensemble. Il y avait entre eux trop de souvenirs de déjeuners servis par maman à la maison en période scolaire. Avec le temps, un second café s'était révélé envisageable.

Des haricots à l'italienne, de la crème fraîche, c'était la détente.

« Izzy, j'ai besoin que tu me rendes un service.

— Alors demande. Un frère peut demander.

— J'ai besoin de deux ou trois blagues.

— C'est cruel, Solly. Tu as toujours…

— Des blagues irlandaises. Pour Malone. Mon partenaire. Tu lui as parlé, tu te rappelles ?

— Irlandaises… Enfin, Solly. » Il posa les mains sur la table, paumes tournées vers le plafond. Pour montrer qu'elles ne contenaient rien. « Les Irlandais n'ont jamais eu de blagues. La littérature, oui, de la littérature ils en ont eu à foison. Mais des blagues, non. Le jour de la distribution de l'humour, les Irlandais sont arrivés derniers.

— Alors quelque chose d'un peu différent. Des blagues qui font vraiment rire.

— Tu es difficile à aimer, Solly.

— Une seule suffirait.

— Tu envisages d'être témoin ? » Les sauts logiques d'Izzy étaient parfois ahurissants. « Je vais demander à la boutique, ajouta-t-il. Beaucoup de gens passent, parfois ils sont irlandais. Même les Irlandais ont besoin de rire. »

*

Nora ne riait pas quand il la rappela, mais elle était très excitée.

« J'ai trouvé ton arme, Solly.

— Nora Bloom, je t'aime.

— Mais je crains que ça ne t'aide pas beaucoup.

— Mon amour pour toi ou l'arme ?

— C'est un Ruger calibre .32, à canon long, magasin standard de huit balles. Et il est équipé d'un silencieux en provenance d'une manufacture cousine, qui laisse une trace distincte sur les balles.

— Nora, tu es un miracle ambulant. Comment as-tu procédé ?

— Allez, Solly, c'était pas trop dur une fois que j'ai fait le *profiling* de départ.

— Okay, alors explique-moi précisément pourquoi ça ne va pas m'aider beaucoup.

— Parce que cette arme a été portée manquante quelque part entre le 12 et le 25 août 1992.

— Manquante ? Manquante où ça ?

— Cette arme a servi dans un hold-up à main armée chez un bijoutier de Syracuse en 91. Le plan des braqueurs a foiré. Le bijoutier a résisté, il s'est débattu, il s'est fait descendre. L'arme et le silencieux ont été montrés comme preuves durant le procès. Quand le verdict a été rendu, on s'est aperçu que l'arme s'était…

— Libérée toute seule ?

— On a bien sûr procédé à une enquête interne. Qui n'a pas abouti. Les deux officiers chargés de l'affaire ont été suspendus. Soupçonnés de collectionner des souvenirs. Mais l'enquête les a blanchis. Tout le monde montrait tout le monde du doigt. Le juge du procès s'en prenait à la police. La police s'en prenait au Bureau du procureur général. Le procureur s'en prenait à la sécurité. Bref, l'arme n'a jamais été retrouvée.

— Rien d'autre ?

— Je commençais juste une recherche sur tous les homicides par arme à feu depuis la disparition de ce pistolet, quand…

— Ne me dis rien. Malone est arrivé. T'a-t-il déjà proposé de sortir un soir avec lui ?

— Occupe-toi de tes oignons, Solly. »

Mes oignons, Seigneur. Il devait d'abord régler tout le boulot juridique, procéder à un repérage judicieux, négocier le marchandage. Est-ce que tout ça ne lui donnait vraiment aucun droit ?

« Danny désire..., commença-t-elle.

— Danny ! » À l'autre bout du fil, Glass se sentit soudain âgé. Sur la touche. Il avait presque oublié le prénom de Malone.

« Il désire pister tous les mouvements des fichiers Jacobs et Salsone, au moins sur les six derniers mois. Il affirme que c'est pour toi la priorité numéro un. »

Alors Glass sentit son cœur s'emballer : il retrouvait enfin le luxe de pouvoir choisir, après n'avoir rien eu à se mettre sous la dent pendant si longtemps.

« Nora, dit-il encore une fois, je t'aime.

— Non, tu ne m'aimes pas. »

Pourquoi les femmes étaient-elles toujours aussi sûres d'elles sur ce chapitre ? Comment avaient-elles accès aux tablettes secrètes ?

« Mais tu prends soin de moi, Solly, ajouta-t-elle. Et c'est le plus important. »

Tiens donc... Il eut l'impression qu'on venait de le bombarder oncle honoraire.

« Si jamais Malone t'enquiquine, dit-il, si jamais il te harcèle...

— Je t'appellerai, Solly. »

Il se sentit soulagé.

« Mais je ne resterai pas à côté du téléphone », ajouta-t-elle.

*

« Ah, les femmes », dit-il à voix haute. En découvrant soudain qu'il parlait à son frère Izzy. De son sujet préféré. Au-dessus d'un café. En public.

« Vas-y », l'encouragea Izzy.

19

Quelque chose ne tournait pas rond chez Malone. Pour la première fois depuis des semaines, ils tenaient une piste. Ils avaient des options, ils avaient des idées, ils avaient le moral, pour l'amour du ciel — normalement Malone aurait dû grimper aux murs comme un jeune chiot ou se démener tel un retriever pourchassant des canards. Alors pourquoi traînait-il toujours au bureau en surveillant Glass du coin de l'œil comme s'il s'attendait à ce que le lieutenant change de couleur, peut-être ? Pourquoi n'était-il pas en bas, penché au-dessus de l'épaule de Nora ? En avait-elle déjà marre de lui ? L'avait-elle viré ?

Il s'absentait parfois, certes. De temps à autre, il disparaissait pendant une heure, mais Glass levait alors les yeux et le découvrait en train de rêvasser encore près de la porte. Ou de l'observer. Avec le regard triste et coupable de l'épagneul. Si Glass soutenait son regard, alors Malone entrait dans la pièce d'un pas vacillant, il filait à son bureau et se mettait pour la énième fois à explorer les positions réciproques de trois bouts de papier. Et puis ça le reprenait, la dense couverture nuageuse voilant comme d'un crêpe la carte d'habitude ensoleillée de l'Irlande. Seigneur, se demanda Glass, qu'ai-je donc fait ? Ne me dites pas qu'il est tombé amoureux ? Pas déjà ?

« Quelque chose qui ne va pas, Malone ?

— Ne va pas ? » fit lamentablement l'accablé.

Même lorsqu'il apportait des nouvelles, il traînait derrière lui une ancre pesante.

« Nous avons terminé cette recherche », annonça-t-il. Comme une condamnation à mort.

« Et ?

— Des douzaines de gens ont consulté les fichiers Jacobs et Salsone.

— Des douzaines ? Même au cours des six derniers mois ?

— Les chargés de l'affaire, les responsables des prisons, les officiers probatoires, les services sociaux...

— Les services sociaux ? » interrompit Glass. Les responsables des prisons, il pouvait le comprendre. Les officiers probatoires, oui, puisqu'il s'agissait de liberté conditionnelle. Mais les services sociaux ? Ce n'était pas une fuite, c'était un déluge. Une infobahn. Ils n'avaient aucun moyen de contrôler ce type de circulation.

« Je croyais que ce système d'accès était réduit à quelques privilégiés ? se plaignit-il. Où est la sécurité ?

— D'un autre côté, lieutenant... » Le soleil se remit soudain à briller sur toute l'Irlande. C'était ça, Malone s'allumait et s'éteignait comme une balise lumineuse. « Il y a seulement eu quatre personnes qui, durant la même période, ont eu accès aux *deux* fichiers. » Il marqua une pause pour souligner son effet. « Vous, moi, le chef Keeves et Sophie Corner. »

Glass attendit la suite. « Eh bien ? » dit-il enfin, toute patience épuisée.

— Eh bien quoi, lieutenant ?

— Je ne suis peut-être pas Descartes, Malone, mais je pense savoir qui je suis. Et j'ai une assez bonne idée de qui sont vous-même et le commissaire Keeves…

— Oh, vous voulez dire Sophie Corner ? » Il consulta son calepin. « C'est une jeune stagiaire au Bureau du procureur général.

— Pourquoi le Bureau du procureur général voudrait-il… ?

— Ils sont toujours plongés dans les fichiers, ou au moins ils en cherchent des extraits. Surtout pour préparer les plaidoiries en vue des procès, selon Nora. Ils font tout simplement une douzaine de requêtes par jour.

— Mais pourquoi Jacobs et Salsone alors qu'ils sont déjà à l'ombre ?

— Je n'y avais pas pensé.

— Quelles sont les dates ? »

Malone feuilleta son calepin. Ses doigts s'agitaient fébrilement. Une lampe, Glass le constata, venait enfin de s'allumer.

« Deux fois, lieutenant », dit-il d'une voix que l'excitation enflait. Elle a consulté chaque fichier deux fois dans le mois précédant la remise en liberté.

— Pourquoi ? »

Malone réfléchit : « Peut-être qu'il restait des chefs d'accusation en cours, commença-t-il. Ou peut-être qu'ils allaient participer à d'autres procès. Ou bien ils étaient assignés à comparaître en tant que témoins dans des affaires en cours ?

— Et alors ?

— Et alors quoi, lieutenant ? » La lampe vacillait de nouveau.

« Il restait des chefs d'accusation les concernant ? Ou devaient-ils comparaître comme témoins dans d'autres affaires ?

— Je ne sais pas, lieutenant.

— Alors je suggère que vous le découvriez. Et pendant que vous y êtes, procédez à toutes les vérifications possibles sur cette Sophie Corner. Et puis, pour l'amour du ciel, Malone, procédez avec discrétion, d'accord ? Nous avons déjà assez d'ennuis comme ça, pour que le Bureau du procureur ou le commissaire ne désire pas nous couper les couilles pour atteinte à la vie privée.

— Bien, lieutenant », dit Malone. Qui resta planté comme un piquet dans le bureau.

« Oui ?

— Lieutenant, fit Malone d'une voix tremblante. Puis-je vous parler ?

— Que venons-nous de faire depuis vingt minutes ? De la ventriloquie ?

— Non, je veux dire, vraiment vous parler ? » Malone avait rejoint la porte de leur bureau pour la fermer. Quand il se retourna, il était rouge pivoine. Mais aussi, décidé, déterminé à aller jusqu'au bout. Il s'était exhorté, Glass le comprit, pour en arriver là. « À propos d'une chose personnelle ? »

Bon Dieu, pensa Glass, en lui montrant une chaise. Nous y voilà.

20

« Commissariat central à six-douze, nous avons un C-11 à Braxton. Vous me recevez ? » l'opérateur radio interrompit la rêverie de Glass.

Pourquoi était-il toujours dans sa voiture, et toujours au volant, d'habitude seul, au milieu de la nuit, quand les ennuis arrivaient ? Les collègues commençaient sûrement à le soupçonner de faire des économies de loyer.

« Six-douze à Central, de quoi s'agit-il ?

— Pas de détails pour l'instant, lieutenant. Le policier Kieslowski est sur les lieux. Désirez-vous vous mettre en contact avec lui ?

— S'il vous plaît.

— Ne coupez pas. Il y en a peut-être pour une minute. »

Il roulait parce qu'il en avait besoin. Parce qu'il avait peur de l'obscurité. De ce qui, il le savait, l'attendait dans les ténèbres dès qu'il fermait les yeux.

« Kieslowski est trop occupé en ce moment, lieutenant.

— Alors donnez-moi l'adresse et passez-le-moi dès qu'il aura un moment.

— Très bien. Restez en contact. »

Il roulait pour s'affranchir des miasmes obscurs de culpabilité et de désespoir que Malone avait insufflés dans sa poitrine. Non pas insufflés, le mot était inexact. Plutôt libérés. Car ces miasmes étaient déjà là, en lui. Et ils y stagnaient — somnolents, mais menaçant toujours de remonter pour l'étouffer — jusqu'au jour de sa mort.

*

« J'ai besoin de vous parler, lieutenant. » Malone avait les lèvres sèches. Et puis il avait du mal à regarder Glass en face.

« Vous l'avez déjà dit.

— Quand », commença-t-il. Avant de s'arrêter. Et de réessayer. « En tant que partenaire… »

Bon Dieu, pensa Glass. À ce train-là on en a pour une semaine. Il fit un vœu. Pourvu que ce soit quelque chose de simple. Il pria. Simple comme une grossesse ou le trac. Lui-même n'était pas en état de donner des conseils existentiels à autrui.

« Il me semble, s'enferra encore Malone, que nous devrions être sincères. Honnêtes l'un envers l'autre.

— Oui ?

— Eh bien, quand Nora et moi…

— Avez-vous pensé à consulter un psychologue, Malone ?

— Pendant que nous explorions… »

Seigneur. Jusqu'où le déballage va-t-il aller ?

« … les bases de données… » Enfin Malone devenait plus précis. « Nous… nous avons ouvert un fichier que nous n'aurions pas dû ouvrir. Nous n'en avions pas le droit. »

Ce fut l'instant où le nuage noir se remit à bouger,

pour s'installer sur la poitrine de Glass. Il remarqua qu'il respirait avec difficulté.

« Quand nous avons vu que le chef Keeves avait lâché votre fichier, qu'il l'avait remis dans le répertoire Personnel, nous avons pensé... Lieutenant, croyez-moi, nous avons seulement fait ça pour...

— M'avertir ? » Il aurait dû être furieux contre Malone, il aurait dû menacer de le virer à cause de cette indiscrétion. Mais quelle importance cela avait-il, en dehors de la souffrance qu'il ressentait ?

Tout de même...

« C'est ça. Pour vous avertir. » Malone interpréta la question de Glass comme un signe de compréhension, et alors la digue céda. « Je sais que nous n'aurions pas dû le faire, je savais que nous n'en avions pas le droit. Nous le savions tous les deux. Mais nous voulions à tout prix vous protéger. Nous désirions avant tout comprendre pourquoi Keeves avait consulté votre fichier. Nous pensions que, s'il avait écrit quelque chose dedans, s'il vous avait coincé, ou bien s'il comptait vous punir ou vous faire muter, nous devions trouver un moyen pour vous le faire savoir. Mais nous avions tort, je le comprends maintenant — nous n'aurions jamais dû avoir accès à...

— Comment avez-vous trouvé l'accès ?

— Nora. Elle est incroyable. Elle peut se glisser dans tout le système. Contourner les barrières de sécurité et les codes secrets. Sans laisser la moindre trace.

— Vous l'avez lu ? »

Malone acquiesça.

« Et ?

— Mais vous le savez, lieutenant, protesta-t-il.

— Qu'y avait-il dedans ?

— Lieutenant…

— Qu'y avait-il dedans ? »

Malone déglutit. Ses traits se durcirent. Son regard se fixa sur un point du mur, derrière la tête de Glass. Puis il entama son témoignage. Sa confession.

« Au début… Au début il y a les détails biographiques, les parents, la date de naissance, la situation de famille, ce genre de choses. Nous n'avons pas vraiment regardé ça de près. Nous voulions absolument… Nous cherchions autre chose. Des commentaires, des appréciations écrites dans les marges. Mais au bout d'un moment, on ne peut pas s'empêcher…

— Non.

— Le récit de la vie des gens. C'est tellement…

— Continuez.

— Nous sommes ensuite passés à votre formation scolaire et universitaire. Vos résultats excellents. Comment vous avez refusé un troisième cycle à Harvard pour faire quelque chose de mieux à Yale. Les cours que vous y avez suivis, les distinctions, le doctorat en psychologie légale. Nora et moi, nous n'en avions pas la moindre idée.

— Ne soyez pas trop impressionné, Malone. Vous avez lu la suite, vous vous rappelez ? Qu'y a-t-il d'autre ?

— Tous les détails de votre recrutement par le Bureau à votre sortie de l'université. Quand, comment, qui. Comment les chasseurs de tête vous ont repéré et courtisé — pas le contraire. Comment ils ont construit toute une section autour de vous. Les affaires sur lesquelles vous avez travaillé. Les grosses. Kain, Gray, Salvatore, les tueurs en série. Calmer les gens lors de crises domestiques graves, intervenir dans les prises d'otages. Créer des kits d'identité, des profils médico-légaux, des évaluations cliniques. Pour les procès, pour les renvois, pour les remises en liberté… »

Et là il s'arrêta.

« Jusqu'à… ?

— Jusqu'au jour où vous avez rédigé une évaluation…

— Oui ?

— Qui s'opposait à la prolongation de la détention préventive d'un homme appelé…

— Tomas Milosz.

— Lequel avait menacé d'assassiner tous les membres de sa famille. Sa femme l'avait quitté en emmenant avec elle leurs deux petites filles…

— Maria. Francesca.

— Nous avons lu que cet homme avait été libéré. Et comment, vingt-quatre heures plus tard…

— Comment ?

— Il…

— *Comment ?*

— Il les a toutes tuées à coups de hache. Il les a toutes les trois découpées à la hache… »

Malone était blême. Mais il poursuivit, sachant qu'il n'avait pas le choix.

« Après l'enquête, vous avez disparu pendant trois mois. Le Département vous avait fait suspendre, aucun signe de vie, problème psychiatrique probable. Pulsions suicidaires. Le fichier…

— Le fichier quoi ?

— Le fichier dit que votre mariage a capoté vers la même époque, ou juste avant. Que vous avez peut-être perdu tout bon sens. Les notes du fichier sont assez vagues sur ce point. Et puis brusquement…

— Oui, je sais. Brusquement je refais surface. J'ai

toujours des amis, ils plaident ma cause. Le Département me réintègre. À contrecœur. Et à l'essai. Ils m'accordent un congé rétrospectif.

— Mais vous avez changé.

— Comment ça, changé ?

— Physiquement. Vous aviez vieilli de dix ans, vous aviez de nouvelles cicatrices. On aurait dit que vous aviez traversé le pays de long en large dans des wagons à bestiaux. Votre caractère aussi avait changé. Maintenant vous étiez solitaire, vous ne parliez plus beaucoup, vous évitiez les mondanités. Les gens vous ont d'abord réservé un accueil chaleureux, puis ils se sont méfiés de vous, et bientôt ils vous ont tenu à l'écart. Alors, un mois après votre réintégration, vous demandez à être muté. Votre statut dégringole et votre salaire plonge, mais vous passez à la brigade criminelle. Vous vous tapez toute la formation comme un bleu — juridique, physique, les armes à feu — vous vous en tirez très bien, mais…

— Mais quoi ?

— Vous enfreignez continuellement le règlement. Vous connaissez le règlement, mais vous ne le respectez pas. » Malone se mit alors à réciter de mémoire. « L'officier Glass est potentiellement le meilleur enquêteur que la brigade criminelle ait jamais eu. Son sens de l'analyse et ses connaissances juridiques sont exceptionnels, sa volonté d'enquêter est sans faille. Il a le meilleur taux de nettoyage parmi tous les enquêteurs de la criminelle depuis ces dix dernières années. Mais il est aussi potentiellement dangereux pour le Bureau et pour le Département dans leur ensemble. Il n'a aucun respect de la procédure, ses rapports sont approximatifs, et il souffre d'un problème majeur d'attitude. Pas seulement envers l'autorité. Il semble la proie de graves conflits intérieurs. C'est comme s'il réclamait continuellement de se faire virer, d'être puni. Ou tout bonnement détesté. Pour cette raison, il est quasiment impossible de…

— De quoi ?

— De lui trouver le moindre partenaire. »

Pour la première fois depuis ce qui semblait être une éternité, Malone le dévisagea, chercha même son regard.

« Je ne suis pas d'accord, lieutenant », dit-il. Tout simplement.

La seule annotation que Keeves avait faite sur le fichier était une brève remarque dans la marge, en face des commentaires relatifs à l'attitude de Glass. *Ceci explique cela*, avait mystérieusement écrit Keeves.

*

« Kieslowski sera en contact avec vous dans une minute, lieutenant, annonça le radio opérateur. Il est en train de procéder à des vérifications d'identité. Restez à l'écoute, je vous prie. »

Tomas Milosz avait été le premier psychopathe avéré que le psychologue médico-légal Solomon Glass eût jamais rencontré face à face — et il ne l'avait pas identifié en tant que tel. Ils avaient parlé. Glass lui avait fait passer les tests habituels — le Wechsler sur l'Intelligence Adulte, le Rorschach, l'Aperception Thématique, la Déviance MMPI, les Troubles de la Personnalité du DSM-III. Il y avait certes quelques bizarreries, mais la plupart des résultats entraient dans les fourchettes normales. La situation était délicate. Milosz n'avait pas encore été accusé, son avocat se montrait pressant. Allait-on l'accuser, oui ou non ? voulait savoir l'avocat. Et si oui, de quoi ? Annaliese, la femme de Milosz, venait de le quitter, soi-disant à cause de problèmes domestiques. Mais jusque-là elle n'avait jamais fait appel à la police. Milosz avait proféré des menaces — injurieuses, atroces, violentes — contre elle et leurs deux filles. Tout cela avait été entendu, était corroboré — mais aussi très banal. Ces seuls faits suffisaient à maintenir l'individu en détention préventive. Mais pendant combien de temps ? Combien de temps peut-on garder les gens enfermés derrière les barreaux à cause d'une menace proférée à l'instant le plus déchirant, le plus passionné, le plus douloureux de leur existence ?

Trois fois Glass se rendit à la maison d'arrêt où Milosz était détenu. L'homme était calme, intelligent, rationnel, mais parfois mélancolique — qui ne le serait pas ? — à cause de la perte de sa famille. Au cours de leur dernier entretien, Glass avait regardé le plus profondément possible dans les yeux de Milosz. Et n'y voyant rien, absolument rien, il avait pris ce néant pour une preuve d'innocence, de sincérité, plutôt que pour l'avertissement mortel que de toute évidence il fallait y déceler. Il recommanda donc la remise en liberté conditionnelle de Milosz, et même un droit de visite en présence d'un tiers. Pour retrouver les bras, la poitrine, de son épouse et de leurs filles.

Lesquels restèrent encore intacts durant vingt-quatre heures.

Quand Glass apprit la nouvelle, il ne se rendit pas dans cette maison, sur le site des crimes. Il s'occupa des rapports à mesure qu'ils lui parvenaient, sans réaction ni expression notable. Tandis que les autres membres de la section marchaient sur la pointe des pieds autour de lui, tandis que d'autres — l'ancien commissaire — passaient le voir pour lui apporter un peu de consolation, de sympathie, pour lui dire qu'on ne peut pas gagner à tous les coups, pour lui rappeler que tout le monde a droit à l'erreur, pour lui assurer que tous ses collègues comprenaient, que le public aussi, avec le temps, finirait par oublier. On exigeait trop des policiers. Tous étaient en permanence sous pression. C'était déjà bien assez difficile d'émettre le moindre jugement dans les meilleures circonstances possibles.

Glass entendit tout cela, il donna l'impression de l'entendre. Mais il ne réagit pas. Il restait assis, en écoutant la radio de la police. Milosz avait été abattu sur le site. C'était le fonctionnaire des services sociaux censé superviser la visite dans la maison qui avait appelé la police. Les deux jeunes filles furent déclarées mortes sur les lieux, toutes deux victimes d'horribles blessures — une jeune femme policier subit alors un choc tel qu'il fallut l'hospitaliser. Un coup de hache avait presque décapité la petite Maria. Âgée de huit ans. La mère, qui avait la tête et le cou profondément entaillés, était transportée en hélicoptère vers l'hôpital St George à l'instant même. Les médecins jugeaient son état critique. Glass était resté immobile et silencieux pendant si longtemps que ses collègues mirent plusieurs minutes à s'apercevoir qu'il n'était plus là.

Annaliese Milosz, apprit-on ensuite, reprit une seule fois conscience. Elle ne demanda aucune nouvelle de ses filles. Elle déclara seulement aux deux infirmières, au médecin et à l'inconnu qui se tenait, debout et silencieux, près de son lit, qu'elle espérait que le responsable de ce carnage brûlerait éternellement en enfer.

Le médecin, interviewé ce soir-là à la télévision, déclara que selon lui elle faisait sans nul doute référence à Milosz.

Glass ne vit pas cette émission. Il était à la morgue municipale. Il rassemblait les preuves en vue de l'enquête, expliqua-t-il au gardien de nuit. Ça risquait de prendre du temps, ajouta-t-il : on pouvait le laisser seul. Il resta une heure sans bouger devant les deux petits corps sur leurs chariots. La plus jeune, Francesca, avait encore les yeux ouverts. Ils étaient noirs, liquides, sans la moindre trace de traumatisme. Papa, avaient-elles peut-être dit pour l'accueillir. La moitié de son épaule droite était arrachée, un puits profond s'était ouvert dans la minuscule cavité de sa poitrine. À son cou brillait une mince chaîne en or avec une croix. Par miracle cette chaîne était intacte, victime ni du coup qui avait libéré une fontaine de sang dans sa gorge, ni de l'autre qui lui avait ouvert la poitrine pour que le monde puisse voir dedans. Aucun détail de tout cela n'échappa à l'œil de Glass. Il regarda pendant une heure, pour que tout s'imprime dans son cerveau. Pour qu'il n'ait pas besoin de découper leurs photos dans le journal — ainsi qu'il y avait aussitôt pensé à la lecture des premiers rapports qui arrivaient sur son bureau. Pour les porter en lui jusqu'à la fin de ses jours.

Et après avoir regardé pendant une heure — afin que, partout où il irait, ces deux fillettes reposent en lui dans une paix sanglante et éternelle — il monta simplement dans sa voiture. Et sa dérive commença.

Comme il l'avait fait ce soir. Allant dans des lieux

où il ne supportait aucune compagnie. Pas même la sienne.

« Kieslowski pour vous, lieutenant.

— Kieslowski, lieutenant. » La voix juvénile, saturée de l'autorité et du drame présent — la mort d'un homme — détonna dans son oreille. Glass se sentit agressé, comme si l'enterrement d'un être aimé ou quelque autre événement douloureux venait d'être interrompu par le rugissement des spectateurs d'un match de football.

« Ouais, répondit-il dans le micro, en parlant volontairement à voix basse. Pourquoi n'utilisez-vous pas le radio-téléphone, Kieslowski ?

— Lieutenant ?

— Inutile de crier, Kieslowski. C'est pour ça qu'on a inventé le téléphone. »

Il vit parfaitement Kieslowski hausser les épaules. Marmonner *Gros malin*. Incriminer une fois de plus le problème d'attitude de Glass. Sa mauvaise réputation. Impossible de lui trouver le moindre partenaire. *Je ne suis pas d'accord, lieutenant.*

« Selon les consignes... », Kieslowski, vexé, devenait tatillon, « ... nous devons impérativement et immédiatement vous rapporter tout homicide par balles, tout braquage et toute attaque à main armée.

— Ouais, et alors ?

— Je viens donc au rapport. » Kieslowski se tut et attendit.

Glass soupira. Il avait réagi trop vivement et s'il voulait obtenir ce qu'il désirait, il devait maintenant faire des concessions. « Eh bien, je vous en remercie, Kieslowski. Merci de m'avoir contacté aussi vite.

— Pas de problème. » Un marmonnement qui présageait un demi-dégel.

« Je sais que vous devez être très occupé là-bas...
— On se débrouille. » Aux trois quarts dégelé.
« Je suis à Braymore, je roule vers l'ouest sur la 51. Je devrais être avec vous dans vingt minutes. Je me demande si vous ne pourriez pas m'en dire un peu plus sur ce coup-là.
— Eh bien, j'étais à Concord où j'enquêtais sur une effraction dans un magasin d'alcools, quand j'ai reçu un appel... »
C'était le problème avec les techniques d'acquiescement, pensa Glass : on écoute, on reconnaît la valeur de quelqu'un, et la minute suivante ce quelqu'un vous rebat les oreilles avec sa marque de céréales préférée pour le petit déjeuner.
« L'opérateur radio... » Glass se fraya un chemin jusqu'au menu du déjeuner. « Il m'a dit que vous aviez réclamé une vérification d'identité de la victime. Vous avez des nouvelles à ce sujet ?
— Tout de suite, lieutenant », dit Kieslowski. Avec toutes les cartes en main, il était trop heureux d'afficher sa supériorité. « La victime est un certain Mark Tyler, sexe masculin, blanc... »
Mark Tyler. Où donc Glass avait-il déjà entendu ce nom ?
« ... âge, trente-quatre ans. Remis en liberté seulement quarante-huit heures plus tôt. »
Merde.
« Dans une maison de réadaptation sécurisée de West Braxton...
— Ou une maison sécurisée de réadaptation ?
— Lieutenant ?
— Cette maison...
— C'est une sorte de résidence surveillée... soi-disant surveillée...

— Parlez-moi un peu de Tyler, fit Glass en interrompant le baratin d'agent immobilier. Pourquoi est-ce que je connais Tyler ?

— Tyler a été remis à la disposition du gouverneur pour le meurtre au tisonnier... »

Tyler. Bien sûr. L'assassinat de Trugold. Il y a six, sept ans ? Nom de Dieu, pourquoi se baladait-il dehors ?

« ... d'une certaine Mrs Alex Trugold.

— Alex ?

— Alex est sans doute le nom de son mari. On ressort des vieux rapports, lieutenant. Cette affaire remonte sans doute à sept, huit ans. Bref, ils l'ont relâché. Un psy débile ou les services sociaux, en tout cas un imbécile l'a examiné et l'a flanqué dehors. »

Pour l'envoyer entre les bras de qui ?

« Et maintenant il est à nous, constata Kieslowski très terre-à-terre.

— Des témoins ? Des pistes évidentes ?

— Pas grand-chose, lieutenant. Un traquenard. Un seul coup de feu, voilà pourquoi je vous ai appelé.

— Dans la rue ?

— Une allée derrière l'endroit où il créchait. J'ai parlé brièvement avec le responsable de la maison. Tyler venait de passer un coup de fil pour arranger une livraison de came. Il prend de l'héroïne depuis des lustres.

— Qu'est-ce que vous dites ? Les dealers se pointent et livrent ? Ils jouent à allô-pizza ? Je croyais que ces endroits respectaient un couvre-feu ?

— Le responsable dit que Tyler devenait nerveux, claustrophobe, il a besoin d'aller faire un tour dans le jardin pendant dix minutes. L'air, les étoiles. Ça fait longtemps. Le responsable a soudain les genoux en compote. Vous savez ce que c'est. »

Merde. Existait-il un seul maillon de la chaîne qui fonctionnait correctement ?

« Tyler escalade la grille. Il escalade, non, bon Dieu, c'est un petit grillage de rien du tout, il *l'enjambe*, lieutenant. Il marche jusqu'au bout de l'allée, s'approche de la voiture, fait sa petite affaire et revient. Il a presque atteint la maison…

— Seul ?

— Les traces de pas disent que oui.

— Alors ?

— Alors il ne se fait pas buter par le dealer. Il a payé, il n'y a pas d'embrouille près de la voiture, tout a l'air de baigner. Il a deux petites enveloppes en alu dans la main. Il va ré-enjamber la clôture et là il se fait descendre.

— Un seul coup de feu ?

— Dans le mille. Au-dessus des yeux.

— Contact avec la peau ?

— On dirait. Mais l'angle est bizarre. La balle entre en haut du front et elle ressort par la nuque. On a l'impression qu'il s'est fait buter d'en haut, à partir d'un arbre. »

Glass imagina Kieslowski levant les yeux autour de lui. Dans une allée déserte, boueuse.

« Regardez ses genoux, Kieslowski.

— Lieutenant ? »

Bon Dieu.

« Allez jeter un coup d'œil à ses genoux, Kieslowski. » Reste calme, se dit Glass. « Regardez s'il a de la boue sur les genoux. »

Glass coupa la communication. Il serait sur place d'ici quelques minutes. Il rappela le central opérationnel et leur demanda de trouver Malone. Chez lui. N'importe où. Priorité absolue.

Quand il atteignit l'allée, elle était illuminée d'un bout à l'autre. Et nous y revoilà, pensa-t-il, en se rappelant l'assassinat de Salsone. L'officier Kieslowski et deux policiers locaux en uniforme s'affairaient à piétiner consciencieusement les moindres indices qui auraient pu se trouver dans la boue. Mauvais début. Il avait déjà été irrité par la question d'un journaliste — bon Dieu, comment se débrouillaient-ils pour être toujours sur place avant lui ? — alors même qu'il descendait de voiture.

« Y a-t-il un lien entre ce meurtre et celui de Jacobs ? voulut savoir le journaliste.

— Oui, répondit Glass tandis que l'autre courait derrière lui. Les deux victimes sont nées à l'hôpital. »

Mais, bon Dieu, si un journaliste imbibé du *Tribune* posait lui-même des questions, et trouvait les réponses, combien de temps allaient mettre les autres à le faire — Keeves, le coroner, Reed, Caselli ? Merde.

« Puis-je citer votre réponse *in extenso*, lieutenant ? » lança le journaliste dans le dos de Glass.

Gros malin, pensa Glass en enjambant le ruban avant de rejoindre l'orchestre militaire qui défilait de long en large pour supprimer toute trace du crime. Kieslowski et les deux flics en uniforme avaient maintenant été rejoints par un homme que Kieslowski lui présenta comme étant le responsable de la maison sécurisée, un certain Robinson.

« Vous ne pouvez pas dire qu'il était à l'intérieur de la clôture ? » La nuit était fraîche, mais Robinson transpirait. « S'il est à l'extérieur de la clôture... » Déçu par le refus de Kieslowski, il se tourna vers Glass. « S'il est au-dehors et si l'heure du couvre-feu est passée, alors ça va me retomber dessus. Ils vont me virer.

— Mais il n'est pas à l'intérieur de la clôture, n'est-ce pas ? Il est dans l'allée. »

Allongé sur le dos, les bras écartés, un éclat argenté dans une main. Sous les ampoules des flashes. Le corps, pense Glass, est à peu près la seule chose que Kieslowski n'a pas déplacée. Ou piétinée.

« Allez, lieutenant. Ça fait trois ou quatre mètres tout au plus.

— Merde alors, il est dans l'allée », dit Glass en regardant Kieslowski puis le responsable. « Le coroner ne se contenterait pas de l'insigne de l'officier Kieslowski, il lui couperait les couilles, si jamais il falsifiait son rapport. Pas vrai, Kieslowski ?

— Oui, monsieur. » Kieslowski, plus poli et sur ses gardes, se retrouvait coincé contre la clôture. C'était la seule manière dont Glass réussit à le faire tenir tranquille. « Et vous aviez raison au sujet des genoux, monsieur.

— Les genoux ? fit le responsable.

— Vous pouvez regarder par vous-même. » Kieslowski fit mine de passer devant Glass pour s'approcher du cadavre. Mais il dut se contenter de le montrer du doigt.

« Il encaisse la balle par devant... » Kieslowski déborde soudain de théories. « La force de l'impact le projette en arrière. Sur le dos. Il respire peut-être, mais il ne bouge plus, il ne roule pas sur le côté. » Les deux hommes baissent les yeux. Tyler a la bouche d'un innocent. Le front, un mélange innommable de sang et d'éclats d'os, est moins facile à décrire. « Alors pourquoi les genoux de son pantalon sont-ils couverts de boue ? » demande Kieslowski à Robinson, en examinant son visage couvert de sueur. Comme si son interlocuteur était un parfait crétin. « Parce que », Kieslowski, incapable d'attendre davantage, répond à sa propre question, « Tyler est à genoux quand il se fait buter.

— À genoux ?

— Il supplie, explique Kieslowski. Exact, lieutenant ? C'est un type vraiment sympa qui l'a dézingué. Il avance dans l'allée obscure, il s'approche de Tyler, il sort son flingue. Tyler le voit, s'agenouille…

— Nous avons entendu du bruit », dit Robinson qui a retrouvé sa langue. « De l'intérieur de la maison.

— Il mendie…

— Nous avons pensé à des miaulements.

— Il mendie pour avoir la vie sauve. Le type colle le flingue contre le front de Tyler et l'explose. Avant de repartir. Cool, non ? »

Le beeper de Glass se met à aboyer. Il dit à Kieslowski de retourner dans la maison pour enregistrer la déposition de Robinson. Il ne sait pas très bien qui a été l'homme le plus dangereux en cette fin de soirée, mais il pencherait plutôt pour Kieslowski. Les deux flics en uniforme se mettent au garde-à-vous quand il passe devant eux, puis il enjambe de nouveau le ruban pour rejoindre sa voiture.

« Pas de chance pour Malone, lieutenant, lui annonce l'opérateur. Nous avons essayé chez lui, à son club, plus les deux autres numéros qu'il nous avait indiqués… »

Glass consulta sa montre. Il était minuit un quart. Il prit une profonde inspiration. « Vous avez un numéro pour Nora Bloom ?

— Une minute. Nous avons une Bloom aux Archives.

— Appelez-la.

— Restez en ligne, lieutenant.» Il entendit le bruit des touches qu'on enfonçait, puis la tonalité. Qui s'éternisait. Les meurtres, c'était déjà assez dur, mais maintenant arrivait le vrai stress. Il allait annuler l'appel.

«Nora Bloom.» La voix ne semblait absolument pas endormie. Était-ce bon ou mauvais signe ?

«Le lieutenant Glass pour vous, dit l'opérateur. Je vous mets en communication.

«Nora ?

— Solly ? Que se passe-t-il ?

— Écoute, Nora, je suis désolé.

— Ce n'est pas grave.

— Bon, hmm — je ne sais pas très bien comment annoncer ça, mais Malone est-il chez toi ?

— Oui…, répondit-elle lentement.

— Désolé de vous gâcher la soirée, Nora. Mais j'ai un homicide sur les bras et j'ai besoin de Malone.

— Tu ne me gâches pas ma soirée, Solly. Veux-tu que je te le passe ?

— Si ça ne te dérange pas.»

Quelques secondes de bavardages intenses s'écoulèrent, dont Solly ne surprit que quelques bribes.

«Lieutenant ?» Malone s'efforçait de paraître en pleine possession de ses moyens. «Vous voulez que je vous rejoigne ?

— Oh oui, vos grands pieds seraient vraiment utiles dans cette allée…

— Lieutenant ?

— Filez aux archives, Malone. Aux archives, vous avez compris ? Emmenez Nora avec vous.

— Nh-ora ? bâilla Malone.
— C'est elle qui conduira. Vous comprenez ?
— Je peux conduire.
— Le statut de votre putain de permis de conduire ne m'intéresse absolument pas, Malone. J'ai sur les bras un macchabée du nom de Tyler.
— Mark Tyler ?
— Et j'ai besoin de savoir deux choses tout de suite. La famille Trugold — mari, fils, frères. Des hommes qui ont un mobile. Et toutes les autres probabilités.
— Vous pensez qu'il s'agit d'une vengeance ?
— Je ne pense pas, Malone. » Maintenant, ils étaient deux. « Je me contente de réunir des indices.
— Et la deuxième chose ? » Malone avait de nouveau les idées claires.
« Je veux savoir qui a eu accès au fichier Tyler au cours de ce dernier mois. Voilà pourquoi je veux que Nora vous accompagne. Demandez-lui de parcourir l'historique et de voir les noms qui se présentent.
— Okay, lieutenant. » De plus en plus clair. « J'ai compris. »
Les doigts de Glass se mirent à tambouriner sur le toit de la voiture. Il commençait de pleuvoir. Pourquoi tant de victimes d'homicides se retrouvaient-elles allongées sur le dos dans une allée boueuse, en train de boire l'eau de pluie nocturne ?
« Lieutenant ? » Maintenant, Malone était curieux. « Vous ne pensez pas que…
— Contentez-vous de regarder, voulez-vous, Malone ? » dit-il tandis que les premières gouttes tombaient sur son visage. Il se pencha par la fenêtre pour remettre le radio-téléphone sur son support. Ses dernières paroles s'adressèrent non pas à Malone

mais à l'air nocturne. « Ne pensez pas. Contentez-vous de regarder. »

« On plane, lieutenant. » Presque deux heures du matin et Glass se trouvait toujours sur la scène de l'assassinat de Tyler quand Malone le contacta en aboyant comme un jeune phoque dans le téléphone de Glass. Nora l'avait peut-être entraîné sous la douche. À l'entendre, on avait l'impression qu'il avait encore les oreilles remplies d'eau. « On est en plein ciel et on plane.

— Eh bien, quand vous atterrirez, Malone, vous pouvez faire deux choses pour moi… »

Un homicide nocturne, les lumières de l'équipe médico-légale, du sang dans une allée boueuse, la pluie qui tombe doucement dans la lueur aveuglante des photographes — on pouvait presque se convaincre qu'une mort violente comme celle-ci, les derniers instants d'un homme, avait une espèce de beauté perverse. Le moment éblouissant de la douleur, les derniers mots, l'âme ailée… Mais au bout de deux heures, on ne pensait plus tout à coup qu'à sa propre fatigue, à la gadoue autour des chevilles, aux pieds glacés.

« Deux choses, lieutenant ? disait Malone.

— D'abord, arrêtez de crier.

— Et l'autre chose ? » Malone était assez malin pour savoir quand il devait faire l'idiot.

« Laissez tomber le jargon aéronautique et dites-moi simplement ce que vous avez trouvé, putain.

— Lieutenant, elle l'a eu deux fois ! » Malone ne pouvait plus se retenir.

« Elle l'a eu deux fois », répéta Glass. Lentement. Avec ce qu'il espérait être une emphase suffisante.

Malone comprit. Passa en mode rapport.

« Le fichier Tyler a été consulté deux fois au cours des six derniers mois par Sophie Corner. Une fois le 3 quand le Bureau des remises en liberté conditionnelles a diffusé son avis à propos de Tyler. Et une autre fois, trois jours seulement avant la remise en liberté.

— Et la maison sécurisée ? le coupa Glass. Est-elle citée dans le fichier ?

— Tout apparaît noir sur blanc. Adresse, responsable, nom des deux autres résidents, numéro de téléphone, tout le saint-frusquin.

— Okay. Et la famille Trugold ? Y a quelque chose sur eux ?

— Un seul enfant, une fille, physiothérapeute, vit à Londres.

— Et Trugold lui-même ? Le mari.

— Disparu, lieutenant.

— Comment ça, disparu ? Vous voulez dire qu'il a eu un accident en mer ?

— Nous avons consulté les fichiers que nous avions sur l'assassinat de sa femme. Trouvé l'adresse de sa famille. J'ai demandé au commissariat local d'envoyer une voiture pour savoir si ce Trugold était chez lui et où il avait passé la soirée.

— Alors, il était chez lui ?

— Lieutenant, il n'habite pas là. Personne n'habite plus là.

— Comment ça, personne n'habite plus là ?

— Il n'y est jamais retourné après l'assassinat de sa femme. Pendant un an, il a essayé de vendre la maison.

— Comment le savez-vous ?

— C'est une voisine qui nous a renseignés. Les gars du commissariat…

— Sans doute qu'ils étaient très populaires.

— L'un d'eux s'est fait mordre par un chien. Un rottweiler lui a…

— La maison, Malone.

— Ouais, eh bien tout le monde était au courant dans le quartier, personne voulait de cette baraque. Et vous, lieutenant, vous achèteriez une maison où…

— Vous essayez de me vendre cette baraque, Malone ?

— Pardon, lieutenant. Il y revient bien de temps à autre, pour s'occuper du jardin, faire un peu de nettoyage. Il est un peu bizarre, vaguement toqué, d'après la voisine. Il entretient cet endroit comme un sanctuaire. La voisine, elle dit qu'elle voit parfois de la lumière la nuit…

— Donc, vous ne l'avez pas trouvé ?

— Si, nous l'avons trouvé. » Malone semblait très content de lui. « Mais il avait disparu. »

Glass ne dit rien. Attendit.

« Je veux dire que nous avons trouvé sa nouvelle adresse. Nora l'a trouvée.

— Dans le fichier ?

— Non. » Glass voyait la pomme d'Adam de Malone monter et descendre. « Dans l'annuaire téléphonique. »

L'annuaire téléphonique. Bon Dieu.

« Alors vous avez envoyé une voiture là-bas, il n'était pas chez lui et vous l'avez porté disparu. C'est bien ça ?

— Un type dans l'un des autres appartements l'a vu partir cet après-midi — avec un sac de voyage.

— Il est parti rendre visite à quelqu'un. Il a une petite amie.

— C'est un solitaire, lieutenant. Ce type de l'appartement affirme qu'il reste tout le temps seul, qu'il ne reçoit jamais de visite.

— N'allez pas vous monter le bourrichon, Malone.

— Mais, lieutenant, ça tombe sous le sens.

— Ouais, ouais, ouais, ça tombe sous le sens. Ce gars est un tueur en série, d'accord ? Il tient sous le coude cette jeune avocate surdouée au Bureau du procureur général, il lui fait du gringue ; c'est un homme plus âgé qui fascine la donzelle. À cause de la passion, de la baise ou de la romance, il l'oblige à lui divulguer des secrets d'État. Et puis il s'en va dégommer la Lie de l'Humanité qu'elle a repérée pour lui. C'est bien ça ?

— Enfin…

— Rien ne tombe sous le sens, Malone. Vous ne vous rappelez pas votre Aquin ?

— Aquin ?

— Et ne venez pas me dire que vous avez oublié la putain d'affaire Aquin, hein ?

— Non, monsieur.

— Bon Dieu, Malone, qu'est-ce qu'ils vous ont appris dans votre université d'Irlandais à la gomme ? Thomas d'Aquin, vous vous rappelez ? Passer en revue les objections avant de procéder aux *sed contras* ?

— Sept contre un, lieutenant ? »

Merde. Que faisait-il debout sous la pluie à deux heures du matin, par une nuit pourrie du vendredi au samedi, dans la gadoue jusqu'aux chevilles, à discuter théologie avec un bouseux d'Irlandais alcoolo mal dégrossi, assis devant une console d'ordinateur, bien au sec, une tasse de café dans une main et l'autre…

« C'est juste une méthode de raisonnement, Malone.

Il faut régler les problèmes, penser aux objections éventuelles avant de se lancer dans une grande théorie foireuse.

— Et à sept contre un, vous avez toutes les chances de décrocher le gagnant ? » Malone était bien réveillé. « Les courses de bourrins, ç'a jamais été mon truc, lieutenant.

— Peut-être, concéda Glass. Mais cette méthode peut vous épargner pas mal de retours de bâton.

— Et que sont les objections, lieutenant ? Dans l'affaire qui nous concerne ?

— Objection numéro un — nous ne savons pas encore s'il existe un rapport quelconque. C'est peut-être tout bonnement une affaire de drogue. Tyler a acheté sa dose, vous vous rappelez, juste avant de se faire buter. Tant que nous n'avons pas le rapport balistique…

— Cinquante billets qu'il s'agit d'un pruneau avec des traces…

— Objection numéro deux… » Il ne comptait pas refiler cinquante billets à Malone. On n'était pas obligé de croire aux objections pour les soulever. Et puis, que saint Thomas aille se faire foutre, après tout. Glass était juif, il n'avait pas besoin d'un scholiaste du Vatican pour lui apprendre à penser. Il regretta d'avoir mentionné saint Thomas d'Aquin. « S'il y a un rapport, c'est peut-être leur côté, et pas le nôtre, qui est en jeu.

— Mais lieutenant, nous avons examiné cette hypothèse sous toutes ses coutures. Jacobs et Salsone, il n'y avait rien, vous vous souvenez ? Pas de contacts, pas de rapports entre ces deux crapules.

— Il y a maintenant trois facteurs, Malone. Okay,

A et B ne se touchent pas, ils sont sans connexion. Sauf peut-être à travers C.

— Et vous croyez que Mark Tyler pourrait être ce C ?

— Consultez les fichiers, vous voulez bien ? Tyler et Jacobs. Tyler et Salsone. Les tribunaux, les préventives, les prisons…

— D'autres objections ? »

Okay, Malone ne pouvait pas savoir que Glass était debout avec de la merde jusqu'aux genoux dans une ruelle anonyme au fin fond de l'univers.

« Non, mais continuez de chercher Trugold, dit-il en essayant de se montrer conciliant. Vous avez raison, nous avons besoin de lui parler, de savoir où il se trouvait…

— Et Corner, lieutenant ? » Allez donc donner à un Irlandais un zeste d'encouragement. « Vous ne voulez quand même pas que nous arrêtions de travailler sur ce profil de Sophie Corner, n'est-ce pas ?

— Non, essayez d'en apprendre un peu plus sur cette fille. Mais pour l'amour de Dieu, ne vous faites pas remarquer, d'accord ?

— Alors, envisageons-nous que ça vienne de chez nous ? Tout en croyant que ça vient de chez eux ?

— Quoi ? » La pluie fouettait maintenant le visage de Glass. « Où voulez-vous en venir, Malone ?

— Cet Aquin… est-ce que c'est pas le même gars qui a dit qu'une chose ne pouvait pas à la fois être et ne pas être, dans les mêmes conditions ? Je crois bien qu'il s'agissait de son principe logique de Premier Ordre ? »

Glass regarda son combiné et coupa la communication.

« Je t'emmerde, Malone. »

21

Le matin qui suivit la mort de Tyler dans une allée boueuse située derrière une maison sécurisée de West Braxton, Ed Stevens, dans une tout autre partie de la ville, émergea d'un sommeil chaotique avec une étrange impression dans la poitrine. Il n'avait pas dormi, il n'avait pas pu. Il était resté assis dans un fauteuil de son salon en essayant de comprendre comment son univers intérieur avait bien pu subir un tel bouleversement. À l'aube, quand le noir et le vert s'étaient enfin mêlés dans le ciel, il avait sombré. Et maintenant — il était encore tôt, sans doute moins de six heures du matin — il se sentait arraché à toute possibilité de sommeil par cette étrange sensation dans sa poitrine.

Il se força à rester assis immobile, à rester calme. À ne surtout pas se lever pour arpenter la pièce ou sortir aussitôt dans le jardin, ainsi que son corps lui criait de le faire. S'agissait-il d'une crise cardiaque ? Il avait entendu parler de semblables accidents après une excitation monstrueuse. Pourtant, cela ne ressemblait vraiment pas à une crise cardiaque, ni à une attaque. Cela ressemblait à son contraire, à une expansion. Son cœur, sa poitrine se dilataient, au point de sembler prêts à éclater. Alors il comprit — il vivait avec la douleur depuis tellement longtemps, avec une si violente constriction constante de la poitrine qu'il avait oublié qu'on pût vivre sans. Il n'était pas victime d'une attaque, il le comprit, ni d'une crampe subite, il ne mourait pas, il vivait enfin. Il était vivant, il était revenu à la vie.

Peu à peu son sang s'apaisa et il retrouva une conscience claire. Il allait se laver, se raser, apporter le petit déjeuner sur un plateau à sa femme, comme il le faisait tous les jours depuis un an et demi, puis à huit heures il irait à l'hôpital pour rendre visite à son fils. Il ne pourrait rien dire, mais son fils comprendrait sans doute. Grâce à un geste, au contact de sa main, à l'expression de son visage. Nick saurait enfin qu'ils ripostaient. Qu'enfin le peuple ripostait.

Il aurait pu aller voir son fils tout de suite — il n'y avait aucune restriction sur les horaires. Mais une autre visite, effectuée d'aussi bonne heure, l'avait laissé au bord de l'évanouissement. Entre sept heures et sept heures et demie, les infirmières passaient pour vider les sacs qui s'étaient remplis durant la nuit. Chacun des garçons — ils étaient trois dans le dortoir et Nick, pour la compagnie et le soutien moral — avait des colostomies, des dérivations diurétiques. Les liquides, les matières, à peine décelables, bougeaient toujours, traitées par les organes, alors même que les muscles, les nerfs et les sensations ne fonctionnaient plus. Les gaz s'accumulaient, se dispersaient — mais ce n'était pas tant ça. Ce n'était pas la bave, ce n'étaient pas la merde, la pisse et le vomi qui poussaient Ed Stevens à la lisière de la perte de conscience, qui le faisaient fuir la présence de son fils avec l'envie de vomir et l'impression d'étouffer — car il aurait pu supporter tout cela. Il l'avait d'ailleurs fait quand Nick avait été nourrisson. Non, c'était l'opération inverse — c'était la toilette. La simple toilette attentive et blasée de ces corps en ruine, leurs jambes atrophiées, leurs hanches de Belsen, la douce et défunte anémone de mer du pénis de son fils, momentanément posé, inerte, sur la paume de l'infirmière. Non, jamais il ne retournerait à l'hôpital avant huit heures, il se l'était juré, à moins que ce ne fût le dernier jour, à moins d'une occlusion, d'une bactérie, de cette pneumonie qu'il appelait quotidiennement de ses vœux, remplissant enfin à demi les sacs inutiles de ses poumons — alors, au chevet de son fils, il l'accompagnerait. Sans rien espérer d'autre, nul Au-delà, nulle résurrection. Des corps. Une simple libération. Et une vengeance…

À huit heures il se mit en route. En prenant bien garde de ne pas arriver trop tôt. Son cœur chantait toujours, mais avec quelques bémols. Une brève dans le *Tribune*, et rien de plus. Un reportage d'une trentaine de secondes aux infos de la radio de la ville. Un meurtre à Braxton, un prisonnier récemment remis en liberté — le pouls de Stevens avait accéléré en entendant les titres des informations radio, pour ensuite ralentir quand les détails suivirent : *La police croit à un crime lié à la drogue… en effet, deux sachets d'héroïne furent découverts sur le corps de la victime…* Une couverture parfaite, il devait se réjouir. Alors pourquoi cette déception ? Le peuple riposte, mais Seigneur, qui allait s'en apercevoir ? Bien sûr, la merde éclabousserait tout le monde quand les médias découvriraient la vérité, comprendraient qui était vraiment Tyler. On se déchaînerait contre sa remise en liberté, les gens prendraient les armes. Pendant deux jours. Puis un gosse tomberait dans un puits, ou un requin attaquerait un surfer, ou il y aurait un règlement de comptes entre truands. Et tout ça s'évaporerait. Et déjà ce matin, monsieur Tout-le-monde en route vers le golf, déposant ses gamins au bowling, hausserait tout bonnement les épaules — la drogue, les hold-up, la duplicité, la mort — rien de nouveau sous le soleil ! À quoi d'autre pourrait-on s'attendre ? Et ça intéresse qui ? Changeons de station. Quel était le message ? Quel message voulaient-ils transmettre ?

Et pourtant.

Nick…

Allongé, en train d'apprendre les échecs.

Le petit pointeur métallique qu'il serrait entre ses dents indiquait les déplacements des pièces qu'il désirait effectuer. Relié à un ordinateur, lui-même relié à…

Des ingénieurs, des inventeurs, donnaient leur temps. Aux handicapés. Leurs fils étaient à l'université.

… à une caméra qui projetait une image de l'échiquier au plafond. C'était magique, ce que pouvaient accomplir les machines, la technologie. Tommy, un plongeon malheureux, une erreur d'appréciation de deux mètres, voyait au plafond les déplacements de Nick. Si seulement…

Si seulement le cavalier… Merde. Bouge-le, fils, bouge-le. Stevens se retrouva en sueur tandis que le cavalier bougeait d'une case. S'arrêtait, avançait en diagonale. Le cavalier, pour l'amour du Ciel.

Il sourit, un goût de fer dans la bouche, en essuyant la bave sur le menton de son fils. Puis la sueur de son front. Qui avait jailli à cause de l'effort intense. Pour déplacer un cheval portant un homme sur son dos. Avec ses dents.

Le cavalier se déplace de trois cases, hurla Ed Stevens dans sa tête. Tout en souriant. Une case vers le haut, deux de travers — ou le contraire. Tu ne peux donc même pas… déplacer cette pièce de trois cases, bordel ?

Il avait espéré que son fils saurait, comprendrait. Grâce à un regard, un geste, un sourire particulier. Ici, la radio marchait en permanence, n'est-ce pas ? Mais ce crétin baveux n'avait apparemment remarqué aucun message — il ne voyait aucune allée, pas de boue, pas d'animal agenouillé là, suppliant pour sauver sa vie. Il semblait seulement — stupidement ravi — conscient d'un homme à cheval qui se déplaçait de trois cases, avant de grogner, comme un type au moment de l'orgasme, à deux mètres de Tommy qui prenait la tige en métal dans sa propre bouche. Pour réagir.

Merde.

Toute cette journée en fut ternie. À quoi bon, si personne, même pas Nick, ne comprenait ? Alex était soulagé, mais il ne le savait pas, pas vraiment. Il ne voyait pas. Il ne sentait pas. Ce n'était pas son doigt sur la détente. Alors, à quoi se résumait donc tout ça ? Une brusque accélération des choses, une décharge d'adrénaline. Une ligne aux infos, aussitôt oubliée. Une tragédie mineure, individuelle, pour quelqu'un — une mère, une maîtresse, un enfant — et qui finalement n'est pas plus vaste que la sienne. Et ensuite ?

Et ensuite le système reprend ses droits. Les gens blessés, mutilés, tués. De nouvelles victimes, tous les jours. Tandis que les juges somnolent, passent commande, vont déjeuner, se ramollissent. Rien ne changerait jusqu'à ce que…

L'air se dilatait de nouveau dans ses poumons. Mais cette fois, il n'était pas sûr que ce ne fût pas de la souffrance.

… jusqu'à ce qu'eux-mêmes soient blessés. Ressentent la douleur. Peut-être alors… Comme ce juge — comment s'appelait-il déjà, Halloran ? Celui qui avait donné cinq ans à Mallick — liberté conditionnelle au bout de trois. À contrecœur. Pour la formation d'un joueur d'échecs. Oui, Halloran. Il avait surpris ce policier, ce Glass, cet ami de la mafia, l'appeler par un surnom pendant le procès de Mallick — le Juge qui Déjeune ? Qui était vraiment ce Halloran ?

Que faudrait-il pour convaincre les Halloran de ce monde ? Quel prix faudrait-il payer ? Alors, une pensée impossible prit subitement forme dans son cerveau. Il resta un moment assis à l'envisager, à la soupeser, à la retourner en tout sens. Oui, conclut-il, il leur en parlerait lors de leur prochaine réunion, histoire de voir ce qu'ils allaient penser de *ça*.

22

« Mario… » Izzy agita la main vers l'autre bout du café. Montra la table devant Glass. « Solly a besoin de citron. Tu as du citron ?

— Je ne veux pas de citron.

— Mario a du citron.

— J'en veux pas.

— Tu as le rhume, tu as besoin de citron.

— Je n'ai pas le rhume. J'avais le rhume, un rhume d'une seule journée. Samedi j'avais le rhume, aujourd'hui je n'ai plus le rhume. »

L'aube du samedi pointait presque lorsqu'il avait quitté le site de l'assassinat de Tyler pour rentrer chez lui. Épuisé, il était tombé sur le lit. Sans prendre de douche. Ni de citron. Avant de se réveiller avec un bon rhume.

« Quand je vais dire à maman que tu as eu un rhume…

— Ne lui dis pas que j'ai eu un rhume.

— Chaque fois que nous prenons un café ensemble, elle me téléphone ensuite…

— Comment sait-elle que nous prenons un café ensemble ?

— Comment va Solly ? me demande-t-elle. Pourquoi Solly ne me rend-il pas visite ? Pourquoi n'appelle-t-il pas ? Il est policier et son téléphone a été coupé ?

— Eh bien, quoi, elle ne lit plus les journaux ? Je suis occupé, dis-lui. J'ai du boulot jusque-là. Je baigne dans les cadavres jusqu'aux yeux. »

*

Au-dessus des yeux, en fait. Nora avait commencé d'explorer tous les rapports d'homicides par balle durant les quatre années qui avaient suivi la disparition de l'arme.

« En voilà déjà un, répondit-elle à la question inquiète de Glass, qui ressemble étrangement aux autres.

— Il y *ressemble*, d'accord ? Ce n'est pas certain ?

— C'est aussi certain que ça peut l'être, Solly. Les descriptions ne sont pas toujours parfaitement concordantes — ils ont modifié la définition de certaines catégories, et c'est difficile de s'y retrouver quand on n'est pas un expert. Mais personne à la Balistique ne l'a repéré.

— Nom de Dieu ! explosa Glass. Comment a-t-il pu t'échapper ? Comment as-tu pu en rater trois, peut-être quatre ?

— Sois juste, Solly. Tu es quand même bien placé pour savoir ce qui est arrivé à tous les Services Techniques. La Balistique a été entièrement restructurée, les redondances y ont été éliminées, presque deux équipes s'y sont succédé en dix-huit mois.

— Quand même.

— Il n'y a personne, il n'y a pas une seule personne qui ait vu l'ensemble de ces données. Les rapports que je consulte ont tous été signés par des individus différents.

— Okay, mais quand le rapport Tyler sera terminé — à condition que Malone ait raison et que ce soit le même flingue —, ils vont faire le rapprochement. Ils ne peuvent pas rater deux affaires aussi récentes que celles de Jacobs et Tyler…

— Ou Salsone ? » dit-elle avec calme. En guise d'avertissement.

Elle avait raison. Tom Hall, à la Balistique, allait sucrer les fraises. Ignorer qu'un de leurs rapports avait été bidouillé, c'était une chose. Mais c'en était une autre que de fermer les yeux. Dès que le rapport du coroner sur Salsone serait disponible, en tant que document à diffusion interne, Tom bondirait sur ses pieds, irait voir Keeves, protesterait de sa bonne foi et plaiderait la perte passagère de ses facultés mentales, afin de sauver sa peau. En vieil ami, il avait d'abord prévenu Glass. Mais Glass avait deux semaines devant lui, trois tout au plus. Et quand tomberait le rapport balistique sur Tyler, le dossier serait déjà brûlant.

*

« Si je lui annonce que tu as un rhume…

— Je n'ai pas de rhume.

— Et que je ne t'ai pas donné de citron.

— J'aime pas le citron.

— Pourquoi ? Qu'as-tu donc contre le citron ?

— Il me fait penser au rhume. »

Aux câlins maternels. Aux journées passées au lit tandis que maman rôde autour de toi. À l'incarcération.

« Elle me dira : mais qu'est-ce que je dois faire ? Pourquoi est-ce que je ne m'occupe pas de Solly ? Pourquoi est-ce que je ne lui donne pas du citron ? Est-ce que je désire la mort de mon propre frère ? »

Mario posa une tasse d'eau chaude près du coude de Solly. Puis, à côté, une assiette où l'on avait découpé un petit citron en quartiers. Sa pulpe jaune brillait dans la lumière plombée du matin. Glass la regarda en faisant une grimace. Le visage de Mario ne trahissait rien. Il regarda Izzy, haussa les épaules, puis retourna à sa machine à café.

« Le lourdaud..., commença Izzy.

— Il ne l'a pas aimée », rétorqua Glass. Avec une profonde satisfaction. « Je lui ai raconté et il n'a pas aimé.

— Qu'est-ce que je t'avais dit ? » C'était au tour d'Izzy de s'autojustifier. « Les Irlandais ont eu d'autres choses en partage. Comme je t'ai déjà dit, ils ont eu la littérature, mais ils n'ont pas eu les blagues. Les blagues, ils n'y ont pas eu droit. »

*

Depuis son aveu à propos du fichier de Glass, Malone marchait autour de lui sur la pointe des pieds, comme si son chef était en verre. Poli, attentionné, coupable. Solly en avait par-dessus la tête.

« C'est un prêtre... », commença-t-il. N'importe quoi pour que Malone cesse de lui tourner autour avec cette mine d'enterrement.

« Un prêtre ? Quel prêtre ?

— Il se promène sur un chemin de campagne avec Seamus, un producteur de tourbe locale.

— Autrefois, je connaissais un producteur de tourbe nommé Seamus», dit Malone.

Glass le regarda jusqu'à ce qu'il arrête de marcher de long en large et s'assoie.

«Il pleut et, tout en cheminant, Seamus fouille dans sa poche pour y prendre des cigarettes. Au moment de les sortir, un paquet de préservatifs tombe de sa poche dans l'herbe. Le prêtre se penche pour le ramasser.

«"Qu'est-ce donc, Seamus ? demande-t-il.

«— Ça ? Euh, ce sont des préservatifs, mon père.

«— Des préservatifs ? Et à quoi servent-ils donc ?

«— À quoi ils servent ? dit Seamus en regardant autour de lui. On en met un sur sa cigarette quand il pleut, mon père.

«— On dirait que c'est très utile, dit le prêtre. Je crois bien que je vais m'en acheter."

«Puis le prêtre entre dans la pharmacie du village et demande un paquet de préservatifs.

«"Quelle taille, mon père ? veut savoir la fille derrière le comptoir.

«— Pour les chameaux", dit le prêtre qui fume des Camel.

«Pour… les chameaux», répète Glass en éclatant de rire. Son visage s'illumine. Et se heurte à un mur de pierre irlandais.

«Ce n'est pas drôle», dit Malone. Mais son visage dit déjà tout. «Ce n'est pas drôle du tout.»

Et il manifeste une telle indignation, un air blessé si pathétiquement enfantin, que sa réaction a l'étrange effet de rétablir l'équilibre entre les deux hommes. De niveler le terrain.

Moyennant quoi ils peuvent de nouveau aller de l'avant, s'intéresser une fois encore au monde extérieur. Au lieu que chacun rampe furtivement autour des points sensibles de l'autre.

« Les Personnes Disparues... », fit Glass, de nouveau assez confiant en Malone et en lui-même pour risquer une légère pique. « Ils ont trouvé quelque chose sur Alex Trugold ?

— Je n'ai pas dit qu'il avait disparu...

— Ah bon ?

— En tout cas, même si j'ai utilisé ce mot, je voulais seulement dire qu'il *avait* disparu. De chez lui.

— Ouais, ouais, je vois la différence. » La main de Glass décrivit un cercle à travers l'air. « Le problème c'est : vous l'avez retrouvé ?

— Oui. » Morose.

« Et ?

— Il se trouvait à des centaines de kilomètres de la ville quand Tyler s'est fait buter.

— C'est corroboré ?

— Il avait cinq cents témoins, dit Malone d'un air dépité.

— Il avait *quoi* ?

— Il était invité d'honneur à une grosse conférence des ingénieurs de l'État. Il a prononcé un discours après le dîner. »

Glass regarda l'Ombre de la Mort de la Grande Théorie passer sur le visage de Malone.

« Il a terminé son discours quelques minutes avant que Tyler se fasse buter, dit platement Malone.

— Alors, fit Glass après un léger silence, ce n'était sans doute pas lui ?

— Très drôle, lieutenant. » Malone avait une caractéristique : quand on le punissait d'un sarcasme, il ripostait du tac au tac avec la ruse meurtrière qu'il avait alors sous la main. L'ennui, par exemple. Ou encore le laïus qu'il entama en lisant les notes de son interrogatoire :

« Le titre du discours qu'il a prononcé lors de cette conférence était *Évaluation professionnelle : critères de performance pour les ingénieurs en situation optimale de management*. On peut résumer les principaux points abordés lors de cette communication sous trois rubriques essentielles... »

Mais Glass n'allait pas marcher dans cette combine. Malone avait fait son lit, il lui fallait maintenant apprendre à y dormir.

« Peut-être, dit Glass, que c'était pour ça qu'il avait pris son sac de voyage ?

— Okay, okay, lieutenant. Je reconnais que j'ai sauté trop vite sur la théorie Trugold. Mais ça déblaie le terrain. Ça nous débarrasse des complications inutiles.

— Vraiment ?

— Oui. Vous ne voyez donc pas ? » Il était difficile de contenir longtemps Malone. « Trugold est maintenant hors-jeu. Comme Tyler. Nora et moi, nous avons épluché les fichiers. Il n'y a pas de troisième facteur. Pas de rapports entre eux, aucun contact. Tyler et Jacobs. Tyler et Salsone, nous avons fait chou blanc dans les deux cas.

— Et alors ?

— Et alors, il ne reste plus personne. Toutes les routes mènent désormais à Corner.

— Toutes les routes mènent au corner », répéta Glass. Pour ralentir les choses. Malone, il s'en rendait bien compte, planait de nouveau.

« C'est elle qui est au centre de la toile. Elle a eu accès à tous les fichiers. Jacobs, Salsone, Tyler. »

Et le dernier en date ? se demanda Glass. Celui

que Nora venait d'exhumer ? Qui avait eu accès à ce fichier, et quand ? Il prit bonne note de demander à Nora si elle avait vérifié ces derniers points.

« Elle les a tous consultés juste après la décision du bureau des remises en liberté, et elle les a de nouveau consultés un ou deux jours avant que ces crapules ne sortent de prison. Quand tous les détails sont exposés noir sur blanc. Qui, quand, où. »

Malone avait raison. Impossible de plaider la coïncidence avec une telle configuration.

« Et je vais vous dire autre chose, lieutenant. » Malone brandissait un doigt d'instituteur de village. « Une chose que vous avez complètement oubliée… »

Glass jeta un regard exagérément inquiet à sa braguette.

Mais on ne pouvait pas arrêter Malone quand il était lancé. « Le coup de fil ! s'écria-t-il soudain d'un air triomphal.

— Le coup de fil ? Quel coup de fil ?

— Vous ne vous rappelez pas ? »

Si, brusquement Glass se rappela. Mais il fit comme si de rien n'était. C'était l'heure de gloire de Malone.

« Au tout début de cet imbroglio, quand Jacobs s'est fait buter, j'ai retrouvé les coups de fil qu'il avait reçus, vous vous rappelez ? »

Et à qui revenait cette brillante idée ? ne demanda pas Glass.

« J'ai retrouvé les quatre appels qui, avons-nous alors décidé, n'émanaient pas de nos services… »

Avons-*nous* décidé… maintenant.

« Mais les trois autres qui venaient de… nous avons laissé tomber. Nous avons seulement pensé…

— Et l'un d'eux, acheva Glass, émanait du Bureau du procureur général.

— De Miss Sophie Corner.

— Nous ne le savons pas.

— D'accord, nous n'en avons pas la preuve, concéda Malone. Mais, lieutenant, vous pariez combien ? »

Un an de salaire, pensa Glass sans rien dire.

« Pourquoi le Bureau du procureur général contacterait-il Jacobs ? se demanda Malone. Pourquoi attendraient-ils qu'il soit libéré ? Chez lui ? Alors qu'ils l'avaient sous la main tous les jours de la semaine, week-ends compris, quand il était à l'ombre ? Pourquoi à ce moment-là ? À moins que ce ne soit pour lui suggérer quelque chose ?

— Un rendez-vous, par exemple ? » Pas de doute, Malone était contagieux.

« Un lieu.

— Une heure.

— Oui. »

Pendant quelques instants, tous deux planèrent. Glass sentit l'ivresse de l'altitude le gagner, mais il leur remit vite le nez dans les choses terrestres.

« Bon, à quoi ressemble-t-elle ? Cette Sophie Corner ? Qu'avez-vous trouvé ?

— Pour l'instant pas grand-chose. Vingt-six ans, sortie de la fac de Droit depuis deux ans. » L'excitation avait quitté la voix de Malone. Glass crut soudain entendre le grincement de la théorie cahotant au contact des faits bruts. « Arrivée dans l'Est après son diplôme pour rejoindre le Bureau du procureur.

— Parents ?

— Le père est procureur dans l'Ouest, la mère médecin. Pédiatre.

— Et la fille ?

— Brillante, excellentes notes, excellent physique — brune, foncé. Beaucoup de classe.

— Jusqu'ici, rien de délictueux.

— L'une des secrétaires à qui Nora a parlé affirme qu'elle est dure, ambitieuse. Qu'elle a les incisives qui rayent le plancher…

— Et elle compte arriver au sommet en organisant sa propre Campagne Municipale de Nettoyage ? C'est ce que vous suggérez ?

— Je sais que ça ne…

— Vous avez raison. Ça ne.

— Mais, lieutenant, les faits sont toujours là. Les fichiers, les dates, les coups de fil. Qu'est-ce que ça peut vouloir dire d'autre ?

— Ça peut vouloir dire beaucoup de choses.

— Par exemple ?

— Par exemple, que quelqu'un d'autre regarde par-dessus son épaule, pour commencer.

— Quelqu'un du Bureau ? Vous pensez qu'on lui demande de sortir les fichiers ?

— Peut-être. Peut-être quelqu'un de l'extérieur. Quelqu'un qu'elle connaît. Mais qu'elle ne connaît pas aussi bien qu'elle le croit.

— Elle travaille dur, elle fait des heures sup.

— Des distractions ?

— Pas mal à la fac. Mais en ce moment, elle a un copain attitré. Hé, voilà quelque chose d'intéressant. » Malone, décida alors Glass, était le Darwin du département. Un théoricien naturel. « Son petit ami est venu dans l'Est avec elle. Les parents le détestent. Ce type ne devrait pas faire partie du décor. C'est pas un juriste, même pas un universitaire. C'est un fana de la gonflette. Ils se sont rencontrés au gymnase de la fac.

Il est prof de gym, ou un truc de ce genre. La fonte, les miroirs et les biscotos. Une tronche de stéroïdes. Il fait aussi videur dans une boîte de nuit. Deux condamnations bénignes. Roule un peu trop les mécaniques. Agression. Il a cassé le bras d'un type en l'aidant à sortir d'un bar.

— Des armes ?

— Juste ses muscles.

— Ça n'en fait pas un suspect, Malone.

— C'est suffisant pour l'interroger, lieutenant. Quand même, ça suffit largement pour lui poser quelques questions. Quelle autre piste avons-nous ? »

Malone avait raison. C'était suffisant pour l'interroger.

« Alors on la fait venir ? » Malone était déjà à mi-chemin de la porte. « Cette Sophie Corner ?

— Non, on la fait pas venir. Car on fait pas venir en même temps la moitié de la putain de profession juridique de tout le pays.

— Alors quoi ?

— Je vais aller parler à Mrs Reed... » Car c'était vers elle, Glass en avait la conviction depuis plusieurs jours, que convergeait depuis le début toute cette affaire.

« Pourquoi Mrs Reed ?

— Parce que c'est la boss de Sophie. Et parce que, si nous voulons poser quelques questions à cette fille, alors il faut absolument que Mrs Reed soit de notre côté.

— N'oubliez pas de mettre votre gilet pare-balles, lieutenant, dit Malone. Parce que ça va pas lui plaire. »

*

« Alors, tu la sors ou pas ? voulait savoir Izzy.

— Comme je te l'ai dit, elle est mariée.

— Tu crois qu'elle viendrait à la bar mitzvah, ne cesse de me demander maman ? Solly, il vient avec qui, veut-elle savoir ?

— La ferme, Izzy. Mario, appela Glass pour réclamer l'addition. Faut que j'y aille.

— C'est un propriétaire de café, commença Izzy.

— Quel propriétaire ?

— Il fait du café, mais il vend aussi des pizzas. Essaie celle-là sur Gros Balourd. Un Irlandais entre et commande une pizza… »

Les mains de Glass quittent la table. Sous les yeux d'Izzy.

« Quand la pizza est prête, le propriétaire du café se tourne vers l'Irlandais : "Vous voulez que je la découpe en combien ? Six parts ou huit ?

« — Oh, six, je vous prie, dit l'Irlandais. Je crois pas que j'arriverais à en manger huit…"

— Je vais l'essayer », promit Glass après une légère pause, le visage aussi fermé et inexpressif qu'une porte de grange irlandaise. « Mais je ne crois pas que Malone aime la pizza. »

23

Ed Stevens avait l'habitude de parler en public, d'être la cible de nombreux regards. Pendant de brèves périodes de temps. En sa qualité de responsable de la promotion des ventes dans une entreprise de produits pharmaceutiques, il devait souvent s'adresser aux représentants, aux détaillants, pour décrire de nouveaux médicaments, vanter de nouveaux produits arrivant sur le marché. Il était rompu à cette excitation, aux brefs applaudissements. Mais maintenant c'était différent. Ici, le public était minuscule — réduit à trois personnes —, l'atmosphère néanmoins exaltée. Il n'avait jamais rien ressenti de comparable.

« Reprends depuis le début, Ed », dit Tara.

Alex, qui avait quitté son siège, marchait de long en large, et fumait.

« Je suis arrivé là-bas juste avant huit heures, comme nous en étions convenus… » Stevens faisait l'impossible pour garder une voix calme, rester précis, énoncer clairement les faits. C'était son récit et il voulait que tout fût exposé avec logique et ordre, sans digressions ni retours en arrière pour revenir sur quelque détail oublié. Surtout, il voulait paraître rationnel, sain d'esprit — en vue de la folie, de la proposition incroyable qu'il comptait leur faire dès qu'il aurait achevé son compte rendu.

« Il faisait alors complètement nuit, poursuivit-il. Il n'y avait presque plus de circulation dans les rues, tout le monde était rentré chez soi. Je me suis garé à une extrémité de la ruelle, à l'écart des lampadaires. De ma voiture, je ne voyais pas l'entrée de la maison, mais je savais qu'elle donnait sur une sorte de placette circulaire, un cul-de-sac, et quiconque désirait y entrer ou en sortir devrait arriver dans la rue où je venais de me garer. Je suis descendu et j'ai parcouru la rue à pied, une seule fois, d'un bout à l'autre. »

Ed Stevens n'avait vu personne. Et personne ne l'avait vu. Dans deux des maisons, des chiens avaient aboyé sur son passage, mais les autres maisons de la rue étaient hermétiquement fermées — plongées dans quelque rêve électronique, ou autre. Des écrans tremblotaient derrière tous les volets, tous les rideaux. Il eut une étrange impression de pouvoir lorsqu'il longea la rue — invisible — dans l'obscurité, tandis qu'à quelques mètres de lui, derrière de minces murs, des gens étaient assis, attablés, penchés sur des écrans ou allongés sur leur lit, absorbés dans leurs occupations variées alors que lui-même passait tout près d'eux — écoutant, regardant, voyant, mais sans jamais être vu.

Au bout de la rue il s'arrêta, se recroquevilla derrière le tronc massif d'un arbre quand une voiture — la première depuis une éternité — passa très vite, après quoi il traversa rapidement pour rejoindre l'autre trottoir. Puis il retourna d'un pas régulier vers sa voiture, vers l'allée. Les arbres et les buissons y étaient beaucoup plus épais. Entre les lampadaires, les ténèbres s'amassaient. Au bout de la ruelle il s'arrêta un moment, regarda rapidement dedans et en direction du jardin situé à l'arrière de la maison. Elle était grande, en bois, avec une clôture basse de piquets. Trois marches donnaient sur une petite véranda arrière. Il y avait de la lumière dans l'une des pièces — la cuisine ? — mais aucun signe de la moindre activité à l'intérieur. On avait doublé la porte en bois avec une plaque de métal et des cornières. Du costaud. Pour empêcher les gens de sortir, ou d'entrer ? Les habitants étaient soumis au couvre-feu, on le lui avait dit. Mais le règlement était souple. Tous les soirs, Tyler sortait à un moment donné — tous les membres du groupe en étaient certains. On tentait de l'enfermer à l'intérieur, mais on n'y parvenait pas. Il sortait tout bonnement à son gré.

Une demi-heure s'écoula. Puis une heure. Puis deux, puis trois. Et Stevens, qui dans sa voiture commençait à souffrir de crampes, ne savait plus que croire. Peu à peu, la rue s'éteignit, les lueurs des écrans disparurent, ainsi que les lampes. Les nuages et l'obscurité s'épaissirent jusqu'à ce qu'il ne puisse même plus voir la boîte blanche rectangulaire posée sur le siège à côté de lui.

« Vers onze heures, confessa-t-il, j'étais prêt à renoncer. Le mur de la maison que je voyais était plongé dans l'obscurité, il restait seulement cette lumière toujours allumée dans la cuisine.

— Tu ne voyais pas le devant de la maison ?

— Non, mais je n'avais pas envie de descendre vérifier. Je n'avais pas envie qu'on me voie déambuler à cette heure-là, de déclencher les aboiements des chiens. Je voulais seulement faire ça une seule fois quand j'aurai vraiment besoin de le faire.

— Alors il est sorti ? » Alex semblait pressé d'aller de l'avant.

« J'ai d'abord entendu du bruit. Avant de voir quoi que ce soit. J'ai entendu ce bruit, je ne savais pas ce que c'était. J'ai baissé ma vitre. Le silence de la nuit — vous savez ce que c'est. D'abord c'est tout ce qui m'a frappé. Et puis je l'ai encore entendu. Et reconnu. C'était étouffé, mais malgré tout assez clair pour que je réussisse à l'identifier. Des voix s'élevaient, des voix querelleuses. Ça n'a pas duré.

— Elles venaient de l'intérieur de la maison ? » Tara était là dans la rue avec lui. En train de revivre cette soirée.

« Oui. Je surveillais les marches situées derrière la maison. En fait, je regardais la porte quand elle s'est ouverte. Deux hommes sont sortis, ils sont restés sur la véranda, ils se disputaient toujours. L'un s'est éloigné... »

Stevens avait mal aux yeux à force de regarder, mais il n'y avait aucun doute possible. Malgré la distance, malgré la mauvaise lumière. Il venait de passer tout l'après-midi à étudier des photos de Tyler.

« Une demi-minute, peut-être plus. Son visage était éclairé par la lumière de la véranda. Il était agité, il parlait vite, en gesticulant. L'autre a continué de protester pendant un moment, puis il a levé les bras au ciel, en reconnaissant ainsi sa défaite. Il a dit quelque chose de définitif — je n'ai pas saisi ses paroles — mais le ton était furieux, menaçant. Puis il est retourné dans la maison.

— Qu'a fait Tyler ? » Alex s'était immobilisé. Il restait figé comme un roc, le dos tourné à la cheminée. Une cigarette venait de s'éteindre dans le cendrier à côté de lui.

« Il s'est arrêté sur la véranda, en regardant la porte Peut-être pour écouter. Puis je l'ai un moment perdu de vue. Il a dû s'engager dans l'obscurité du jardin pendant que j'ouvrais la boîte. J'ai appuyé sur le bouton de sécurité de ma portière, mais je ne suis pas descendu de voiture. Je préférais autant que possible éviter de cafouiller dans le jardin. Il m'aurait entendu, s'il était resté là parmi les buissons — il m'aurait entendu et il m'aurait vu venir.

— Mais il était déjà parti ? Dans l'allée ?

— Je suis sorti de voiture au moment où il enjambait la clôture. Il a eu des problèmes pour le faire.

— Il boitait. Nous te l'avions dit, tu te souviens ? fit Luis.

— C'est grâce à sa claudication que j'ai vraiment su que c'était lui. Il ne s'est même pas arrêté pour regarder dans ma direction. Son corps faisait des mouvements bizarres.

— Comment ça, bizarres ? » C'était Tara qui tenait à tout voir. « Tu ne parles pas de sa claudication ?

— Il tremblait de la tête aux pieds. Comme un chien qui vient de sortir de l'eau, ou quelqu'un qui a une araignée ou un singe qui vient de lui tomber sur le dos, et dont il veut se débarrasser coûte que coûte… Il n'a même pas regardé dans ma direction, il est parti très vite, de l'autre côté, les épaules convulsées tous les deux ou trois pas. Puis il s'est mis à courir presque accroupi. Il traînait la patte, mais il se déplaçait bien, avec rapidité, vers l'autre bout de l'allée. J'ai couru derrière lui, je voulais l'avoir là, dans l'allée, mais dès que j'y ai mis le pied, il y a eu la voiture…

— Bon Dieu.

— Elle était arrêtée là, devant Tyler. Au bout de

l'allée, et en travers. Les phares se sont éteints, mais j'entendais le moteur tourner au ralenti, je voyais la fumée qui sortait du pot d'échappement. J'ai battu en retraite parmi les ombres de l'allée — non pas que j'y étais contraint, il n'y avait pas de lune, le ciel était couvert, il allait pleuvoir. Je ne voyais plus Tyler, mais je l'entendais. J'entendais son claquement. Puis l'autre jambe qui traînait derrière. J'avais renoncé, et reculé, car j'étais certain qu'il allait monter dans cette voiture, qu'il avait pris ses dispositions pour s'en aller. Pourquoi sinon serait-elle venue là, pourquoi aurait-il su qu'elle serait là ? Je me demandais déjà si je devais tout annuler, ou bien rester là, en espérant qu'il reviendrait avant le jour. Mais rester où ? Dans la voiture ? Dans le jardin ? Un chien aboyait maintenant dans l'allée, près de l'endroit où se trouvait Tyler.

— Nom de Dieu.

— J'ai pensé que, si je restais dans le jardin, les chiens risquaient de me repérer. Je ne comprenais toujours pas pourquoi la voiture ne partait pas, pourquoi le léger ronflement de son moteur tournant au ralenti se poursuivait ainsi. J'ai cru entendre leurs voix. Le conducteur était-il descendu de voiture ? Pourquoi ? Pourquoi devait-il le faire ? Et puis le bruit du moteur a tout submergé.

— Où étais-tu, à ce moment-là ? » Alex, lui aussi, tenait à tout voir.

« J'avais battu en retraite, au-delà de la maison où résidait Tyler. Je me tenais dans l'endroit le plus sombre de la ruelle, sous les branches de cet orme qui s'étendaient par-dessus la clôture, jusque dans la ruelle. Pourquoi la voiture n'était-elle pas partie ? Je ne comprenais pas. Alors elle est partie, j'ai entendu le moteur accélérer. Les phares sont restés éteints, mais elle est partie. Je l'ai entendue tourner au carrefour, puis le vrombissement a disparu. Et puis plus rien. Sauf le chien, qui s'est remis à aboyer. Une fois, avant de s'arrêter. Alors j'ai entendu, la jambe qui traînait, puis le claquement du pied, la jambe qui traînait, le claquement du pied. Et puis cet autre bruit, comme s'il y avait un animal dans la ruelle avec moi. Qui reniflait, qui grognait. Et alors que le bruit était presque sur moi, alors que j'allais prendre les jambes à mon cou, j'ai compris — c'était Tyler en personne. L'image m'est revenue en tête, l'image de Tyler qui s'ébrouait comme un chien. Il émettait une sorte de gargouillement au fond de sa gorge. Un grondement d'animal blessé et pressé — ce n'étaient pas des paroles, ce n'était pas humain…

— Il avait sa came, devina Alex. Il avait sa came et il chantonnait déjà. Il sentait son sang frémir. Et pourtant il ne sentait encore rien. Il n'en pouvait plus d'attendre.

— Il tenait à la main cette petite enveloppe de papier alu. Elle a lancé un éclair devant son visage quand j'ai avancé vers lui. Le son s'est seulement arrêté quand il a vu le pistolet.

« J'ai dit : je suis ici pour Alex Trugold. Vous vous souvenez de Trugold, vous vous souvenez d'Alex Trugold, vous vous souvenez de Mrs Trugold ? Je suis ici pour eux.

— Et il a compris ? demanda Alex.

— Oui. Il a acquiescé. Comme s'il s'y attendait presque. Alors il est tombé à genoux, là dans l'allée, devant moi. Il s'est mis à supplier, à bégayer…

— Pour sauver sa vie ?

— Non, dit Ed.

— Quoi alors ?

— Il suppliait pour avoir le temps de se piquer, Alex.

— Mais il allait mourir. Il était sur le point de mourir.

— Tu ne comprends pas. Il ne pensait même pas à ça. Il pensait simplement à son fixe, à ce qu'il tenait dans sa putain de main. Quand j'ai compris, je me suis demandé ce que nous allions...

— Continue, Ed, fit Tara.

— Le bruit qu'il émettait augmentait, c'était comme un gémissement. Mais ce n'était pas pour lui-même — du moins c'est ce qu'il m'a semblé. À l'autre bout de la rue, le chien s'était remis à aboyer. J'étais certain que quelqu'un allait sortir en courant. J'ai levé le pistolet, posé le canon contre son front...

— A-t-il dit quelque chose ?

— Il baragouinait toujours, il était toujours à genoux, quand j'ai appuyé sur la détente.

— Et après ? voulut savoir Alex. Tu es tout bonnement parti ?

— Oui. Je suis retourné à la voiture. Je n'ai pas ressenti le besoin de courir. J'avais accompli quelque chose. Je venais de terminer ce que j'avais décidé de faire. Je n'ai pas eu l'impression d'avoir fait quelque chose de mal. Je venais de tuer un homme — je me rappelle avoir eu cette pensée, et j'étais très calme — j'ai tué un homme, pensais-je sans arrêt, j'ai tué un autre être humain et je n'ai pas l'impression d'avoir fait quelque chose de mal.

— Tu avais raison, dit Tara.

— Mais plus tard, à la maison, quand j'ai essayé de dormir... Je suis resté assis dans un fauteuil toute la nuit. Alors seulement tous les sentiments me sont tombés dessus et ç'a été la confusion…

— Et maintenant ? demanda Tara.

— Je me sens déçu, en colère. Quand j'ai entendu les nouvelles, quand j'ai appris que selon eux il s'agissait d'un énième règlement de comptes entre drogués…

— Mais attends un peu les prochaines informations, fit Tara pour le consoler. Le ramdam quand ils vont découvrir qui était vraiment Tyler. Et le fait qu'il venait d'être remis en liberté.

— Oh, bien sûr. Mais personne ne s'est levé pour dire : Oui, c'est une bonne chose. Il méritait de mourir. C'était un animal, pas un être humain. C'était un animal et il est mort la nuit dans une ruelle, à genoux, en gémissant et en bêlant comme un animal. Personne n'a dit ça. Tu comprends ? Personne ne comprend vraiment pourquoi il est mort. »

*

« La police est venue me voir », leur dit un peu plus tard Alex Trugold, désireux de compléter le récit, de n'en oublier aucun détail. « Le lendemain, quand je suis rentré, ils m'attendaient. »

Venue me voir, remarqua Stevens. Pas *venue ici*.

« Le jeune flic qui menait l'enquête… Je suis sûr qu'il me croyait mouillé jusqu'aux yeux. Quand je lui ai dit où j'avais passé cette fameuse soirée, il a failli se décrocher la mâchoire.

— Mais il t'a cru ? demanda Luis.

— Il m'a demandé si j'avais le nom de certains témoins, susceptibles de corroborer ma présence là-bas. Je lui ai transmis mon exemplaire du programme de la conférence. En lui disant qu'il pouvait contacter n'importe laquelle des personnes mentionnées sur la liste. Il y avait cinq cents noms. Il a failli s'étrangler en me rendant le document. À la place, il a pris mon billet d'avion et mon itinéraire. Mais il était poli et il s'attardait. Je crois qu'il voulait se faire pardonner ses soupçons, mais qu'il ne savait pas comment s'y prendre. Il m'a demandé quel était le sujet de ma communication. Je lui ai donné une copie de mon texte. Il n'en voulait manifestement pas, mais il ne savait pas comment la refuser. »

Tara éclata de rire et même Alex rit. Leur humeur était de nouveau allègre. « Qu'a-t-il dit ? s'enquit Tara.

— Il a promis de la lire. »

Nouveaux éclats de rire unanimes. Sauf Stevens, qui pensait, non pas à la police, ni à Tyler, ni à Alex — enfin libéré — mais qui pensait à son fils, Nick, en train de baver, la tige métallique dans la bouche, et qui n'avait rien deviné, rien compris du tout. Ce que Ed Stevens, son père, avait risqué, et fait pour lui.

Une fois de plus, ce fut Tara qui devina son humeur. « Ça ne s'en va jamais, lui dit-elle. Pas complètement. Même pour Alex, même avec ce qui vient d'arriver pour lui. Imaginais-tu vraiment que ça pouvait s'effacer entièrement ?

— Non.

— Ce qui ne nous empêche pas d'espérer, concéda-t-elle, qu'un jour nous tuerons la souffrance aussi.

— Est-ce pour cette raison que vous... ? » Il marqua une pause afin de réfléchir. « Est-ce pour cela que nous avons fait tout ça ? Qu'Alex a tué Jacobs. Que tu as tué Salsone.

— En partie. Mais aussi pour tous les autres qui ne peuvent pas agir par eux-mêmes. Pour des gens comme Marcia Soames. Parce que, si nous ne le faisons pas, personne d'autre ne le fera.

— Pas les politiciens, intervint Luis. Pas les tribunaux, pas les juges. Les juges s'en moquent.

— Pourquoi devraient-ils s'inquiéter ? renchérit Stevens. Ils sont en sécurité, ils sont dans leur bulle. Rien de tout cela ne les concerne vraiment, ne les touche personnellement. Eux-mêmes ne sont jamais blessés. » Il entendit une vibration nouvelle frémir dans sa propre voix, il lutta pour la contrôler. Pour paraître calme, rationnel. « Jusqu'à ce que l'un d'entre eux ressente la douleur.

— Que suggères-tu là ? fit Luis en riant. Que nous éliminions maintenant un juge ? »

Stevens commença par ne rien dire, se contentant de regarder les membres du groupe l'un après l'autre. Et, dans le soudain silence qui les enveloppa, tandis que chacun dévisageait le nouveau venu, ils comprirent que c'était très exactement ce qu'il avait voulu dire.

« Bon Dieu, fit Luis. Les dingueries ne sont pas les bienvenues ici.

— Dis-moi, Luis. Qu'as-tu ressenti, quelles pensées t'ont traversé l'esprit, quand les salauds qui ont tué ton fils ont entendu leur verdict ? »

Luis resta silencieux.

« Qu'as-tu ressenti ? » redemanda Stevens, et l'incrédulité légèrement scandalisée qui avait crispé le visage de Luis quelques secondes plus tôt, se dissipa peu à peu.

« Je me suis senti furieux. Tellement furieux, putain. Et trahi.

— Il me semble que nous avons le choix entre deux options, reprit Ed Stevens. Nous pouvons continuer ce que nous faisons : nous en prendre à des cibles molles. Nous pouvons continuer à éliminer des animaux comme Tyler éternellement…

— Nous l'avons fait pour Alex. » La protestation fut momentanément de retour dans la voix de Luis.

« Bien sûr. Mais en dehors de lui, en dehors d'Alex, où est la différence ?

— Et la seconde option ? demanda Tara. L'alternative ?

— L'alternative consiste à tenter de faire quelque chose au système.

— À le faire réagir ? dit Tara.

— À l'obliger à réagir. Et pour y parvenir, il faut le frapper, le frapper durement. La douleur est à peu près la seule chose à laquelle il réagira.

— Oui, mais c'est un système. Tu en parles comme s'il s'agissait d'un organisme vivant, d'un être humain, alors que ce n'en est pas un.

— D'accord, mais imagine seulement ce qui arriverait si nous éliminions un juge. Le système entrerait en convulsions. Tu imagines les tribunaux ensuite ? Les verdicts qui seraient annoncés ? Si tout à coup les juges se sentaient *vraiment* vulnérables ? »

Ils réfléchirent à cette idée. Échangèrent des regards. Même Luis y réfléchit, en silence. Et soudain :

« Qui ? » demanda Tara.

Dès qu'elle eut prononcé ce mot anodin, Stevens comprit qu'ils avaient franchi la ligne. Non pas quelque puissant Rubicon, non pas un fleuve malmené par la poigne divine sous un ciel livide, mais un minuscule filet d'eau noire, pas plus épais qu'une feuille de papier à cigarette, qui séparait le pensable de l'impensable — une ligne si mince, si difficile à voir, qu'il était parfois impossible de savoir de quel côté de cette ligne on était. Ils l'avaient bel et bien franchie, et Ed Stevens tint à s'assurer qu'ils ne la franchiraient pas en sens inverse. Il ouvrit sa mallette et en sortit une liasse de coupures de presse, de photocopies d'articles de journaux.

« Douze affaires, dit-il, au cours des douze derniers mois. Meurtres, viols, blessures physiques aggravées… Dont mon propre fils. Toutes tranchées par le même juge.

— Seigneur… » La voix de Luis se brisa. « Je ne sais pas, vous voyez. Je crois que nous allons trop loin. »

C'était le mot *juge*, Stevens le comprit aussitôt, qui les terrifiait. Qui aurait terrifié n'importe qui. En lui-même, quelque chose se recroquevillait encore à cette idée.

« Nous leur avons accordé une telle aura », Alex de nouveau analysait lucidement la situation, « nous les avons mythifiés, nous leur avons donné des privilèges incroyables, des pouvoirs invraisemblables.

— Et, ajouta Tara avec une simple force morale, ils en ont abusé. Ils ont troqué… ils ont abandonné la vie de ma fille en échange de six années de la vie d'un autre être.

— Mais nous ne pouvons pas décider ça maintenant. Tout seuls. » Luis faisait appel à Alex et à Tara.

« Regardez, insista Ed. Regardez simplement, et décidez par vous-mêmes. »

Les autres se dévisagèrent un moment. Quel ultime scrupule les retenait donc ?

« Écoutez ça… » Il prit la première photocopie et l'agita vers eux. « C'est Halloran, le mois dernier seulement, énonçant le verdict de ce type — vous vous souvenez, le type qui a violé une femme, mère de trois enfants, devant ses propres gosses. » Stevens lut lentement. Il avait suffisamment écouté Halloran pour réussir à imiter certaines de ses intonations indolentes, blasées. « “*Les souffrances et le désespoir de la mère*, dit-il, *se sont sans nul doute communiqués aux enfants.*”

— Sans nul doute, répéta calmement Tara.

— “*Mais les enfants,* reprit Stevens, *ont une infinie capacité de récupération, si bien qu'aucun traumatisme à long terme n'est prévisible*”...

— Mon Dieu, comment est-ce possible ? s'indigna Tara. Et la mère ?

— “*En même temps*, Stevens leva la main pour réclamer l'attention du groupe, *en même temps, la cour* — Halloran parle de lui-même — *est à la fois requise, et juge prudent et juste de considérer avec compassion les contextes personnels de tous les individus mêlés à cette affaire. Le prévenu... est issu d'un milieu qui n'est pas sans avoir connu maintes souffrances.*”

— Nom de Dieu, fit Alex qui refusait d'en entendre davantage. Il a eu quoi ?

— Dix-huit mois.

— Dix-huit mois ?

— Douze, avec la remise de peine pour bonne conduite.

— Donne-moi quelques-unes de tes coupures de presse. » Alex reçut une petite liasse des mains de Stevens. Qu'il divisa en deux, pour en transmettre la moitié à Luis. « Nous pouvons au moins y jeter un coup d'œil, dit-il afin de calmer le jeu.

— Oui, Ed a raison, renchérit Tara, ça ne peut pas faire de mal d'y jeter un coup d'œil. »

24

Annoncer à Malone qu'il avait l'intention de rendre visite à Tuesday Reed était une chose. Y parvenir en une semaine quand elle-même n'était pas au tribunal, Solomon Glass le découvrit bientôt, en était une autre. La procureur était soudain entourée d'une nuée de féroces anges gardiens. Et le plus féroce de tous ces anges était son assistante personnelle, une très rêche et très jeune avocate répondant au nom de Sophie Corner.

« Mrs Reed est indisponible du mardi au vendredi de cette semaine », annonça-t-elle lorsqu'il appela le Bureau du procureur pour prendre rendez-vous. « Vendredi elle est en conférence toute la journée. Ce sera donc la semaine prochaine au plus tôt.

— J'ai seulement besoin d'une demi-heure.

— Ainsi que je l'ai déjà dit, c'est impossible. À moins qu'il ne s'agisse d'une urgence absolue. Auquel cas vous pouvez me transmettre directement la raison de votre demande. Je suis en communication avec Mrs Reed au moins deux fois par jour.

— Ce sera donc la semaine prochaine, dit-il.

— Lundi, quatre heures », répondit-elle sèchement. Sans proposer la moindre alternative. « C'est la première demi-heure libre de son emploi du temps. »

Glass obtempéra. Tel un enchérisseur désargenté dans une vente publique, il avait peu de choix.

Les jours qui le séparaient du rendez-vous ne firent qu'augmenter la valeur du produit. D'abord il y eut Nora :

« Je crois qu'il y en a trois autres, Solly.

— Mais tu ne peux pas en être sûre ?

— Il existe une seule manière de s'en assurer : c'est de demander à la Balistique de reprendre toutes les données — les trois que j'ai identifiés, plus Jacobs, Tyler et… l'autre. »

Salsone était un mot qu'ils commençaient à ne plus prononcer. Il planait, tous deux le savaient, comme une menace. Qui risquait d'aboutir à une noyade professionnelle.

« Si je faisais ça, répondit-il, tout le Département serait au parfum le soir même. Et toute la ville dès le lendemain. »

Ce qui l'amena à penser à Keeves. Lequel était aussi très désireux, ainsi qu'il le découvrit, de faire monter les enchères.

« L'assassinat de Tyler est une gêne, lieutenant Glass. Le gouverneur est gêné, le maire est gêné, je suis gêné.

— Mais ce n'est pas de notre faute. Le Département s'est opposé à sa remise en liberté.

— Tout le monde s'en tamponne le coquillard. Une seule chose les intéresse : faire retomber le soufflé. Et la manière la plus facile de faire retomber le soufflé, c'est de mettre quelqu'un à griller dans la poêle. Alors, qu'avez-vous donc à m'apprendre pour nous éviter cette maudite poêle ? »

Glass s'aperçut qu'il avait quelque chose à lui offrir en pâture. Et qui constituerait une sorte d'avertissement.

« Nous avons un lien qui associe Tyler avec un autre crime.

— Qui ?

— Gordon Jacobs.

— Et le lien ?

— L'arme. Le même feu a été utilisé pour les deux assassinats.

— Mais quel est le lien ? Tyler et Jacobs ?

— Nous l'ignorons. » Il prit une profonde inspiration. Posa un pied prudent sur la glace. « Et nous ne sommes pas encore sûrs que ce soient les seuls.

— Vous quoi ? » Keeves changea de couleur sous les yeux de Glass.

« Il y en a peut-être d'autres.

— Qu'est-ce que vous me racontez là, lieutenant ? » C'était l'occasion que Keeves attendait. Pour faire un peu retomber son propre soufflé. « Cette ville grouille de cadavres, d'assassins que nous sommes incapables de retrouver. Et pendant ce temps-là, vous autres à la Criminelle montez votre petite affaire de pompes funèbres, et vous m'apprenez aujourd'hui que nous avons un tueur en série sur les bras. C'est bien ce que vous venez de me dire ? »

Un tueur en série. Glass grogna en son for intérieur.

« Eh bien, ces deux gars ne se sont pas fait dézinguer en même temps, j'imagine. En ce sens, on peut donc parler de série.

— Vous faites encore le malin à mes dépens, lieutenant ? Parce que, si c'est le cas…

— Il y a un autre lien. L'auteur ou les auteurs des

crimes sont renseignés. Et les informations viennent de notre côté.

— De notre côté ? Bon Dieu, lieutenant, je vous ai demandé si vous aviez quelque chose pour nous éviter cette maudite poêle brûlante, pas pour nous coller les couilles dans l'huile bouillante !

— Je ne parle pas du Département. Nous pensons qu'il s'agit d'un autre secteur. Qu'il y a une fuite au Bureau du procureur général. Raison pour laquelle nous devons tous… » Il marqua une pause pour renforcer l'impact de ses paroles « … nous montrer d'une extrême discrétion. »

Keeves le foudroya du regard. De nouveau, Glass prit une profonde inspiration, puis enfonça volontairement le clou. Au cas où…

« J'ai remarqué que Mrs Reed et vous-même, par exemple… Durant l'audition Salsone.

— Salsone ? »

Merde. Un poil trop loin.

« Qu'est-ce que Salsone vient faire dans tout ça ?

— Rien. » Glass dut mentir. Officiellement aussi bien qu'officieusement. Cela aussi serait retenu contre lui en temps voulu. Pour le moment, il lui fallait à tout prix distraire l'attention de Keeves. Si elle retournait vers Salsone, vers l'audition… « Je voulais seulement dire que, s'il y a une fuite au Bureau du procureur général… » Ce qui était pire.

« Mais que suggérez-vous au juste, lieutenant ? »

Il aurait fallu être le dernier des crétins pour ne pas entendre la menace à peine voilée de la question de Keeves. Ce qui le fit repenser à Keeves penché pour écouter une chose que lui disait Tuesday Reed durant l'enquête du coroner. Il le voyait encore opiner du chef.

« Alors ?

— Rien, monsieur. Simplement, je crois que nous devons envisager toutes les possibilités.

— Faites donc, lieutenant. Faites donc. »

*

« Lieutenant, désolée de vous avoir fait attendre.

— Ils servent aussi à... », marmonna Glass en se levant. Il la vit attraper au vol l'écho des dernières paroles du policier, tenter de découvrir leur contexte, et échouer. Mais elle ne trahit rien. Elle se tourna légèrement pour présenter la jeune femme qui venait de la suivre hors du bureau :

« Je crois que vous avez déjà rencontré mon assistante, Miss Corner ?

— Nous avons parlé. » La main qu'il saisit était fraîche, lisse. Elle reposa brièvement dans la sienne, puis se retira. « C'est une excellente garde du corps », ajouta-t-il en guise de compliment.

Les deux femmes échangèrent un sourire. Et se ressemblèrent soudain comme deux gouttes d'eau. Sophie se clonait-elle — pour le style et l'allure générale — sur Tuesday Reed ? Et pourtant elles étaient très différentes. Pas seulement blonde contre brune, les yeux et les cheveux — même si les sourcils de Tuesday remettaient tout en question. Beaucoup de choses chez Sophie étaient encore juvéniles, anguleuses, inaccomplies. Il existait certaines limites au-delà desquelles elle n'avait encore rien vu. Peut-être que Tronche de Stéroïde gardait toute son énergie pour le seul gymnase ? Tuesday Reed, en revanche... Eh bien, c'était difficile à dire. Car dès que l'on observait son visage, ce masque sans pareil, on plongeait aussitôt dans les deux flaques de ses yeux.

« Voilà à quoi servent les anges, dit-elle en s'effaçant pour le laisser entrer dans son bureau. Et Sophie est sans nul doute un ange. »

Mais un ange déchu, se rappela-t-il en passant devant elle. Et il se trouva transporté, par son parfum, vers l'Inde du Nord, vers un marché, un bazar des faubourgs de Jaipur — dix ans plus tôt ? De quoi s'agissait-il — du nard ? Une sorte de nard quelque chose. Et le parfum qu'elle portait irradiait autour d'elle pour créer un cercle qu'il venait de traverser. L'air de son bureau en était saturé. Nard quelque chose, ou quelque chose nard. Traquenard ?

« Spiquenard ! fit-il à voix haute, tandis que la porte se refermait derrière lui.

— Oui. » Elle resta là un instant, adossée à la porte, la main toujours posée derrière elle sur la poignée. Elle s'imprégnait de lui, comme si elle suivait le fil des pensées de son visiteur. Ce qui l'amena à une considération très personnelle. « C'est le parfum préféré de mon mari », ajouta-t-elle avec soin. Pour signifier à chacun sa place.

Peter Reed, le fichier s'imprimait déjà dans la tête de Glass : juriste, spécialité : droit du commerce, de l'argent, des relations, de l'ambition, jeune, charmant. Bourgeois. Un séducteur. Toujours à l'affût. Sans doute le sait-elle. *Apprécie le spiquenard*, ajouté sur-le-champ. Mais ce dernier détail détonnait dans le tableau général.

Le bureau de Tuesday Reed était vaste et composé de deux parties. L'extrémité opposée était consacrée au travail — un bureau, une console, un PC, deux imprimantes, une table couverte de dossiers, deux meubles de rangement, un petit coffre-fort. Derrière le bureau, une rangée de dessins d'enfant et d'aquarelles genre Rorschach étaient fixées au mur avec des punaises bleues. Chaque dessin portait, dans l'angle inférieur droit, le nom de Sarah tracé par une grosse écriture ronde d'adulte — une institutrice d'école maternelle ? Mais ce fut la photo, au cadre luxueux, sous verre, placée juste au-dessus de la tête de Tuesday Reed, en surplomb, comme si elle pouvait regarder par-dessus l'épaule de l'avocate, qui attira l'attention de Glass. Des membres de sa famille, sans nul doute, tant la ressemblance était frappante. Une jeune fille, seize ou dix-sept ans. Sérieuse. La mère ? Impossible, la photo était trop moderne. Peut-être la sœur. Ou une nièce. En tout cas, une préférée.

À l'endroit de la pièce où il se trouvait, il y avait une table basse, quelques fauteuils confortables, des tasses témoignant d'une réunion récente, dont deux tachées de rouge à lèvres. Glass s'assit, sans attendre qu'on le lui propose, dans un fauteuil. Il repoussa les tasses pour faire un peu de place et poser devant lui sur la table le mince dossier qu'il avait apporté. Et il attendit qu'elle le rejoigne.

En vain. Elle résista à ce geste qui, pourtant, semblait naturel. Affirma son propre point de vue de ce qui allait se passer. Installée derrière son bureau, elle le regardait à travers toute l'étendue de la pièce. La distance qui les séparait était ridicule. Elle rendait d'emblée toute discussion impossible. Glass dut lutter contre l'envie d'aller s'asseoir sur la chaise dure installée de ce côté-ci du bureau, en face d'elle. Où elle réglait toutes ses affaires. Chacun restait donc assis sur son quant-à-soi, refusant d'entrer dans le cercle d'influence de l'autre. Glass allongea un bras sur le dossier du fauteuil voisin. Regarda les couleurs vives des aquarelles punaisées derrière elle. Du petit doigt de la main droite, elle souleva le bord d'un dossier, regarda le bas d'une page comme pour se rappeler ce qu'elle devait faire ensuite. Puis elle jeta un coup d'œil à sa montre. D'accord, pensa Solomon Glass, elle marque le premier point. C'était le temps de Tuesday Reed qu'il avait acheté, une denrée qui se faisait rare. Le prix, disait le corps de la juriste, augmentait à chaque minute qui passait.

Il ramassa son dossier posé sur la table, l'installa sur un genou, l'ouvrit et contempla pendant quelques instants les feuilles vierges et immaculées qu'il contenait. Les regardant toujours, il prit une profonde inspiration, en sachant qu'il allait jouer gros.

« Il vient d'y avoir en ville trois assassinats par balle non résolus, au cours de ces six dernières semaines », commença-t-il. La distance qui les séparait lui donna l'impression qu'il témoignait ou qu'il déposait ses conclusions. Ce qui la plaçait, elle, dans le rôle du juge. Il maudit sa propre bêtise. Il chercha son paquet de cigarettes dans sa poche, en prit une, l'alluma, envoya les volutes de fumée âcre vers le gouffre qui les séparait. Où elle se mêla à quelque chose de beaucoup plus subtil. Elle n'avait toujours rien dit, mais il savait qu'elle écoutait. Derrière ce masque, il sentait la présence d'une machine qui tournait à plein régime, calculait à grande vitesse. Il regarda autour de lui à la recherche d'un cendrier, se rappela qu'il n'en avait jamais trouvé le moindre dans l'enceinte de ce bâtiment, puis posa avec soin l'allumette sur une soucoupe.

« Et ? » dit-elle enfin. En regardant les mains de Glass. Quelque chose dans la manière d'être de l'avocate avait changé depuis leur dernière rencontre. Elle était davantage sur ses gardes. Depuis le début, il la sentait résister. Il pensait savoir de quoi il s'agissait.

« D'abord, nous avons Gordon Jacobs, ordure mirifique, dont nous avons déjà parlé. Bien que », il se permit un sourire, « à une distance moindre. » Il baissa de nouveau les yeux vers le dossier posé sur son genou. « Ensuite, Benedict Salsone, spécialiste des basses œuvres de la Famille et ange noir personnel de Gian-Paolo Caselli. C'est le jour des anges, ajouta-t-il en soufflant lentement sa fumée. Et maintenant, il y a dix jours, Mark Tyler… » Il s'interrompit comme s'il vérifiait un détail. « Mark Aloysius Tyler. » Lorsqu'il la regarda, les yeux de l'avocate n'étaient pas fixés sur lui, mais sur le mur au-dessus de la tête de Glass. Cette liste l'ennuyait-elle ? Pourquoi semblait-elle distraite ? Une autre rangée d'aquarelles ? « Condamné pour l'assassinat psychopathe de Mrs Alex Trugold.

— J'écoute le journal télévisé, lieutenant. »

Elle consulta de nouveau sa montre, mais il sentit que ce geste sonnait faux, qu'il était calculé, et que l'avocate concentrait toute son attention sur le point, le détail, le motif qui avaient amené Glass devant elle. Malgré la distance qui les séparait, il sentit la puissance de la concentration de Tuesday Reed, son intelligence, l'activité frénétique de son cerveau derrière ce regard immobile. Il la laissa gamberger encore un moment.

« Le problème avec la télé, dit-il lentement, c'est que les visuels sont bons, mais il manque presque tout le texte.

— Qu'êtes-vous en train de dire ? » Les paumes

s'ouvrirent vers lui au-dessus du bureau, elle s'engageait enfin. « Que tous ces assassinats ont un lien quelconque ? »

Il lui faudrait dire *cela* à Keeves.

« Peut-être.

— Mais c'est absurde. » Son fauteuil pivota et elle se leva. La passion de quelque chose — la conviction ? la logique ? — envahit ses traits. Elle fit un pas vers lui. « J'étais présente à l'audition Salsone, j'ai tout entendu. Il n'y a rien qui puisse associer la mort de Salsone à autre chose qu'à une vengeance féminine, une maîtresse. Rien dans les détails de l'affaire, rien dans la pathologie, ni dans l'enquête balistique…

— Cette audition était un peu… hum… prématurée. Voire précipitée.

— Ce qui veut dire ?

— Certaines choses… sont restées dans l'ombre, dirons-nous.

— Vraiment ? »

Il la regarda et ne dit rien.

« Délibérément cachées ? »

Il haussa les épaules.

« C'est un jeu très dangereux, lieutenant. »

Ça l'était et il le savait. Elle aurait pu décrocher le téléphone à ce moment-là, appeler Keeves, le bureau du Coroner, flanquer une pagaïe monstre, exiger une enquête, réclamer la suspension de Glass. Au lieu de quoi, elle fit la chose la plus simple et la plus inattendue qui soit. Elle vint s'asseoir en face de lui, si bien que leurs cercles d'influence — aux parfums opposés, qui s'agaçaient et s'affrontaient — se recouvrirent soudain. Il ne la comprenait absolument pas.

« Il se trouve que nous avons découvert un lien, un lien qui implique votre Bureau. »

Elle ne répondit pas, mais son regard — légèrement écarquillé — disait : est-ce grave ?

« Une piste informatique. » Il éteignit sa cigarette, sans l'écraser dans la soucoupe. Plutôt en pinçant l'extrémité incandescente entre ses doigts. Il se demanda pourquoi il faisait ça. « Une piste qui relie tous les fichiers informatiques de ces individus à ce bureau. À votre assistante, Sophie Corner… »

Qui entra. Sans frapper. Ou alors même qu'elle frappait. La porte émit un bruit de succion et l'on n'aurait pu dire si des coups discrets avaient accompagné son ouverture. La jeune femme entra d'un pas vif — sûre de son corps, de ses formes galbées, de ses possibilités, tout en se sachant observée —, puis elle traversa la pièce. Elle posa un dossier sur la pile qui se trouvait déjà sur le bureau de Tuesday Reed, puis elle leur adressa un demi-sourire en retournant vers la porte. Elle l'avait presque atteinte lorsqu'elle remarqua la soucoupe, la cigarette pincée et éteinte devant Glass. Il referma aussitôt le dossier posé sur son genou tandis qu'elle se penchait au-dessus de lui pour prendre la soucoupe en grimaçant et en émettant un « tss tss » faussement désapprobateur, après quoi elle s'en alla en refermant la porte derrière elle avec énergie.

« Bon Dieu, lâcha Solly.

— Et vous pensez que cette jeune femme… ?

— Tout ce que je dis, c'est que nous avons trois cadavres et que nous avons trois fichiers. Tous sont des remises en liberté anticipées — ou temporaires comme Jacobs. Ils ne bénéficient normalement d'aucune publicité. Personne ne se pointe sur les marches de l'Hôtel de Ville en criant : Oyez, oyez.

— Mais c'est dans les fichiers ?

— Tout. La décision de remise en liberté. Quand, comment, où…

— Et vous affirmez que Sophie… ?

— Je dis que quelqu'un…

— De ce Bureau ?

— Tous ces fichiers ont été consultés au moins deux fois. Une fois quand la section des remises en liberté a pris sa décision — c'est-à-dire quand la date est fixée, le statut de la remise en liberté, la destination en cas de surveillance prolongée. Et de nouveau, une seconde fois, quelques jours avant la remise en liberté proprement dite, quand tous les détails pratiques figurent dans le fichier.

— Mais en soi cela ne prouve rien. Tous ces fichiers — si vous êtes retournés suffisamment loin en arrière — ont aussi été consultés il y a un an ou plus. Par nous, par la brigade criminelle… »

Malone et Nora étaient seulement remontés si mois plus tôt.

« Si la section envisage une remise en liberté anticipée, elle n'agit pas de sa seule autorité. Elle consulte. C'est obligatoire, comme vous le savez. Elle n'est pas obligée d'accepter si nous émettons un avis défavorable, et la plupart du temps nous émettons cet avis défavorable, même si elle n'est pas obligée d'en tenir compte. De nous, ni de la direction des prisons, ni du Département de la police. Tous ces fichiers seront aussi passés entre les mains des responsables de votre propre Département, aux environs de cette même date. »

Oui, il le savait.

« Mais, reprit-il, aucun fonctionnaire, de chez nous, des prisons ou d'un autre service du système, n'a cherché à accéder plus d'une fois aux fichiers. Il y a une seule personne dans tout le réseau, en dehors de la section bien sûr, à s'être intéressée aux trois. Et c'est Sophie Corner. »

Qui entra. Dit : « Le procureur général au téléphone », et attendit. En regardant Mrs Reed. Même si c'était Glass qui parlait.

« Oh, pour l'amour du Ciel », lâcha-t-il. Et pour la première fois, la surface brillante et dure, impeccablement polie, de cette jeune femme, se fissura. Et elle le considéra derrière cette surface.

« Je vous demande pardon, lieutenant ?

— Merci, Sophie. Dites-lui que je le rappellerai dès que je pourrai. » L'ange, aux ailes légèrement rognées, avait toujours des serres. Elles faillirent claquer les unes contre les autres. À la porte, elle s'arrêta, se raidit, mais sans se retourner lorsque sa supérieure lui dit :

« Et puis, la prochaine fois, Sophie, frappez plus clairement.

— Madame. » À travers le panneau qui se refermait.

« Merde, c'est vraiment impossible, se plaignit Glass.

— Tout comme l'idée de Sophie impliquée dans des assassinats d'anciens criminels.

— C'est sur le papier pour l'instant, voilà tout ce que je dis, voilà dans quelle direction je travaille. J'affirme qu'elle sert de conduit — peut-être à son insu, peut-être malgré elle — mais la fuite est bel et bien là, dans ce bureau. Je ne dis pas…

— C'est de la folie, protesta-t-elle.

— Je ne peux pas parler ici, dit Glass qui regardait la porte toutes les deux ou trois secondes. C'est une maison de fous.

— On en a fait une maison de fous, lieutenant. Mais seulement cet après-midi. Vous ne voyez donc pas… » Elle attendit que le regard de Glass retourne vers son visage à elle. « Vous comprenez que la plupart des demandes de consultation de fichiers que fait Sophie — c'est une *stagiaire*, pour l'amour de Dieu — émanent d'autres fonctionnaires du Bureau ? Du directeur, des autres procureurs. De moi-même.

— C'est précisément la raison de ma visite. Voilà pourquoi j'ai besoin de votre aide. Si quelqu'un regarde par-dessus son épaule…

— Le fichier Tyler… » L'avait-elle même entendu ? « … a été demandé par moi-même.

— Par vous ? Pourquoi ?

— Bon Dieu. » Cette fois, c'était elle. Qui pestait contre les coups frappés à la porte. Bruyants. Sans que la porte ne s'ouvre. « Pas maintenant, bon sang ! » lança-t-elle sèchement. Puis, à lui : « Vous avez raison. Nous ne pouvons pas discuter de ça ici. »

Elle consulta sa montre. Une fois de plus. Mais il sut alors qu'ils étaient entrés dans le temps réel. « Vous connaissez le Winterset sur Barclay ? »

Qui ne le connaissait pas ? Classe, discret, le style même de Tuesday Reed. Deux verres et ils vendraient aux enchères la voiture de Glass.

« Il y a un bar au fond — l'Argyle — c'est tranquille. Là, nous pourrons parler. Loin de cette…

— Maison de fous ? » dit-il.

Elle se leva, arbora son sourire professionnel.

« J'ai plusieurs choses à régler ici, dit-elle en l'accompagnant jusqu'à la porte. Pouvons-nous dire six heures ?

— Bien sûr. » Il prit son dossier en se levant. Il se retourna et croisa l'homme — les yeux noirs, surpris, frisé — qui durant tout ce temps avait attendu dans l'énorme miroir accroché au mur derrière lui. Ce type avait une peau olivâtre, légèrement boursouflée et couturée — peut-être du tissu cicatriciel — autour des yeux, et il grisonnait avant son heure. Mais son cerveau fonctionnait bien. Tout ce qu'on voyait, c'était un flic juif de quarante-cinq ans. Tu vieillis, Solly, pensa-t-il. Derrière son épaule, la chatte restait figée, seuls ses yeux jaunes bougeaient. De nouveau, elle semblait suivre avec facilité le fil des idées du flic. Il fit claquer contre son genou le dossier de papier blanc que tous deux avaient manifestement eu le temps d'examiner. Puis il lança, avec tout l'entrain dont il était encore capable :

« À six heures donc. Au Winterset. »

*

Vers six heures un quart, les clients qui dînaient de bonne heure commencèrent à arriver. Il s'installa à une table située face au bar en pensant : peut-être qu'elle s'est crue en sécurité, et qu'il bluffait ? Que le dossier qu'il avait emporté au bureau de la procureur pour se stimuler, comme un simple accessoire d'interrogateur, était tout ce qu'il avait ? Non, elle était beaucoup plus intelligente que ça. La distance qu'elle avait créée entre eux, la prudence de son regard. Elle savait sur lui quelque chose qu'elle ne connaissait pas auparavant. Ce n'était pas seulement Sophie Corner, devina-t-il, qui l'avait fait poireauter pendant neuf jours. Avant de lui accorder une demi-heure, un au revoir et une adresse.

Il termina le long drink qu'il avait commandé une demi-heure plus tôt et se demanda s'il devait en prendre un autre. Il l'avait siroté à petites gorgées dès qu'on le lui avait servi, s'attendant à tout moment à la voir arriver. Et puis, il tenait à avoir la tête parfaitement claire pour ne pas s'emmêler les pinceaux et se retrouver de nouveau prisonnier du regard de Tuesday Reed. C'était lui qui avait des questions à poser. Tout en attendant, il essaya de trouver une stratégie. Et se surprit à imiter la tactique préparatoire de l'avocate consistant à répéter question et réponse, question et autre réponse, question suivante et… Mais chaque fois qu'il l'imaginait assise devant lui, chaque fois qu'il posait une question, la réponse qu'elle donnait se perdait dans un détail de sa tenue, de sa chair. Dans son bureau, elle avait porté l'un de ces hauts blancs si simples, découpés aux épaules, qu'elle avait déjà porté à l'audition du coroner pour Salsone. Il dévoilait ses épaules, ses bras — lesquels n'étaient pas blancs du tout. Et c'était ce détail, la couleur de sa peau — pas bronzée, pas artificielle non plus, mais quelque chose de plus profond, une nuance qui venait de la chair elle-même, pêche peut-être ? — qui l'obnubilait en rendant triviale, banale, toute pensée de stratégie ou de tactique. Une image lui revint, les bras de Tuesday Reed paresseusement allongés au-dessus de la tête. Et puis ce qui se nichait un peu plus bas.

« Une dame vous demande au téléphone, monsieur. » Un serveur se tenait à côté de la table de Solly. Il se pencha pour prendre le verre vide. Avec lequel il montra le bar, où se trouvait un téléphone au combiné posé à l'envers. « Elle a dit qu'elle attendait.

— Merci », fit Glass en se levant. Puis il se tourna, curieux. « Comment avez-vous su que c'était pour moi ?

— La dame, monsieur. Elle vous a décrit », dit le serveur en souriant.

Comment ? désira savoir Solly. Au lieu de quoi il dit : « Bien sûr. »

Il alla au bar, saisit le combiné.

« Glass.

— Chambre trois-six-neuf », fut tout ce qu'elle dit avant de raccrocher.

*

Ensuite — plus tard — le doute, ce charognard de l'espoir, revint sournoisement. Pourquoi, se retrouva-t-il à se demander, était-ce arrivé ? Alors même que c'était absurde. Car après tout, combien de fois l'avait-il observée au tribunal, ou aperçue en train de traverser l'entrée de l'Hôtel de Ville, combien de fois s'était-il absenté au beau milieu d'une conversation, soudain fasciné par la couleur de ses yeux ou par le passage inattendu d'un sourire sur ses lèvres, en se demandant qui elle était vraiment, sous cette façade lisse et immaculée, sous la tenue impeccable, la veste, le corsage… Qui était-elle vraiment ? Et qu'arriverait-il si un jour l'occasion parfaite se présentait, s'il tendait la main et traversait cette surface mondaine pour la toucher, elle ? Était-il concevable que cette préoccupation, ce souci qu'il avait d'elle, ait pu tout le temps s'accompagner d'une préoccupation réciproque, d'un souci qu'elle avait de lui ? Ou bien, maintenant qu'il avait découvert la fuite en provenance du Bureau du procureur général, avait-il simplement été dupé ?

Telles étaient les questions qu'il se posa encore et encore durant les heures et les jours qui suivirent, mais sans jamais parvenir à une réponse satisfaisante. À la place, il rejouait mentalement le scénario, à partir du moment où il gravit les marches et frappa à la porte de la chambre 369 jusqu'au moment où ils se séparèrent, une heure et demie plus tard.

La porte, lorsqu'il frappa, était légèrement entrebâillée. Il entendit sa voix :

« Entrez. »

Elle se leva de son fauteuil pour aller à sa rencontre.

« Lieutenant.

— Mrs Reed. »

Il y avait eu un hiatus, un moment de flottement, de réaffirmation des positions respectives.

Sous son calme apparent, il le voyait bien, elle était nerveuse. Elle dépassa Glass pour refermer la porte. Puis elle se tourna vers lui.

« Vous savez, lieutenant, dit-elle, il y a quelque chose qui me tracasse.

— Dans cette affaire avec le Bureau du procureur ?

— Non », répondit-elle.

Elle fit alors une chose qu'il n'avait guère prévue. Une chose très simple. Elle leva la main pour lui toucher le bras. À cet instant, le monde de Glass commença de changer. Il se sentit précipité tête la première vers un instant qu'il avait mille fois déjà imaginé.

« Voyez-vous... », fit-elle, avant de s'interrompre.

Il la regarda dans les yeux et le désir qu'il ressentait en lui, il le voyait maintenant réfléchi en elle.

En se souvenant de ce regard, de cette hésitation, de la panique inhérente à l'aveu — et si elle commettait une erreur terrible ? —, il était certain que les événements ultérieurs n'avaient rien eu à voir avec le monde extérieur, rien eu à voir avec le Bureau du procureur général, ni avec Keeves, Salsone, Izzy ni personne d'autre. Ils avaient seulement été liés à eux deux.

« Tout va bien, dit-il en posant à son tour les mains sur les bras de Tuesday Reed, tout va bien. »

Et le rêve commença, lent, silencieux, cérémoniel. Lui, déboutonnant le corsage, faisant glisser la jupe. Elle, debout devant lui, à demi révélée. Sans coquetterie, presque timide, en attente. Se demandant si ce qu'il découvrait lui plaisait. Et la voyant ainsi, il se rappela soudain une remarque de Malone qui remontait à plusieurs mois : « Oui, je la trouve formidable. Et splendide. Bon Dieu, elle est vraiment splendide. » Et c'était bien le cas.

Alors ils furent au lit et la longue attente prit fin.

*

« Tu le savais ? » Cette fois, dans le miroir, la situation était inversée. Elle était assise devant lui, elle se coiffait. Il ajustait son nœud de cravate derrière elle. « En venant ici ? »

Leurs regards se croisèrent.

« Je crois que oui, dit-elle. Mais si tu me l'avais demandé, j'aurais dit non.

— Et la raison ?

— Y a-t-il toujours des raisons ? » La brusquerie qui scandait souvent la voix de Tuesday avait disparu.

« Non, je pense que non. »

Elle rejeta la tête en arrière et les cheveux qu'elle venait de coiffer en remontant vers le haut du crâne retombèrent en trouvant leur place naturelle. L'espace d'un instant, la brosse resta parfaitement immobile. Posée contre son cou.

« Dans la maison de mon père, dit-elle comme de très loin, il y a de nombreuses demeures... » Elle tendit le bras pour prendre son rouge à lèvres. « Et si tu vis dans l'une, tu ne peux pas toujours voir ce qui se passe dans les autres.

— Même si tu en as envie ? demanda-t-il.

— Non, pas même si tu en as envie. »

Elle était prête, hormis son visage. Son sac était posé, à demi ouvert, sur la coiffeuse, près d'elle.

« Tu sais, dit-elle, je t'ai menti. »

Il retint son souffle.

« Le spiquenard n'est pas le parfum préféré de Peter. Il n'a aucune idée des parfums, des senteurs. » Puis : « Pars. Sors en premier, s'il te plaît. »

Il enfila sa veste.

« Tu sais que je vais devoir poser d'autres questions ? » fit-il.

Elle acquiesça. Sans regarder. Il avait déjà rejoint la porte quand elle parla.

« Solly », dit-elle. Et il sut qu'il n'entendrait plus jamais ce mot sans entendre aussi la voix de Tuesday. « Sois prudent. »

Mais il était déjà trop tard.

*

Il descendit le même escalier. Toute notion de temps abolie. Les sens anesthésiés. Comme s'il sortait d'une salle de cinéma en plein midi. Mais la rue, qu'il apercevait au-dehors par les fenêtres de chaque palier, était déjà complètement obscure, et les lampadaires allumés. Comment expliquerait-elle son absence, son retard, se demanda-t-il. Sans vraiment s'inquiéter. En la sachant pleine de ressources. Lorsqu'il franchit le demi-cercle au bas de l'escalier, un ange — encore un — attira un instant son attention. Lui aussi dans un miroir. Lui aussi s'échappant. Mais celui-ci était noir et, malgré sa carrure, il se faufila adroitement entre le miroir du mur et une séparation constituée de bambous en pots qui menait vers l'un des bars. Solomon Glass se retrouva à pêcher dans le réservoir de souvenirs — froids, menaçants — que cet ange laissa dans son sillage. De Luca ? Carsetti ? Riina ? L'un de ceux-là. L'un des plus sombres parmi les anges sombres qu'il avait récemment croisés à Whiteoak, la nuit où il était venu présenter ses respects au serpent. La nuit de la mort de Salsone. Bon Dieu, lequel était-ce ? Riina ? Le petit Bobby Riina ?

C'était l'image rémanente de Riina qui sans cesse lui revenait en mémoire. Mais putain, que faisait-il ici ? Même les anges picolent, certes, mais pourquoi ici, pourquoi maintenant, pourquoi ce soir ? Il se retourna vers l'escalier. Il l'imagina dans la chambre, téléphonant déjà, prenant ses dispositions, accordant leurs droits aux autres pièces de son existence.

Dehors, sur le parking, il resta assis au volant de sa voiture en attendant que Tuesday Reed sorte. Son pistolet reposait, froid et à l'abri de la sueur, sur ses genoux. Une fois, il le releva quand la porte d'un bar situé derrière s'ouvrit et qu'une silhouette resta un moment immobile dans l'obscurité. Puis une allumette s'embrasa et le pistolet rejoignit ses genoux, après quoi il s'essuya la paume contre sa jambe de pantalon. Enfin, elle arriva. Il s'obligea à ne pas regarder l'éclat de son corps, à scruter les ombres autour d'elle. Il la surveilla tout du long jusqu'à sa voiture, il l'entendit démarrer, il vit les lumières s'allumer. Il surveilla son rétroviseur latéral tandis qu'elle roulait au pas en s'éloignant de lui. Rien ne la suivit, rien d'autre ne bougea. Alors seulement il s'aperçut qu'il avait été tellement obnubilé par elle, par le cercle enchanté qu'elle déplaçait autour d'elle, qu'il en avait oublié de surveiller ses propres arrières. *Sois prudent, Solly*. Il comprit que n'importe qui aurait pu arriver derrière lui — exactement comme ils l'avaient fait avec Gordon Jacobs ou Big Benny Salsone — et régler les minuscules complications qui se profilaient à l'horizon de sa vie, à jamais.

TROISIÈME PARTIE

« Dans les replis du Cauchemar
Où gît la Justice nue,
Le Temps guette parmi les ombres. »

W.H. AUDEN

25

Durant les trois heures qui suivirent son départ du Winterset, Solomon Glass fit une chose qu'il faisait toujours lorsqu'il avait besoin de réfléchir, plus une chose qu'il ne faisait jamais. Il traversa la ville vers l'ouest, en direction des docks et de la baie. Et il garda sa radio fermée.

Il n'avait aucun moyen de maintenir les chiens à l'écart de Sophie Corner. Même s'il l'avait voulu. Il savait que Tuesday le comprenait. À cet instant même, Malone était certainement dans son bureau, au radio-téléphone, pour réclamer un rapport sur son entrevue avec Mrs Reed.

Avait-elle accepté ?

Allait-elle coopérer ?

Étaient-ils prêts à aller de l'avant ?

À ces questions Glass n'avait pas de réponse, ce qui expliquait en partie pourquoi il avait éteint son radio-téléphone ainsi que son portable.

De temps à autre le hurlement atténué des sirènes lui arrivait de la ville. Deux voitures de patrouille le dépassèrent à toute vitesse, puis une troisième. Il devait y avoir un incendie dans le quartier des affaires, pensa la moitié de son esprit, ou le hold-up du siècle. Mais c'était le cadet de ses soucis.

S'ils s'en prenaient directement à Corner, même avec discrétion, même pour le plus doux des interrogatoires, Tuesday sortirait ses griffes — elle ne pourrait pas faire autrement. Dans tous les cas, l'un d'eux se ferait rôtir le poil. Si Sophie était la fuite, le conduit, alors la responsable, la vraie responsable serait Tuesday. Et sa carrière s'en trouverait brisée. Si ce n'était pas elle, Keeves allait botter le cul de Solly à cause du rapport Salsone. Mais dans un cas comme dans l'autre, ne le ferait-il pas ? Et Solly s'en souciait-il ? Voilà ce à quoi il devait prendre garde. Il y avait si longtemps qu'il n'avait pas connu un tel sentiment pour une femme qu'il comprit que son jugement était faussé. Il ne pouvait pas renoncer à tout — pour quoi ? L'affection ? Ouais, à condition qu'elle soit sincère. Et puis il y avait un ennui — un sombre lutin perché sur son épaule, qui lui murmurait des obscénités à l'oreille. Elle l'avait coincé. Compromis. Elle avait troqué baise et con contre bouche cousue. Il bouffait de la vache enragée depuis si longtemps que ce goût de pêche lui avait tourné la tête.

Solly, sois prudent.

Quelques heures seulement s'étaient écoulées depuis leur séparation, mais il mourait déjà d'envie de l'appeler, d'entendre sa voix. Deux fois déjà il avait tendu le bras vers son mobile, pour appeler le numéro interdit, puis, après avoir tapé le dernier chiffre, il avait hésité, coupé avant d'entendre la sonnerie. Elle était intelligente, elle connaissait ses choix. C'était à elle de décider. Quant à lui, il pouvait bien attendre, il devait attendre.

La voiture empestait le tabac froid. Pendant cinq

ans il avait fumé trois cigarettes par jour. Une modeste discipline. Après Annaliese, après Maria, après la petite Francesca, c'était peu de chose. Il avait transformé sa vie intérieure en chasse gardée, posant des limites infranchissables, dressant de très hautes clôtures. Renonçant à tout désir. Du moins le croyait-il. Maintenant le cendrier était plein. Il baissa sa vitre et la puanteur des algues et des coquillages à sec lui emplit les narines. Les sirènes hurlaient dans toute la ville. Le tableau de bord annonçait onze heures. Il ne pouvait pas l'appeler aussi tard sans lui compliquer la vie. Moyennant quoi il était en sécurité, ils étaient tous deux en sécurité. Pour ce soir.

Lorsqu'il se raccorda, il retrouva une longueur d'onde et une ville qu'il ne reconnaissait plus.

« Alpaguez-les, criait une voix qui se contrôlait à peine. Caselli, De Luca, Savinio… Toute la bande. Alpaguez-les tous, putain. »

Seigneur, que se passait-il donc ?

« Qui est à Chinatown ? »

Les voitures de patrouille s'appelaient.

Le hurlement qui entrait par la fenêtre de Glass s'intensifia à mesure qu'il s'approchait du centre-ville.

« Je veux Chang personnellement », aboya la voix dans le radio-téléphone. Glass connaissait cette voix, et ne la reconnaissait pas.

« Quel motif, commissaire ? » voulut savoir un policier dans une voiture.

Commissaire ? Bon Dieu, c'était Keeves en personne. De quoi s'agissait-il — *Good Morning Vietnam* ?

« Rien à foutre du motif. »

Keeves avait sans doute trop bu. Que diable faisait-il au centre de communication de la police ?

« Dites simplement à Chang que je veux lui parler. Personnellement. Tout de suite. Et s'il est en retard, si nous devons venir le chercher, nous retournerons Chinatown de fond en comble. Dites-lui que je fouillerai chaque casino, chaque bordel, chaque fumerie... »

La Famille *et* les Triades ? Glass avait-il raté quelque chose — la semaine des Nations unies ? Ou quoi encore ?

« Quelqu'un a-t-il mis la main sur Glass ? »

Merde.

Glass appela, s'identifia, commença à donner sa position présente. Alla jusqu'à *Me dirige vers l'est en direction de...*

Quand le premier coup de poing lui fut assené :

« Merde alors, lieutenant, où donc étiez-vous passé durant ces sept dernière heures ?

— En planque, espéra-t-il.

— En planque, ricana Keeves. Planqué, ouais, j'imagine ça très bien. Avec votre grand nez profondément enfoui dans une profonde toison... » Puis il s'arrêta. Toujours assez maître de lui pour imaginer les sourires torves qu'il suscitait dans les voitures de toute la ville.

« En planque où ça ? Vous faisiez quoi ? »

Que pouvait-il répondre ? Que Keeves avait raison ? Qu'il avait passé les deux dernières heures à examiner la procureur Tuesday Reed sous toutes les coutures ?

« J'étais sur une piste liée aux assassinats de Jacobs et Tyler.

— Que Tyler et Jacobs aillent se faire foutre ! cria Keeves. Vous n'avez pas entendu ?

— Entendu quoi ?

— Qu'est-ce qui vous arrive, Glass ? Vous me

dites que vous n'avez rien entendu ? Vous étiez sur Vénus ou quoi ?

— Quelque chose comme ça, acquiesça-t-il.

— Payez-vous une télé, Glass. Restez chez vous le soir. Arrêtez de courir la gueuse. Vous verrez des trucs intéressants.

— Quoi, par exemple ?

— Par exemple un juge se faire buter. »

Putain, non.

« Qui ? fit-il.

— Vous ne savez vraiment rien, hein ?

— J'étais…

— Ne répétez pas ça, Glass. Je vais vous donner l'essentiel. Malone vous fournira les détails.

— Qui ? redemanda-t-il.

— Halloran.

— Merde.

— Il rentrait chez lui, vers sept heures et demie ou sept heures quarante. Il est allé boire un verre dans un restaurant. Il faisait souvent ça avant dîner…

— Où est-ce ?

— Bellevue. Le Phœnix. »

À cinq ou six rues, pas plus, du Winterset.

« Un témoin. Pas beaucoup de détails. Une serveuse de bar du Phœnix, qui finissait son service de l'après-midi. Elle voit Halloran marcher vers le resto.

— Elle le connaît ?

— C'est un habitué, je vous l'ai dit. Qu'y a-t-il, votre radio ne fonctionne pas non plus ?

— Et ?

— La serveuse le croise. Elle se dirige vers sa voiture, se retourne. Halloran parle sur le trottoir avec une blonde.

— Quel âge ?

— Difficile à dire. N'importe où entre vingt-cinq et trente-cinq ans. Proprette. Elle tient un bout de papier à la main, comme si elle lui demandait une adresse. Ils continuent de parler. La blonde rigole. Pose la main sur la manche du juge. Au moment où la serveuse démarre, ils retournent vers le parking.

— Et elle ne voit rien d'étrange à ça ?

— Halloran est connu. Il tente toujours sa chance, selon elle. Mais alors elle aperçoit un type, quelqu'un qu'elle n'a d'abord pas remarqué, en retrait, dans l'ombre. Elle ne le voit pas bien. Peut-être la quarantaine, un peu chétif.

— Et il les suit.

— Il les suit — qui sait ? Il marche dans la même direction. Elle n'en pense rien. Elle est seulement un peu surprise de ne pas l'avoir vu plus tôt, voilà tout. Mais il fait déjà nuit, on y voit mal. Elle n'en pense rien de spécial. Elle rentre chez elle. Allume la télé tout en préparant le dîner de sa gosse. Cette femme est réveillée, d'accord ? *Elle* est dans le coup, *elle* n'est pas une planquée… »

Glass laisse pisser.

« Et ?

— Et qui croyez-vous qu'une de nos voitures de patrouille repère dans le secteur quelques minutes seulement avant le carton ? »

Pourquoi Keeves s'obstinait-il à jouer à ce petit jeu stupide du chat et de la souris ? Il croyait connaître la réponse à la première question.

« Qui.

— Ce connard de Bobby Riina. »

Mais alors même que Keeves prononçait le nom du truand italien, tout sonnait faux. Si le petit Bobby Riina avait exécuté ce contrat, si c'était lui que la serveuse avait vu, elle n'aurait pas pu se tromper. Riina ressemblait à toutes les torpilles de marque Caselli : une vraie armoire à glace. Mais plongez-la dans l'eau, ajoutez deux trois gouttes de sang, et l'armoire à glace se transformait. Il lui poussait un aileron. Triangulaire. Des dents affûtées comme autant de lames de rasoir.

« À quelle heure Halloran s'est-il fait descendre ?

— Sept heures cinquante. »

Il avait vu Riina au Winterset à sept heures quarante-cinq, peut-être un peu plus tard. Six rues à traverser. Des embouteillages. Non ce n'était tout bonnement pas possible, même pour quelqu'un d'aussi visqueux que Riina.

« Combien de coups de feu ?

— Quatre, cinq.

— Ça ne ressemble pas à Riina.

— Qu'est-ce qui vous prend avec l'Organisation, Glass ? Vous voulez leur décerner des médailles d'excellence pour la conservation du métal, maintenant ? Avec, écrit dessus, *L'Économie protège du besoin* ?

— Je parle simplement des quatre ou cinq balles. Pour une seule cible, rapprochée. Non, ça ne ressemble pas à Riina.

— Eh bien, putain, lieutenant, vous allez lui demander. Vous allez me le coller contre un mur, le regarder droit dans les yeux et lui poser cette question. Et pendant que vous y êtes…

— Que fait-on pour Jacobs, Salsone et…

— Envoyez-les se faire foutre. C'est un juge qui vient de se faire buter. C'est un maire, une ville et un gouverneur qui sont en train de grimper au mur. Et tous regardent les infos, lieutenant, tous ont le téléphone à la main. Et le numéro qu'ils composent tous, c'est le mien.

— Mais cette piste est brûlante.

— Alors bouffez-la, chiez-la et oubliez-la, parce que vous n'êtes plus dessus, d'accord ? Ces affaires sont rayées de la carte, an-nu-lées. La semaine du cœur est terminée, Glass. Vous me comprenez bien ? Et ça vaut aussi pour le gros crétin d'Irlandais et tous ceux que vous faites bosser sur ces dossiers à la con.

— Oui, monsieur. » Était-il au parfum pour Nora ?

« Je veux que vous soyez en interrogatoire d'ici un quart d'heure. Malone et vous prenez Caselli et De Luca — ainsi que Riina quand vous mettrez la main dessus — sans oublier vos autres petits copains ritals. Et vous secouez leur cage jusqu'à ce qu'ils aient les tympans qui explosent. Vous me suivez, Glass ?

— Monsieur. »

Plus facile à dire qu'à faire. Pour secouer la cage de Caselli, il fallait mettre les mains sur les barreaux. Il y avait sans doute une manière plus rapide de finir amputé, mais pour l'instant Glass n'en imaginait pas une seule.

« Et Glass…

— Monsieur ?

— Vous laissez le magnéto branché tout le temps que vous leur parlez. Vu ?

— Je ne coupe jamais, monsieur. »

*

« Mon dieu, lieutenant, où étiez-vous passé ? »

Malone, Glass le vit aussitôt avait gobé tout le baratin de Keeves. Lentement mais sûrement. Il savait que Malone aurait fait l'impossible pour le couvrir.

Même en l'absence de tout élément pour le faire. Et pourtant Glass ne pouvait rien lui dire. Il lui tapota le bras.

« Merci, dit-il.

— Keeves chie vraiment des ronds de chapeau. » Soudain, Malone souriait. « C'est aussi bien qu'il ne soit pas dans l'armée. S'il avait un tank et deux ou trois zincs, la ville serait maintenant un monceau de gravats.

— Tout de même, Halloran était un personnage en vue.

— Mouais. » Les mains de Malone tracèrent une grosse bedaine devant son ventre. « Je l'ai constaté. Mais le moment n'aurait pas pu être pire. Le gouverneur pousse des cris de paon et le maire menace de faire appel aux Fédéraux.

— Nous n'avons pas besoin de ces putains de Fédéraux.

— C'est ce que le boss lui a répondu. Mais il faut montrer de la bonne volonté. Tous les repaires, les tanières, les clandos de la ville sont sens dessus dessous, toutes les permissions ont été annulées. Si nous n'avons rien trouvé d'ici une semaine, le maire les fera venir.

— Alors ce sera au revoir Keeves. » Ouais, et adieu Glass, adieu les ressources locales, les collègues, la réputation, pour les années suivantes. « J'imagine mal les Fédéraux désireux de se pointer au bout d'une semaine, quand nous aurons bien piétiné tous les indices et quand toutes les pistes auront refroidi.

— Je pense que le boss compte là-dessus. Je crois qu'il est plus malin qu'il n'en a l'air. »

Glass regarda Malone sans émettre le moindre commentaire.

« Nora m'a demandé de vous transmettre un message. Deux autres fichiers ont suivi la même filière.

— Jusqu'au corner ?

— Nora vérifiait le dernier quand Halloran s'est fait descendre. »

Merde.

« Maintenant, elle est déchargée de ses activités récentes. Comme tout le monde. Quelle que soit leur fonction — pathologie, balistique, photos —, ils ont tous vingt-quatre heures pour se pointer au rapport. Nora doit retrouver toutes les affaires jugées par Halloran durant ces dix dernières années, ici et dans les fichiers du greffe du tribunal. Keeves pense que c'est un zouave que Halloran a fait plonger.

— Il ne devrait pas y en avoir trop. » Glass avait beaucoup de mal à prendre Halloran en pitié. « Nous ferions sans doute mieux de regarder à l'intérieur. Nous avons émis davantage de doléances ici même, pour faire appel contre ses verdicts, qu'il n'y a eu de plaintes venant de l'extérieur.

— Et vous savez ce que nous deux, nous allons devoir faire au cours du mois prochain, lieutenant ? Quand Nora aura dressé la liste de tous ces noms ?

— Je sais. Ça ne nous laisse pas beaucoup de temps, pas vrai ? »

Glass alla s'asseoir à son bureau. Malone le suivit.

« Vous savez, lieutenant, je commence à avoir des doutes sur la petite Sophie Corner.

— Hmm, hmm.

— Ouais, elle a tout bonnement pas le profil pour. Enfin, elle a un sacré profil, je l'ai vue de près. Sacrément bien roulée. Mais ça ne colle pas. Y a rien dans son dossier, elle est trop jeune. Regardez ses parents.

En dehors de Tronche de Stéroïde, elle est beaucoup trop clean.

— Et alors ?

— Et alors, je crois que vous avez peut-être raison. Je crois que quelqu'un regarde sans doute par-dessus son épaule. Elle sort les fichiers, d'accord, mais elle les sort pour quelqu'un d'autre. Parmi la tapée de fichiers qu'elle consulte journellement. C'est rien qu'un modem, un courrier. Elle fait pas la différence entre tous les fichiers auxquels elle accède. »

Il n'y avait pas que Keeves qui était plus malin qu'il n'en avait l'air.

« Quelqu'un lui refile une liste de noms et elle se met au boulot.

— Exact.

— Alors, qui est ce quelqu'un ? Je me le demande. » Glass vit aussitôt venir la catastrophe : Malone possédé par une Autre Théorie. « Qui ça peut bien être ? Et soudain je pige.

— Non, ne me dites rien. Laissez-moi deviner… Mrs Reed ? »

La mâchoire de Malone tomba.

« Bon Dieu, lieutenant. Comment le saviez-vous ? »

Glass attendit.

« Et ?

— Eh bien voici comment je m'imagine la chose. Halloran sort tout droit de son tribunal…

— *Halloran ?* Mais putain, qu'est-ce que vous me racontez là, Malone ? Vous essayez de me dire que Tuesday Reed a buté le juge Halloran ?

— Peut-être que la blonde n'est pas une belle inconnue. Peut-être qu'il la connaît déjà. Peut-être que le bout de papier qu'elle lui montre n'est pas du tout une adresse où elle cherche à se rendre, peut-être que c'est un document, une blague juridique qu'elle partage... »

Comment quelqu'un peut-il être à la fois plus malin et plus idiot qu'il n'en a l'air ? Thomas d'Aquin le savait peut-être, mais Glass non. Pourtant, il était déçu. Parfois Malone manifestait un réel talent, une intuition hallucinante, mais d'autres fois il se laissait aller à des fumisteries spéculatives et il oubliait son cerveau Dieu seul savait où en chemin. Jacobs, oui, Salsone, Tyler — ouais, bien sûr, ils savaient tout ça. Mais Halloran, qu'est-ce que son assassinat venait faire là-dedans, putain ?

« À votre avis, Malone, y a combien de blondes dans cette ville ? Cent mille ? Davantage ? »

Malone le regarda.

« Faites-moi confiance, voulez-vous ? Elle n'était pas là.

— Comment pouvez-vous en être si certain, lieutenant ? Vous avez quitté son bureau à quatre heures trente pétantes. Elle est partie à cinq heures moins le quart — je le sais, j'ai vérifié. Alors que j'avais le boss au cul, j'ai essayé de vous repérer. À sept heures, le bureau de Mrs Reed la déclarait toujours...

— Personne Disparue ? Il faut absolument que vous convainquiez Nora de vous offrir encore une de ces longues douches paisibles, Malone. Vous commencez à avoir des visions. Nous parlons d'une procureur. D'accord, je sais bien que certains jours, au tribunal, quand elle a coincé un salaud et que Halloran le disculpe de tous ses péchés, elle peut avoir des envies meurtrières. Elle serait la première à le dire. Mais c'est une façon de *parler*, Malone. Et vous et moi, nous vivons dans le monde réel. » Les phalanges de Glass tapotèrent le bois de son bureau. « Nous vivons dans le temps réel. Nous ne jouons pas dans *Le Parrain IV*.

— Où ils descendent des juges ?

— Malone. Elle n'est pas impliquée. Elle reste en dehors de tout ça. Okay.

— Comment le savez-vous ? Comment pouvez-vous en être certain ?

— L'intuition.

— Je croyais que c'était un attribut réservé aux seuls anges. Que les humains devaient se contenter de leur cerveau ?

— Je vous emmerde, Malone.

— Et mon cerveau commence tout juste à piger. Les fichiers, le Bureau du procureur, Sophie Corner, Mrs Reed penchée au-dessus de l'épaule de son assistante, la blonde et Halloran et Salsone — ouais, tout à coup je pense à Big Benny et à une femme qu'on entend dans la rue, à une blonde dont le joli minois n'apparaît jamais sur la bande vidéo. Et si la personne qui hèle Tyler, qui l'attire dans l'allée… ?

— Et si, et si… En tout cas, plus rien de tout ça n'a d'importance maintenant. Autant oublier Jacobs, oublier Salsone et Tyler. Comme on dit au cinéma, nous sommes déchargés de l'affaire. Keeves nous a refilé un autre os à ronger.

— Vous ne parlez pas sérieusement ?

— Non, mais Keeves ne rigole pas. Et il ne va pas nous quitter des yeux. On a intérêt à faire semblant de mobiliser toute notre attention sur Halloran, jusqu'à ce qu'on nous dise de faire autre chose.

— Alors, par quoi commençons-nous ?

— Par faire ce qu'on nous a dit de faire. Par poser quelques questions à Gian-Paolo Caselli.

— Sur Halloran ?
— Oui.
— Quelles questions ?
— Les questions ne comptent pas. De toute façon, les réponses seront les mêmes. »

*

Ce fut en effet le cas. La plupart des réponses émanèrent non pas de Gian-Paolo lui-même, mais de Gambelli, le jeune bavard que Glass avait vu sur les marches du coroner, le jour de l'audition Salsone. Et la plupart d'entre elles commençaient par « Mon client n'est pas requis de répondre... » Ou, parfois, « Mon client n'est pas désireux de... » selon une variante supposée créer un léger soulagement.

Ainsi l'interrogatoire se poursuivit-il dans les locaux de la police. De nuit. Une heure durant. Ou plus. Histoire d'égrener ces absurdes manœuvres d'évitement.

Mais puisqu'on n'avait rien de précis contre Caselli, quelles questions Keeves croyait-il que Glass allait pouvoir lui poser ? Où était Gian-Paolo, où étaient tous ses proches et associés quand le juge Halloran s'est fait descendre ? Il était chez lui, il s'occupait de ses oignons, comme de juste. Et où étaient les autres — eh bien, ils étaient chez eux, comme de juste. Et que faisaient-ils chez eux ? Ils s'occupaient de leurs oignons, comme de juste.

Magnifique. Si c'était là ce que Keeves entendait par *secouer leurs cages*, il y aurait bientôt dans les environs une horde de singes morts d'ennui.

Dont Gian-Paolo en personne.

« Avez-vous de bonnes questions à me poser, lieutenant ? Le noir, vous savez… mon épouse, elle a vraiment peur du noir. »

C'est bizarre, faillit rétorquer Glass. J'aurais cru qu'elle aurait davantage peur avec la lumière allumée. Mais il se contrôla et dit à la place : « Bobby Riina, Mr Caselli. Parlez-moi un petit peu de Bobby Riina.

— Roberto », rectifia Caselli, mais son regard s'était aussitôt éteint, voilé. « Mon neveu. Un bon garçon. Où est le problème avec lui ?

— Juste avant huit heures ce soir-là, une voiture de patrouille l'a repéré en train de sortir d'un bar du *Winterset*, à six rues de l'endroit où le juge Halloran a été assassiné. Que faisait-il là-bas ?

— C'est un bar. Il paraît qu'on y sert à boire.

— Vous n'êtes pas obligé de répondre, Mr Caselli, l'avertit Gambelli.

— Ta gueule, *pezzente.* » Alors le venin éclaboussa tout le monde. « Beaucoup de gens fréquentent le Winterset. Roberto aime y boire. Les gens le connaissent, ils le voient souvent là-bas. Il me dit qu'il a un témoin qui le voit là-bas ce soir — un témoin d'une grande probité.

— Qui donc ? » meurt d'envie de savoir Malone.

Mais c'est l'avocat, et non Caselli, qui répond. « Mr Caselli, je vous en prie. J'insiste vraiment pour… »

Ce Gambelli a des couilles, pense Glass. Ou alors il n'a jamais été au zoo.

« Vous n'êtes absolument pas obligé, poursuit Gambelli, de répondre à cette question. » Il se tourne vers Glass, le supérieur hiérarchique. « Lieutenant, dit-il, mon client… »

Lequel, à cet instant précis, se mord le pouce tout en le pointant vers Malone.

« … ne saurait être contraint de répondre à la question de votre collègue. Vous le savez.

— Allez-y mollo, Malone.

— Mais, lieutenant… »

Glass ne réagit pas. À quoi bon ? Il savait pertinemment que ce ne pouvait pas être Riina. Et puis, pourquoi Caselli se mettrait-il de nouveaux emmerdements sur le dos, quand la tombe de Salsone était encore fraîche ? Et pourquoi Halloran ? Plus il y réfléchissait, plus il était certain que ce n'était pas un coup de l'Organisation. Ce n'était pas la Famille, ce n'était pas les Triades, qui avaient effacé Halloran. C'était un individu, un cinglé fou comme un lapin et mû par une revendication très personnelle. Alors, pourquoi perdaient-ils tous leur temps ? Okay, Keeves voulait balancer un grand coup de pied dans la fourmilière. Ils flanquaient donc ce coup de pied pour lui, ils mettaient les truands sur le gril pendant quelques jours, afin de montrer publiquement leur bonne volonté. Mais trop c'est trop, en tout cas pour une nuit. Même Caselli, qui l'observait avec attention, était d'accord avec lui.

« À quoi pensez-vous donc, lieutenant ? » demanda-t-il. Comme s'il ne le savait pas déjà.

« Je ne pense pas, Mr Caselli », dit Glass en se préparant à couper l'enregistrement, à mettre fin aux interrogatoires. Ils en avaient encore pour une heure à rédiger leur rapport. Pendant que Caselli serait confortablement installé chez lui, un verre de vin rouge à portée de la main, les yeux fixés sur le cadran aveugle du téléphone installé devant lui sur le bureau grossièrement taillé. « Je réunis des informations », dit Glass en appuyant sur la touche Stop du magnétophone, avant d'écrire 1 h 30 sur le bordereau d'interrogatoire et de le passer à Malone.

Il en avait marre. Il était las de ce rituel absurde. Il ne désirait qu'une seule chose. La contacter. Lui parler, être avec elle. Caselli lisait-il aussi cette pensée ? Le serpent avait-il appris le secret des miroirs ?

« Ouais, je vous souhaite bon courage, lieutenant. Les informations sont parfois difficiles à réunir. » Et alors, de but en blanc, comme s'il avait bel et bien lu la pensée de Glass :

« Vous voyez souvent madame la procureur ? La dame, à l'enterrement de Big Benny ?

— Je n'étais pas à l'enterrement de Big Benny », répondit Glass en pesant ses mots avec soin. Une vision lui revint : le regard de Caselli fixé sur le visage de Tuesday durant toute l'audition. « Et elle non plus.

— C'est drôle. Je croyais vraiment l'y avoir vue. » Caselli, avec l'aide de Gambelli, enfilait un manteau et mettait son écharpe afin de se protéger contre l'air froid de la nuit. De nouveau un vieillard, à la conversation inoffensive. « Dommage que vous ou moi n'ayons jamais mis la main sur cette fille, lieutenant… »

Glass fit l'impossible pour chasser de son visage la question *Quelle fille ?* Tandis que son esprit s'activait à plein régime. Que savait au juste Caselli ? Allait-il simplement à la pêche ? Ou bien soufflait-il à Glass ce qu'il savait déjà ? Ses yeux, deux cassis, quand ils choisirent enfin de croiser ceux de Glass, étaient brillants, attentifs, plus durs que jamais. Mais ils ne montraient rien. Glass haussa les épaules en guise de réponse, puis continua de guetter les signes.

« Si nous l'avions trouvée, elle nous aurait épargné à tous deux bien des ennuis. »

*

« Pourquoi n'avez-vous pas insisté, lieutenant ? dit Malone quand ils sortirent dans le couloir.

— Nom de dieu, fit sèchement Glass, il n'est pas obligé de fournir un alibi à Riina. C'est Riina qui est bien assez grand pour s'occuper de Riina, d'accord ? Pas Caselli.

— Mais il ne demandait que ça, à se faire pousser dans les cordes. Ça se sentait à sa voix. Il aurait suffi de le chahuter un peu pour qu'il nous donne un nom.

— Si je l'avais chahuté un peu, il m'aurait fourni un annuaire téléphonique.

— Une seule personne, il a dit.

— Et qu'est-ce qui vous fait croire qu'on peut lui faire confiance ?

— N'est-ce pas ce que nous sommes censés vérifier, découvrir ? » Ils avaient rejoint le distributeur devant la cantine obscure. Glass vida deux sachets dans chaque gobelet et fit couler l'eau chaude pour deux cafés noirs sans sucre. Pendant que Malone pestait. « Keeves, se rappela-t-il enfin, va écouter les bandes durant la matinée. Il voudra savoir. Pourquoi vous n'avez pas insisté. »

Glass haussa les épaules. Dormait-elle déjà ?

« Keeves croit que Caselli m'a déjà mis dans sa poche. »

Mais n'était-ce pas le cas ? Maintenant ? Même si l'argent n'y était pour rien.

Malone, par-dessus le rebord de son gobelet, l'observait. Supputait, Glass le devina, ce qu'il était possible de demander.

« Ce truc à propos de la procureur, commença-t-il avec précaution. À propos de Mrs Reed…

— Eh bien ?

— Que voulait-il dire ?

— Pourquoi ne le lui avez-vous pas demandé ? »

Mais Malone était têtu.

« Y a-t-il quelque chose que vous désirez me dire, lieutenant ? Une chose que vous aimeriez partager ? »

Et après son réflexe immédiat, défensif, qui disait non, rien, il n'y avait rien du tout, à une heure trente du matin, au beau milieu des vingt-quatre heures sans doute les plus cruciales de son existence, rien du tout que Solomon Glass désirât partager avec son jeune partenaire, il connut un soudain revirement. Comprit — maintenant qu'il y pensait — qu'il y avait une chose qu'il pouvait partager.

« C'est un propriétaire de café, commença-t-il en pointant un doigt vers Malone autour du gobelet rempli de café. Il fait aussi des pizzas.

— Des pizzas ? »

Mais aussitôt Glass comprit qu'il commettait une erreur. Qu'en fin de compte Malone ne trouverait pas ça drôle du tout.

26

Dix-huit heures ont passé depuis que le juge Halloran, de la Cour Criminelle du Tribunal, a été abattu sur le parking d'un restaurant bien connu de la ville, et la police demeure perplexe quant aux éventuels mobiles de cet assassinat…

Perplexe, ricana Glass en éteignant le petit transistor posé sur son bureau. Ils étaient plus que perplexes. Ils étaient dépourvus de tout indice. La circulation dans les salles d'interrogatoire du bas de l'immeuble s'était complètement tarie. Ces salles servaient désormais de dortoirs improvisés par les enquêteurs qui grappillaient un peu de sommeil par-ci par-là pour survivre à leur troisième quart consécutif de huit heures. Les gardes qui arpentaient le couloir avec des talkies-walkies ne servaient plus à séparer les spaghetti des aigres-doux, à empêcher les affrontements quand diverses branches de la Famille ou des Triades se frôlaient. Ils servaient désormais de vigies afin que le commissaire Keeves, lors d'une de ses sorties surprises, ne tombe pas sur une division endormie d'enquêteurs de choc qui, venait-il d'annoncer à la radio, travailleraient « le temps qu'il faudra » et « passaient impitoyablement la ville au peigne fin ».

Keeves lui-même avait quitté le front après le premier et très violent tir d'artillerie qui avait saturé la ville et ses ondes — en fait, peu de temps après avoir retrouvé Glass. Les communiqués et les conférences de presse, initialement organisés toutes les heures, avaient ensuite eu lieu toutes les deux, puis toutes les trois heures. Dès demain, ils deviendraient biquotidiens. Déjà, les équipes de deux grosses chaînes de télévision avaient décampé pour couvrir un incendie avec des gens piégés dans les étages supérieurs du Halifax Building, à l'autre bout de la ville. Et maintenant que les premiers tirs d'artillerie spectaculaires avaient fait long feu, on commençait d'entendre les explosions d'obus en provenance de l'extérieur. Dans quelle mesure, voulut savoir un journaliste du *Tribune*, pouvait-on faire confiance à la protection de la police pour les juges, si l'un des membres les plus éminents du Tribunal s'était fait abattre aussi facilement alors qu'il rentrait chez lui après son travail ? Et pourquoi, demanda un autre, le commissaire Keeves résistait-il autant à l'intervention des Fédéraux, lesquels avaient publiquement proposé leur aide ? Avait-il évoqué ce problème avec le gouverneur ? Avec le maire ? Qu'en pensaient ces deux hommes ? Et pourquoi extrayait-on si peu de métal précieux dans le gigantesque gisement des criminels de tous bords qui se trouvait tamisé dans les salles d'interrogatoires — un processus qui, pour reprendre les dires mêmes de Keeves, devait aboutir à une résolution rapide de l'énigme ? D'ailleurs, pendant qu'on y était, que signifiait l'adjectif *rapide* dans le département de la police ?

Keeves — maintenant qu'étaient passées la précipitation et la terreur du tir de barrage initial — se sentait lessivé et attaqué personnellement. Sa dernière conférence de presse avait été houleuse. Les exigences des médias devenaient par trop indiscrètes, annonça-t-il. Moyennant quoi les points de presse allaient s'espacer, car ils interféraient beaucoup trop avec les progrès réels de l'enquête. Quant à lui, il passait le témoin aux officiers compétents, tout comme il transférait la plupart des contacts avec les journalistes — sauf les avancées significatives — à l'unité de la police chargée de la liaison avec les médias.

Les journalistes eurent bientôt la puce à l'oreille. Pourquoi le chef de la police battait-il maintenant en retraite, moins de vingt-quatre heures après le début de l'enquête ?

Eh bien, on n'achetait pas un chien pour se mettre soi-même à aboyer, non ?

Même quand il s'agissait d'un terrier du Congo ? voulut savoir l'homme du *Tribune*.

Keeves fit la sourde oreille, changea de sujet. Personne n'avait promis de miracle. Ce crime, il en était convaincu depuis le début…

Keeves était au bout du rouleau, Glass s'en aperçut en l'écoutant. Il s'était tout à coup transformé en ce vieillard qu'il déguisait d'habitude, mais qu'il était réellement.

« Ce que j'ai toujours cru, répéta Keeves, c'est que ce crime ne trouvera pas sa solution à l'occasion d'une brusque révélation, mais grâce à l'obstination infatigable qui a fait toute la réputation du Département… »

*

Oui, ils étaient dépourvus du moindre indice, pensa Glass, et pas pour la première fois. En coupant la radio. Et « obstination infatigable » était le nom de code qui désignait la recherche systématique, dans tout l'État, de tous les voyous au petit pied, violeurs, truands et traficoteurs de bas étage dont Nora dressait la liste en épluchant l'historique des dix dernières années de Halloran au Barreau. Mais aucun, Glass en était convaincu, ne les ferait avancer d'un pouce vers l'assassin du juge — pas plus que ne l'avaient fait les interrogatoires grotesques des institutions ethniques de la ville. On pouvait bien cuisiner Caselli, cuisiner Savinio et De Luca. Mais on risquait de tomber soi-même dans la poêle et se faire frire. Même Riina, lorsqu'on eut mis la main dessus, montra qu'il comprenait très bien que la plupart des chalumeaux possédaient un bouton d'inversion du flux…

« Un nom, Riina. » Malone, assis en face de lui, le stylo prêt. Glass était derrière lui, appuyé contre le mur. « Tu prétends avoir un alibi. D'accord, mais je veux un nom…

— Glass », dit calmement Roberto Riina. Sans regarder Malone, mais au-delà, le visage du second interrogateur. Pendant que Malone, machinalement, griffonnait.

« Ça s'écrit G-L-A-S-S, ajouta Riina, montrant ainsi tous les bénéfices de l'éducation publique.

— Prénom ?

— Prénom ? Bon Dieu… »

Malone, qui sortait du privé, leva les yeux, suivit le regard de Riina, se retourna.

*

Cette fois, quand ils se furent débarrassés de Riina, Malone n'insista pas. À la place, il resta étrangement silencieux, son regard papillonnant autour du visage de Glass. Et il essayait — comme un grand — d'y voir clair.

La réflexion, décida Glass, était exactement le genre d'exercice dont Malone avait besoin. Après les violents sauts associatifs qui avaient abouti à une chaîne reliant Jacobs à Salsone à Tyler à Halloran à Corner à Reed. Qui ensuite ? Jack Keeves ? Peut-être même Glass en personne, après le témoignage de Riina ?

Non que les associations ne soient pas toujours une mauvaise manière de réfléchir, dut reconnaître Glass quand un petit détail lui fut transmis par téléphone, dix-neuf heures après le début de l'enquête.

« Solly, dit la voix sans s'identifier, nous avons un petit problème. »

Tom Hall, le responsable du département Balistique, était l'un des rares vieux amis de Glass qui n'avait pas tourné casaque, ou plutôt retourné sa veste dans la tourmente. Solly et Hall se devaient mutuellement des services, ils avaient vécu les mêmes pertes — par exemple la naïveté, par exemple des épouses — et même si Solly, de retour de ses trois mois passés sur la route, était resté à l'écart de tout le monde, même de Tom Hall, l'expression du regard de chacun des deux hommes lorsqu'ils se croisaient disait que certaines choses remontaient tout bonnement à trop loin. Trop de choses sont connues, partagées, dues. Et l'heure viendrait. Une modeste dette, une petite déclaration — du côté de Solly — avait été effacée quand le rapport balistique sur Salsone s'était vu détourné vers Glass, grâce à un subalterne, plutôt que d'aller directement aux Archives ou à Keeves, ainsi qu'il aurait dû le faire. Et ce service avait été renouvelé deux ou trois fois depuis, par exemple quand le coroner n'avait établi aucun lien entre la mort de Salsone et celle de Jacobs, et que la Balistique avait préféré ne pas relever. Était restée muette. Mais à la fin des fins — et d'ordinaire au plus mauvais moment — on agitait toujours les déclarations de dettes sous le nez du débiteur.

« Quel genre de problème ? » demanda Solly. Comme s'il y avait une infinité de choix.

« Je viens de finir le rapport sur le juge Halloran. Il sera entre les mains de Keeves dans vingt minutes.

— Et ?

— Solly, je ne peux pas continuer de dissimuler les faits pour Salsone. » Il chuchotait. Glass l'imagina en train de lancer des coups d'œil inquiets dans son labo. « Si on me le demande, je vais devoir dire…

— Une seconde, Tom. Que veux-tu dire — *si on me le demande ?*

— Jacobs, Salsone, Tyler… *Halloran.*

— C'est de la folie.

— Le même feu.

— C'est pas possible. » Jacobs, Salsone, Tyler, d'accord. Ils le savaient, ils avaient isolé la fuite. Et l'on finirait bien par trouver un mobile. La haine, la vengeance, l'excitation — tout était possible. Mais Halloran ? Il eut soudain la migraine. Des idées folles se mirent à lui traverser l'esprit, comme chez Malone. Il avait besoin de sommeil. Mais maintenant c'était la dernière chose qu'on lui suggérerait.

« Tu es toujours là, Solly ?

— Tu es absolument sûr ? Il n'y a pas d'erreur possible ?

— J'ai pensé comme toi. Mais j'ai fait les tests moi-même, les mesures, les observations, deux fois, trois fois.

— Quelles sont les chances ?

— Une sur des millions. Il n'y a aucune chance d'erreur, Solly. C'est la même arme — et Salsone doit ressusciter.

— Vingt minutes, tu as dit ?

— Solly, je n'ai pas le choix, seulement des ordres. Dès que le rapport est terminé, il doit atterrir sur le bureau de Keeves. Il m'appelle sans arrêt, il me harcèle. Les deux autres membres de l'équipe ont terminé il y a une heure. Ils veulent savoir.

— Donne-moi une heure.

— Solly, je ne peux pas.

— Donne-moi quarante minutes.

— Ils vont me couper les couilles.

— Non, ils ne feront rien de tel. Salsone, je le revendique. Ils pourront nourrir tous les soupçons du monde mais, en ce qui te concerne, le rapport original a été bel et bien enregistré. Quand l'Inquisition te convoquera, tu joueras la stupéfaction, d'accord ? Tu en restes sans voix. Tu ne sais pas ce qui s'est passé, tu tombes des nues, et tu sauves ton cul.

— Mais que puis-je leur dire ?

— Tu n'aimes pas le dernier paragraphe. Tu le retapes.

— Mais Solly…

— Quarante minutes. Donne-moi seulement quarante minutes. Je te promets que, tout ce que tu as fait pour moi, je te le rendrai au centuple. Tu le sais. »

*

La secrétaire du commissaire Keeves hésitait à faire entrer Glass.

« Il m'a donné des consignes très strictes, lieutenant. Il ne veut être dérangé sous aucun prétexte. »

Il n'y avait pas que les enquêteurs, en bas, qui roupillaient.

« Il faut que je le voie. » Plus que trente-cinq minutes. Tom Hall, il le savait, ferait de son mieux. « Dans moins d'une demi-heure.

— Il ne va pas apprécier. Lieutenant.

— Moi-même, j'ai toujours du mal à me réveiller.

— À vos risques et périls, dit-elle en appelant le chef.

— Glass » tonna une voix. Keeves ne se servait pas de son téléphone manuel, il beuglait dans l'interphone. Les pieds posés sur le bureau ? La tête sur une chaise longue ? « Ma secrétaire me dit que vous avez découvert… »

Le pot aux roses ? Certes pas.

« Je ne peux pas en parler au téléphone. Il faut que je vous voie.

— Me voir ? Mais vous me voyez à cinq heures. Ça ne peut pas attendre cinq heures ?

— Cinq heures ? Pourquoi est-ce que je vous vois à cinq heures ?

— Elle ne vous l'a pas dit ?

— Qui ?

— Mrs Reed. »

Merde alors, de quoi parlait-il ?

« L'une de ses stagiaires a appelé. Elle désirait un rendez-vous. Disait que c'était urgent, que ça ne pouvait pas attendre. Tenait à ce que vous soyez présent. »

Une nouvelle embrouille, mais il devrait s'en occuper plus tard.

« Très bien, okay. Mais moi j'ai besoin de vous voir tout de suite. Dans moins de trente minutes. Au sujet de Halloran.

— Vous avez intérêt à assurer, Glass. »

Urgent.

Ça ne pouvait pas attendre.

Les doutes le cernaient de nouveau. Il s'était trompé du tout au tout sur elle. *Sois prudent, Solly*. Maintenant il comprenait ce qu'elle voulait dire. Maintenant il savait combien elle était dure, et rusée. Elle l'avait piégé. Il se sentit soudain nauséeux. Il essaya d'attribuer son malaise à une cause anodine, au fait qu'il fumait trop, à son organisme saturé de caféine, à l'absence de tout repas digne de ce nom depuis vingt-quatre heures. Mais il savait que c'était plus grave que ça.

« Dans vingt minutes, Glass. » Quelqu'un criait hors-champ, dans les coulisses de ses pensées. « Et vous en aurez cinq, pas une de plus. Vous m'entendez ? »

Coupe la connexion, se conseilla Glass tandis qu'assis à son bureau, il attendait que les minutes passent. Coupe la connexion. Stimulus et réaction, conditionnement de la pensée et du comportement — tel était le terrain des recherches de Glass depuis une décennie. Pour sa thèse de doctorat, il avait conçu des programmes de modification du comportement, de re-conditionnement cognitif, des manières de rompre avec des réactions structurées, habituelles, à des stimuli spécifiques. Des structures psychiques qui nous rendent parfois esclaves de notre environnement. Social, physique, voire climatique. Il pleut à votre réveil, le ciel est plein de nuages. Les nuages vous dépriment. Vous allez travailler en traînant les pieds, la journée n'avance pas. Mais que se passe-t-il si vous ouvrez les volets, découvrez la pluie, téléphonez au boulot pour prévenir que vous aurez un peu de retard, trottinez sous la pluie jusqu'à la piscine la plus proche, vous immergez dans l'eau, emplissez vos poumons d'oxygène, de chlore, rentrez chez vous en courant sous la pluie, restez une demi-heure sous la cascade de la douche, vous vous voyez tranchant l'eau, fort, mince, semblable à une lance ? Debout sous la cataracte, vous imaginez d'autres nuages, étrangers, Amsterdam, de jeunes Hollandaises blondes qui font du vélo entre les flaques d'eau, leur chevelure ondoyant derrière elles, leurs mollets et leurs cuisses musclés, nues sous leur jupe, filant à travers la pluie… Vous adorez la pluie. Vous allez à votre travail sous la pluie, vous souriez à tous les passants que vous rencontrez, aux nuages de jeunes Hollandaises sur leurs bicyclettes noires.

Contente-toi de penser. Coupe la connexion, se répétait sans arrêt Glass, assis derrière son bureau. Concentre-toi sur autre chose. Pense à elle sur un autre mode. Pense à un détail d'elle qui va dissiper ce nuage. Qui te permettra de la voir de nouveau comme une femme sincère, droite, aimante…

Il essaya. Au cours des dix-sept minutes qui lui restaient. Mais sans réussir à trouver le moindre putain de détail.

*

« Ne prenez pas la peine de vous asseoir, lieutenant. » Alors même que Glass saisissait le dossier d'une chaise. « Vous ne resterez pas ici assez long-temps pour vous détendre. »

C'était du bluff, Glass le savait. Pas seulement à cause de l'épuisement qui se lisait sur les traits de Keeves, à cause de sa cravate de travers ou de ses manches défaites, qui de toute évidence ne dissimulaient aucun atout majeur. Non, c'était surtout la lueur d'espoir qui brillait dans son regard. Glass apportait-il quelque chose, se demandait-il. Une chose dont il pourrait faire état et affirmer qu'il s'agissait d'une réelle percée dans l'enquête.

Eût-il apprécié davantage Keeves, Solly aurait peut-être ressenti de la sympathie pour lui. Mais en voyant ce bureau nu et parfaitement astiqué, le petit drapeau tristement perché sur son socle circulaire, il se rappela la vitesse avec laquelle l'espoir se muait en colère, en fourberie, et il décida d'économiser son énergie et d'avoir bien plutôt pitié de lui-même.

« Dans dix minutes vous allez recevoir un rapport de la Balistique », commença-t-il, bille en tête. Inutile de tergiverser ou de tourner autour du pot. Tom Hall allait frapper à cette porte en tenant un arrêt de mort professionnel. Glass avait dix minutes pour circonvenir Keeves. Et ce ne serait pas de la tarte. Déjà Keeves se renfrognait, ses yeux — dans leurs poches fatiguées — étaient devenus deux petits cailloux durs et gris derrière leurs lentilles rondes en plastique.

« Comment le savez-vous ? demanda Keeves.

— Ce rapport va sans nul doute affirmer que l'arme qui a tué Halloran est la même que celle qui…

— Mon Dieu, Glass, si vous avez lu mon courrier avant même qu'on ne le glisse dans l'enveloppe…

— La même que celle qui a été utilisée pour un

certain nombre d'assassinats au cours de ces derniers mois. Et peut-être d'autres antérieurs. »

Les cailloux fondirent encore, les lèvres se crispèrent.

« Jacobs, Tyler... » Glass sentit sa gorge se serrer. « Salsone. »

Puis le trait de la bouche se mit à onduler. Avant de claquer comme une tapette à souris. « *Salsone?* beugla-t-il.

— Au moment de la première audition relative au décès de Salsone, tous les éléments...

— Arrêtez vos conneries, Glass. »

Ce point, Solly le savait, Keeves allait le ressasser pendant quelques minutes, tandis que son cerveau se débattrait pour rattraper sa bouche. Pas le vrai problème, pas Halloran, pas le lien possible avec Ordures & Cie, mais cette infraction, ce possible parjure. Compte tenu de son passé, de ses antécédents, c'était, il le savait, du pain bénit pour Jack Keeves ; et s'il voulait qu'à la toute fin il soit de son côté, il devait simplement attendre, endurer le sermon rituel qu'il voyait arriver. Il se concentra sur le drapeau. Fronça les sourcils, en espérant arborer une mine contrite.

« Sacredieu, Glass, vous ne vous contentez pas de faire tourner votre petite affaire de pompes funèbres », dit-il en abattant violemment le poing sur son bureau, « mais vous avez au cul toute une Section Technique personnelle. »

Il commençait d'y avoir un peu trop de monde dans cette partie intime de son anatomie, pensa Glass en changeant de position sur sa chaise. Et la tirade contre Tom Hall et son équipe continua.

« Ce n'est pas la faute de la Balistique », réussit enfin à dire Glass. Si Tom Hall devait lui aussi pâtir de cet orage de merde, alors ce serait une trahison, reconnut Solly, aussi grave que celle dont il se sentait la victime. « Ils n'y sont pour rien. Leur rapport complet sur Salsone était là depuis le début. Je suis intervenu. J'ai supprimé un détail, c'est tout. Pour des raisons opérationnelles.

— Des raisons opérationnelles ! Par exemple ? » Au moins, Keeves écoutait de nouveau. Sa couleur avait éclairci pour atteindre une nuance pourpre.

« Par exemple et pour commencer, afin d'éviter une guerre des clans. Si Caselli croyait que Salsone s'était fait buter par autre chose qu'une de ses gonzesses, alors…

— Et puis ? Les autres raisons ?

— C'était le seul lien que nous avions avec le vrai assassin. Si nous livrions ce détail au public, ils auraient aussitôt largué le flingue et fait le mort.

— Et ? »

Bon Dieu, que voulait-il encore ? Mais le visage, il le remarqua, avait de nouveau viré à un pourpre plus raisonnable.

« Et nous étions certains d'avoir une piste utilisable, exploitable, une piste informatique, qui allait du Bureau des remises en liberté conditionnelles, aux prisons, à nous, au Bureau du procureur général et jusqu'à l'assassin. Et si jamais le tireur qui avait effacé Salsone était ne fût-ce que mentionné, alors tout serait foutu.

— Et qu'est-ce que Halloran vient faire là-dedans ? »

Enfin, au fait. Pitié.

« Je ne suis pas très sûr.

— Vous n'êtes pas très sûr. Magnifique.

— Mais je crois savoir comment le découvrir. » Il

prit une profonde inspiration. Tout reposait sur cette demande. « Si vous pouvez juste m'accorder cinq jours.

— Cinq jours, hoqueta Keeves. Vous accorder cinq jours ? Donnez-moi rien qu'une bonne raison de ne pas vous virer avec perte et fracas. De ne pas vous retirer votre insigne et vous suspendre, vous coller au trou en attendant votre audition.

— Parce que vous avez besoin de moi.

— J'ai autant besoin de vous que d'une troisième couille, Glass.

— Parce que vous n'avez rien à vous mettre sous la dent et que vous le savez. Et puis parce que, sans moi, vous n'aurez rien. Tout ce que je demande c'est cinq jours — et puis que vous gardiez le rapport balistique par-devers vous pendant cinq jours.

— Je ne peux pas faire une chose pareille — cela figurerait sur le rapport.

— Pas avant que vous ne l'y écriviez. Vous avez demandé à ce qu'on vous l'apporte en personne. Seuls vous et la Balistique serez au courant. Vous pouvez leur faire jurer le secret.

— Vous sauriez tout ça, Glass. Vous voulez me compromettre. Vous voulez que je vous rejoigne dans votre bain de boue. Que je vous couvre. »

N'est-ce pas justement à cela que sert une force de police ? faillit rétorquer Glass.

« Eh bien, je vais vous dire une bonne chose, monsieur le lieutenant Glass. Il n'y aura pas de magouilles dans cette unité de la police.

— Ce n'est pas une magouille. C'est un retard stratégique, voilà tout. Pour des raisons opérationnelles. »

Le langage bureaucratique, il s'en aperçut, faisait son effet, indépendamment de tout raisonnement.

« Et la presse ? Qu'est-ce que je fais des journalistes ? Il s'agit de la première avancée réelle dans...

— Si vous leur dites la vérité, ce sera l'enquête que vous briserez, l'affaire que vous ferez capoter. L'arme disparaîtra, tout le monde fera le mort.

— Ils attendent quelque chose.

— Alors donnez-leur quelque chose.

— Quoi, par exemple ? » Tandis qu'on frappait à la porte. Hall et son rapport. Glass avait deux ou trois minutes, tout au plus.

« Attendez ! cria Keeves. Quoi, par exemple ? répéta-t-il.

— De l'espoir.

— Essayez-vous de me piéger, Glass ?

— Deux ou trois pistes prometteuses. Trop brûlantes pour qu'on puisse les révéler immédiatement. Bon Dieu, je n'ai pas besoin de vous faire la leçon. L'enquête progresse... Les conneries habituelles. Par-dessus le marché, c'est vrai, d'une certaine façon. Plus tard, rétrospectivement, cela sera avéré. Qu'avez-vous à perdre ? Le reste de l'enquête peut se poursuivre telle quelle. Et si vous faites chou blanc, ça ne changera rien. De cette manière, vous avez deux billets de loterie au lieu d'un seul.

— Et si ça n'aboutit à rien ?

— Alors vous aurez un coupable tout désigné. Vous pourrez couper les couilles d'un sale flic. D'un crétin qui a fait dérailler l'enquête. Comme ça, si vous n'avez toujours rien, vous pourrez au moins les distraire, leur faire oublier un moment le principal enjeu. Vous faire bien voir du gouverneur, grâce à votre sens de la discipline et de l'ordre. Dans tous les cas, c'est tout bénéfice pour vous. Je gagne le gros lot, et soudain les médias cherchent un héros, un stratège génial. Je me plante, et vous me faites porter le chapeau. Pas de canon mal amarré, pas d'indiscipline dans cette force de police…

— Faisons le point, Glass. » Keeves, dans son épuisement, atteignait presque l'instant du partage. Il avait brûlé ses dernières cartouches, Solly s'en aperçut. « Jacobs, Tyler — même Salsone, je comprends. Mais Halloran ? Je n'y comprends strictement rien. Vous croyez que c'est le simple hasard ? Ou qu'un cinglé veut dégommer Ordures & Cie, mais qu'il trouve bientôt que ça manque de classe, que ça n'est pas assez chic, si bien qu'il passe à un juge ? À moins qu'on n'ait à faire à un psychopathe, à un idéaliste givré ?

— Peut-être », fit Glass. Tout était possible.

Keeves réfléchit un moment. Profondément stupéfié.

« Et tout ce que je dois faire, c'est garder le rapport balistique sous le coude… ? » Puis il se remit à crier : « Je vous ai dit d'attendre ! » De nouveau, à la porte fermée. C'était une distraction fâcheuse qui le détournait du minuscule espoir. Vers lequel il retourna néanmoins. « Et appeler ça comment ? Une stratégie opérationnelle ? Des données incomplètes à cette époque… ? »

Fort bien dit. Solly lui-même aurait pu utiliser ces mots devant le coroner.

« Pas plus, dit Glass. Cinq jours. » Puis, posant le dossier rose qu'il avait apporté avec lui, sur le bureau, devant Keeves. « Oh, ajouta-t-il, il y a juste une autre petite chose… »

*

Il était de retour à cinq heures. Plein d'appréhension et de désir. Quand l'avait-il vue pour la dernière fois ? Des siècles plus tôt ? La veille ?

Il s'annonça à la secrétaire de Keeves, puis alla s'asseoir face à la porte du couloir afin de la voir dès qu'elle sortirait de l'ascenseur et marcherait vers lui. Mais d'entrée de jeu, il s'aperçut qu'il se trompait.

« Le commissaire Keeves a dit qu'il me préviendrait quand tous les deux seraient prêts.

— Tous les deux ?

— Mrs Reed et lui-même. Elle a téléphoné il y a une heure, pour demander à le voir un quart d'heure avant votre rendez-vous. Il n'a été que trop…

— Ravi, je suppose. » Glass quittait déjà sa chaise pour se diriger vers la porte intérieure. Dieu, qu'il était idiot. Encore une fois. Pourquoi n'y avait-il pas pensé plus tôt ? Parce qu'il avait laissé ses hormones penser à sa place, voilà tout. Cinq minutes de Keeves seul avec elle, et toute la stratégie de Solly tournerait en eau de boudin.

« Vous ne pouvez pas… », dit la secrétaire.

Mais il pouvait déjà.

« Glass ! » Ils étaient près de la fenêtre. La main de Keeves toujours posée sur le bras de la femme. « Avez-vous frappé ? » aboya Keeves en un écho de quelque conversation passée. L'esprit de Glass ressemblait trop à un champ de bataille pour qu'il pût se rappeler quand.

Glass ne répondit pas. Se contenta de rester là, de manifester sa seule présence. Et de regarder Tuesday. De la provoquer, comprit-il, avant même qu'elle n'y fût vraiment préparée. Il décela son parfum familier dans la pièce, il vit la main de Tuesday monter machinalement vers sa gorge. Elle portait de la soie autour du cou — étrange, elle avait l'habitude de le laisser nu. Cachait-elle quelque chose, un bleu, une morsure ? Le doigt de Tuesday l'effleura peut-être. Il essaya de se rappeler. Il vit l'effort, la détermination avec laquelle elle contraignit sa main à s'écarter. Mais rien ne filtra sur son visage. Lequel était maquillé pour la réunion, pour cette apparition publique.

« Eh bien, puisque vous êtes ici, dit Keeves à contrecœur. Vous connaissez Mrs Reed ? »

Elle fit un pas en avant, ils échangèrent une poignée de main. Si Solly s'attendait à un signe, à une quelconque complicité, ce n'était pas le moment. La main qu'il serra dans la sienne était fraîche, brève, professionnelle. Quels changements la chair pouvait-elle connaître, pensa-t-il. Vingt-quatre heures plus tôt, la chaleur de cette paume l'avait défait.

« Nous parlions justement de vous, dit Keeves.

— Encore ?

— Je vous demande pardon ?

— Je crois que le lieutenant Glass fait allusion à une précédente occasion, dans les locaux du coroner... »

Les locaux du coroner déclencha une alarme dans le cerveau de Keeves. Il écarquilla les yeux. Dois-je envoyer un signal à mon chef, se demanda Glass, dois-je agiter la main pour lui signifier *Non non ne dites rien* ? Mais la chaîne associative coroner — Salsone — Balistique — Halloran — pistolet se révéla trop lourde pour que le cerveau épuisé de Keeves pût la supporter. Et Glass réussit à respirer de nouveau. En entendant :

« À ce moment-là, nous parlions aussi de lui, si

vous vous souvenez. » Puis, se tournant vers Glass : « Vous devriez être flatté, lieutenant, dit-elle, que les gens vous trouvent aussi fascinant. »

Les gens — tellement désinvolte, lisse, poli. Tellement froid. La glace emprisonnait le cœur de Solly. Et elle ne se rompit point lorsqu'ils s'assirent, si près qu'il lui aurait suffi de tendre la main pour toucher le bras de Tuesday, cette chair couleur de pêche qui reposait, parfaitement détendue et sûre de son pouvoir, sur la table près de lui, un unique bracelet d'argent la ceignant. Lequel serait le plus chaud, se demanda-t-il — le métal ou la chair ?

« Eh bien, Mrs Reed... » Keeves se montra soudain formel, sec et précis, comme si les précédents bavardages le dégoûtaient maintenant. « C'est vous qui avez sollicité cette réunion.

— Merci, commissaire. » Sur le même ton. Puis elle consulta le bloc-notes qu'elle avait apporté.

« Il y a environ vingt-quatre heures, le lieutenant Glass et moi... »

Nom de Dieu.

« ... avons parlé... »

Elle allait peut-être lui mettre la tête sous l'eau, mais elle n'allait certes pas se noyer avec lui. Glass s'efforça de voir les choses de son point de vue à elle, d'imaginer ses retranchements, ses armes, son combat. Mais elle ne semblait pas sur le pied de guerre. Elle semblait...

« ... de la possibilité d'une fuite d'informations à travers mon bureau et qui aurait manifestement contribué au décès par balles de trois prisonniers lors de leur remise en liberté anticipée... »

Keeves, remarqua Glass, le foudroyait du regard tout en écoutant la procureur. Bon Dieu, pensa

Glass, pourvu qu'il n'ait pas déjà oublié ce que je lui ai servi sur un plateau. Mais ensuite, en voyant Keeves acquiescer et conserver son air buté quand Tuesday leva les yeux pour le regarder, Glass comprit ce qui se passait : Keeves jouait le proviseur irascible qui soutenait la charmante jeune professeur, laquelle amenait devant lui l'élève récalcitrant qu'il devait tancer.

« Bien évidemment... », disait Mrs Reed, avec le plus onctueux de tous les appels à la raison. Solly se contraignit à se concentrer, à suivre. Mais l'éclat sur les lèvres de Tuesday tandis qu'elle parlait — était-il naturel ou dû au maquillage ? — compromettait gravement toute attention. « Mon service serait profondément perturbé si cette suggestion contenait la moindre trace de vérité...

— Vous suivez, Glass ? » Keeves, le voyant extralucide du Département. Mais Glass n'aurait su dire si son chef était réellement au courant de son propre état d'esprit, ou bien si lui-même était complètement perdu. Et puis Glass s'en moquait. Car à cet instant précis, il se rappelait le croissant étrangement enfantin du nombril de Tuesday sur le lac plat de son ventre. « Vous pigez ? »

Glass se contenta d'acquiescer.

« Le Bureau du procureur général est prêt à coopérer de toutes les manières possibles avec le Département. Mais il y a naturellement des limites. Il existe des différences notables entre le fait de coopérer, sur un mode informel et une base individuelle, dans une enquête précise...

— Rien de formel... », commença de dire Keeves. Par pur réflexe.

« Entre cela, l'interrompit-elle, et l'enquête formelle induite par une éventuelle accusation de corruption systématique formulée à l'encontre d'un fonctionnaire statutaire. »

Maintenant, c'était le visage de Keeves qui changeait de couleur. Glass écoutait, avec admiration — et malgré lui. Elle était tellement manipulatrice, tellement bonne. Elle poursuivit, tirant toujours les ficelles :

« Cette hypothèse impliquerait, bien sûr, une procédure beaucoup plus complexe, voire la création d'une commission d'enquête. Le procureur général devrait en être aussitôt informé — si c'est ce que vous avez en tête. Le maire, le gouverneur, le…

— Le gouverneur ? » Keeves lança un regard assassin à Glass.

« Et je ne suis pas certaine, vu le climat actuel, de la manière dont ils pourraient réagir…

— Seigneur tout-puissant. » Keeves, lui, en était certain. « Il n'y a pas d'enquête. Il n'y aura pas de commission. Laissez-moi vous en assurer. Nous sommes simplement soucieux de certaines rumeurs, voilà tout, de certains bavardages. Des papotages de bureau, rien de plus.

— Telle est peut-être votre conviction, commissaire. Mais le lieutenant Glass… » Elle se tourna vers lui, paumes ouvertes. Il comprit, alors, combien elle pouvait être dure. Combien elle s'était moquée de lui dès qu'il l'avait quittée au Winterset. Qu'avait-il dit ? *Tu sais qu'il faudra quand même que je pose mes questions* ? La façon dont elle avait hoché la tête. Feint d'accepter. Quand déjà elle était mentalement ici, à des kilomètres, pour colmater la brèche, attaquer, détourner, parler d'égal à égal avec le boss de Solly. Au-dessus de son cerveau lent de Juif. Et maintenant, encore. « Je suis certaine qu'il est toujours convaincu…

— Glass est déchargé de l'enquête. »

Elle leva brusquement les yeux. Pour le regarder, lui. Elle ne le savait pas. Peut-être que Keeves n'avait pas tout bousillé, après tout ? Si Glass n'était pas né de la dernière pluie, s'il n'avait pas constaté par lui-même tout le talent et la dureté inflexible de Tuesday, il aurait pu maintenant déchiffrer sur le visage de la procureur une excuse, de la compassion. Mais non.

« Complètement ? » demanda-t-elle. Mais ce n'était pas une question.

« Pas simplement Glass. Cette affaire est gelée. Personne n'y touchera — pas avant que l'assassinat de Halloran ne soit élucidé. Tous les autres assassinats — Jacobs, Salsone, Tyler, ils sont tous gelés. Ils peuvent bien continuer de se flinguer les uns les autres et faire notre boulot à notre place, en ce qui me concerne. Rien ne bougera dans ces enquêtes tant que l'assassinat de Halloran ne sera pas réglé.

— Et ensuite ? » Elle tenait à ce que ce fût écrit avec du sang. Celui de Glass ferait très bien l'affaire.

« Quelqu'un d'autre sera nommé. » Keeves, qui se battait toujours pour sauver sa peau devant le gouverneur, était prêt à tout pour calmer le jeu. « Si vous avez quelque objection personnelle envers le lieutenant Glass…

— Je n'ai aucune objection personnelle envers le lieutenant Glass », réussit-elle à répéter. Avec un équilibre parfait. Dans quelle demeure de la maison de son père résidait-elle pour dire une chose pareille ? se demanda Glass. « J'ai simplement l'impression qu'il souffre de certains préjugés. L'impression fâcheuse qu'il a adopté une attitude pleine de préjugés envers l'une de mes stagiaires.

— Le lieutenant Glass, dit Keeves qui lui-même ne souffrait bien sûr d'aucun de ces préjugés, est déchargé de l'enquête. Dois-je vous le répéter encore une fois, Mrs Reed ? Déchargé définitivement.

— Merci, commissaire. » Humblement. Sans sourire. Comme si jusque-là elle n'avait pas vraiment compris.

Mais maintenant que c'était fait, ils pouvaient se détendre, bavarder. Évoquer les progrès de l'enquête Halloran. Ou l'absence de ces progrès, pensa Glass, de très loin. Des bribes de conversation lui arrivaient, mais c'était contre l'anéantissement de son bon sens — et de ses sens — qu'il se battait. Que pouvait-il bien se passer dans l'esprit de Tuesday Reed quand elle bavardait de la sorte ? Avait-elle même conscience de lui ? Certes, elle se tourna deux ou trois fois vers lui pour l'inclure dans ses commentaires, mais seulement pour sacrifier au rituel social. Sans jamais le regarder dans les yeux. Avait-elle la moindre idée de l'étendue des dégâts qu'elle venait de lui infliger ? Et pas seulement sur le terrain professionnel ? Ou bien s'en moquait-elle tout à fait ?

« Au moins, disait-elle, le pouvoir judiciaire va être contraint de se réveiller. Nous aurons peut-être droit à quelques jugements, quelques verdicts qui commenceront à aller dans le bon sens.

— Vous le pensez vraiment ? » demanda Keeves.

Glass, voyant le moment approcher, revint dans la conversation.

« Eh bien, pas vous ? Vous croyez que le public va supporter l'assassinat d'un juge sans réagir ? Ce décès met tout le système judiciaire en péril. Regardez le parti de la Loi et de l'Ordre dans cette élection…

— Un petit parti, commenta Keeves.

— Oui, mais ils vont enfoncer le clou. Et même le gouverneur, le maire, les principaux partis devront réagir. Vous avez lu les journaux ? Les gens réclament des condamnations plus sévères. Et ils veulent que les prisonniers accomplissent la totalité de la peine à laquelle ils ont été condamnés.

— Ce n'est pas ce qui a l'air de se profiler à l'horizon, je le crains. » Keeves se leva et retourna vers son bureau. Il y prit un dossier rose posé dessus, qu'il rapporta à l'endroit où ils étaient assis. Il était calme, résigné, las du monde — Glass fut stupéfié par la conviction qui émanait de son chef « Pas pour tout de suite, en tout cas. Avant votre arrivée, je regardais ce dossier. La remise en liberté de Vandenburg est prévue pour demain après-midi.

— Quoi ? » Ce fut le seul moment de toute la réunion où le masque glissa.

Keeves fit comme s'il n'avait rien entendu. Il resta simplement debout, là, feuilletant d'une main distraite les pages du dossier. « Neuf ans pour viol de mineure sur — euh, quel âge avait-elle ? — ah oui, une fille de dix-sept ans. Avec violences, menaces. Mais grâce à sa réduction de peine pour bonne conduite, Willy Vandenburg, prisonnier modèle, citoyen modèle-réinsertion en bonne voie, selon l'avis du Bureau des remises en liberté — retrouve la vie civile après quatre ans et demi à l'ombre.

— Et la fille ? » demanda-t-elle. Sans ironie apparente. « Sa réinsertion est en bonne voie ?

— Morrisett Street, lut Keeves comme si Tuesday Reed n'avait pas parlé. Tiens, ça me dit quelque chose, ajouta-t-il en se tournant vers Glass. N'est-ce pas l'endroit où Tyler a transité — la maison sécurisée ?

— La nature a horreur du vide », fit Glass. Tous deux le regardèrent, scandalisés.

« Le Bureau des remises en liberté est parfaitement d'accord, poursuivit Keeves au bout d'un moment. Le vote a été unanime. Unanime. »

Keeves referma le dossier, le lança négligemment sur la table devant lui. Là où tout le monde pouvait le prendre.

« En tout cas, dit-il, Vandenburg n'y passera que cinq jours. Après quoi il sera réintégré dans la société de manière anonyme. » Il haussa les sourcils. « Retour à la communauté des hommes. D'où il nous faudra sans doute l'extraire de nouveau d'ici quelques mois. Quand il récidivera. En attendant, seul son contact au Bureau des remises en liberté saura le localiser. Apparemment il a livré quelques noms pendant son séjour à l'ombre, il bénéficie donc d'un statut de témoin protégé et d'une nouvelle identité. C'est un vrai nouveau début dans la vie. Willy Vandenburg le chanceux. »

Tuesday, Glass s'en aperçut, se mordait la lèvre. Pour retenir quelque chose ? Ou pour s'empêcher de tendre la main vers quelque chose ?

« Je suis surprise, dit-elle enfin. J'avais imaginé qu'après la mort du juge Halloran, il y aurait une sorte de moratoire, sinon une suspension définitive.

— Ce sera peut-être le cas », dit Keeves en regardant sa montre. Il devait prononcer un communiqué optimiste pour les infos du soir. « Mais pas assez tôt pour épargner à la communauté humaine la compagnie de cet animal de Vandenburg. » Puis, avec un talent dont Glass ne l'aurait jamais soupçonné, Keeves eut de lui-même une idée formidable, inédite. « Vous connaissez ce Vandenburg ? demanda-t-il avec désinvolture à Mrs Reed. Vous avez déjà eu son dossier entre les mains ? » En le reprenant sur la table avant de le lui tendre.

Les yeux de Glass ne quittaient pas les mains de Tuesday Reed. Les doigts de Tuesday Reed. Pas une seconde ils ne bougèrent.

« Je connais bien l'affaire », dit-elle à la place. Puis, avec une sérénité absolue : « Si je ne m'abuse, un exemplaire du document de remise en liberté est en ce moment même dans mon bureau. Grâce à mon assistante, Sophie Corner... »

Il y eut un moment de tension. Qu'elle déjoua. « À moins, bien sûr, que le lieutenant Glass ne l'ait déjà fait arrêter. »

Keeves vit le bon côté des choses. Rit avec elle. Le sourire de Glass s'attarda derrière eux.

Coupe la connexion, se dit Glass. Commence avec les yeux. Retire-les de son visage. Maintenant.

« Il y a une dernière chose, dit-elle en rassemblant ses affaires. Depuis quelques jours — en fait, depuis le commencement de tout ça, il y a un homme... J'ai d'abord cru à une coïncidence. Mais après hier, je crois vraiment qu'il me suit.

— Quel homme ? » Solly eut aussitôt le cœur dans la bouche. Il ne pouvait la quitter des yeux. Bravo pour le déconditionnement.

« Très massif, cheveux noirs, trop voyant pour qu'on puisse le rater. J'ai pensé qu'il s'agissait d'un de vos hommes, lieutenant. À la recherche de tous ces dossiers égarés. De grands pieds... »

Seigneur, non, pas encore Malone. Faisant preuve d'initiatives personnelles.

« Je veux qu'il cesse sa filature.

— S'il s'agit de Malone, commença Keeves.

— D'accord », coupa Glass. Refusant d'en entendre davantage. « Je vais le rappeler. » Et il fut récompensé d'un sourire. Modeste, parfait, acceptant la reconnaissance de sa victoire totale. Elle se leva.

« Je vous raccompagne », dit Keeves en ajustant sa cravate avant de tendre la main vers un veston. « De toute façon, il faut que je descende à la salle de conférence pour rencontrer les médias.

— Merci, commissaire », dit-elle en marchant devant lui vers la porte. Où elle s'arrêta, comme prise d'un remords. « Après vous, lieutenant », dit-elle en faisant signe à Glass de passer. Keeves suivit, les sourcils froncés. Tous les trois dans l'ascenseur, voilà qui dérangeait ses plans.

Mais ils le remplirent confortablement, côte à côte, Mrs Reed entre eux. Keeves volubile, expansif. Glass silencieux, torturé, paralysé. Il avait été compromis. Tous deux le savaient. Elle était venue ici — comme la veille elle était allée au Winterset — pour l'exclure du jeu. Et elle l'avait fait. Rien ne pouvait déguiser cette évidence. Solly avait le cœur lourd. Les muscles de son cou, de ses épaules, lui faisaient mal. Alors, magiquement, il sentit la main de Tuesday sur son dos. Cachée, discrète, caressante. Solly, disait cette main, alors même que sa propriétaire plaisantait et flirtait avec Keeves. Solly, je suis désolée, je suis désolée.

Keeves, babillant toujours, sortit de l'ascenseur en trébuchant derrière eux.

« Ce parfum, disait-il. Il est charmant, tellement

odorant. Je me demandais. Mon épouse... », ajouta-t-il. Son épouse, pensa Glass, était la dernière personne au monde à qui Jack s'intéressait à ce moment précis. « Cela vous dérangerait-il de me dire... ? »

Mrs Reed le considéra. Hésita. Regarda Glass.

« *Fleur-de-lys*[1], dit-elle à Keeves. Un parfum français. »

Avant de les planter là. En proie à divers stades de la stupéfaction.

« Seigneur, Glass, disait Keeves tandis que les deux hommes la regardaient s'éloigner. Vous avez vu cette expression sur son visage ?

— Quelle expression ? »

1. En français dans le texte. *(N.d.T.)*

27

« Comment ça s'est passé ? »

Pourquoi parvenait-il toujours à lire la direction précise de l'esprit d'Izzy, à sentir dans son sang les motifs de ses questions les plus détournées, alors qu'en présence d'autres individus — et même lorsqu'il en avait désespérément besoin — il pouvait scruter éternellement le livre de leur visage et néanmoins ne jamais faire confiance à ses yeux pour lui dire la vérité ?

« Il ne l'a pas aimée, répondit Glass.

— La pizza ?

— Il n'a pas trouvé ça drôle.

— Qu'est-ce que je t'avais dit ?

— L'humour, les Irlandais n'y ont pas eu droit. Voilà ce que tu m'as dit.

— Exact. » Izzy marqua une pause, en calculant au-dessus du rebord de sa tasse. « Alors, pourquoi lundi ? Nous ne nous retrouvons jamais le lundi.

— J'avais besoin de te dire quelque chose.

— Quoi ? Tu devrais payer tes factures de téléphone.

— Personnellement. J'avais besoin d'expliquer...

— Tu as l'air pâle. »

Aucune explication ne sortirait de la bouche de Solly avant qu'Izzy n'ait abordé le dernier point de sa liste prioritaire. Il en avait toujours été ainsi. Solly suivit, écouta d'une oreille distraite, lâcha quelques commentaires, tandis qu'Izzy se délectait. Et manifestait parfois une prescience étonnante. « Tu as besoin de soleil. Où vis-tu ces temps-ci ? Sous terre ?

— Je vais partir. » Solly se fraya enfin un chemin entre deux respirations. « Juste pour quelques jours.

— Où l'as-tu rencontrée ? Comment s'appelle-t-elle ? Pourquoi ne me l'as-tu pas encore présentée ?

— C'est pour le boulot.

— Tant mieux si ça marche pour toi. Elles sont toutes gentilles, voilà ce que je dis toujours. Tu l'amènes ?

— Si je l'amène ?

— À la bar mitzvah. Maman veut savoir si tu viens accompagné. »

Parfois, sous la pression d'Izzy, Solly s'étonnait lui-même :

« Peut-être », s'entendit-il répondre.

Ce qui eut l'effet extraordinaire de plisser les yeux d'Izzy, avant de les fermer complètement.

« J'essayais de te dire et je veux que tu répètes à maman que je vais m'absenter quelques jours. Et personne ne pourra me contacter. Il sera inutile d'appeler, de laisser des messages.

— C'est l'assassinat d'Halloran, n'est-ce pas.

— Non », fit-il aussitôt.

En connaissant le penchant d'Izzy pour les indiscrétions. Des bavardages déplacés à la femme deux fois fatale dans le mauvais bar avaient jadis failli faire capoter l'une des enquêtes de Solly.

« Non, répéta-t-il. Tous les flics et leurs chiens sont

au boulot sur l'enquête Halloran. Je m'intéresse de nouveau à des affaires antérieures. Il y a des choses que j'ai besoin de voir. Des rapports, des dossiers. » Restons vagues. « Tout ne se trouve pas ici en ville, les documents sont éparpillés un peu partout.

— Salsone ? devina Izzy.

— Je vais devoir voyager un peu.

— Faire un petit tour sur Mars ? Ou sous la mer ? Des endroits où il n'y a pas de téléphone ?

— Si je peux, je t'appellerai. Je dis simplement que je serai difficilement joignable. Les mobiles seront peut-être inutilisables.

— Ils le sont toujours quand on les éteint.

— Tu expliqueras à maman ?

— Comment faire pour éteindre son mobile ?

— Je ne veux pas qu'elle s'inquiète.

— Alors remarie-toi. Mario, qu'en penses-tu — il devrait se remarier ? »

Mario acquiesça en regardant Solly, assis là, non marié, sans enfant. Mais il ignorait que Solly avait des enfants. Deux, aux yeux aussi noirs que ceux de Mario, tous deux sains et saufs dans leur boîte — mais qui en sortaient parfois. Pour scarifier son âme.

« Dis-lui seulement ça, Izzy, d'accord ? Dimanche prochain j'appellerai, je passerai à la maison.

— Tu as toujours l'adresse ? Tu te rappelles l'endroit où tu es né ?

— S'il y a une urgence — enfin, je veux dire, une vraie urgence, je ne veux pas dire : si j'ai déjà acheté le cadeau de Nathan —, je parle d'une menace de mort, je parle de maman, tu peux me contacter par Malone. Malone saura toujours où me trouver.

— Ce balourd d'Irlandais ? Il sait pas rire, mais il a appris à téléphoner ? »

*

Malone et Nora étaient venus voir Glass. Malone avait fermé la porte du bureau.

« Nous avons réfléchi, Solly », dit Nora. Et le nous, remarqua Glass en passant, ne provoquait plus une douleur d'envie. « Sur la mort de Halloran.

— Vraiment ? »

Il regardait entre eux, en essayant de ne pas montrer sur son visage les doutes qu'il entretenait quant à l'équivalence de leur apport. Ce n'était guère facile. Il avait encore un petit compte à régler avec Malone et son zèle stupide.

« Et alors ? Quel est le fruit de ces réflexions ?

— Danny et moi… »

Glass, qui marchait en s'éloignant d'eux, fut surpris au point de pivoter brusquement sur les talons. Il ne s'était jamais fait à l'idée que Malone avait un prénom. Un vrai prénom. Avant le titre de Malone.

« Nous pensons que nous avons peut-être cherché du mauvais côté.

— Oh ?

— Nous savons que c'est la même arme », commença-t-elle.

En dehors de Keeves, Tom Hall et lui-même, Malone et Nora étaient les seuls à avoir vu le rapport balistique.

« Et alors ?

— Alors, nous devons arrêter de penser selon des stéréotypes. Leur côté, les truands, l'Organisation, les Triades. Nous devons repartir de zéro — le juge Halloran n'était pas un Jacobs, un Tyler ou un Salsone. Nous devons repartir depuis le début et tout reprendre.

— Elle a raison, Solly. » Si Nora pouvait appeler Solly, Solly — eh bien, pourquoi pas lui ? Il pouvait au moins essayer. Voir ce qui allait se passer. « Il ne peut s'agir d'un simple règlement de comptes, de vieilles dettes », dit-il. Il avait la main posée sur l'épaule de Nora, ses doigts tripotaient machinalement la bretelle du soutien-gorge, sous la chemise réglementaire. Glass n'avait pas bronché. « Les trois premiers, ça va, nous comprenons, poursuivit Malone, les trois qui sortent des fichiers — okay, ils présentent une logique interne, même si nous ne parvenons pas à tout comprendre. Mais maintenant Halloran, voilà qui change la donne…

— Nous savions tout ça, intervint Glass. D'où notre surveillance des fichiers, n'est-ce pas. Notre surveillance de Sophie Corner.

— Je sais, dit Nora. Mais nous pensions toujours gangsters. Sophie Corner sort les fichiers. Elle, ou quelqu'un qui lit par-dessus son épaule, réunit les données et les transmet. Mais l'individu auquel ces données sont transmises — nous l'imaginons toujours comme un criminel typique, comme l'un d'eux, comme un de leur bord. Nous pensons…

— Nous pensons vengeances, contrats saignants. » Malone, en duo. « Nous pensons que quelqu'un perd la boule et qu'il s'attaque à de la camelote bas de gamme parce que tout le monde se contrefout de la racaille qui se fait buter. Alors nous pensons à des fuites, nous pensons à la corruption, mais nous voyons toujours le même genre de cow-boy au bout de la chaîne.

— Et maintenant ?

— Maintenant, c'est Halloran qui se fait buter. » Nora, cette fois. « Même flingue, probablement même gâchette. Il nous faut donc changer notre manière de penser, regarder dans une autre direction.

— Pourquoi ? Peut-être que l'excitation de la gâchette diminue, voilà tout. Peut-être qu'il en a marre de buter des cibles molles.

— Après six ? Quand il n'a montré aucun signe avant ?

— Six, sept, peu importe. Chaque fois ça fait un peu moins de vagues, les articles des journaux sont de moins en moins longs. Il cherche à frapper un grand coup. Quoi de plus naturel ?

— C'était un juge, Solly, argumenta-t-elle. Tu ne vois donc pas — c'est trop bizarre, trop proche ? Un politicien peut-être, pourquoi pas un maire, un millionnaire, une vedette de cinéma. Mais un juge ?

— Voilà pourquoi Keeves vous fait passer au peigne fin toutes les affaires qu'il a traitées, pas vrai ? »

Solly surprit le regard qu'ils échangèrent alors.

« Vous passez bien au peigne fin toutes ces affaires, non ?

— En quelque sorte », avoua Malone.

Nora fut aussitôt sur le dos de Glass, avant qu'il ne puisse interroger davantage son partenaire.

« Écoute, Solly, si Halloran s'était fait descendre par ses ennemis — à cause d'une vieille rancune — alors tout ça aurait du sens. Tout ce que nous faisons, écumer les Familles, les Triades, les barons, les dealers — tout ça serait justifié. Mais il ne s'agit pas d'une vieille rancune ni d'une vengeance. C'est le bout d'une longue chaîne et la question que nous devons nous poser c'est : qu'est-ce que ça nous dit si nous ne considérons pas Halloran comme complètement séparé du reste, comme un accident, une dinguerie absolue, mais plutôt comme une progression naturelle, le maillon suivant d'une chaîne ? Que voyons-nous alors ?

— Et que voyons-nous alors ?

— Nous voyons un grief. Nous voyons quelqu'un — sans commune mesure avec le gangster type, ou le psychopathe classique. Nous voyons quelqu'un de rationnel, qui nous ressemble.

— Une victime ? Quelqu'un qui s'est arrogé le droit de tuer ?

— Oui. Ou peut-être même les deux. Il y avait cette femme, tu te souviens ? Jeune, blonde — ainsi que l'homme dissimulé dans l'ombre au Phœnix.

— Et vous pensez... ?

— Quelqu'un rend la monnaie de sa pièce, d'accord. Mais ce n'est pas l'Organisation. Ce n'est pas la racaille qui bute la racaille dans le caniveau. C'est une vengeance.

— De quoi ?

— À cause d'un système pourri. À cause des condamnations bidon, des juges plus que faibles, des remises en liberté anticipées...

— Et avec Halloran, ils auraient simplement augmenté la mise ?

— Il n'est pas vraiment différent des autres, tu vois. Si tu regardes les choses de leur point de vue. » Nora entra dans les détails, au cas où Glass aurait été aveugle. « Il constitue simplement le maillon suivant de la chaîne. Plus gros, oui. Plus brillant, d'accord. Mais tout aussi coupable, tout aussi malfaisant, à condition d'arrêter de penser gangsters, de penser psychopathe, et de commencer à voir les choses de leur point de vue.

— Et ils dégomment Halloran parce que le message ne passe toujours pas ?

— Ça veut dire, reprit Nora, que nous arrêtons de chercher un tueur professionnel, un membre l'équipe adverse. Nous commençons à nous intéresser à notre propre équipe.

— Nous commençons », Malone tendit les paumes, « à chercher tout près, *vraiment* près.

— Oh, maintenant je pige. Vous ne renoncez pas aussi aisément, Malone, n'est-ce pas ? Combien de fois faut-il que je vous le répète ? Elle n'était pas là. Elle n'a rien à voir là-dedans. Ma tête à couper. »

Le regard de Malone glissa sur lui. Croisa celui de Nora. Solly le remarqua. Ils en avaient parlé. Pas de problème. L'intuition de Nora l'amènerait à la vérité, elle savait déjà que Glass transgressait toutes les règles du livre sacré, mais elle savait aussi qu'en fin de compte il croyait à *un* livre. Malgré la traduction innommable dudit bouquin. Et s'il mettait sa tête à couper…

« Okay. » Malone reculait. « Mais peut-être quelqu'un d'aussi proche. Sinon Corner, sinon elle… »

Malone, il le vit bien, doutait toujours. Eh bien, qu'il doute… Ce qui rappela à Glass qu'il devait à l'Irlandais un chien de sa chienne.

« Vous pouvez bien penser tout ce que vous voulez, Malone, commença-t-il. Mais je vous avertis, arrêtez de lui filer le train.

— Le train ? » Malone savait faire l'idiot. Il parut sincèrement surpris. « Le train de qui ?

— Vous avez filé le train de Mrs Reed, pas vrai ? Vous avez joué aux cow-boys et aux Indiens dans la rue. »

Malone rougit.

« Seulement dans les fichiers, protesta-t-il.

— Qu'est-ce que vous me racontez, Malone ? Vous n'avez pas crapahuté dans toute la ville en essayant de glisser vos grosses pompes dans les portes des magasins ?

— Non. » Malone avait-il perdu son innocence ? Était-il devenu torve ? Au point que même son partenaire ne pouvait plus lire en lui à livre ouvert ? Cette incapacité frappait si souvent Solly depuis un moment qu'il se crut devenir dyslexique. Mais si ce n'était pas Malone qui la suivait, qui était-ce donc ?

Glass laissa tomber. Il désirait croire Malone. Au moins quelqu'un.

« Bon, qu'attendez-vous de moi ? demanda-t-il.

— Nous ne voulons pas faire quoi que ce soit derrière ton dos, Solly », dit-elle.

Glass haussa un seul sourcil, comme pour dire *C'est un peu tard pour ça, non ?*

« En ton absence, je veux dire », poursuivit-elle. Prudemment. Glass comprit que Malone — bien qu'il eût juré un secret absolu — avait déjà confié à Nora l'endroit précis où il allait et ce qu'il comptait y faire. Et elle savait que Glass savait qu'elle savait. Et que cela aussi ne posait pas de problème. En Nora il avait foi. Une foi absolue. Il essaya de penser à une autre femme qu'il connaissait et dont il aurait pu dire la même chose. Aucun visage ne se présenta. Même si certaines mains pouvaient le mettre en feu.

« Nous voulons continuer ce que nous avons commencé. Dès que nous en aurons l'occasion. Nous désirons avoir ta permission d'aller de l'avant.

— Mais que faites-vous au juste ? » demanda-t-il en regardant de nouveau sa montre. Vandenburg devait être remis en liberté dans deux heures et il devait encore trouver le temps de voir Izzy.

« Nous comparons des ensembles de données.

— Je croyais que vous l'aviez déjà fait.

— Superficiellement, oui. Maintenant nous le faisons correctement.

— Comment ça, correctement ?

— Regarde, je vais te montrer. »

Nora écarta Glass du bureau, puis approcha son ordinateur et l'alluma. Une succession de lignes apparurent sur l'écran. La machine réclama un mot de passe. Il se pencha au-dessus de l'épaule de Nora pour taper son propre mot de passe, mais les doigts de la jeune femme étaient déjà sur le clavier. *Tuesday*, écrivit-elle sans le regarder, et le système se mit en route.

Nom de Dieu…

« Comment le sais-tu ?

— Facile, dit-elle. J'ai simplement détourné le thesaurus de l'ordinateur vers le portail des mots de passe. Ça marche dans quatre-vingt-quinze pour cent des cas.

— Mais *Tuesday* ? s'étonna Malone.

— Bon Dieu, Malone. C'est un jour de la semaine, pas un prénom, bordel.

— C'est vrai, Danny. Le mois dernier, c'était *Monday*[1]. »

Malone regarda Glass, secoua la tête.

« On ne peut pas faire grand-chose sur cette machine, expliqua Nora, mais je peux tout transférer sur la mienne en bas et faire tourner quelques pro-

1. *Monday* : lundi. *(N.d.T.)*

grammes simples sur celle-ci. Donne-moi un nom, je vais te montrer. »

Elle ne demandait pas n'importe quel nom, Glass le savait.

« Salsone, dit-il.

— C'est un ensemble de données... » Les fenêtres s'ouvraient sur la machine de Solly. « C'est très simple — des biographies — les méchants que nous connaissons et aimons, par ordre alphabétique. Le voici, Benedict Salsone, alias Big Benny, alias tout ce que tu voudras. Proprement coincé ici entre Salsami et Salvatore.

— L'astérisque, ça dit quoi ?

— Il signifie simplement que c'est un fichier mort. C'est le nom qu'on leur donne quand...

— Très drôle, fit Solly.

— Bon, poursuivit-elle sans broncher, tous ces noms sont des clefs d'accès.

— Quoi ?

— Des liens hypertextes. Si tu cliques dessus, tu ouvres des fenêtres qui te procurent des données plus détaillées. Tu veux voir son dossier ?

— Y a-t-il assez de place ? »

Il y en avait assez, mais il fallait faire défiler le fichier. Page après page. À partir de l'âge de quatorze ans. Via Palerme, via Naples. Via Little Venice. Tout du long jusqu'à un appartement cossu de Wellsmore, au plancher troué et aux murs équipés d'un supplément gratuit de ventilation. Où tous les écrans cessèrent brusquement de se dérouler. Glass, qui était resté à l'affût d'un péché par omission, n'en trouva aucun.

« Seigneur, dit Malone, ça c'est un C.V.

— La biographie n'est qu'un ensemble de données, une entrée parmi d'autres. Si l'on prend Homicide par exemple », elle revint en arrière dans le dossier de Salsone, « là, disons que tu prends Georgio Natoli... » Ils la regardèrent changer de menu, arriver aux Homicides, taper Natoli. « Voilà, tu vois. Principal suspect, Benedict Salsone. Accusé — c'est seulement un résumé, tu peux obtenir tout le dossier par le même type de clef d'accès — accusé de l'homicide de Natoli, date, tribunal, tu as tout. Verdict : acquitté en l'absence de preuve. Jamais incarcéré. Tu vois comment ça marche ?

— Oui, mais je ne vois pas comment ça nous aide.

— Eh bien, ces simples données ne sont pas très utiles, mais en bas, sur mon ordinateur, je peux opérer des croisements dans des bases de données complexes.

— Par exemple ?

— Par exemple les listes de tous les assassinats par État, de tous les viols, de tous les coups et blessures, de toutes les agressions perpétrées sur des individus de plus de dix ans. Nous pouvons retourner quinze ans en arrière, et davantage si nous le désirons.

— Quinze ans ? Mais je croyais que tu m'avais dit qu'on ne pouvait pas aller au-delà de cinq ?

— C'était AH.

— À quoi ?

— Avant Halloran. Halloran bossait ici depuis six ans seulement, tu vois, quand il a été tué, et il nous a fallu examiner tous ses jugements de la Cour Criminelle. Eh bien, ça couvre trois États. Il a donc fallu nous ouvrir le système fédéral. Maintenant nous pouvons remonter dans le temps aussi loin qu'on veut. Génial, non ?

— Autrement dit, si tu es un criminel minable, tu

n'as droit à presque rien. Mais si tu es juge, tu as droit à la totale.

— Quelque chose comme ça.

— Alors maintenant nous avons plein de noms de méchants, toute une flopée de crimes divers et avariés…

— Il n'y a pas que les méchants, Solly. Tout le monde est là-dedans. » Elle tapota son PC comme s'il s'agissait d'un enfant. « Enfin, pas ici. Mais dans une vraie machine, comme celle que j'ai en bas. Nous avons tout — les crimes, les armes, les coupables…

— Les victimes », Malone donna le coup de grâce. « Et alors ?

— Alors ? Nous pouvons faire des liens. Si nous cherchons des griefs, nous cherchons des victimes. Nous entrons les noms que nous avons. Tyler, Salsone, Jacobs…

— Et vous trouvez les victimes. Si vous entrez Tyler, vous trouvez Mrs Trugold et Alex Trugold. Et après ?

— Oui, mais on fait aussi intervenir d'autres ensembles de données.

— Lesquels ?

— Les légendes, les biographies…

— De qui ?

— Eh bien, de gens comme nous.

— Nous ? dit froidement Glass.

— Les fichiers personnels stockés ici. Tous ceux qui ont posé leurs empreintes digitales — électroniques, je veux dire — sur le fichier de Tyler, sur celui de Salsone…

— Et qui d'autre ?

— Quiconque est, selon nous, intéressé, tous les noms qui s'affichent sur l'écran.

— Et vous espérez quoi ? Que des noms surgissent, que la vérité sorte du puits ?

— Oui.

— Mais ça ne risque pas de prendre des mois ?

— Non, Solly. Quelques jours — ou quelques heures, si nous avons de la chance. Le principal problème, ce n'est pas de créer des liens, mais c'est de détruire les redondances, de vérifier nous-mêmes ceux qui s'affichent parce qu'ils sont banals.

— Le flingueur John Smith ?

— Oui. Et puis Poggi, ou Chang. »

Tous trois éclatèrent de rire. Pour la première fois depuis une éternité. Il n'y avait pas de mal à ça, décida Solly. Gagné par leur excitation. Au moins, pendant ce temps-là Malone ne traînerait pas dans les rues, à dix mètres de Tuesday.

« Pouvez-vous agir masqués ? Planquer vos recherches parmi les données que vous êtes censés analyser pour Keeves ?

— Le castor ne sait-il pas nager ? » répondit Nora en lui souriant.

*

« Tu peux faire confiance à Malone, dit-il à Izzy. En temps de crise.

— Tu veux dire que d'habitude on ne peut pas lui faire confiance ? »

Izzy se comportait comme les aveugles. Ses doigts tâtonnaient. Il prit un troisième sucre.

« Je veux dire, si tu as vraiment besoin de me contacter.

— C'est Nussbaum…

— Quel Nussbaum ? » Glass avait besoin de dormir. « Mais de quoi parles-tu ?

— Ce Nussbaum quitte son usine et va faire une randonnée en montagne. Voilà cinq jours qu'il n'a pas donné signe de vie…

— J'ai dit cinq jours ? J'ai dit à la fin de la semaine.

— Au bout de cinq jours, un groupe de gens part à sa recherche. Ils gravissent la première montagne. Mr Nussbaum, ils crient, vous êtes là ? C'est la Croix Rouge. Rien. Ils gravissent la deuxième montagne. Mr Nussbaum, vous êtes là ? Rien. Le lendemain, la troisième montagne. Ils crient, ils appellent. Mr Nussbaum, vous êtes là ? Ils sont sur le point de renoncer. C'est la Croix Rouge, ils crient. Alors, du fond de la vallée arrive une toute petite voix : J'ai déjà donné quand j'étais à l'usine.

— C'est pas drôle, Izzy », dit Glass, et ça ne l'était pas.

Izzy haussa les épaules.

« Pourquoi faisons-nous ça, Izzy ?

— Faisons-nous quoi ?

— Parler comme ça.

— Comme quoi ? » Mais Izzy savait.

« Comme ça, toi et moi. Pourquoi, dès que nous sommes ensemble, toi et moi, nous devons jouer à cet étrange jeu yiddish ? Nous ne faisons ça avec personne d'autre.

— Comment ça, un jeu ? Quel jeu ?

— Allez, Izzy, ne fais pas l'idiot. Pas cette fois-ci. Tu sais très bien ce que je veux dire. C'est comme si on restait bloqués dans un numéro de music-hall. Notre façon de parler. Ces blagues stupides. C'est Nussbaum — bon Dieu… »

Izzy le considéra. D'un air blessé. « Stupides ? Solly,

il s'agit de nous. Il s'agit de la famille. Il s'agit des blagues de papa…

— Ouais, et elles sont démodées depuis cinquante ans. Tu ne t'es jamais demandé ce que nous pourrions nous dire d'autre… »

Izzy ne répondit pas. Il prit sa petite cuillère, remua son café.

Solly attendit.

« Tu crois vraiment que nous pourrions nous entendre sans elles ? demanda enfin Izzy. Après tout ce temps ?

— On pourrait essayer.

— Je ne sais pas. Ça me paraît bien risqué. C'est comme si on se promenait nu dans la rue.

— Et alors ? Qu'avons-nous à perdre ? »

Izzy le dévisagea au-dessus de sa tasse, le regard écarquillé de surprise. Comme si, venant de Solly, la bêtise de la question le décevait soudain. Il secoua la tête, regarda dans le bar. S'arrêta. Sirota.

« Tu ne vas pas encore partir te perdre quelque part, Solly ? dit-il sans croiser le regard de son frère. N'est-ce pas ? »

28

William Vandenburg était un homme heureux. À deux heures et demie de l'après-midi il avait fini de déjeuner — d'accord, c'était du corned-beef, c'était une fois de plus tapioca et légumes variés, mais c'était gratuit, ça remplissait le ventre, c'était aux frais de la princesse, et d'ici une heure la vraie viande vivante serait de nouveau à portée de la main. Au bout de quatre ans et demi passés derrière les barreaux, durant lesquels il avait été continuellement affamé de chatte. Très bientôt, il lui suffirait de tendre le bras et de l'arracher à la rue. Mais oui, William Vandenburg marchait, volait, planait. Avec ses propres vêtements, ses propres chaussures enfin à ses pieds. Quatre ans et demi à la place de neuf, une aubaine. En échange de quelques bavardages, un peu de oui-monsieur, non-monsieur, et va-te-faire-foutre hors de portée de voix monsieur. Quatre ans et demi au lieu de neuf, il n'arrivait pas à y croire. Ces sales cons ne savaient même plus compter.

Pour bonne conduite.

Il planta son visage devant celui du gardien de prison qui vint le chercher dans sa cellule, et éclata de rire. Le gardien lui rendit son regard, sans rien dire.

En se contentant de tapoter sa matraque contre sa paume. Et de regarder. William Vandenburg, homme libre, citoyen à part entière, doté de droits imprescriptibles.

Lequel éclata encore de rire, à cause du soleil qui lui tombait sur le visage, tandis qu'il traversait l'herbe de l'étroite cour qui menait du bâtiment administratif à la salle des remises en liberté. Où il signa les formulaires et remplit les formalités d'usage. Récupéra sa montre, son portefeuille. Prit son dossier médical. Hépatite et sida, tous deux sous contrôle. Contrairement à lui-même ! Il éclata de rire au nez de l'infirmière de la prison. À lui les bars et la bonne bouffe ! Et fut accompagné jusqu'au dernier portail.

Une camionnette bleue, avec chauffeur, attendait, moteur tournant au ralenti, sur le minuscule carré de macadam, derrière la porte extérieure, haute de sept mètres. Ces salopards, ils auraient quand même pu envoyer une voiture normale. Bah, rien à foutre. Cinq jours — voilà tout ce qu'on lui demandait de supporter — dans une maison sécurisée. Pour s'acclimater. Et ensuite, s'il ne pétait pas les plombs, s'il ne faisait pas de connerie…

Cinq jours, bon Dieu, une broutille. Un petit galop d'essai, presque la bride sur le cou. Et ensuite… ensuite William Hans Pieter Vandenburg allait s'en donner à cœur joie.

Quand il approcha de la camionnette, le chauffeur ouvrit le cadenas de la porte arrière et lui fit signe d'entrer dans l'obscurité du véhicule. Pourquoi ce cadenas ? Pourquoi ne montait-il pas devant ? Vandenburg — un homme libre, désormais peu méfiant, grimpa dans la camionnette et découvrit qu'il n'était pas seul. Quelqu'un le saisit et le poussa durement pour le faire asseoir sur la roue de secours.

« Hé...

— Ta gueule, Vandenburg. »

Il entendit le lourd cadenas claquer contre la porte. Il scruta l'obscurité seulement trouée de deux minces rais de lumière en provenance des petits ventilateurs grillagés, situés en haut des parois latérales de la camionnette. Mais cette lumière suffisait pour distinguer l'uniforme du garde et la forme sombre d'un autre homme assis en face de lui, tête baissée. Quand la camionnette démarra, l'homme leva les yeux.

« Vous ! » s'écria Vandenburg. Mais même alors il ne paniqua pas : il ne céda pas à la panique avant que la camionnette n'ait franchi le portail et, au lieu de tourner à gauche vers la ville grouillante qui s'étendait derrière le rocher de St Helen, tourna à droite, vers les montagnes et les fermes carcérales de sinistre réputation qui se trouvaient au-delà.

*

Cinquante minutes plus tard, une camionnette bleue dépourvue de tout signe distinctif, en dehors des plaques minéralogiques de l'État, s'arrêta devant une maison proprette, en bois, peinte en blanc, de Morrisett Street, dans la banlieue de Braxton. Et resta garée là, le moteur tournant au ralenti. Jusqu'à ce que le conducteur en descende, rejoigne l'arrière du véhicule et déverrouille quelque chose — un cadenas ? un bras métallique ? — sur la porte arrière. Puis retourne au volant. Deux hommes émergèrent enfin de l'arrière du véhicule, le premier plein d'allant, un bloc-notes à la main, le second plus lent, témoignant d'un équilibre précaire en descendant, comme s'il venait de tomber ou qu'il avait tout bonnement perdu l'habitude de marcher. Il était caché dans un anorak de ski noir, dont il gardait la capuche abaissée sur ses yeux — bizarre, par une journée aussi ensoleillée —, tandis qu'il quittait l'obscurité de la camionnette pour le grand jour de la rue. Cela, et le fait qu'il restait tête baissée, comme s'il était malade ou honteux, sans jamais relever les yeux ni regarder autour de lui pendant qu'on descendait son sac, firent que ses traits — pour quiconque eût observé la scène à partir des maisons voisines ou de la rue — restèrent complètement invisibles. L'homme au bloc-notes et au sac l'aida bientôt à suivre l'allée, en lui soutenant le bras avec sa main libre. Mais d'une poigne si ferme qu'on aurait pu croire à une contrainte plutôt qu'à un soutien.

Ils gravirent les trois marches en bois jusqu'à la véranda qui courait le long du mur de la maison. Un autre homme attendait — qui ne sortit pas tout de suite, qui ne vint pas aussitôt à leur rencontre pour les accueillir, mais qui jusqu'à la dernière minute resta dissimulé dans l'entrée sombre de la maison, derrière l'écran grillagé. N'importe quel voisin observant la scène à partir de la rue ou derrière des volets, aurait reconnu cet homme lorsqu'il émergea enfin : c'était Robinson, le propriétaire ou le gérant ou le surveillant de cette pension, le seul en tout cas qui semblait habiter pour longtemps ce lieu étrange. Les voix qui atteignirent la rue furent alors brusques et laconiques — celle de l'homme plein d'allant et celle de Robinson. L'homme à l'anorak de ski restait à part, tête baissée, presque résigné, comme s'il n'était pas vraiment un homme, mais quelque chose de moindre, quelque chose de battu, ou même une simple chose, un paquet qu'on livrait.

Robinson signa le bloc-notes qu'on lui tendit. Plein-d'Allant le récupéra. Tendit le sac, non pas à l'homme en anorak — peut-être était-il anormal, peut-être s'agissait-il d'un enfant handicapé mental —, mais à Mr Robinson, descendit prestement les marches en bois et retrouva le grand soleil. Suivit l'allée comme s'il mourait d'envie de s'éloigner, comme s'il venait de jeter une chose pourrie, de se débarrasser d'une saleté visqueuse. Dans la pénombre de la véranda, Robinson se tourna enfin vers l'homme à l'anorak de ski et, tenant toujours le sac dans une main, lui fit signe d'entrer. D'un pas lent, l'homme passa devant lui, franchit la porte grillagée et pénétra dans l'entrée. Ce ne fut pas avant que Robinson lui-même fût à l'intérieur et qu'il eût refermé derrière lui la porte grillagée et la porte en bois massif, que le nouveau venu ôta la capuche de son anorak. Alors, ce fut Robinson qui parla.

« Lieutenant ! »

Glass eut un sourire froid, puis reprit le sac.

« Si vous me promettez de ne pas bousiller le café, dit-il, je vous informerai de tout ce que vous avez besoin de savoir. »

*

« Vandenburg, William.

— Mais... », commença Robinson. Avant d'être réduit au silence par un seul coup d'œil.

« Vous avez vu les initiales sur le sac, non ? W.V. ? »

Robinson acquiesça. Se résolut à écouter. À apprendre — les mains serrées autour de la grande tasse de café, dans la pièce de devant obscurcie. Ils étaient dans cette pièce, et non dans la cuisine, parce que personne ne pouvait les y voir, ni de la rue, ni de l'allée.

« Âge : trente-sept ans », Glass se décrivait. « Telles sont les informations de base que vous pourrez avancer si jamais on vous pose des questions. Le nom, l'âge...

— Pour quel délit avez-vous été condamné ?

— Charnel. Pas la première fois.

— Viol ?

— Si vous préférez.

— Attendez-vous... ?

— Moi ou la fille ?

— Que quelqu'un me demande, je voulais dire. » Robinson transpirait. Ce n'était pas à cause du café. Car il y avait là quelque chose qui ne lui plaisait vraiment pas. Mais il n'était pas obligé de rire, il n'était pas payé pour rire. Surtout après une mauvaise blague. Une blague de mauvais goût. *Attendez-vous ?* Bon Dieu, sur quel zigoto tombait-il encore ?

« Ce ne sera sans doute pas quelqu'un du quartier, expliqua Glass. Ce sera un visiteur, un vagabond, peut-être par téléphone. Un vendeur qui fait du porte à porte, un faux numéro, ce genre de choses. Un inconnu dans un magasin, dans la rue, qui entrera en contact avec vous.

— Et alors ? S'il entre en contact ?

— Alors vous faites comme je vous ai dit, vous répondez et vous m'informez. »

Robinson tétait nerveusement sa cigarette.

« Est-ce qu'il sort, ce Vandenburg ?

— Pas encore, pas pendant la journée. Il est prudent, il fait gaffe, il n'a pas l'air très en forme.
— Qu'est-ce qu'il a ?
— Il est malade, il a du mal à marcher. Peut-être qu'il est tombé, qui sait ? Peut-être qu'il s'est fait bastonner une fois de trop par un sale enculé de gardien de prison.
— Je ne peux pas dire ça. »
Glass avait oublié. Robinson était un ancien gardien de prison.
« Peu importe. » Mais lui-même parut momentanément surpris, comme si les mots qu'il venait d'utiliser n'étaient pas vraiment les siens, comme s'ils venaient de jaillir d'une source inattendue.
« Mais il sort vraiment ? Il n'est pas soumis au couvre-feu ?
— Non, la nuit il sort. Il sort dès la tombée du jour.
— Il trouve une voiture ?
— Il est à pied, pour l'amour du ciel.
— Est-ce qu'on sait où il va ?
— Il marche dans l'allée. » Glass gémit intérieurement. Il commençait à douter, à s'interroger vraiment. Car il répondait à toutes ces questions pour la deuxième fois. « Il marche dans l'allée, dans le parc, dans les jardins qui se trouvent au bout.
— Vers quelle heure ?
— Neuf heures.
— Tous les soirs ?
— Oui.
— Et il rentre ?
— À dix heures tapantes. Les lampadaires s'éteignent là où il va.
— Et sinon il ne sort pas ?

— Il attend de disparaître. Dans cinq jours, quatre et demi maintenant, il fond.

— Okay, okay. J'ai pigé tout ça. » Robinson semblait maintenant en colère. Comme si c'était *lui* qui s'ennuyait à mourir. « Et il ne reçoit pas de visites ?

— C'est le premier ermite violeur en captivité. »

Robinson n'appréciait pas du tout la manière dont Glass parlait. Son ton cassant, ses formules à l'emporte-pièce. Il y aurait des problèmes avec la télé, Robinson le prévoyait déjà. Les gens de la télé n'aimaient pas couvrir deux fois le même spectacle. Mais que ça lui plaise ou pas, il devait poser la question.

« Et l'enquête ? Vous ferez ce que vous pourrez, lieutenant ?

— C'est l'enquête de Kieslowski, répéta Glass pour la troisième fois. Si son rapport indique que Tyler était dans l'allée, alors Tyler reste dans l'allée. Je ne peux pas le remettre par magie de l'autre côté de la clôture. »

Mais Robinson s'entêtait à croire le contraire. À croire aux miracles. Même de la part d'un Juif.

« Mais vous leur parlerez, n'est-ce pas ? Vous parlerez aux gens du Bureau des remises en liberté ? Aux responsables des prisons ? En échange de ce que je fais pour vous ici ?

— Comme je vous l'ai dit, je ferai ce que je peux.

— S'ils me ferment… Eh bien, je suis fichu. Je ne peux pas retourner aux services des prisons. »

Sale enculé de gardien de prison. Glass essayait toujours de négocier avec cette grossièreté. D'accord, il avait ressenti une antipathie immédiate envers Robinson, la nuit où ils s'étaient rencontrés dans l'allée, la nuit de la mort de Tyler. Malgré le froid et la pluie, Robinson transpirait déjà. Mort de trouille. Pourtant, *sale enculé*, ce n'était pas le genre de chose qu'il disait d'habitude. Qui, se demanda-t-il, parlait ainsi à sa place ?

Mais il l'avait bel et bien dit. Et il sut que ça allait continuer.

Il était resté immobile, regardant la pièce et le mobilier spartiate, la télé, les fauteuils, la moquette élimée, les cendriers à pied — bordés d'acier et couverts de formica. Il y avait un bateau dans une bouteille sur le manteau de la cheminée. Pas grand-chose d'autre. Pas de chaîne stéréo. Pas de CD. Pas de musique. Il eut une vague idée de ce que la prison était vraiment. Avec Robinson comme gardien.

« Dites-moi, vous ne joueriez pas aux échecs par hasard, Robinson ?

— Aux cartes », répondit-il.

C'était déjà quelque chose.

« Surtout à la patience. »

*

Vingt-quatre heures plus tard, la patience de Glass était aussi élimée que la moquette. Mais d'autres choses avaient grandi, pris de l'ampleur — par exemple le sentiment que toute cette stratégie ingénieuse allait peut-être se révéler être une monumentale perte de temps. Comme la prison elle-même. À quoi pensaient-ils donc, les types comme Vandenburg, allongés sur leur lit, heure après heure, pendant quatre ans et demi ? Aux femmes ? Mais il y avait tant d'heures dans une seule journée ! En tout cas, Tuesday occupait copieusement les siennes. Que faisait-elle en ce moment précis, se surprit-il à se demander, tandis qu'il était allongé sur son lit dans la chambre obscurcie située au bout de la maison, et que Robinson bricolait, passait l'aspirateur, faisait la vaisselle, sans jamais cesser de tousser ni de cracher — il souffrait d'une maladie pulmonaire — entre la cuisine et la salle de bains, puis retour à la case départ. Glass la voyait s'éveiller de bon matin, puis il discernait la brève confusion, l'instant de vulnérabilité sur son visage avant qu'elle n'y accroche le masque habituel qu'elle offrait au monde. Il savait que de tels instants existaient, il savait qu'il en avait lui-même provoqué un. Et pas seulement au réveil. Surtout, il sentait la main de Tuesday posée comme une braise sur son dos.

Il savait à quoi pensaient les hommes en prison.

À la peau, à l'amour, à la faim, à la chatte. Mais pas seulement au sens littéral de ces termes, pas seulement au sens charnel.

Il s'imagina entrant dans la chambre de Tuesday à l'insu de celle-ci, approchant d'elle sans qu'elle ne le remarque. Il y avait un endroit particulier, une dépression de la peau à la jonction de l'épaule et du torse…

Il mit la radio. Elle n'apporta aucun soulagement. Même les infos piétinaient. On ne parlait plus de Halloran. Le juge avait rejoint les poubelles de l'histoire.

N'avait-il pas, un jour, entendu parler d'une patience à quatre mains ?

Robinson, ce spectre, n'avait aucune conversation et il se droguait aux jeux télévisés. Le claquement des cartes sur le formica constituait le seul bruit significatif qu'émettait le sinistre hère. Sans parler des cuillères dans les casseroles. Un interminable ragoût.

Dans la peau, Glass se mit à comprendre à nouveau le sens de cette expression : *avoir quelqu'un dans la peau*. Dire qu'il s'était promis de passer une seule heure quotidienne dans la cour d'exercices proche de l'allée, dans le parc ou les jardins !

La première sortie nocturne — à pas traînants — ne donna aucun résultat. Mais tout, le monde tout entier, s'était rué sur lui. Ainsi, la pluie lui battit le visage, sur les quelques centimètres de peau qui séparaient le col de son manteau et le rebord de sa casquette. Ainsi, les feuilles qui tombaient, l'une se collant à sa joue — ce ne pouvait pas déjà être l'automne ? Ainsi des airedales, deux, qui jaillirent des ténèbres en hurlant avant d'être arrêtés net à mi-course, et à quelques mètres de lui, par la laisse invisible d'un coup de sifflet. Et rien d'autre. Le parc mugissait, un vent froid fouettait les jardins. Au bout d'une journée de lumière, la matrice du monde s'était vidée, abandonnant Glass sur une planète sombre et glacée.

Que faisait-elle donc maintenant ? Il la voyait à table, en compagnie, un dîner tardif, hochant la tête pour répondre à des paroles chuchotées tout près, à l'oreille. Mais elle regardait ailleurs, au loin. Quel romantisme, putain ! Si tu continues comme ça, Glass, tu vas y laisser ta peau.

Il donna un coup de pied dans un tas de feuilles qui s'accumulaient déjà contre les grilles en bordure du parc, puis il fit demi-tour vers l'allée, presque content de rejoindre bientôt la maison, le couvre-feu, Robinson. Dix heures moins vingt, à mi-chemin sur le sentier rocailleux du désir qui serpentait à travers le parc. Un quart d'heure pour rejoindre l'allée, puis trois minutes pour la parcourir. Avant de rentrer à dix heures précises. Ses yeux, qui tous les cent pas environ examinaient le cadran lumineux de sa montre, scrutaient en permanence la lisière du parc, l'épais et sinistre bosquet de sapins qui se dressaient à un tiers du chemin à partir de l'entrée. C'est de là qu'ils viendraient. De là, ou bien dans l'allée. Il se traîna jusqu'à l'extrémité de la ruelle, avec une parfaite ponctualité. Grimaça en y pensant. Puis poursuivit, y pénétra. Quand Tyler avait-il levé les yeux ? Pour découvrir l'instrument de sa mort ? Vue sous cet angle, la ruelle était entièrement plongée dans l'ombre, bouchée, barrée d'un noir profond. Les grilles, de ce côté-ci, étaient très hautes, les arbres surplombaient l'allée. Des lueurs domestiques brillaient dans une flaque d'eau, un unique lampadaire luisait à l'autre bout. Le tueur avait sans doute été sur Tyler avant que ce dernier ne puisse le voir. Une ombre se détachant soudain des autres, et rien de plus. La main de Glass quitta instinctivement sa poche pour se refermer sur le cœur. Ou sur le .38 Smith and Wesson niché bien au chaud dans le holster, juste en dessous du cœur. C'était l'objet le plus réconfortant qu'il avait rencontré durant toute sa promenade.

Le soir suivant ne fut guère différent, même si les nuages s'étaient dissipés. Il y avait maintenant des étoiles dans les flaques d'eau. Et il faisait froid. Cette fois, les chiens ne sortirent même pas pour enquêter. Encore deux nuits, et Glass ferait partie du mobilier urbain. Les observateurs postés dans les cottages construits le long de l'allée ou dans les maisons qui bordaient le parc se mettraient à régler leur montre sur son passage.

*

Le troisième matin il était profondément déprimé et il resta allongé sur son lit, sans se lever pour prendre son petit déjeuner, puis il mit des heures pour se doucher, se raser, satisfaire aux rituels les plus élémentaires. Il devenait un prisonnier, il s'en aperçut, il devenait un automate, il dépérissait. Enfermé dans sa chambre, la radio allumée, ce papier peint de l'oreille, et il faillit rater le spectacle, la rigolade : Robinson en train de flirter sur la véranda de devant.

Il fallut une femme pour y parvenir, pour attirer Robinson hors de sa coquille, hors de son lit de Procuste — un exploit que Glass lui-même n'avait pas réussi à accomplir. Ou plutôt, il fallut une voix féminine. Douce, ronronnante, veloutée comme celle d'un chat. Sur la pointe des pieds, il traversa le salon sinistre, en s'aplatissant contre le mur intérieur de la maison. Puis rejoignit l'endroit d'où il pouvait risquer un coup d'œil entre les lourdes tentures et le verre. C'était davantage qu'une voix, il s'en aperçut, qui avait ensorcelé Robinson pour lui faire quitter sa caverne lugubre et l'attirer sur la véranda. Elle était féline, lustrée, blonde. D'un âge indéterminé. Une petite trentaine d'années. Intelligente. Professionnellement habillée. Équipée. Elle aussi tenait un bloc-notes, un stylo dans l'autre main, un badge sur la poitrine. Elle se moquait de Robinson.

« Ah, les célibataires », disait-elle.

À Robinson. Histoire de le taquiner. Mais les yeux de la femme étaient mobiles, et Glass comprit aussitôt qu'il devait se retirer, battre en retraite de toute urgence. Il laissa la tenture retomber, pesta contre soi, d'un doigt immobilisa le lourd tissu. Écouta au lieu de regarder.

« Nous nous entendons bien. » Robinson, le cerveau étalé aux pieds de la femme, se montrait prêt à bavarder. Ce qui était parfait, tant qu'il se souvenait du scénario.

« Tiens donc, taquina-t-elle. Alors comme ça, vous ne vivez pas seul ?

— C'est juste un autre homme. » Robinson, dénigrant son invité.

« Quand même, fit-elle en riant, la compagnie, ça fait toujours plaisir dans une maison. Bon, je vais avoir besoin de leur nom.

— Il n'y en a qu'un seul. Et il est seulement ici pour quelques jours.

— N'empêche.

— Il ne pourra pas voter ici.

— Mais tous les électeurs doivent être inscrits quelque part. Je suis tenue de l'inscrire ici jusqu'à ce qu'il parte s'installer ailleurs — sinon il ne pourra pas voter. Et si jamais il déménage…

— Je ne suis pas au courant de ses projets.

— Peut-être devrais-je lui parler moi-même. »

À la voix de la femme, Glass s'aperçut qu'elle venait de changer de position pour s'approcher encore du mur de la maison, si bien qu'elle se trouvait maintenant à quelques pas seulement de l'endroit où lui-même se tenait caché. À travers la mince planche du mur, il s'imagina alors sentir la chaleur du corps de la visiteuse. Ou bien s'agissait-il seulement de sa voix ? Il s'obligea à respirer très calmement.

« C'est impossible, reprit Robinson.

— Pourquoi ? Il est timide ? Vous croyez que je vais lui faire peur ?

— Ça se peut. Il est très nerveux… » N'improvise pas, supplia Glass en silence. Ne dis pas *bizarre*, ne dis pas… « Il vient de sortir, dit Robinson.

— De sortir ?

— En fait, cette maison appartient à l'État. » Il retrouvait le fil du scénario. Enfin. « Elle est destinée à accueillir les prisonniers. Ceux qui bénéficient d'une remise en liberté anticipée. Ce genre de choses. Les gens qui séjournent ici ne…

— Oh. » Elle était le tact incarné. « Je comprends. Dans ce cas… »

Mais à la modulation de la voix de la femme, au soudain allongement de ses voyelles, Glass comprit qu'elle allongeait aussi le cou et que son regard scrutait de plus belle. L'entour des fenêtres. Au-delà du grillage de la moustiquaire, les ténèbres de l'entrée.

« Peut-être, fit-elle, pouvez-vous me donner quelques informations élémentaires ? » Comme si elle aussi répétait des paroles apprises par cœur. « Juste son nom, son âge, son lieu de résidence lors des dernières élections. Si vous les connaissez.

— Ce ne sera pas très difficile. » Même Robinson, découvrit Glass, était capable de rire. « Le pénitencier d'État de St Helen.

— Oh.

— Vandenburg, William », récita Robinson, tout heureux d'être de nouveau sur le devant de la scène, avec un rôle facile. « Trente-sept ans, neuf années pour rapports sexuels illégaux.

— Je vous demande pardon.

— C'était le verdict.

— Je ne crois pas que mes employeurs auront besoin de cette information. » D'une voix distraite, l'esprit manifestement ailleurs. Glass pouvait risquer un autre coup d'œil. Bon Dieu, si près qu'il aurait pu la toucher. Les yeux de la femme ne lisaient pas, constata-t-il aussitôt, même s'ils étaient fixés sur le bloc-notes. Ils réfléchissaient. Qu'avait-elle donc besoin de savoir encore ?

« Ce doit être dur pour vous », commença-t-elle.

Pour ce sale enculé de gardien de prison ? Non, c'est une blague… Alors Glass tenta sa chance, il se glissa hors de la pièce pour rejoindre l'entrée, où il resta dans l'obscurité pour examiner la rue. À la recherche d'une voiture, d'un comparse, d'un compagnon. D'une présence cachée parmi les ombres.

« Coincé ici toute la sainte journée. Avec des hommes comme celui-ci. Vous ne sortez donc jamais ?

— Dans les magasins, dit Robinson. Je fais les courses, la cuisine…

— Et eux ? » Elle avait besoin de le savoir. Par pure curiosité. « Ça leur arrive de sortir ? De vous lâcher le mollet ? Ce… » Tout à coup, elle bougea encore, vers les marches. Puis baissa les yeux vers son bloc-notes. « Ce Van… ce Vandenburg ? »

Lequel se tenait immobile dans l'entrée. Et il découvrit soudain qu'il ne pouvait plus bouger. Il savait qu'il était dans l'obscurité, ou du moins dans la pénombre, mais le moindre mouvement risquait d'être fatal. Maintenant les yeux de la femme étaient partout, tels ceux d'un lynx.

« Il lui arrive de sortir ?

— Seulement le soir.

— Le soir ? Ça paraît bizarre.

— Il préfère ne pas rencontrer…

— Oh, je vois. Mais même à cette heure-là, dans la rue, il risquerait de…

— Il ne va pas dans la rue. Il se promène dans l'allée, par-derrière.

— Vers le parc ? »

Pas du quartier, nota Glass, mais elle connaît le parc. Elle y est déjà allée.

« Il ne rencontre jamais personne. Il sort de la maison à neuf heures tapantes, et il y est de retour à dix heures pétantes.

— Toujours aussi ponctuel ? »

Elle avait eu ce qu'elle voulait. Mais elle continuait de scruter, elle en voulait encore plus. Maintenant ses yeux fouillaient les ombres. Merde. Glass était pétrifié. Il savait qu'elle ne pouvait pas le voir, mais cette certitude ne l'aidait en rien. Elle continuait de scruter, à travers la porte grillagée, les ombres épaisses et lourdes de l'entrée. Elle savait. Et elle finirait par trouver, si elle continuait de regarder, les deux choses qui brilleraient, bougeraient. Glass regardait la porte en obligeant ses yeux à s'immobiliser, à se figer et à fixer le point sur lequel ils s'étaient arrêtés. La blondeur frisée. Qui maintenant, sous la pression de son regard, semblait fausse. Mais pas les yeux qui, juste en dessous, fouillaient et fouillaient encore jusqu'au moment où il crut qu'ils avaient trouvé les siens. Et, les ayant trouvés, firent aussitôt comme si de rien n'était, s'éloignèrent. Puis le bloc-notes monta pour lui masquer le visage de la femme.

« Quel soleil », se plaignit-elle à Robinson. Derrière son écran cartonné. « Il est tellement brillant. Le temps est vraiment devenu fou. Vous savez qu'ils avaient annoncé un orage ? »

Elle battit en retraite si soudainement que même Robinson fut pris de court.

« Vous avez toutes les informations que vous désiriez ? » protesta-t-il du haut des marches. En interposant son corps entre Glass et la femme, les libérant tous deux d'un seul coup.

« Oh oui », fit-elle alors, et Glass, de nouveau libre de ses mouvements, sut qu'elle s'était arrêtée. « Vous avez été très aimable, Mr Robinson.

— J'imagine que vous ne reviendrez pas ? »

Glass était de retour près de la fenêtre.

« Mais si, peut-être », lança-t-elle du sentier. Pardessus l'épaule. Le bloc-notes toujours brandi. Pour se protéger le visage.

« Qui va gagner ? cria Robinson tandis qu'elle atteignait le portail. Selon vous, qui va gagner ?

— Officiellement je ne peux rien dire. » Elle était contente de se retourner. À cette confortable distance. Derrière le portail. « Le bureau électoral n'aime pas ça…

— Mais officieusement ? » Robinson mourait d'envie de savoir ce qu'elle pensait.

« Oh, la Loi et l'Ordre », lança-t-elle gaiement. En s'éloignant. « Sans aucun doute. »

Glass la vit remonter l'allée privée de la maison voisine. Il l'entendit sonner deux fois. Il la vit réapparaître, marchant d'un pas plus rapide. Après quoi elle disparut. Il observa l'autre côté de la rue pendant une bonne heure, mais elle ne revint jamais.

Pourtant, elle reviendrait. Ce soir. Elle, ou quelqu'un d'autre.

Il était toujours à la fenêtre lorsqu'il entendit la sonnerie du téléphone. Lointaine, dans une autre partie de la maison, le bruit étouffé par la distance. Robinson arriva bientôt dans la pièce de devant.

« C'est pour vous, dit Robinson.

— Moi ?

— Oui.

— Vous voulez dire Vandenburg, ou moi ?

— Il a demandé Vandenburg. »

Le téléphone était au bout de l'entrée, dans une alcôve sombre, à côté de la cuisine.

Il écouta. Des machines, un bureau, des voix — une radio ? — en arrière-plan sonore. Aucun bruit de respiration.

« Oui ? fit-il enfin.

— Votre quartier est vraiment chaud, dit une voix.

— Vous trouvez ? » Il raccrocha, puis alla voir Robinson.

« Il faut que je sorte, dit-il.

— Quoi, maintenant ? En plein jour ?

— Je n'ai pas le choix. »

Au moins, la rue était sûre, il le savait sans l'ombre d'un doute. Ils avaient eu ce qu'ils voulaient. Ils reviendraient, mais pas avant la nuit.

*

Dans le vrai quartier chaud. Où les voitures roulaient et se garaient à toutes les heures du jour et de la nuit. Sans se faire particulièrement remarquer si des inconnus y montaient ou en descendaient, y restaient un moment, pour régler leurs petites affaires. Tous les sexes et toutes les combinaisons possibles. Deux hommes dans une voiture n'y attiraient pas l'attention. C'était un quartier où toutes sortes d'individus pouvaient se donner rendez-vous — même des flics. Et se regarder droit dans les yeux.

« Vous avez intérêt à ce que ce soit vraiment chaud, Malone. »

Malone semblait nauséeux. Il arborait la même mine cireuse qu'une autre fois. Glass tenta de se rappeler quand. Pendant que Malone tergiversait.

« Où avez-vous trouvé ces fringues ? Ce cabas ?

— Robinson fait souvent des courses avant le déjeuner. Il prend parfois un taxi. »

La rue avait été sûre, mais Glass avait changé deux fois de taxi, à l'affût de la moindre filature. Mais rien. Ni personne. Ils avaient battu en retraite pour le moment. Afin d'attendre. Et pourquoi pas ? Vandenburg n'allait nulle part. Contrairement au soleil, maintenant caché derrière une épaisse couverture nuageuse en cette fin de matinée. Ils avaient annoncé un orage, à en croire la femme.

« Et le reste ? Tout se passe bien ? »

Malone était bel et bien nauséeux. Faire ainsi la parlote alors qu'il mettait en danger toute cette putain d'opération. La colère de Glass devint palpable. Même pour Malone.

« Nous avons trouvé quelque chose », commença-t-il. Enfin.

« Nous ?

— Nora et moi. »

Alors Glass se rappela la dernière fois où Malone s'était comporté de la sorte.

« Vous n'avez pas encore été farfouiller dans mon fichier ? Rubrique Personnel ?

— Non.

— Alors quoi ? »

Malone posa les mains sur le volant.

« C'est une fille.... dit-il.

— Il ne s'agit pas d'une blague à la con, j'espère. Hein, Malone ? »

Malone tourna la tête pour le regarder.

« Vous savez ce que fait Nora, elle se casse le cul nuit et jour, ses recherches, ses recoupements, son boulot clandestin. Presque tout ce qu'elle a trouvé, ce sont des ordures, des trucs qu'on connaissait déjà. Mais ce matin, un nom a attiré son regard. Deux noms, en fait. Juste au-delà de la limite des quinze ans.

« Victime ou méchant ?

— Victime. Cette fille… dont je vous parlais. »

Glass la boucla. Fit signe à Malone de continuer. Ils y arriveraient. Mais selon les termes de Malone.

« Cette fille — elle est de la campagne, au milieu de l'État — elle vient d'avoir dix-sept ans. Elle a une sœur jumelle…

— Ce sont les notes du dossier ?

— Non, nous avons reconstitué son histoire, consulté les journaux. Ça a fait du bruit. Après avoir repéré les noms.

— Continuez.

— Elle et sa jumelle, ces deux filles, elles n'auraient pas pu être plus différentes. L'une fait des études brillantes, elle est heureuse, elle le montre, mais elle est aussi obéissante, c'est la chouchou de ses parents.

— Et l'autre ? Tout le contraire ?

— Elle est différente. À partir de treize ans, elle fait la fête, elle sèche les cours, elle fait des fugues, on la ramène. Elle inquiète tout le monde.

— Jusqu'à dix-sept ans ?

— Oui. Toutes les deux veulent aller dans l'Est, l'une à la fac — elle veut devenir avocate, puis revenir à la maison, dans sa famille, monter un petit cabinet juridique. L'autre désire devenir mannequin, elle se défonce pour ça, elle a tout ce qu'il faut. Elle ne revient pas. Mais elle a fait une promesse à ses parents, une promesse qu'elle doit tenir jusqu'à dix-sept ans. Il y a une fête d'anniversaire, pour les deux filles. Dans la salle paroissiale du coin. C'est une petite ville, on devine tout de suite laquelle des deux y va, laquelle refuse, fait un barouf de tous les diables, reste bouder à la maison. La salle paroissiale ferme à minuit. C'est l'été. Les gamins, ils se dispersent dans tous les sens. On voit la fille pour la dernière fois tout près de chez elle. Elle est kidnappée par deux vagabonds.

— Pourquoi suis-je persuadé que je ne vais pas aimer ça ? fit Glass.

— C'est pas joli joli.

— Elle se fait violer, c'est ça ?

— En quelque sorte. »

Malone avait le souffle court.

« De toute évidence elle a résisté, elle s'est battue contre eux. Elle a lutté. Quand on la retrouve… elle a une bouteille en elle. »

Bon Dieu.

« Cette bouteille est cassée. Elle a été cassée après l'insertion. De l'extérieur. La fille a perdu tout son sang. »

Glass attendit.

« Comme je l'ai dit, son nom est apparu. Sur les écrans. C'est Wednesday[1]… »

L'enfant du mercredi n'a que des malheurs…

« Wednesday Field.

— Et après ? » Mais alors même qu'il prononçait ces mots, Glass comprit. Sa main monta vers ses lèvres. *L'enfant du mardi*, il remontait déjà le temps, *déborde de grâce…*

1. *Wednesday* : mercredi. *(N.d.T.)*

« Les parents, ils n'avaient jamais pensé avoir des jumelles. » Malone regardait de nouveau le pare-brise. « Quand l'autre est arrivée... »

Seigneur, non. Maintenant il savait ce qui restait masqué, et pourquoi. Il comprenait la sombre blessure, à moitié refermée, qu'il avait touchée. Qu'elle portait en elle. À travers toutes les demeures de la maison de son père.

« L'autre fille... » Malone n'arrivait toujours pas à articuler *Tuesday*.

« Ne dites rien, intervint Solly. Elle prend la place de sa sœur. Elle retourne à l'école, elle étudie le droit, elle part dans l'Est avec une bourse. Elle épouse un certain Peter Reed, elle prend son nom...

— Vous saviez.

— Je n'en avais pas la moindre idée. »

Malone dévisagea Solly.

« Il y a autre chose », dit-il.

Glass sentit son cœur se glacer soudain.

« Alors ?

— L'arme, celle qui a été utilisée pour chacun de ces assassinats, celle qui a disparu en 1992 à Syracuse... Tuesday Reed a été procureur adjointe à Syracuse entre 1989 et 1993.

— Ce fait ne prouve pas...

— Certes, mais si nous cherchons des victimes, des gens qui ont souffert, alors en voilà une. Et puis ce n'est pas tout ce que nous savons, n'est-ce pas ? Il y a les fuites au Bureau du procureur, un flingue qui disparaît et réapparaît à chaque fois — au bon moment, au bon endroit. Une procureur inflexible, un juge mou. Et quand Halloran se fait descendre...

— Elle n'était pas là.

— Pour l'amour du Ciel, Solly. » Maintenant

c'était Malone qui s'énervait. « Vous n'arrêtez pas de dire ça, mais comment le savez-vous ?

— Parce que… » Si quelqu'un devait partager cet aveu, alors autant que ce soit Malone. « Elle était avec moi.

— Avec vous ?

— Au Winterset. »

Mais alors, après avoir travaillé sur l'affaire pendant des mois, humé le moindre détail à chaque minute de chaque jour, après l'avoir retournée dans tous les sens sans rien trouver d'autre que des culs-de-sac, quelque chose semblait soudain se mettre en place. Alex Trugold non plus n'avait pas été sur place quand Tyler s'était fait tuer. S'il s'agissait réellement d'un groupe, alors la dernière chose que feraient ses membres, ce serait de laisser la personne directement liée à l'affaire s'occuper de l'assassinat. Et tout à coup, l'opération Vandenburg prit une dimension entièrement nouvelle.

« Bon Dieu, lieutenant, si vous me permettez…

— Oui, je sais, je sais. »

À cet instant précis, le traquenard dont il était le principal acteur ne lui parut plus très habile. Et il n'avait pas beaucoup de temps pour rectifier le tir.

« Okay, dit-il en concédant enfin quelque chose. Je ne dis pas qu'elle est impliquée et je ne dis pas non plus qu'elle n'est pas impliquée. Mais voici ce que je veux que vous fassiez au cours des prochaines vingt-quatre heures, Malone. Vous trouvez Mrs Reed, où qu'elle soit, et vous lui collez au train. Vous ne la perdez jamais de vue.

— Mais c'est vous qui…

— Oubliez tout ça. C'était *avant*.

— Et Keeves ?

— Que Keeves aille se faire foutre. Faites ça pour moi, Malone. Vous la trouvez. Vous vous accrochez à elle comme une pétoncle au rocher. Vous me suivez ?

— Pendant combien de temps ?

— Vingt-quatre heures. Ensuite, tout sera terminé.

— Ils ont opéré le contact ?

— Mm, mm. Une passe. Une femme s'est présentée à la porte. Un appât, rien de plus. Une blonde. La même que pour Halloran, selon moi. Ils ne font pas de filature, ce sont des amateurs. » Cette conviction se renforçait en lui. « Ils veulent conclure tout de suite. Ils saisissent la première chance — vous vous rappelez Jacobs ? Vous vous rappelez Tyler ? »

Malone prit une profonde inspiration. « Et si jamais c'est elle ? »

Glass avait déjà ouvert la portière.

« Si c'est elle… », dit-il, puis il hésita, en comprenant que c'était la seule et unique question à laquelle il devait répondre désormais.

« Eh bien, nous aviserons, le moment venu.

— Solly, soyez prudent. »

Il descendit de voiture, héla un taxi. Regarda le ciel au moment où le taxi se garait. La femme avait eu raison. Loin à l'ouest, les nuages s'accumulaient et le ciel était déjà noir et menaçant.

29

À cinq heures un quart, il était de retour dans sa chambre où il marchait de long en large. Au-dehors, le tonnerre roulait à l'horizon, l'orage prenait de l'ampleur, puis s'éloignait, tel un début de migraine qui menaçait de s'installer pour de bon, mais refusait pourtant de se déclarer. Il entendait Robinson qui toussait dans la cuisine. La nervosité commençait enfin à lui broyer le ventre.

À six heures moins le quart, il étendit sur le lit le gilet pare-balles, le modèle haut de gamme qui équipait les groupes d'intervention de la police. Lorsqu'il était revenu de son rendez-vous avec Malone, la rue était vide. Pas d'indic étranger. Ou alors, il ne s'agissait pas d'amateurs. Et dans ce cas, tout le matériel de protection du monde serait aussi utile qu'un filet à cheveux en porcelaine. Il vérifia son arme, compta les balles, regarda dehors.

Et essaya de ne pas penser à elle, de ne pas téléphoner, de ne pas voir son visage.

À six heures, il prit une douche, s'ébroua comme un chien, s'assit pour réfléchir, pour apprendre par cœur la carte du parc. Il se dit que cette fois-ci ils entreraient forcément dans le parc. La ruelle — plus il y pensait, plus il en était convaincu — était trop risquée, déjà trop connue. Vandenburg, raisonneraient-ils, aurait évidemment entendu parler de Tyler. Au tiers du chemin qui traversait le parc, il y avait un petit bosquet de sapins. Leur couvert constituait sa meilleure chance. Ces arbres se dressaient à une petite centaine de mètres du chemin normal qu'ils espéreraient le voir suivre. Le rythme serait tout. Il lui faudrait bouger vite pour qu'ils ne lui tombent pas dessus en terrain découvert, mais pas trop vite, car ils se mettraient alors à gamberger — à cause de son changement de direction, de son abandon du chemin normal, de la brusque célérité de ses pas. Mais tout irait très vite. Ils allaient vouloir le descendre et disparaître aussitôt, comme dans les autres assassinats. Ils désireraient s'approcher avec l'arme qu'ils utilisaient. Jacobs avait pris combien de balles — cinq ? Il se rappela la dispersion des impacts dans le couloir de Salsone. Ils seraient tellement nerveux qu'ils ne penseraient plus, ils seraient en automatique.

Mais pourquoi *ils* ? Il continuait à penser *eux*. Peut-être allaient-ils installer un appât. Comme avec Halloran. Dans ce cas, l'aborderait-elle, ou ferait-elle seulement diversion ? Elle ne tiendrait pas l'arme, il n'y en avait qu'une. Alors, d'où viendrait la gâchette ? De la rue ? Ou par-derrière ? Peut-être cette gâchette avait-elle déjà choisi les arbres pour s'y cacher ? Elle s'y tiendrait accroupie, tel un buisson dans les ténèbres, vers lequel Glass serait entraîné ? Mais là encore, Tuesday ne viendrait peut-être pas en personne ? Si elle n'était qu'un appât, pourquoi auraient-ils besoin d'elle ? Et à cet instant précis de ses réflexions, le visage de Tuesday se mit à flotter une fois encore devant ses eux. À moins qu'elle-même ne soit la gâchette… moins que…

Coupe le contact, se dit-il. Coupe le contact.

Concentre-toi.

Ne pense à rien d'autre.

*

Six heures un quart. Dans la rue, à Madigan, devant l'appartement de Tuesday Reed, le jour déclinait. Les lampadaires ne s'étaient pas encore allumés, mais à l'ouest, au bout de l'avenue, la lueur bleue s'assombrissait.

Bon Dieu, un orage, pensa Malone en regardant le ciel. Il ne manquait plus que ça. Il détestait les planques. Tous les flics de sa connaissance les détestaient. On poireautait pendant des heures dans sa voiture garée dans une rue déserte, au fin fond de l'univers, à attraper des hémorroïdes, à regarder les chiens du quartier faire la queue pour pisser sur ses pneus.

D'habitude ce n'était pas aussi moche que ça, d'habitude on se faisait relayer. Trois heures de boulot, trois heures de repos, telle était la règle du Département. Ces tours de rôle avaient pour but non seulement le repos du flic en service, mais aussi la discrétion, l'anonymat. Pas cette fois. Malone guettait depuis maintenant près de cinq heures. À peu près aussi anonyme qu'une mygale dans un jardin d'enfants.

Après avoir laissé Solly, il s'était rendu tout droit au Bureau du procureur, pour attendre, observer, à dix voitures de l'entrée principale. Il resta une heure assis derrière le volant. La vit sortir d'un pas pressé à deux heures pour manger un sandwich tardif dans un café situé en face de son bureau. Le regard de Tuesday embrassa le paysage urbain tandis quelle traversait la rue. Ses yeux étaient passés sur lui sans s'arrêter. Mais quand même… Il eut un mauvais pressentiment. Elle était rapide. Et si elle l'avait repéré auparavant, si elle connaissait la voiture de Malone… Il prit donc un risque, interrompit sa surveillance. S'installa au volant de la Chevrolet noire cabossée de Solly, garée au sous-sol du bâtiment de la police, à un bloc de là. Puis il reprit sa planque, mais cette fois à une centaine de mètres de l'entrée et dans la direction opposée. Et finalement il se sentit rassuré d'avoir fait ce choix. Rien ne le confirmait, mais son instinct lui disait qu'elle avait repéré la filature. La façon dont elle avait englobé du regard la voiture de Malone, très discrètement, derrière ses lunettes noires, au moment de rentrer chez elle. De bonne heure. À cinq heures. Pourquoi cinq heures ? Il savait qu'elle ne quittait jamais le bureau avant six heures, souvent à sept heures ou plus tard encore. Pourquoi si tôt, se demandait-il sans cesse en laissant quatre voitures s'interposer entre elle et lui, lâchant la filature à deux rues de chez elle, quand il fut certain de savoir où elle allait. Et pourquoi ce soir ?

À sept heures, il sut. Dans la rue devant chez elle, les lumières s'allumèrent, et Malone dut avancer sa voiture de quelques mètres pour occuper l'une des dernières zones d'ombre disponibles. Il venait de remonter une fois encore ses genoux engourdis contre le tableau de bord quand la porte de l'appartement s'ouvrit et trois silhouettes en sortirent. Tuesday Reed, reconnaissable quel que soit l'éclairage. Habillée comme au bureau, ensemble noir, haut pâle — toute simple, aussi simple qu'un million de dollars. Derrière elle, une enfant, blonde comme sa mère. Le type était sans doute le mari, Peter Reed. Le mari comme l'enfant portaient une valise, un sac de voyage. La femme se pencha vers l'enfant, lui dit quelque chose, l'embrassa, lui lissa les cheveux avec les mains. Se redressa. Il y avait beaucoup d'espace, pensa Malone, entre elle et l'homme. L'enfant sautait sur les marches. Débordant d'énergie. Une nuit en dehors de la maison ? Avec des amies ? Chez des grands-parents ? L'homme et l'enfant disparurent dans le garage situé sous l'appartement. La femme remonta les marches vers l'ombre de la véranda et il devint difficile de voir ce qu'elle faisait. Une voiture — une Saab modèle sport, d'un gris luisant et discret — sortit du garage en reculant vers la rue, puis klaxonna une seule fois. La femme avança de nouveau, agita la main et continua d'agiter la main en accompagnant la voiture qui s'éloignait dans la rue. Sa main retomba enfin et Tuesday Reed, alors même qu'elle tournait les talons pour rentrer dans l'appartement, regarda un moment la flaque d'ombre où Malone planquait. Puis le regard de la femme poursuivit sa courbe.

Bon Dieu, chuchota Malone alors qu'elle disparaissait à l'intérieur. À quoi jouait donc Solly, bordel ? Cette femme était dangereuse. Elle était impliquée, elle était mouillée, d'une manière ou d'une autre — toute l'intuition de Malone le lui assurait. Pourquoi Solly refusait-il de le voir ? D'accord, elle n'était pas présente, elle n'avait pas été sur les lieux du crime quand Halloran s'était fait buter — mais ça ne voulait pas dire qu'elle n'était pas mouillée. Et puis, elle n'était pas impliquée à condition que Solly ait dit la vérité. Peut-être que ç'avait bel et bien été elle, et que Solly la couvrait ? Peut-être que Solly n'avait pas du tout été au Winterset avec elle — peut-être qu'il avait simplement souhaité y être, espéré y être ? Ou peut-être qu'il y avait été, mais pas à l'heure où il avait dit qu'il y avait été ?

Tout ça était beaucoup trop compliqué pour qu'on pût espérer y voir clair. Il regretta de ne pas pouvoir appeler Nora, en parler avec elle. Nora saurait, elle connaissait tellement bien Solly. Elle démêlerait cet écheveau de suppositions. Mais le portable, le radiotéléphone — tous deux étaient interdits, sauf en cas d'urgence.

Si jamais elle bouge.... avait ordonné Solly. Pourquoi dire une chose pareille, s'il ne la soupçonnait pas ? *Il faut que tu me contactes aussitôt. Si jamais elle se dirige vers le parc, il faut que je le sache.*

Pourquoi ? Quelle différence cela ferait-il ? Solly n'avait tout de même pas offert ses deux couilles à cette dame de glace, non ?

Sept heures et demie. Malone mourait de faim et d'ennui. La rue dans laquelle il mourait ainsi était calme, isolée, murée, cossue. Nul enfant n'y jouait au ballon. Quelques voitures passaient en ronronnant doucement — Mercedes, BMW, une Ferrari argentée, des cadres supérieurs rentrant tard chez eux, des banquiers, des rentiers, des avocats qui sortaient dîner ou allaient dans les clubs. Il était content de l'obscurité. La voiture de Solly — noire, décrépite, malgré les chevaux cachés sous le capot — semblait ici déplacée. Pire, elle puait. Ces putains de cigarettes qu'il fumait. Malone, lui, ne fumait pas, mais un peu plus tôt dans l'après-midi, devant le Bureau du procureur — saisi par une brusque terreur de la mort cérébrale — il avait fébrilement fouillé cette voiture, les compartiments des portières, la boîte à gants, à la recherche de quelque chose, de n'importe quoi pour le distraire. Dans la boîte à gants, il était tombé sur un paquet. Sans marque. De quoi s'agissait-il donc ? Des cigarettes russes ? Elles sentaient le tabac ordinaire, vaguement parfumé. Jusqu'à ce qu'on en allume une. Et là, le haut de votre crâne semblait exploser. C'était peut-être ce qui était arrivé à Solly, après tout ?

Sous un siège, il avait trouvé un livre de poche. Une vieille édition de *L'Iliade* publiée par Penguin. Solly avait vraiment des goûts bizarres. Malone l'avait toujours classé parmi les fanatiques de *L'Odyssée*. Il était donc resté assis pour lire dans la lumière déclinante. S'informer sur ces Grecs qui avaient sans doute eu de sacrées hémorroïdes à force de rester assis dix ans sur leur cul devant la ville de Troie, en souhaitant être chez eux, en souhaitant être n'importe où sauf à l'endroit où ils étaient, tandis qu'Hélène se pavanait dans le palais qui les dominait tous.

Huit heures et demie. Il s'était stabilisé. Dans quatre-vingt-dix minutes il pourrait se tirer. Solly serait de retour à la maison sécurisée à dix heures et ils pourraient annuler tout ce traquenard à la con. Les lampes allumées éclairaient violemment la pièce de devant de l'appartement de Tuesday Reed. Une ou deux fois, les rideaux avaient piégé son ombre. Mais pas depuis un moment, néanmoins, depuis — combien de temps ? — peut-être un quart d'heure, estima-t-il, et il se remit à se faire du mouron. Devait-il descendre de voiture, marcher jusqu'à chez elle, vérifier une fois encore l'arrière de l'immeuble ? Essayer de trouver un angle mort, d'où observer la pièce de devant ? Mais même si elle s'était glissée par-derrière, où aurait-elle pu aller ? Sa voiture était au garage, il y avait trois rues jusqu'à l'autoroute. Ouais, mais elle pouvait appeler un taxi, arranger un rendez-vous quelque part. Merde. Il se mit à transpirer. Tendit la main vers la poignée de la portière. Se figea quand l'ombre de Tuesday Reed traversa de nouveau la pièce et le rassura. C'était comme si, de l'intérieur de l'appartement, elle le surveillait et contrôlait ses pensées.

Il se laissa retomber contre le dossier, en regardant la lune lutter contre les nuages. Au lieu de surveiller son rétroviseur, ainsi qu'il aurait dû le faire. Le type fut près de lui, puis devant lui avant même que Malone ne le voie. Long manteau noir, chapeau de la même couleur, col relevé contre le froid. Mais faisait-il vraiment si froid ? Corpulence moyenne, sans aucun signe distinctif, normal. Trop petit pour Riina. Un pas décidé, mais prudent. Sans doute, pensa Malone, à cause de la boîte blanche rectangulaire qu'il tenait devant lui entre ses mains. Des fleurs ou un gâteau, devina-t-il. Un anniversaire ? Certainement pas sans la gamine. Des fleurs, donc. L'homme s'arrêta devant l'appartement des Reed, vérifia le numéro. Comme s'il s'y rendait pour la première fois. Ce qui signifiait une livraison. Mais à cette heure ? Dans cette tenue ? Et puis comment était-il arrivé jusqu'ici ? Malone vérifia ses rétroviseurs. Quatre ou cinq voitures derrière lui, une petite berline, bleue, Corolla, Camry, quelque chose comme ça. Elle n'avait pas été là vingt minutes plus tôt. Comment Malone avait-il pu ne pas la voir arriver ? Il avait perdu la tête, obnubilé par les putains de mauvaises lumières, obsédé par ce putain de spectacle céleste — voilà pourquoi. Depuis vingt-quatre heures qu'ils restaient ouverts, ses yeux étaient fatigués, chassieux, mais quand même… *À quoi sert le rétroviseur,* entendit-il

Solly à son oreille, *en dehors de vérifier la couleur de vos yeux ?*

Le type à la boîte était maintenant sur l'escalier, sur la véranda, mais ses gestes n'avaient rien de furtif, rien de secret. La main de Malone se crispa sur la poignée de la portière. *Ne bougez pas*, lui avait ordonné Solly, *vous ne devez pas bouger tant qu'elle-même ne bouge pas.* D'accord, mais ils n'avaient pas envisagé ce cas de figure, pris en compte cette hypothèse. Et si, cette fois-ci, ils n'avaient pas envoyé Riina, mais un autre ange ? La main gauche de Malone fila vers la poignée, sa dextre vers le holster. Il s'aplatit contre le volant, prêt à s'élancer. Sur la véranda, l'homme aussi s'était penché en avant, la boîte blanche nichée au creux d'un coude. De sa main libre, il sonna. Puis recula, en tournant résolument le dos à la rue. Une lumière s'alluma, éclairant la véranda ainsi que le personnage noir et anonyme qui attendait. La porte S'ouvrit, Tuesday Reed s'y encadra — en robe rouge vif. Elle s'était changée. Elle sourit au type, ses lèvres remuèrent. Et tout ce temps-là, elle ne jeta pas un seul coup d'œil dans la rue. Elle n'avait d'yeux que pour le type à la boîte. Elle tendit le bras pour le débarrasser de la boîte et entraîner le type derrière elle. Quand la porte se referma, la lumière de la véranda s'éteignit.

Bien, murmura Malone, c'était terminé. Fin du jeu. Quel pauvre crétin, ce Solly, s'il avait vraiment offert ses deux couilles à cette femme. Et le mari — peut-être savait-il ? Peut-être s'agissait-il d'un piège ? La môme et lui avaient pourtant paru très détendus en s'en allant. Mais peut-être procédait-on de la sorte à Madigan ? En tout cas il était déjà neuf heures moins le quart. Il resterait en planque jusqu'à dix heures, ainsi qu'il l'avait promis à Solly. Mais le boulot était terminé pour ce soir. Ici, dans cette rue, tout au moins.

Que faisait donc Solly en ce moment même ? Il s'habillait ? Que portait-il ? Son vieux .38 ridicule ? Une pétoire antédiluvienne. Tous les flics de la Criminelle avaient choisi des automatiques à cadence rapide cinq ans plus tôt. Tous, sauf Solly.

Un classique reste un classique, Malone.

Mais, Solly, c'est vraiment une vieillerie.

Vous faites collection de ces truismes, Malone ? Ou vous les inventez vous-même ?

En tout cas, le choix de l'arme n'aurait apparemment aucune importance. Du moins pas ce soir. À condition qu'ils aient bien interprété les faits, et que ce ne soit ni Caselli ni Riina finalement.

Bon Dieu, si Nora et lui-même s'étaient gourés depuis le début...

Malone, qui se faisait de nouveau un sang d'encre, faillit rater la sortie de l'homme. Il n'y eut pas de lumière éblouissante cette fois, seulement la lueur d'une lampe en arrière-fond dans l'entrée, une silhouette éclairée par-derrière. Puis le type — les mains libres, débarrassé de la boîte — fut sur les marches, dans la rue. Peut-être qu'après tout il s'agissait d'une simple livraison ? Mais s'il se contentait de livrer, pourquoi le grand sourire, la robe somptueuse, l'invite à entrer ?

Malone essaya à la fois de regarder et de ne pas regarder quand le type passa près de lui. Taille moyenne, visage pâle, plus jeune qu'il ne l'avait pensé en le voyant de dos, marchant désormais d'un pas plus léger comme si le paquet avait été plus lourd qu'il n'avait semblé. Ou peut-être ce type était-il content de s'en être débarrassé ? Il pressait le pas pour aller retrouver une copine ? En tout cas…

Cette fois Malone le suivit des yeux dans le rétroviseur. Étrange, quelque chose d'étrange dans la manière dont il marchait, pour entrer dans la lueur des lampadaires et en sortir. Quand il atteignit la berline bleue, il descendit du trottoir, contourna le véhicule et déverrouilla la portière côté conducteur. Il l'ouvrit, se pencha légèrement pour rassembler prestement dans une main les pans de son long manteau. Puis il monta dans la voiture. Dont les phares s'allumèrent, puis elle démarra et s'éloigna doucement en direction de l'autoroute. Pendant que Malone restait assis, bizarrement troublé, sans regarder la voiture, sans suivre son éloignement, mais les yeux fixés sur autre chose dans le rétroviseur, sur une image rémanente, toujours gravée derrière lui dans la rue vide. Une démarche ondoyante, une main qu'on abaissait pour réunir les pans du manteau. Pour s'en saisir comme d'une jupe.

« Oh non, se dit-il aussitôt. Pas ça, merde. Pas une putain d'interversion… »

L'autre voiture était déjà à mi-chemin du bout de la rue quand il fit tourner la clef de contact. Le moteur démarra sur-le-champ. Grâce au ciel, Solly entretenait son véhicule avec soin. Les pneus crissèrent quand il quitta le trottoir et s'engagea dans l'avenue. Tandis qu'il accélérait, il leva les yeux. Une ombre se déplaçait derrière le rideau de l'appartement, puis elle se retira. Nom de Dieu, quel crétin il faisait. Il entendait déjà Solly : *Qu'est-ce qu'il vous faut, Malone, un scénario complet ? Un descriptif de toutes les actions — qui entre, qui sort ?*

Cent, cent cinquante mètres devant lui, elle était

déjà au feu rouge, qui passait au vert. Il accéléra. N'atteignit pas le croisement avant que le feu repasse au rouge. Freina, s'arrêta. Face au feu rouge et au flot des amateurs de soupers tardifs et de clubs qui arrivaient par la desserte et bloquaient la voie devant lui. Il pensa à la sirène. Absurde. Putain, grouillez-vous, putain. Quand le flot initial des voitures fut passé, il brûla le feu et enfonça le champignon. En haut de la première montée, il la vit, douze, peut-être quinze voitures plus loin, sur la voie de droite. Okay, tout allait bien, maintenant ça allait. Respire, Malone, respire. À condition que ce soit bien elle. Mais c'était elle, forcément. Il n'y avait rien d'autre, dans ce fleuve, qui ressemblait même de loin à elle. Il avait pris beaucoup de retard, mais avec un peu de chance il pourrait la rattraper petit à petit. Il s'aperçut qu'il respirait de nouveau, qu'il n'avait plus le ventre crispé, que son cœur avait retrouvé un rythme plus normal.

Puis ils arrivèrent sur le pont en travaux. Une seule voie. Merde. Et quinze voitures de retard — même en se battant comme un beau diable, même en klaxonnant, injuriant et se faufilant au point de passer pour un parfait crétin — devint soudain une bonne trentaine de voitures de retard. Puis, devant lui, d'autres feux changèrent de couleur — rouge, orange, rouge — et merde, il la perdit.

Coincé dans l'embouteillage du pont en travaux, il composa sur le portable le numéro qu'il avait appris par cœur. Solly, pourvu que tu ne sois pas encore parti, pria-t-il. Bon Dieu, il est neuf heures pile. Ne sois pas en avance. Ne sois pas encore parti, Solly. S'il te plaît. Enfin, une voix lui répondit. Mais pas celle de Solly.

Le portable dont vous venez de composer le numéro, annonça-t-elle avec une indifférence allègre, est soit éteint, soit inaccessible. Réessayez plus tard.

Réfléchis, Malone. Pour l'amour du Christ, réfléchis. Oublie la voiture, tu sais où elle va. La queue des véhicules longeait au pas les planches du chantier routier. Les projecteurs installés tout en haut des grues immenses aveuglaient, de grosses gouttes de pluie s'écrasèrent une fois, deux fois, trois fois, sur le pare-brise, puis s'arrêtèrent. Deux fois sa main s'empara du radio-téléphone, avant de le reposer sur son socle. *Quoi que vous fassiez, quoi qu'il arrive, vous ne devez pas vous faire repérer. Vous m'entendez bien, Malone ? C'est mon opération et je ne veux pas que Keeves ou d'autres abrutis me la bousillent.*

Bon Dieu, bouge. Bouge ton cul, putain.

Il klaxonna. Le conducteur de la voiture devant lui se pencha par la fenêtre, lui tendit le majeur. Ralentit volontairement. En cahotant sur la chaussée déformée, sur les planches.

Reste calme, Malone, reste calme. Tu ne peux pas la voir, se dit-il, mais elle est coincée comme toi dans l'embouteillage. Elle ne va pas plus vite que toi et tu sais où elle va. C'est une question de minutes, voilà tout, une question de secondes.

Il était neuf heures trois, neuf heures trois précises quand il sortit de la chicane. Maintenant Solly a sans doute quitté la maison, traversé le jardin, pour s'engager dans l'allée. Quelle distance y avait-il entre la maison et l'extrémité de l'allée, l'orée du parc ? Trois minutes ? Cinq ? Solly, sois en retard. S'il te plaît, sois en retard.

Il fit tourner le volant, propulsant la voiture vers la voie de droite et la première sortie, les pneus hurlant sur l'asphalte noir. Dans huit minutes, dix tout au plus, il serait au parc. Quel que soit l'itinéraire qu'elle choisisse, elle ne pourrait pas faire mieux. Il arriverait là-bas en même temps qu'elle, juste après elle.

Là-bas, d'accord — mais où au juste se trouvait ce *là-bas* ?

Ce n'était pas Central Park, mais ce n'était pas non plus un timbre-poste. Cinq rues de long sur cinq rues de large, peut-être six — qu'avait dit Solly au juste ? Un bosquet d'arbres. Des pins ? Des sapins ? Il n'avait jamais mis les pieds dans ce parc, il ne l'avait pas étudié. Il était resté à l'écart, on l'avait laissé à l'écart. C'était la chasse gardée de Solly, son opération.

Mais elle le connaissait. Elle y était allée. Ou quelqu'un y était allé pour elle. Elle connaissait le parc. Et elle savait exactement où trouver Solly dans ce parc.

Que devait donc faire Malone ? Chercher les arbres ? Dans un parc ?

Merde.

Il allait se poster au bout de l'allée. Partir de là. Oh oui, oh génial, dix minutes après que Solly y fut déjà passé.

Bon Dieu, Solly, tu ne me facilites pas les choses.

Il était à sept ou huit cents mètres, pas plus, de la limite ouest du parc quand il se décida, et pour la troisième fois sa main s'empara du radio-téléphone.

30

À huit heures cinquante-neuf, Solly glissa son .38 dans le holster, éteignit son portable, mit son manteau, sa casquette, se tapota le buste pour la dernière fois, puis il sortit dans la nuit.

Huit minutes plus tard, il franchit d'un pas traînant le portail ouvert du parc pour pénétrer dans l'obscurité spectrale, stupéfait par ces brusques ténèbres après les lumières confortables du trottoir. Au-dessus de sa tête, le demi-disque blême de la lune. Quelques bancs paresseux de nuages déchiquetés. Pas de vent. L'orage avait reflué.

Cinquante mètres plus loin, il s'arrêta un moment parmi les ombres épaisses d'un énorme chêne, sortit de sa poche son paquet de cigarettes, prit tout son temps, pendant que son regard alerte, scrutateur, s'habituait aux ténèbres. Le parc semblait désert. Vide. Familier. Mais il y avait quelque chose de nouveau. Dans l'air plombé. Une chose que Solly n'avait pas remarquée auparavant. Mimosa ? Lavande ? Et parmi les feuilles chues à terre, des fruits pourrissaient, exhalant leur odeur douceâtre. Des prunes, des pommes. Les bourrasques des soirs précédents l'avaient dissipée, cette odeur. Mais maintenant elle imprégnait l'air. D'autres parfums lui arrivaient aussi, plus difficiles à identifier. Il se frayait un chemin parmi eux, marchant d'un pas pesant vers le centre du parc, traversant les ombres, oscillant parmi les lueurs fantomatiques. Sa tête ballait d'avant en arrière comme s'il était ivre. Il marmonnait, évoquant la prison, les sales enculés de gardiens, la chatte, la liberté. À un moment, il leva même la main comme pour souligner un argument de son soliloque, mais l'autre resta bien au chaud à l'intérieur du manteau. Puis il fut englouti par l'obscurité.

Et les arbres se mirent à bouger. Un arbre au moins — à environ une centaine de mètres — un jeune sapin. Il chercha l'autre, le tronc qui l'accompagnait peut-être. Plus lent, plus lourd, plus mortel. Mais ne le trouva point. Il chancela de nouveau, un ivrogne dans un parc, en admiration devant la lune. Tournoya sur lui-même et trois cent soixante degrés. Rien. Impossible de repérer quoi que ce soit. Mais quand il eut accompli ce tour complet sur lui-même, il s'aperçut qu'il ne voyait même plus le jeune sapin. Et il se mit à transpirer. Sous le lourd manteau, le gilet ainsi que toute la protection contre les balles étaient plus pesants, plus encombrants que dans son souvenir. Sa poitrine, ainsi emprisonnée, se soulevait avec peine pour inspirer l'air épais.

Alors il la revit, une simple silhouette qui se détachait devant les lampadaires de l'autre côté du parc. Un homme, en manteau, portant chapeau, les mains dans les poches, qui avançait d'un pas affreusement volontaire en direction de Solly. S'approchait très vite. Sans faire la moindre tentative pour se cacher. Désirant être vu.

Il quitta le chemin, trouva son pas, attirant la silhouette avec lui, éloignant le point d'intersection de leurs trajectoires pour qu'ils se rencontrent non pas dans l'espace ouvert du chemin, mais dans le bosquet d'arbres. C'était sa seule chance. À moins qu'ils ne soient deux et qu'il y ait déjà quelqu'un là-bas, qui attendait, guettait, tapi dans l'obscurité ? Merde.

Maintenant il se hâtait vers les denses ténèbres du bosquet situé devant lui. Sur sa droite, quelque part la silhouette noire et juvénile vacilla, disparut — courait-elle ? Des bruits arrivèrent. Des pas précipités sur l'herbe. À travers les arbres. Impossibles à localiser. Il comprit alors que le bosquet avait été une erreur. Il aurait dû se diriger vers l'espace libre, se donner de la distance, de la visibilité. Il libéra le revolver de la cage située sous son cœur. Lequel battait furieusement, fouetté par tous les signaux qui arrivaient de l'extérieur. Des bruits, des odeurs, les multiples agitations de ce monde ombreux. Mais les nerfs et le cerveau étaient déjà trop occupés, trop concentrés, pour prendre le temps de les analyser. Il se retourna, faillit sortir de l'obscurité, et là à moins de vingt pas devant lui, la silhouette sombre était déjà immobile. Les deux bras tendus.

Dans l'instant qui sépara l'éclair de l'arme et l'impact violent qui le propulsa en arrière parmi les ombres, le temps parut s'arrêter. Il se sentit tomber et en même temps, venant d'un lieu lointain, à peine audible au-dessus de la sonnerie assourdissante qui résonnait dans sa tête, comme si elle arrivait d'un monde autre, entièrement différent de celui-ci, il entendit une voix appeler *Solly*, *Sol-ly*. On aurait dit Malone. Mais il savait que ce n'était pas possible. Malone était de l'autre côté de la ville. En train de surveiller Tuesday Reed. En même temps, il vit son assaillant avancer vers lui. Il surprit dans l'air l'odeur âcre et familière de la cordite, mêlée à une autre, également familière. Il vit l'arme de nouveau levée. Il roula tandis que le canon s'embrasait une deuxième fois. Brandit sa propre arme. Fit feu. Et comprit, au moment même où il tirait. Un nuage de doux parfum explosa dans son cerveau.

Spiquenard !

Il la vit tomber, vit le chapeau rouler par terre, vit ses cheveux blonds se répandre aussitôt. Il la vit tenter de se relever.

Il y avait maintenant des voix dans tout le parc. Des sirènes.

Il se remit sur pied avec peine. La rejoignit, s'agenouilla. Sa bouche était rouge. Du liquide. Qui coulait. Elle toussa, et devint une rivière. Il lui releva la tête.

« Oh Seigneur Seigneur Seigneur », fit-il en la berçant.

Elle ouvrit les yeux.

« Solly », dit-elle. Et sourit presque. « J'aurais dû m'en douter.

— Ne fais pas ça », dit-il. Sans même savoir ce qu'il lui interdisait ainsi.

Elle toussa encore et il entendit la mort envahir déjà la poitrine blessée.

« Solly, il y a une chose… »

Une respiration.

« Une chose que je veux que tu fasses pour moi.

— Tout ce que tu voudras. Tout ce que je pourrai.

— Attribue-les-moi.

— Quoi ?

— Attribue-les-moi tous ?

— Mais Halloran ? Comment faire ?

— Personne ne le sait, Solly. Ce devait être le dernier, alors personne n'a besoin de savoir. »

Elle le regarda dans les yeux, attendit. Il acquiesça, s'inclina pour l'embrasser.

« Rien que toi et moi. »

Puis elle le quitta.

*

Tandis que Malone accourait, le revolver dans une main, le walkie-talkie dans l'autre.

« Solly ! »

Et se figea. Puis regarda. Solly, assis en tailleur, tenait la tête de Tuesday sur ses cuisses. Dans la lumière inédite, sous les arbres noirs, les masques qu'ils portaient tous deux étaient blêmes, zébrés de rouge près des lèvres.

« Seigneur, fit alors Malone.

— Je suis désolé », dit Glass au bout d'un certain temps. De sa voix d'acteur. Tandis que les sirènes mouraient et qu'ils attendaient l'arrivée des lumières de la patrouille.

« Désolé de t'avoir menti au sujet du Winterset. »

31

« Mais pourquoi as-tu menti ?

— Nous ne pouvions pas faire autrement, dit Tara. Tu le comprends, n'est-ce pas ? Maintenant ? »

Ed Stevens acquiesça. « En fait, je l'ai toujours su, j'ai toujours senti qu'il y avait quelqu'un d'autre.

— Nous tenions à la protéger à tout prix. »

Tous les quatre sombrèrent dans le silence.

« Alors, que faisons-nous maintenant ? s'enquit enfin Ed.

— Je crois que ça dépend, fit Luis.

— De quoi ? demanda Alex.

— De ce qui va se passer. » Il regarda le journal posé devant lui sur la table basse. Un gros titre accompagné d'une photo sexy de Tuesday Reed occupait presque toute la première page : *La Beauté du Barreau Bute le Juge — et six autres victimes.*

« Je ne crois vraiment pas que nous devions nous inquiéter, dit Tara.

— Tu plaisantes ?

— Non, non. Écoutez. Luis, lis ce qui est écrit là. À la fin de l'article, quand le journaliste rapporte ce qu'elle a dit au lieutenant Glass. »

Le doigt de Luis trouva le passage en question. *Ce*

devait être le dernier, déclara la procureur Reed au lieutenant Glass tandis qu'elle agonisait…

« Voilà, vous comprenez ? Elle nous envoie un message. Elle nous libère. Elle a tout pris sur elle.

— Et tu penses vraiment qu'ils vont croire qu'elle était toute seule ?

— Eh bien, répondit-elle, nous allons bientôt le découvrir.

— Que veux-tu dire ?

— Jeudi. À l'enterrement.

— Tu ne vas pas y aller ? » Luis était atterré.

« Bien sûr que si.

— Mais pourquoi ?

— Pour lui dire au revoir. Et je suis certaine que ce lieutenant Glass y sera aussi. Quelque part. Alors nous saurons si nous devons nous inquiéter de quoi que ce soit.

« Bon Dieu, fit Luis pour tous les autres.

— Je crois que Tara a sans doute raison, dit Alex. Si elle va à l'enterrement et qu'il n'y a pas de réactions…

— Alors nous arrêterons. » Elle les dévisagea l'un après l'autre. « Nous acceptons ce qu'elle nous a donné, et nous arrêterons. »

32

Les gens, avait découvert Glass, pouvaient ne rien savoir, et néanmoins manifester une sorte de compréhension des choses.

*

Comme Izzy :

« Samedi, dans un mois, insista Izzy. Tu seras revenu ?

— Je serai de retour.

— Tu viendras ?

— Je viendrai.

— Solly, inutile d'apporter un cadeau.

— J'apporterai un cadeau. La bar mitzvah de mon propre neveu. Et je n'apporterais pas de cadeau ?

— Nathan, il économise. » Izzy faisait la conversation tout en scrutant le visage de Solly. « Il met plein d'argent dans une boîte de conserve.

— Dis-lui de laisser tomber. De toute façon, je ne porte plus de chapeau.

— Solly… ?

— Quoi ?

— Tu n'es pas forcé de venir accompagné. »

Glass haussa les épaules.

« Je vais arranger ça avec maman, promit Izzy. Personne ne remarquera qu'il y a un couvert en moins. »

*

Comme Caselli :

Qui apparut soudain de nulle part sur le parvis de la cathédrale, s'y attarda, affecta un air dégagé — pour lui un véritable exploit.

« Vous en êtes vraiment certain, lieutenant ?

— Certain de quoi, Caselli ?

— C'est cette beauté qui les a effacés tous les sept ? Et toute seule ?

— Pourquoi pas ? Puisque les tailleurs le font ?

— Les tailleurs ?

— Sept mouches d'un coup. Que se passe-t-il, Caselli ? Votre grand-mère ne vous raconte jamais des contes pour enfants, à Palerme ?

— Les tailleurs et les mouches, je connais pas ça… » En examinant Glass de la tête aux pieds. Ses vêtements affreusement froissés après deux jours passés en compagnie des enquêteurs du Département. « Mais il y a une chose que je sais, lieutenant : un nouveau costume, ça serait pas du luxe pour vous. Si vous voulez, je peux vous donner une bonne adresse.

— Où ça ? À Gettysburg ?

— Vous ne lâchez jamais un pouce de terrain, n'est-ce pas, lieutenant ? Vous ne remarquez même pas quand quelqu'un vous veut du bien. »

Glass sursauta, sincèrement surpris. « Le jour où vous me voudrez du bien, Caselli, je me mettrai à commander mes costards en ciment.

— Je viens ici offrir, tonna alors Caselli. Je n'aime pas, comme vous, être débiteur. »

Ah, c'était donc ça. L'Omertà. Et puis quoi encore ?

« Vous ne me devez rien, Caselli, répondit Glass sans passion. Ç'aurait pu être Malone, ç'aurait pu être Riina, ç'aurait pu être n'importe qui... Quelle importance ?

— C'est important pour moi, lieutenant. Voilà bien le problème avec vous autres Juifs : vous n'avez aucun sens de l'honneur. Un membre de mon clan disparaît, vous éliminez la gâchette, alors je vous dois quelque chose. »

Eh bien, puisqu'il y tient tant, qu'il se sente mon débiteur, pensa Solly. Qui ne désirait rien. Rien qu'on puisse acheter ou trouver.

Caselli attendait. Il attendait la demande. Sois gentil, aurait dit maman. Sois gentil.

« Rentre chez toi, Caselli. Rentre chez toi, putain. »

*

Comme Keeves :

« Tout ça a tourné d'une manière bien étrange, n'est-ce pas, lieutenant ? Elle y a laissé sa vie, mais elle a obtenu ce qu'elle voulait.

— Ce qu'elle voulait ?

— Vous n'avez donc pas entendu le gouverneur à la radio ce matin ?

— Non. »

Keeves le regarda.

« Vous devriez prendre un congé, lieutenant. Sortir un peu de cette maison de fous. »

Peut-être le ferait-il. Bientôt. Dans un petit moment.

*

Comme Malone :

Qui le rejoignit au-dehors après le service funèbre. Là où il était encore plus difficile de se déconnecter. Le cirque médiatique y battait son plein, en live. La télé, la radio. Les équipes de cameramen dégringolant les marches devant la famille qui se dispersait. Les parents — des gens de la campagne, de petits propriétaires, deux fois frappés. Le mari — sémillant, sans cesse à l'affût de la moindre caméra. La fille — blonde, perdue.

« Qu'est-ce que vous en pensez, lieutenant ? s'enquit Malone. Le veuf qui vend ainsi l'histoire de sa défunte femme ? »

Peter Reed aussi avait fait un carton. Les journaux nationaux, les revues, les droits télévisés, un contrat de livre déjà signé. Il connaissait bien sûr l'histoire des sœurs jumelles, le traumatisme ancien. Mais il avait cru qu'il s'agissait d'une affaire classée, d'une histoire oubliée, remplacée par d'autres occupations : le travail de procureur, et puis l'assistance aux victimes — sa femme n'était jamais à la maison le soir. Il y avait des semaines entières où il la voyait à peine. Et qui collaient avec les dates cruciales.

« Qui sait ? » Glass haussa les épaules. « Un million et demi. Ça lui remonte le moral. C'est bon pour la petite. » *Sarah*, il vit ce prénom écrit sur le mur de l'enfant. Au-dessus de sa tête. Il y avait certains visages dont on ne se débarrassait jamais. Tuesday et Annaliese, Maria et la petite Francesca — il acquerrait peu à peu une sorte de galerie privée.

« Peut-être que je ferais comme lui si jamais l'occasion se présentait. »

Malone le regarda, incrédule. Lui-même se remettait à peine d'une vision très personnelle. Une sorte de pièce de théâtre édifiante et primitive, jouée dans les bois, la nuit.

Mais ce ne fut pas la seule vision étrange qui se présenta à Malone.

« Seigneur, dit-il, n'est-ce pas Sophie Corner, là-bas ? »

Une jeune femme s'était arrêtée aux portes de la cathédrale. Elle baissait les yeux vers la rue, vers l'endroit où Malone et Glass se tenaient. Elle retira ses lunettes de soleil. Elle avait des poches violacées sous les yeux, mais le regard qu'elle lança à Glass était direct, noir, saturé d'un intense questionnement.

« Je ne crois pas qu'elle soit très contente, lieutenant.

— Elle n'accuse personne, Malone. Elle interroge.

— Elle interroge ?

— Elle se pose des questions, alors. Elle désire savoir, voilà tout. Elle désire simplement connaître la vérité. »

*

Comme la femme :

Qui sortit en dernier. Elle avait les cheveux noirs, cette fois, pas blonds. Peut-être s'agissait-il d'une teinture. Surtout pour un enterrement. Elle descendit les marches et s'arrêta dans la rue, tout près de Glass et de Malone.

« C'est terminé ? demanda Glass.

— C'est terminé », dit-elle.

Un homme se tenait à quelques pas derrière elle. Glass s'aperçut qu'il le connaissait. Il le salua :

« Mr Stevens, dit-il.

— Lieutenant », fit Stevens en lui rendant son salut. Ils n'échangèrent aucune poignée de main.

« Votre fils ? s'enquit Glass.

— Il va mieux. Maintenant il peut remuer la tête. Un ami à moi, un ingénieur, a conçu une espèce de casque robotique doté d'un bras métallique, avec un doigt au bout...

— Alex Trugold ? »

Ils échangèrent un regard. La femme posa la main sur le bras de Stevens.

« Alors, que fait-il, votre fils ? Avec son doigt robotisé ?

— Il a un clavier installé juste au-dessus de son lit, au-dessus de sa tête... »

Mais il commençait de pleuvoir et déjà Solly n'était plus là. Il était dans sa voiture, au volant, il démarrait. Malone parut flotter jusqu'à lui.

« Vous n'attendez pas ? » s'enquit-il.

La voiture roulait déjà.

« Solly, soyez prudent. Solly ? »

Et le lieutenant Solomon Glass — officier supérieur, partenaire et éventuel ami — s'éloigna dans la circulation de plus en plus dense. En direction du sud, des basses terres et des docks. Seul.

DES MÊMES AUTEURS

MARK HENSHAW ET JOHN CLANCHY

Aux Éditions Christian Bourgois

SI DIEU DORT, 2004, Folio Policier n° 487.

MARK HENSHAW

Aux Éditions Christian Bourgois

HORS DE LA LIGNE DE FEU, 1990.

Aux Éditions Meet

DERNIÈRES PENSÉES D'UN MORT, 1990.

COLLECTION FOLIO POLICIER

Dernières parutions

370.	Chuck Palahniuk	*Choke*
371.	Dan Simmons	*Revanche*
372.	Charles Williams	*La mare aux diams*
373.	Don Winslow	*Au plus bas des Hautes Solitudes*
374.	Lalie Walker	*Pour toutes les fois*
375.	Didier Daeninckx	*La route du Rom*
376.	Yasmina Khadra	*La part du mort*
377.	Boston Teran	*Satan dans le désert*
378.	Giorgio Todde	*L'état des âmes*
379.	Patrick Pécherot	*Tiuraï*
380.	Henri Joseph	*Le paradis des dinosaures*
381.	Jean-Bernard Pouy	*La chasse au tatou dans la pampa argentine*
382.	Jean-Patrick Manchette	*La Princesse du sang*
383.	Dashiell Hammett	*L'introuvable*
384.	Georges Simenon	*Touriste de bananes*
385.	Georges Simenon	*Les noces de Poitiers*
386.	Carlene Thompson	*Présumée coupable*
387.	John Farris	*Terreur*
388.	Manchette-Bastid	*Laissez bronzer les cadavres !*
389.	Graham Hurley	*Coups sur coups*
390.	Thierry Jonquet	*Comedia*
391.	George P. Pelecanos	*Le chien qui vendait des chaussures*
392.	Ian Rankin	*La mort dans l'âme*
393.	Ken Bruen	*R&B. Le gros coup*
394.	Philip McLaren	*Tueur d'aborigènes*
395.	Eddie Little	*Encore un jour au paradis*
396.	Jean Amila	*Jusqu'à plus soif*
397.	Georges Simenon	*L'évadé*
398.	Georges Simenon	*Les sept minutes*
399.	Leif Davidsen	*La femme de Bratislava*
400.	Batya Gour	*Meurtre sur la route de Bethléem*

401. Lamaison-Sophocle *Œdipe roi*
402. Chantal Pelletier *Éros et Thalasso*
403. Didier Daeninckx *Je tue il...*
404. Thierry Jonquet *Du passé faisons table rase*
405. Patrick Pécherot *Les brouillards de la Butte*
406. Romain Slocombe *Un été japonais*
407. Joe R. Lansdale *Les marécages*
408. William Lashner *Vice de forme*
409. Gunnar Staalesen *La femme dans le frigo*
410. Franz-Olivier Giesbert *L'abatteur*
411. James Crumley *Le dernier baiser*
412. Chuck Palahniuk *Berceuse*
413. Christine Adamo *Requiem pour un poisson*
414. James Crumley *Fausse piste*
415. Cesare Battisti *Les habits d'ombre*
416. Cesare Battisti *Buena onda*
417. Ken Bruen *Delirium tremens*
418. Jo Nesbø *Les cafards*
419. Batya Gour *Meurtre au Kibboutz*
420. Jean-Claude Izzo *La trilogie Fabio Montale*
421. Douglas Kennedy *Cul-de-sac*
422. Franco Mimmi *Notre agent en Judée*
423. Caryl Férey *Plutôt crever*
424. Carlene Thompson *Si elle devait mourir*
425. Laurent Martin *L'ivresse des dieux*
426. Georges Simenon *Quartier nègre*
427. Jean Vautrin *À bulletins rouges*
428. René Fregni *Lettre à mes tueurs*
429. Lalie Walker *Portées disparues*
430. John Farris *Pouvoir*
431. Graham Hurley *Les anges brisés de Somerstown*
432. Christopher Moore *Le lézard lubrique de Melancholy Cove*
433. Dan Simmons *Une balle dans la tête*
434. Franz Bartelt *Le jardin du Bossu*
435. Reiner Sowa *L'ombre de la Napola*
436. Giorgio Todde *La peur et la chair*
437. Boston Teran *Discovery Bay*
438. Bernhard Schlink *Le nœud gordien*
439. Joseph Bialot *Route Story*
440. Martina Cole *Sans visage*

441. Thomas Sanchez	*American Zazou*
442. Georges Simenon	*Les clients d'Avrenos*
443. Georges Simenon	*La maison des sept jeunes filles*
444. J.-P. Manchette & B.-J. Sussman	*L'homme au boulet rouge*
445. Gerald Petievich	*La sentinelle*
446. Didier Daeninckx	*Nazis dans le métro*
447. Batya Gour	*Le meurtre du samedi matin*
448. Gunnar Staalesen	*La nuit, tous les loups sont gris*
449. Matilde Asensi	*Le salon d'ambre*
450. Jo Nesbø	*Rouge-gorge*
451. Olen Steinhauer	*Cher camarade*
452. Pete Dexter	*Deadwood*
454. Keith Ablow	*Psychopathe*
455. Batya Gour	*Meurtre à l'université*
456. Adrian McKinty	*À l'automne, je serai peut-être mort*
457. Chuck Palahniuk	*Monstres invisibles*
458. Bernard Mathieu	*Otelo*
459. James Crumley	*Folie douce*
460. Henry Porter	*Empire State*
461. James Hadley Chase	*Pas d'orchidées pour Miss Blandish*
462. James Hadley Chase	*La chair de l'orchidée*
463. James Hadley Chase	*Eva*
464. Arkadi et Gueorgui Vaïner	*38, rue Petrovka*
465. Ken Bruen	*Toxic Blues*
466. Larry Beinhart	*Le bibliothécaire*
467. Caryl Férey	*La jambe gauche de Joe Strummer*
468. Jim Thompson	*Deuil dans le coton*
469. Jim Thompson	*Monsieur Zéro*
470. Jim Thompson	*Éliminatoires*
471. Jim Thompson	*Un chouette petit lot*
472. Lalie Walker	*N'oublie pas*
473. Joe R. Lansdale	*Juillet de sang*
474. Batya Gour	*Meurtre au Philharmonique*
475. Carlene Thompson	*Les secrets sont éternels*
476. Harry Crews	*Le Roi du K.O.*
477. Georges Simenon	*Malempin*
478. Georges Simenon	*Les rescapés du Télémaque*